Anne Tyler • In

CW01481083

Anne Tyler
Im Krieg und in der Liebe

Roman

Aus dem Amerikanischen von
Christine Frick-Gerke und Gesine Strempel

KEIN & ABER
POCKET

Ebenfalls von Anne Tyler:
Der leuchtend blaue Faden
Verlorene Stunden
Abschied für Anfänger
Dinner im Restaurant Heimweh
Die Reisen des Mr Leary
Atemübungen

Die Originalausgabe erschien 2004 unter dem Titel *The Amateur Marriage*
bei Alfred A. Knopf, a division of Random House, Inc., New York
Copyright © 2004 by Anne Tyler

Alle Rechte vorbehalten
Copyright © 2014/2018 by Kein & Aber AG Zürich – Berlin
Coverdesign: gray318 @Dutch Uncle
Satz: Fotosatz Amann, Memmingen
Druck und Bindung: CPI – Ebner & Spiegel, Ulm
ISBN 978-3-0369-5978-8
Auch als eBook erhältlich

www.keinundaber.ch

I

DIE SPATZEN PFEIFEN ES
VON DEN DÄCHERN

Jeder in der Nachbarschaft könnte erzählen, wie Michael und Pauline sich kennengelernt haben.

Es geschah an einem Montagnachmittag Anfang Dezember 1941. St. Cassian Street war an jenem Tag so schäbig wie immer – eine Straße mit Reihenhäusern, typisch Ost-Baltimore, ordentlich gehaltene kleine Wohnungen und dazwischen Läden, nicht größer als ein Wohnzimmer. Die Golka-Zwillinge, beide mit gleichen Halstüchern, begutachteten das Puderrouge im Schaufenster von Swedas Drugstore. Mrs Pozniak trat aus dem Eisenwarenladen mit einer winzigen Packpapiertüte, in der es klimperte. Mr Kostkas Ford Model B klapperte vorbei, ein Chrysler Airstream, Fahrer unbekannt, rauschte elegant hinterher, und dann kam Ernie Moskowicz auf dem klapprigen Geschäftsfahrrad des Schlachters.

In Antons Lebensmittelladen – einem schlecht beleuchteten, vollgestopften, urgemütlichen Raum mit L-förmiger Holztheke und Regalen bis zur Decke – wickelte Michaels

Mutter zwei Dosen Erbsen für Mrs Brunek ein. Sie umschnürte sie fest mit einer Kordel und überreichte sie ohne Lächeln, ohne »Auf Wiedersehen« oder »Guten Tag«. (Mrs Anton hatte es schwer im Leben.) Einer der Brunek-Jungen – Carl?, Paul?, Peter?, sie sahen alle gleich aus – drückte sich die Nase an der Vitrine mit den billigen Bonbons platt. Eine Diele knarrte, wo die Cornflakes standen, aber das war nur das alte Gebäude, das sich immer tiefer in den Boden eingrub.

Links, hinter der langen Theke, packte Michael Anton Woodbury-Seife ins Regal. Damals war er zwanzig, ein großer junger Mann mit schlecht sitzenden Sachen, das Haar tiefschwarz und zu kurz geschnitten, sein Gesicht etwas zu schmal, mit dem dunklen Oberlippenbart, der immer durchschimmerte, egal, wie oft er sich rasierte. Er stapelte die Seifenstücke zur Pyramide, fünf Stücke unten, vier darüber, drei darüber – obwohl seine Mutter ihm mehr als einmal klargemacht hatte, dass sie ein standfesteres, weniger kunstvolles Gebilde lieber sähe.

Dann *Klingeling!* und *Wumm!*, und auf den ersten Blick war es, als bräche eine Woge junger Frauen durch die Tür. Sie brachten einen kalten Luftzug mit, und den Abgasgeruch. »Hilfe!«, rief Wanda Bryk in höchsten Tönen. Ihre beste Freundin, Katie Vilna, hatte den Arm um ein unbekanntes Mädchen in einem roten Mantel gelegt, und ein weiteres Mädchen drückte ein Taschentuch an die rechte Schläfe dieses rot bemäntelten Mädchens. »Sie ist verletzt! Sie braucht Erste Hilfe!«, rief Wanda.

Michael unterbrach sein Einräumen. Mrs Brunek schlug sich mit der Hand an die Wange, und Carl oder Paul oder Peter sog pfeifend die Luft ein. Mrs Anton verzog keine Miene. »Wieso kommt ihr hierher?«, fragte sie. »Bringt sie in den Drugstore.«

»Der Drugstore ist geschlossen«, erklärte Katie ihr.

»Geschlossen?«

»Es steht an der Tür. Mr Sweda hat sich zur Küstenwache gemeldet.«

»Er hat *was?*«

Das Mädchen im roten Mantel war sehr hübsch, trotz des Bluts, das an einem Ohr hinunterrann. Es war größer als die beiden Mädchen aus der Nachbarschaft, aber schlank, zarter, mit einem dunkelblonden Haarschopf und einer so ausgeprägt geschwungenen Oberlippe, als wären die beiden kleinen Spitzen mit einem Stift gemalt. Michael kam hinter der Theke hervor, um sie genauer anzusehen. »Was ist passiert?«, fragte er sie – nur sie – und betrachtete sie eindringlich.

»Hol ihr ein Heftpflaster! Hol Jod!«, befahl Wanda Bryk. Sie war mit Michael in der Volksschule gewesen. Deshalb dachte sie wohl, sie könnte ihn herumkommandieren.

Das Mädchen sagte: »Ich bin von der Straßenbahn gesprungen.«

Ihre Stimme war dunkel und rau, ein Schock nach Wandas hohem Zetern. Ihre Augen waren tiefblau wie Stiefmütterchen. Michael schluckte.

»In der Dubrowski Street hat eine Parade angefangen«, erzählte Katie den Übrigen. »Alle sechs Szapp-Jungen haben sich freiwillig gemeldet, habt ihr's schon gehört? Und ein paar *ihrer* Freunde auch. Sie schwenken eine Fahne – *Achtung, Japs! Hier kommen die Szapps!* –, und zum Abschied sind Hinz und Kunz erschienen. Eine solche Menge, dass der Verkehr kaum durchkommt. Also Pauline hier – die wollte eigentlich von der Arbeit nach Hause, weil alle früher schließen –, und was tut sie? Springt von der fahrenden Straßenbahn, weil sie mitmachen will.«

Die Straßenbahn konnte nicht besonders schnell gefahren sein, wenn alles verstopft war, aber darauf wies niemand hin.

Mrs Brunek murmelte mitfühlend. Carl oder Paul oder Peter sagte: »Darf ich hingehen, Mama? Darf ich? Darf ich die Parade angucken?«

»Ich dachte nur, wir sollten unsere Jungs unterstützen«, sagte Pauline zu Michael.

Er schluckte noch einmal. Er sagte: »Ja, natürlich.«

»Du hilfst unseren Jungs aber nicht, wenn du dir nen Dachschaden holst«, sagte das Mädchen mit dem Taschentuch. Ihr gleichmütiger Ton ließ darauf schließen, dass sie Paulines Freundin war – ein braunhaariges Mädchen mit ruhigem Gesicht und Augenbrauen, so harmonisch und ungerührt, als sei sie durch nichts aus der Fassung zu bringen.

»Wir glauben, sie hat sich den Kopf am Laternenpfosten gestoßen«, sagte Wanda, »aber wer weiß, bei dem ganzen Spektakel. Sie fiel uns geradezu in den Schoß, und Anna obendrein. Ich sagte: ›Ach, du liebes bisschen! Alles in Ordnung?‹ Also, *irgendwer* musste ja was tun; wir konnten sie doch nicht verbluten lassen. Gibts denn bei euch kein Heftpflaster?«

»Das ist hier keine Apotheke«, sagte Mrs Anton. Und dann, einem Gedankensprung folgend: »Was hat Nick Sweda sich denn dabei gedacht? Er ist doch mindestens fünfunddreißig!«

Inzwischen war Michael von Pauline weg und zu seiner Mutter hinter den Ladentisch gegangen – an das kürzere Ende mit der Kasse. Er bückte sich, verschwand kurz und kam mit einer Zigarrenkiste wieder zum Vorschein. »Verbandzeug«, erklärte er.

Kein Heftpflaster, sondern eine altmodische Rolle Baumwollwatte, eingewickelt in Papier, das genauso dunkelblau war wie Paulines Augen, dazu ein Röllchen weißes Leukoplast, und eine ochsenblutfarbene Flasche mit Jod. Wanda machte einen Schritt, um alles zu nehmen; aber nein, Michael packte selbst die Watte aus und riss eine Ecke ab. Er tränkte das Stück mit Jod und ging zu Pauline. »Lass mich mal sehen«, sagte er.

Die Stille war ehrfurchtsvoll, gespannt, als wären sich alle der Bedeutung des Augenblicks bewusst – sogar das Mädchen mit dem Taschentuch, von Wanda Anna genannt, obwohl Anna nicht ahnen konnte, dass Michael Anton sonst der zurückhaltendste Junge der Gemeinde war. Sie nahm das Taschentuch von Paulines Schläfe. Beherzt schob Michael eine von Paulines Locken beiseite und begann mit dem Wattebausch zu tupfen. Pauline hielt sehr still.

Die Wunde bestand augenscheinlich aus einem fünf Zentimeter langen roten Kratzer, lang, aber nicht tief, der sich bereits schloss. »Aha«, sagte Mrs Brunek. »Genäht werden muss nicht.«

»Wer weiß!«, rief Wanda, die ungern auf ein Drama verzichtete.

Aber Michael sagte: »Gleich gehts ihr besser«, und riss einen frischen Wattebausch ab. Er befestigte ihn mit einem Heftpflasterkreuz an Paulines Schläfe.

Jetzt sah sie aus wie im Comic Strip ein Verletzter nach einer Schlacht. Als wüsste sie das, lachte sie. Dabei kamen Grübchen in beiden Wangen zum Vorschein. »Vielen herzlichen Dank«, sagte sie zu Michael. »Komm mit, die Parade anschauen.«

Er sagte: »Gut.«

Einfach so.

»Darf ich auch mit?«, fragte der kleine Brunek. »Darf ich, Mama? Bitte?«

Mrs Brunek sagte: »Schsch.«

»Aber wer hilft mir im Laden?«, fragte Mrs Anton.

Michael überhörte die Frage, drehte sich um und nahm seine Jacke vom Kleiderständer in der Ecke. Es war eine

Schuljungen-Jacke – groß, in Grau-Anthrazit und grob kariert. Er zog sie achselzuckend an, ohne sie zu schließen. »Fertig?«, fragte er die Mädchen.

Die anderen sahen ihm nach – seine Mutter, Mrs Brunek, und Carl oder Paul oder Peter, und die kleine alte Miss Pelowski, die gerade im Anmarsch war, als Michael und die vier Mädchen aus der Tür stürmten. »Was …?«, fragte Miss Pelowski. »Was um Himmels willen …? Wo …?«

Michael ging nicht einmal langsamer. Er war schon halb die Straße hinunter, drei Mädchen im Schlepptau und ein viertes an seiner Seite. Es hatte sich links bei ihm eingehakt und schwebte neben ihm dahin in seinem leuchtend roten Mantel.

Schon damals, behauptete Miss Pelowski später, war ihr klar, dass es um ihn geschehen war.

Parade war kaum das richtige Wort für den Menschenauflauf in der Dubrowski Street. Tatsächlich gingen ein paar Dutzend junger Männer mitten auf der Fahrbahn, trugen aber noch Zivil und gingen auch nicht im Gleichschritt. Der ältere von John Piazys Söhnen hatte Johns Seemannsmütze aus dem Ersten Weltkrieg auf dem Kopf. Ein anderer, Name unbekannt, trug eine Armeedecke wie einen Umhang um die Schultern. Es war ein jämmerliches, zusammengewürfeltes, liederliches kleines Regiment mit verfrorenen Gesichtern, und die Nasen liefen vor Kälte.

Dennoch, die Leute waren begeistert. Sie schwenkten selbstgebastelte Schilder und amerikanische Flaggen und die Titelseite der *Baltimore Sun*. Sie beklatschten die Reden – jede Rede, jeden mitreißenden Slogan, der über ihre Köpfe hinweg gerufen wurde. »Neujahr seid ihr wieder zu Hause, Jungs«, rief ein Mann mit Ohrenschützern, und »Neujahr! Hurra!« ging es wie ein Lauffeuer durch die Menge.

Als Michael Anton mit vier Mädchen auftauchte, glaubten alle, er habe sich auch freiwillig gemeldet. »Ran an den Feind, Michael!«, rief jemand. Nur John Piazys Frau sagte: »Ach, nein. Das wäre für seine Mutter der Tod, die Ärmste, bei allem, was sie mitmachen musste.«

Eins der Mädchen, das in Rot, fragte: »Gehst du *wirklich*, Michael?« Sie war zwar nicht aus der Gegend, aber nett anzusehen. Der rote Mantel unterstrich den natürlichen Glanz ihrer Haut, und der Stirnverband gab ihr etwas Wildes, Verwegenes. Kein Wunder, dass Michael sie lange nachdenklich ansah, bevor er sprach.

»Na ja«, sagte er schließlich, und dann zuckte er irgendwie die Achseln. »Na klar gehe ich!«, sagte er.

Rauer Beifall tönte von den Umstehenden, und ein anderes der Mädchen – Wanda Bryk, genau genommen – schob ihn nach vorn, bis er bei den jungen Männern auf der Straße stand. Leo Kazmerow ging links von ihm; die vier Mädchen drängten sich zu seiner Rechten über den Gehweg. »Wir lieben dich, Michael!«, schrie Wanda, und Katie Vilna rief: »Komm bald wieder!«, als würde er jeden Moment eingeschifft, um in den Schützengraben zu steigen.

Dann war Michael vergessen. Er wurde fortgetrieben, und andere junge Männer waren an der Reihe. Davey Witt, Joe Dobek, Joey Serge. »Zeigt den Japsen mal, was Sache ist!«, rief Daveys Vater. Schließlich, sagte ein Mann, wer wisse schon, wann sie sonst mal bis nach Polen kämen? Eine alte Frau weinte. John Piazy posaunte, dass keiner seiner Söhne das Wörtchen Angst kenne. Und mehrere stellten sich wieder die Allerweltsfrage: Wo-warst-du-als-du-es-erfahren-hast? Einer hatte es erst am Morgen erfahren; er hatte seine Mutter beerdigt. Einer hatte es gleich gehört, erste Meldung im Radio, hatte es aber für einen Ulk gehalten, wie damals die Sendung von Orson Welles. Und eine Frau, die saß gerade in der Badewanne, als ihr Mann an die Tür klopfte. »Du wirst es nicht glauben«, hatte er gerufen. »Ich saß nur da«, sagte sie. »Ich saß und saß. Ich saß, bis das Wasser kalt wurde.«

Wanda Bryk kam mit Katie Vilna und dem braunhaarigen Mädchen wieder, aber nicht mit dem Mädchen in Rot. Das Mädchen in Rot war verschwunden. Als sei sie mit Michael Anton in den Krieg marschiert, sagte jemand.

Allen war es aufgefallen – allen in der Menge, die Michael kannten. Es war eine ziemliche Überraschung, deshalb fiel es allen auf, und man redete darüber und erinnerte sich noch eine ganze Zeit später daran.

Am nächsten Tag kam die Nachricht, dass Leo Kazmerow ausgemustert würde, weil er farbenblind sei. Farbenblind!, sagten die Leute. Was hatte Farbe mit Für-sein-Land-kämpfen zu tun? Außer dass man vielleicht die Farbe irgendeiner Uniform nicht erkennen konnte. Wenn er im Kampf mit dem Gewehr zielte, zum Beispiel. Aber jeder fand, das ließe sich umgehen. Steckt ihn auf ein Schiff! Setzt ihn hinter eine Kanone und zeigt ihm, wohin er schießen soll!

Dieses Gespräch fand in Antons Lebensmittelladen statt. Mrs Anton war ans Telefon gegangen, aber als sie einhängte, fragte jemand: »Und was gibts Neues von Michael, Mrs Anton?«

»Neues?«, fragte sie.

»Ist er schon weg?«

»Oh, Michael geht nirgendhin«, sagte sie.

Sie warfen sich Blicke zu – Mrs Pozniak, Mrs Kowalski, und eine von Mrs Kowalskis Töchtern. Aber niemand wollte widersprechen. Mrs Anton hatte 1935 ihren Mann verloren und dann zwei Jahre später ihren ältesten Sohn – den hübschen, reizenden Danny Anton, gestorben an einer schleichenden Krankheit, die ihn Stückchen für Stückchen und Muskel für Muskel dahinraffte. Seitdem war Mrs Anton eine andere Frau, und wer konnte es ihr verdenken?

Mrs Pozniak wollte Weizenflocken, Mottenkugeln und eine Büchse Heinz' gebackene Bohnen. Mrs Anton stellte das Gewünschte mit Nachdruck auf den Tisch. Sie war eine Frau mit ernstem Gesicht, grau, wohin man sah. Nicht nur ihr Haar war grau, sondern auch ihre matte, schlaffe Haut und ihre glanzlosen Augen und ihr ausgeleierter, abgewetzter Männerpullover über dem Baumwollkleid. Sie hatte die Angewohnheit, in Schulterhöhe an ihren Kunden vorbeizusehen, als hoffte sie, jemand anders, weniger Enttäuschendes, würde dahinter in Erscheinung treten.

Dann klingelte die Türglocke, und ein Mädchen im roten Mantel platzte herein, in der Hand ein in Papier gewickeltes Päckchen. »Mrs Anton?«, sagte sie. »Erinnern Sie sich an mich?«

Mrs Pozniak war mit ihrer Bestellung noch nicht fertig. Sie drehte sich um, einen Finger auf ihrer Einkaufsliste, und öffnete protestierend den Mund.

»Pauline Barclay«, erklärte das Mädchen. »Ich hatte mir die Stirn aufgeschrammt, und Ihr Sohn hat mir einen Verband gemacht. Ich habe ihm einen Schal gestrickt. Hoffentlich komme ich nicht zu spät.«

»Zu spät wozu?«, fragte Mrs Anton.

»Ist Michael schon zur Front gefahren?«

»Zur Front?«

Mrs Anton sprach das Wort mit einem kleinen Zögern aus, einem etwas anders klingenden O. Womöglich stellte sie sich unter Front etwas anderes vor, die Vorderseite eines Raums oder Möbels.

Bevor Pauline in die Details gehen konnte, öffnete sich die Tür klingelnd noch einmal, und Michael mit seiner abgetragenen karierten Jacke spazierte herein. Wahrscheinlich hatte er Pauline schon von der Straße gesehen; man merkte nämlich, dass seine Überraschung gespielt war. »Oh! Pauline! Du bists!«, sagte er. (Er hätte kein Schauspieler werden können.)

»Ich habe dir einen warmen Schal gestrickt«, erklärte sie ihm. Mit beiden behandschuhten Händen hob sie das Paket in die Höhe; sie hielt ihr feines, zartes Gesicht schief. Der kleine Laden war jetzt so voll, dass man fast Nase an Nase stand.

Michael sagte: »Für mich?«

»Zum Anziehen an der Front.«

Er warf seiner Mutter schnell einen Blick zu. Dann griff er Pauline am Ellenbogen. »Komm, wir gehen eine Cola trinken«, sagte er.

»Oh, nun, das wäre –«

»Michael? Wir haben noch eine telefonische Bestellung«, sagte Mrs Anton.

Doch er sagte: »Ich bin bald wieder da«, und führte Pauline zur Tür hinaus.

Sie ließen, irgendwie, mehr Raum zurück, als sie eingenommen hatten.

Mrs Pozniak zögerte noch einen Augenblick, ob vielleicht Mrs Anton etwas Interessantes sagen würde. Was sie aber nicht tat. Sie starrte grimmig ihrem Sohn hinterher und strich mit einer Hand über den Karton Weizenflocken, als wollte sie seine Ecken abrunden.

Mrs Pozniak räusperte sich und kaufte noch eine Flasche Sirup.

Inzwischen wurden die Wohnzimmerfenster in der St. Cassian Street militärisch dekoriert, die Heiligen Jungfrauen, Porzellanpudel und Seidenblumen über Nacht ersetzt durch amerikanische Flaggen, rot-weiß-blaue Girlanden und Schulatlanten mit aufgeschlagener Europakarte. In manchen Fällen überdauerten die frommen Sachen. Mrs Szapps verblichenes Palmsonntagsgrün zum Beispiel blieb da, auch nachdem eine Flagge mit sechs Satinsternen am hölzernen Fensterrahmen festgepinnt worden war. Und warum nicht? Schließlich brauchte man jedweden Beistand, wenn der letzte Sohn in der Fremde sein Leben für sein Land aufs Spiel setzte.

Mr Kostka fragte Michael, zu welchem Teil der Streitkräfte er käme. Das war in Swedas Drugstore, der wieder geöffnet hatte und den Mr Swedas Schwager jetzt führte. Michael und Pauline saßen an einem der Marmortische; sie waren in den vergangenen Tagen oft zusammen gesehen worden. Michael sagte: »Zum Heer«, und Mr Kostka sagte: »Tatsächlich! Ich dachte, zur Marine.«

»Ja, aber ich werde seekrank«, erklärte ihm Michael.

Mr Kostka sagte: »Na ja, junger Mann, das Heer verfrachtet dich auch nicht mit dem Auto über den großen Teich.«

Michael sah ihn verdattert an.

»Und wann gehts los?«, fragte Mr Kostka.

Michael zögerte. Dann sagte er: »Montag.«

»Montag!« Inzwischen war Samstag. »Hat deine Mutter denn eine Hilfe für den Laden?«

Oh, heikel, sehr heikel. Jeder wusste, dass Mrs Anton nichts von Michaels freiwilliger Meldung ahnte. Aber wer würde es ihr klarmachen? Selbst Mrs Zack, berüchtigte Klatschbase, behauptete, dass sie es nicht übers Herz brächte. Alle warteten, dass Michael es selbst tat; aber der saß hier, trank Cola mit Pauline, und das Einzige, was er sagte, war: »Sie findet sicher wen.«

Pauline trug wieder Rot. Rot war wohl ihre Farbe. Ein roter Pullover über einer frischen weißen Bluse mit rundem Kragen. Inzwischen wusste jeder, dass sie aus einem Viertel nördlich der Eastern Avenue stammte, dass sie nicht einmal katholisch war, dass sie im Vorzimmer der Immobilienfirma ihres Vaters arbeitete. Erfahren hatte man das von Wanda Bryk, gewissermaßen Paulines neuer bester Freundin. Wanda berichtete, Pauline sei wirklich eine reizende Person, und so lustig! So lebhaft! Immer zu Scherzen bereit. Doch andere hatten ihre Bedenken. Zum Beispiel die drüben an der Soda-Fountain. Ihr ahnt nicht, wie sie die Ohren spitzten, um mitzubekommen, mit welchem Unsinn sie Michael den Kopf verdrehte? Ganz abgesehen davon, konnte man sie auch in dem langen Spiegel hinter der Theke betrachten. Man sah, wie sie ihr Gesicht abwandte, Grübchen und ganz schüchtern, Finger kokett am Strohhalm ihrer Coca-Cola. Man hörte sie säuseln, dass sie nachts kein Auge zubekäme, vor Angst um seine Sicherheit. Welches Recht hatte sie, um seine Sicherheit zu bangen? Schließlich kannte sie ihn kaum! Michael war doch einer von ihnen, besonders beliebt, obwohl ihn bisher keiner für romantisch gehalten hatte. (Seit Tagen rätselten einige Mädchen, unter ihnen Katie Vilna, ob er nicht ungeahnte Qualitäten besaß.)

Die alte Miss Jakubek, die an der Theke mit Miss Pelowski Selters trank, berichtete, dass sie gestern Abend im Kino Pauline begrüßt und ihr gesagt hätte, sie sähe wie Deanna Durbin aus. »Tut sie doch auch«, verteidigte sie sich. »Die ist zwar blond, aber sie hat die gleichen, oh, die gleichen sanften Grübchen. Aber was hat sie geantwortet? ›Deanna Durbin!‹, hat sie gesagt. ›Das kann nicht wahr sein! Ich sehe aus wie ich selbst! Mich gibts nur einmal!‹«

»Tststs«, machte Miss Pelowski mitfühlend. »Dabei wolltest du nur nett sein.«

»Ich wäre hingerissen, wenn mir einer sagte, ich sähe wie Deanna Durbin aus.«

Miss Pelowski lehnte sich auf ihrem Hocker zurück und

betrachtete Miss Jakubek. »Ein bisschen ähnelst du ihr, so ums Kinn herum«, sagte sie.

»Seine arme, arme Mutter, muss ich immer denken. Und das Mädchen ist gar nichts; keine Nationalität. Nicht mal ukrainisch; nicht mal italienisch! Italienisch, damit käme ich zurecht. Aber ›Barclay‹! Sie und Michael haben nicht das Geringste gemeinsam.«

»Wie bei *Romeo und Julia*«, sagte Miss Pelowski.

Beide Frauen dachten einen Augenblick nach. Dann schauten sie wieder in den Spiegel. Sie sahen Pauline weinen; Michael beugte sich über den Tisch und nahm ihren Chrysanthemen-Kopf in beide Hände.

»Sie sind wirklich sehr verliebt«, sagte Miss Jakubek.

An jenem Abend gab es eine große Abschiedsparty für Jerry Kowalski. Darauf kann man sich verlassen, die Kowalskis machen immer mehr Theater als andere Leute. Andere Leute hatten die ganze Woche mit ihren Jungs zum Abschied nett zu Abend gegessen, die ganze Familie, aber die Kowalskis mieteten den Saal der Bruderschaft der Söhne Warschaus und engagierten Lenny Zee und seine Dulcetones für die Musik. Mrs Kowalski und ihre Mutter kochten tagelang; riesige Bierfässer wurden herangerollt. Die gesamte Gemeinde von St. Cassian war eingeladen, und Leute von St. Stan auch.

Und natürlich kamen alle. Sogar die Babys und Kleinkinder, sogar Mr Znyda in seinem hölzernen Rollstuhl mit dem Flechtsitz. Mrs Anton kam in einer Rüschenbluse und einem Trachtenrock mit Litze und wirkte grauer denn je, und Michael trug einen zu engen Anzug, der vielleicht seinem Vater gehört hatte. Seine knochigen, bloßen Handgelenke staken aus den Ärmeln. Ein weißes Fetzchen Klopapier klebte an seiner Kinnkerbe.

Aber wo steckte Pauline?

Sicher war sie eingeladen, zumindest indirekt. »Du kannst gerne eine Freundin mitbringen«, hatte Mrs Kowalski zu Michael gesagt – und das in Gegenwart seiner Mutter. (Oh, jeder wusste, dass Mrs Kowalski ein Schelm war.) Doch die einzigen anwesenden Mädchen kamen aus der Nachbarschaft, und als die erste Polka losdröhnte, war es Katie Vilna, die zu Michael herüberkam und ihn auf die Tanzfläche zog. Sie war die Vorwitzige der Gruppe. Sie hielt ihn fest an der Hand, auch als er sich wehrte. Schließlich gab er nach und begann ungelenk zu hüpfen, sah nebenher zur Tür, als erwarte er wen.

Der Saal der Bruderschaft war in einem Lagerhaus mit groben Fußböden und Eisenträgern und nackten Glühbirnen an der Decke. Klapptische mit handbesticktem Aussteuer-Leinen standen aufgereiht an der Wand gegenüber, und da versammelten sich auch die Frauen, begutachteten Mrs Kowalskis Piroggen und zupften pingelig die Petersiliensträußchen zurecht, nachdem der eine oder andere Mann sich den Teller vollgeladen hatte. Wenn sie die Tanzerei beobachteten, falteten die meisten ihre Hände überm Bauch, wie sonst über ihren Schürzen, obwohl keine eine Schürze trug. Sie kommentierten den flotten Schritt von Großvater Kowalski, die unübersehbare Kühle zwischen den beiden Wysockis (den Jungverheirateten) und natürlich Katie Vilnas unglaubliche Kessheit. »Ich schwörs, sie schämt sich keinen Deut«, sagte Mrs Golka. »Ich würd sterben, wenn eins von meinen Mädchen so hinter einem Jungen her wär.«

»Feine Chancen hat sie, mit dieser Pauline auf der Bildfläche.«

»Wo steckt denn Pauline? Meint ihr nicht, sie müsste hier sein?«

»Sie kommt nicht«, verkündete Wanda.

Keiner hatte Wandas Kommen bemerkt, die Musik hatte

ihre Schritte verschluckt. (Sonst hätten die Frauen über Katie nie so geredet.) Mit der Gabel pikte sie eine Kielbasa-Wurst auf ihren Teller. Sie sagte: »Pauline ist eingeschnappt, weil Michael sie nicht abholen wollte.«

»Abholen wollte?«

»Zu Hause.«

»Aber wieso –?«

»Er wollte seine Mutter nicht vor den Kopf stoßen. Ihr wisst doch, wie seine Mutter sein kann. Er wollte Pauline hier treffen; dann würden sie tun, als sei alles Zufall. Und erst sagte sie auch Ja dazu, aber sie hat es sich wohl noch mal überlegt, denn als ich sie heute Abend anrief, meinte sie, dass sie nicht käme. Sie sagte, ein Junge könne stolz sein, mit einem Mädchen wie ihr gesehen zu werden, und müsse sich nicht schämen und Versteck spielen.«

Wanda ging an den Tisch mit den Nachspeisen und hinterließ ein Schweigen. »Also, recht hat sie«, sagte Mrs Golka schließlich. »Ein Mädchen muss Maßstäbe setzen.«

»Er hat doch nur an seine Mutter gedacht.«

»Und was nützt ihm das, darf ich fragen, wenn Dolly Anton tot und begraben ist und er ein vertrottelter Junggeselle?«

»Um Himmels willen«, sagte Mrs Pozniak, »der Junge ist zwanzig Jahre alt! Bis zum vertrottelten Junggesellen hat er noch viel Zeit.«

Mrs Golka wirkte nicht überzeugt. Sie sah Wanda nach. »Aber weiß er's«, sagte sie, »oder nicht?«

»Weiß was?«

»Weiß er, dass Pauline eingeschnappt ist? Hat Wanda es ihm gesagt?«

Jetzt wurden ein paar der Frauen rege. »Wanda!«, rief eine. »Wanda Bryk!«

Sie drehte sich um, den Teller mitten in der Luft.

»Hast du Michael erzählt, dass Pauline nicht kommt?«

»Nein, sie will, dass er sich Sorgen macht«, sagte Wanda, und machte kehrt und nahm sich Gebäck von einem Tablett.

Wieder Stille. Dann: »Aha«, sagten die Frauen im Chor.

Die Dulcetones hatten aufgehört zu spielen, und Mr Kowalski klopfte ans Mikrofon, dass es dumpf durch den Saal blubbste. »In meinem und Barbaras Namen ...«, sagte er. Seine Lippen waren zu nah am Mikro, und jedes B war eine Explosion. Manche hielten sich die Ohren zu. Die Kinder spielten inzwischen Dritten-Abschlagen, und die Babys versuchten, in den zusammengenestelten Mänteln ihrer Mütter Schlaf zu finden. Ein paar junge Männer neben den Bierfässern wurden laut und großspurig.

Also merkte keiner, dass Michael sich davonstahl. Oder vielleicht stahl er sich nicht davon; vielleicht ging er erhobenen Hauptes hinaus. Selbst seine Mutter war in das Geschehen vertieft, die Reden, die Jerry Glück wünschten, und Pater Paskos Gebet, dann das Zuprosten und Applaus.

Aber alle bemerkten seine Rückkehr, später am Abend. Da kam er, ließ an Tapferkeit nichts zu wünschen übrig und führte Pauline durch die große Brettertür. Und als er ihr aus dem Mantel half – keiner wusste, dass Michael so was konnte –, stellte sich heraus, dass sie ein schmales schwarzes Kleid trug, das sie von allen anderen Mädchen, mit ihren Spitzenwesten, Kräuselblusen und weiten bestickten Röcken, unterschied. Aber die meisten Bemerkungen fielen über ihre Augen. Sie waren feucht. Jede der langen Wimpern war ein kleiner feuchter Stachel. Und das Lächeln, das sie Wanda Bryk schenkte, war ein reumütiges, schwaches, geläutertes Lächeln, als habe sie gerade geweint.

Oh, offensichtlich hatten sie und Michael ein Wörtchen miteinander zu reden gehabt.

Sie sah von Wanda erwartungsvoll zu Michael, und er gab sich einen Ruck, nahm Haltung an und griff wieder ihre Hand. Er führte sie weiter in den Saal hinein, am Mikrofon vorbei, wo jetzt Jerry selbst stand und albern grinste, vorbei am Akkordeonspieler, der mit Katie flirtete, bis zu der Gruppe Frauen auf Klappstühlen. »Mama«, sagte er zu seiner Mutter, »ich weiß, du erinnerst dich an Pauline.«

Seine Mutter balancierte mit beiden Händen einen Teller auf den Knien – eine einsame Rote-Bete-Knolle schwamm in Meerrettichsoße. Sie sah ausdruckslos zu ihm hoch.

»Pauline ist nämlich … mein Mädchen«, erklärte er ihr.

Selbst zu dieser späten Stunde, bei dem ohrenbetäubenden Lärm (all die übermüdeten Kinder, die herumtobten), verbreitete sich, wo Mrs Anton saß, Schweigen wie Wasserkreise um einen Stein.

Pauline trat vor, und diesmal war ihr Lächeln herzzerreißend, ihre Grübchen fingertief. »Oh, Mrs Anton«, sagte sie, »wir werden sicher gute Freundinnen! Wir leisten uns Gesellschaft, wenn Michael weg ist.«

Mrs Anton sagte: »Weg?«

Pauline lächelte sie immer noch an. Selbst mit feuchten Wimpern besaß sie eine angeborene Freundlichkeit. Ihre Haut schien zu strahlen.

»Ich gehe zur Armee, Mama«, sagte Michael.

Mrs Anton erstarrte. Dann stand sie auf, aber so unsicher, dass die Frau neben ihr auch aufstand und ihr den Teller abnahm. Mrs Anton ließ es ohne einen Blick geschehen. Sie hätte ihn genauso gut auf den Boden fallen lassen können. »Das kannst du nicht«, sagte sie zu Michael. »Du bist alles, was ich habe. Dazu können sie dich nicht zwingen.«

»Ich habe mich freiwillig gemeldet. Montag werde ich Rekrut.«

Mrs Anton fiel in Ohnmacht.

Sie fiel eigentümlich senkrecht, nicht geradewegs nach hinten, sondern sie versank langsam und aufrecht in ihren Rockfalten. (Wie die Böse Hexe in *Der Zauberer von Oz*, beschrieb ein Kind später.) Man hätte sie sicher auffangen können, aber niemand war schnell genug. Selbst Michael schaute einfach zu, wie angewurzelt, bis sie am Boden lag. Dann sagte er: »Mama?«, kniete sich mit einem Knall hin und tätschelte ihre Wangen. »Mama! Sag etwas! Wach auf!«

»Mach Platz, dass sie Luft bekommt«, sagten die Frauen zu ihm. Sie waren aufgestanden, schoben ihre Stühle beiseite und verscheuchten die Männer. »Leg sie flach hin. Halt ihren Kopf unten.« Mrs Pozniak nahm Pauline am Ellenbogen und zog sie beiseite. Mrs Golka schickte die Zwillinge Wasser holen.

»Holt den Arzt! Holt einen Krankenwagen!«, rief Michael, aber die Frauen erklärten ihm: »Gleich gehts ihr wieder gut«, und eine – Mrs Serge, eine Witwe – seufzte tief und sagte: »Lasst sie in Ruhe, die Ärmste.«

Mrs Anton öffnete die Augen. Sie sah Michael an und schloss sie wieder.

Zwei Frauen halfen ihr, sich aufzusetzen, hoben sie bald auf ihren Stuhl und sagten die ganze Zeit dabei: »Es wird schon wieder. Nichts überstürzen. Ganz ruhig.« Als Mrs Anton dann wieder saß, beugte sie sich vornüber und vergrub ihr Gesicht in den Händen. Mrs Pozniak klopfte ihr auf die Schulter und stieß kleine glucksende Töne aus.

Michael stand jetzt abseits, die Arme über der Brust gekreuzt, die Hände in den Achselhöhlen. Die Männer schlugen ihm beruhigend auf den Rücken, aber es half nicht. Und Pauline war einfach verschwunden. Nicht einmal Wanda Bryk hatte sie weggehen sehen.

Die Dulcetones schwankten hilflos zwischen ihren Instrumenten, Kinder quengelten, Jerry Kowalski stand mit offenem Mund am Mikrofon. Zigarettenrauch hing in Schwaden unter der hohen Decke. Die Luft roch nach eingelegtem Kohl und Schweiß. Die Tische sahen wüst aus – fast leere Platten mit braunen Soßenpfützen, Servierlöffel schmierig auf dem Leinen, Petersiliensträußchen schlaff und zerrupft.

Alle sagten später, das Fest sei ein Fehler gewesen. Man feiere nicht, hieß es, wenn die Söhne von zu Hause weg in den Krieg zögen und starben.

Die Fenster über Antons Lebensmittelladen blieben den ganzen nächsten Tag dunkel, nicht der geringste Schimmer zeigte sich hinter den Spitzengardinen. Der Laden war natürlich geschlossen, weil Sonntag war. Weder Michael noch seine Mutter kamen zur Kirche, aber das war nichts Ungewöhnliches. Als Danny krank wurde, hatten die Antons ihrem Glauben ein wenig den Rücken gekehrt. Dennoch, sagten die Leute, angesichts der Sachlage, hätte Antons Mutter nicht vielleicht ein Gebet zum Himmel schicken können?

Unangemeldete Besuche waren in dieser Nachbarschaft unüblich – überhaupt Besuche, genau genommen, von der Verwandtschaft mal abgesehen. Die Häuser standen zu eng und zu dicht beieinander, zu einsehbar, kein Strauch schützte vor neugierigen Blicken. Also kam man sich lieber nicht zu nahe. Doch gegen Abend wählte Mrs Nowak von gegenüber Mrs Antons Telefonnummer. Sie wollte sich nach Mrs Antons Gesundheit erkundigen und vielleicht, wenn erwünscht, einen Topf Essen vorbeibringen. Doch niemand hob den Hörer ab. Später erzählte sie Mrs Kostka, dass sie eindeutig gespürt habe, wie jemand nach dem Telefonklingeln *horchte*, stumm. Manchmal spürt man es wirklich. Achtmal, neunmal Läuten … und dazwischen diese wachsame Stille. Aber vielleicht war es nur Einbildung. Vielleicht waren die Antons nicht da. Mrs Anton hatte einen Schwager, einen ungeselligen Mann, der am Patterson Park ein Kurzwarengeschäft besaß. Doch das war unwahrscheinlich. Irgendwer hätte sie draußen bestimmt gesehen.

Mehrfach an diesem Abend schaute Mrs Nowak nach gegenüber. Doch sie sah nur die verschwiegenen Vorhänge und darunter das Schaufenster, *ANTONS LEBENSMITTEL* in goldenen Schnörkelbuchstaben, und drinnen die fünfzehn Dosen Campbells Suppe, ordentlich zur Pyramide gestapelt, typisch Michael.

Die Armee mietete extra einen Bus, um die Rekruten nach Virginia zu bringen. Es war offensichtlich ein Schulbus, matt olivgrün umgestrichen, und um acht Uhr am Montagmorgen wartete er an der bestimmten Ecke, in Sichtweite des Fischmarkts. Zu viert und zu sechst kamen die Familien, immer zögernd, unentschlossen, immer mit mindestens einem jungen Mann, der voranging. Die jungen Männer trugen Papp- oder Lederkoffer. Ihre Verwandten trugen Butterbrotdosen, Keksbüchsen und Themosflaschen. Es war ein rauer, windiger Tag, doch niemand hatte es eilig, die jungen Männer in den Bus zu verfrachten. Sie standen in Grüppchen, Gepäck im Arm, und stapften sich die Füße warm. Manche Familien kannten sich, aber viele andere kannten sich nicht; der Bus war für einen ziemlich großen Bezirk. Trotzdem grüßten sich alle ausdrücklich, auch wenn sie Fremde waren. Sie gönnten den jungen Männern ein kurzes, fragendes Lächeln, und dann wandten sie den Blick ab, um die Familien nicht zu stören.

Die Kowalskis kamen mit Jerry und Jerrys Freundin und Mrs Sweda, die Mrs Kowalskis Schwester war. Die Witts kamen. Mrs Serge und Joey kamen.

Mrs Anton und Michael kamen.

Mrs Anton sah noch trister als sonst aus, und sie reagierte kaum auf das Hallo ihrer Nachbarn. Sie trug einen grauen Tweedmantel und dünne, kurze Söckchen, die halb in ihren braunen Sportschuhen verschwanden. Ihre Hände steckten tief in den Taschen; Michael trug seinen Proviant selbst und dazu einen schwarzen stockfleckigen Handkoffer. Um den Hals hatte er Paulines Schal – breite marineblaue und weiße Streifen, ein Muster, das jedes Mädchen aus der Nachbarschaft zu simpel gefunden hätte.

Als sie ankamen, polterte ein gedrungener Mann in Uniform die Busstufen herunter, eine Liste unterm Arm. Keiner hatte ihn bis dahin bemerkt; man hatte nur den Fahrer gesehen, der ausdruckslos vor sich hin starrte, Motor laut im Leerlauf.

»Also, Männer«, rief der Mann in Uniform. »In Reih und Glied, hier links.«

Die Leute drängten in seine Richtung, Verwandte wie Rekruten. Doch Michael blieb, wo er stand. Er spähte Richtung Norden, den Broadway hoch, zur Kreuzung Eastern Avenue.

»Abmarsch, Männer. Verabschiedet euch.«

Mr Kowalski hob seine Kodak-Kamera und machte einen Schnappschuss von dem unnatürlich steif grinsenden Jerry. Jerrys kleine Schwester blies auf einer bemalten Blechtröte. Seine Freundin umarmte ihn und vergrub ihr Gesicht an seinem Hals.

»Los gehts, Männer, im Marschschritt.«

Doch von Osten, von der St. Cassian Street, kam Pauline angelaufen. Sie trug ihren roten Mantel, deshalb konnten alle sie schon von ferne erkennen. Alle sagten: »Michael! Da!«, und Michael drehte sich gleich in die richtige Richtung, obwohl Pauline selbst gar nicht gerufen hatte. Als sie näher kam, war klar, warum nicht. Sie war ganz außer Atem, die Ärmste. Sie keuchte, strubbelig und erhitzt – nicht besonders hübsch, aber was machte das jetzt? Sie breitete die Arme aus, und Michael ließ sein Gepäck fallen und lief auch, und als sie aufeinanderstießen, nahm er sie mit Schwung, dass sie völlig den Boden unter den Füßen verlor. Alle sagten: »Aah«, ein langes zufriedenes Seufzen – alle außer seiner Mutter, doch selbst die konnte ihr Mitgefühl nicht ganz verbergen. Wie hätte sie auch? Sie umarmten sich, als würden sie nie mehr voneinander lassen, und Pauline keuchte: »… dachte, du würdest mit dem Zug fahren, aber … bin zu deinem Haus … zu Wanda … habe schließlich wen auf der Straße gefragt und … Michael, es tut mir so leid, es tut mir so leid, es tut mir so leid.«

»Alle Mann an Bord!«, brüllte der Mann in Uniform.

Michael und Pauline rissen sich los. Er machte kehrt und nahm sein Gepäck. Er ging ein bisschen in die Hocke, damit seine Mutter ihn küssen konnte. Er warf Pauline einen letzten Blick zu, und dann kletterte er in den Bus.

Als der Bus losfuhr, standen Pauline und Mrs Anton Seite an Seite und winkten beide aus vollem Herzen.

Jetzt standen geschnitzte Krippen, Gipsweihnachtsmänner und dreißig Zentimeter hohe, kegelförmige Strohweihnachtsbäume mit Seifenschneeflocken in den Wohnzimmerfenstern. Mrs Szapps berühmte Engel – ein ganzes Dutzend aus mundgeblasenem Glas – kämpften neben den Palmwedeln um Platz. Mrs Brunek ließ acht Porzellanrentiere über die Landkarte der Tschechoslowakei marschieren.

Kaum einer der Jungen, die sich freiwillig gemeldet hatten, kam zu den Weihnachtsfeiertagen wieder. Sie waren noch zu kurz weg; sie durften ihren Standort nicht verlassen. Theoretisch waren ihre Familien darauf gefasst gewesen, dennoch war es ein Schock. Die Straßen schienen auf einmal sehr still. Die Schlafzimmer der Söhne schienen so leer. Am Esstisch war es viel zu ruhig und ordentlich – keine langarmigen, gierigen Jungen, die sich den letzten Hähnchenflügel schnappten oder literweise Milch hinunterkippten.

Stattdessen kamen nur Briefe, alle wie von derselben Person geschrieben. *Habe »tolle« Kumpel in meiner Einheit und ihr könnt euch nicht vorstellen, wie viel Gerät wir schleppen müssen* und *Vermisse die Sonntagabende mit euch Lieben am Radio.* Dies, nur mit geringen Abweichungen, wurde von Mrs Witt, Mrs Serge, Mrs Kowalski, Mrs Dobek im Lebensmittelladen vorgelesen … dabei waren ihre Söhne sich eigentlich keine Spur ähnlich, jedenfalls bis jetzt nicht. *Könnte meine Waffe mit verbundenen Augen auseinandernehmen und wieder zusammenbauen,* schrieb Michael Anton – Michael! So friedliebend und unpraktisch! – wie Joey Serge und Davey Witt. Nicht allein ihre ähnlichen Erfahrungen (Küchendienst, Tetanusimpfungen, Blasen an den Füßen), sondern wie sie es in Worte fassten – der lässige Slang mit zu vielen Anführungsstrichen und zu wenig Kommas. *Gestern 20 Meil. marschiert und ich kann nur sagen, ihr müsstet mal meine Flossen sehen … Du würdest Dich wundern, Mom, wie ordentlich ich mein Bett baue, seit der Feldwebel daneben aufpasst.*

Vielleicht waren die Briefe, die sie ihren Freundinnen schrieben, individueller. Oder vielleicht auch nicht; wer weiß? Auch die Variationsmöglichkeiten, um *Ich liebe Dich* und *Ich vermisse Dich* zu sagen, waren begrenzt. Aber die Freundinnen behielten ihre Briefe für sich, verrieten höchstens ein, zwei Sätze, und dann auch nur den anderen Mädchen. Sodass die älteren Frauen aufs Spekulieren angewiesen waren.

Michael schrieb Pauline täglich, wussten Katie und Wanda. Manchmal sogar zweimal täglich. Doch keine der Zeilen, die sie zitierten, enthüllte irgendetwas Nennenswertes. Er mochte das Essen nicht. Der Junge in der Nachbarkoje hatte einen bellenden Husten. Kasernenleben bedeute entweder Arbeiten bis zum Umfallen oder Rumsitzen, Rumsitzen und noch mal Rumsitzen, bis der Krieg vorüber wäre. Inzwischen war ein neues Jahr, 1942, und man hätte annehmen sollen, dass alles schon vor Wochen aus und vorbei gewesen wäre.

Ab und zu, spätnachmittags, schauten die drei Mädchen bei Antons Lebensmittel herein – Katie, Wanda und Pauline, manchmal mit Paulines Freundin Anna im Schlepptau. »Wie kommen Sie zurecht, Mrs Anton?«, fragte Pauline dann. »Michael hat mich gebeten, mal nachzusehen. Er macht sich Sorgen um Sie. Haben Sie Post von ihm?«

Mrs Anton war grau in grau wie immer (»Wenn er sich wirklich so sorgt, hätte er sich nicht freiwillig melden sollen«, sagte sie einmal), aber wer sie kannte, entdeckte die Dankbarkeit in ihren Mundwinkeln. Und jedes Mal sagte sie: »*Du* hast bestimmt was gehört« – ihre Art fragloser Frage.

»Ja, heute Morgen kam ein Brief. Er kommt schon zurecht, sagt er.«

Wenn die Mädchen wieder weg waren, sagten die Frauen zu Mrs Anton, wie lieb es von Pauline sei, dass sie vorbeikäme. »Sie will unbedingt nett sein«, sagten sie ihr, »das müssen Sie ihr zugutehalten.«

Mrs Anton sagte nur: »Hmpf. Für eine, die arbeitet, hat sie viel Freizeit, ich muss schon sagen.«

Mrs Anton hatte, als Hilfe an Michaels statt, einen Schwarzen eingestellt. Eustace war sein Name. Er war klein und dürr und braun wie Toast, und trug immer einen Kittel über seiner Latzhose. Sein Alter war schwer zu schätzen. Wenn Mrs Anton ihm etwas auftrug, antwortete er: »Yesmam« und tippte würde- und respektvoll an seinen Hutrand, dennoch erklärte sie den anderen Frauen, dass sie ihn so schnell wie möglich wieder loswerden wolle. »Wir sind ein Familienbetrieb«, sagte sie. »Ich kann mir keinen hergelaufenen Fremden leisten! Michael soll nach Hause kommen. Ich weiß nicht, was ihn dort hält.«

Im Februar kam er nach Hause, aber nur kurz. Inzwischen hatten sich die Leute an den Anblick junger Männer in Uniform in ihrer Nachbarschaft gewöhnt, Söhne auf Urlaub, mit übertrieben kurzen Haarschnitten und in Armeepullovern. Aber Michael wirkte noch veränderter als die übrigen Jungen. Sein Gesicht war richtig hager geworden, eingefallen unter den Wangenknochen, mit Schatten wie blaue Flecken unter den Augen. Er war seiner Mutter gegenüber weniger aufmerksam, war kaum im Laden zu sehen und geistesabwesend, wenn Freunde ihn auf der Straße begrüßten. Mit jeder Faser seines Wesens war er eindeutig auf Pauline konzentriert.

Doch auch daran gewöhnten sich die Leute: an die intensiven Kriegsromanzen. Drei der Szapp-Jungen hatten in einer einzigen Woche geheiratet! Doch da Pauline nicht aus dem Viertel stammte, verschwand Michael fast von der Bildfläche. Die meiste Zeit verbrachte er bei ihr zu Hause. Ihre Familie liebe ihn, berichtete Wanda. Alle waren fürsorglich und nahmen ihn mit offenen Armen auf – ein Haushalt voller Töchter, vier an der Zahl, und erst eine verheiratet. Man kochte für ihn, und es gab viel Trubel, wenn er auftauchte. Und Pauline war natürlich im Himmel. Es waren perfekte, selige fünf Tage, nach allem, was man hörte, und dann wurde er zum Sondertraining nach Kalifornien geschickt. (Deswegen, weil er so gut Gewehre zusammenbauen konnte? Eine Gabe, die bisher im Verborgenen geschlummert hatte?) Mrs Anton war wieder allein, einsamer denn je. Von ihrem Plan, Eustace vor die Tür zu setzen, war keine Rede mehr.

Mrs Szapp fragte Mrs Anton, ob Michael und Pauline

wohl ans Heiraten dächten. Was nicht sehr taktvoll von ihr war. Die anderen Kunden wurden mucksmäuschenstill. Aber Mrs Anton überraschte sie. Ja, sagte sie, davon habe er gesprochen. Er habe gesagt, sie hätten das Thema schon angeschnitten. Und jedenfalls sei ein Mädchen aus Baltimore besser als eine Französin oder Engländerin.

Na gut, natürlich. Das sei ein Argument, meinten die Anwesenden und redeten alle durcheinander, in ihrem Drang, ihr recht zu geben.

Aber wer weiß, fuhr Mrs Anton fort. Man solle den Tag nicht vor dem Abend loben. Sie hätte schon ein Wörtchen mitzureden.

Sie bekam gute Laune, als sie das sagte – unangebracht, fanden manche später, als sie es untereinander besprachen.

Katie Vilna verließ die Konservenfabrik und fing an, Flugzeugteile zu fertigen. Die Golka-Zwillinge fuhren tagtäglich zum Stahlwerk draußen in Sparrows Point. Und Wanda Bryk wollte vielleicht zu den weiblichen Hilfstruppen, sobald man sich dort melden konnte. Sollte sie? Sollte sie nicht?, fragte sie und kreiselte auf ihrem Barhocker an der Soda-Fountain. Ja!, rieten ihr die anderen Mädchen. Sicher! *Sie* würden sich sofort melden, wenn ihre Eltern es erlaubten.

Pauline kam nicht mehr oft in die St. Cassian Street. Sie war mit ihrem Freiwilligendienst beschäftigt. Die Mädchen aus der Nachbarschaft arbeiteten nebenher auch als Freiwillige (sie hatten inzwischen – mit weißen Hauben, in denen man wie eine Sphinx aussah – Millionen von Verbänden gewickelt), aber Paulines Dienst klang interessanter. Sie half in einer Rot-Kreuz-Kantine, erzählte Katie, schenkte Kaffee aus und verteilte Doughnuts an einsame Soldaten, deren Schiffe im Hafen lagen. Manchmal half auch Katie.

Katie konnte die Jungen, die sie kennenlernte, gar nicht zählen! Sie sagte, das meiste von ihrem Geld gebe sie für Briefpapier aus.

Eine Reihe Mädchen fragten, ob sie das nächste Mal mitkommen dürften.

In Antons Lebensmittelladen fragte Mrs Szapp: »Wohin ist Pauline denn verschwunden? Keiner hat sie in letzter Zeit gesehen.«

»Doch, sie kommt manchmal«, antwortete Mrs Anton.

»Ich dachte, sie sei vielleicht weg.«

»Sie kommt manchmal, ich sags doch! Sie war doch hier … wann bloß. Vergangene Woche, oder eine Woche davor. Redete wie ein Wasserfall über Michael. Sie wissen ja, wie sie redet.«

Mrs Szapp schwieg einen Augenblick und fragte dann, wie viel Lebensmittelmarken ein Pfund Wurst kostete.

Der jüngere der Piazy-Jungen ging mit seinem Schiff in der Korallensee unter. Es war der erste Todesfall in der Gemeinde. Mr Piazy redete überhaupt nicht mehr. Die Nachbarn liefen tagelang mit blassen, stummen Gesichtern herum, schüttelten schweigend die Köpfe und murmelten ungläubig, wenn sie sich auf der Straße begegneten. Das war also die Wirklichkeit. Halt! Keiner hatte ihnen gesagt, dass es so ernst würde!

Die Dobeks bekamen ein Telegramm mit der Nachricht, dass Joe vermisst sei. Davey Witt wurde mit einem Nervenleiden nach Hause geschickt, über das die Witts ungern sprachen. Jerry Kowalski holte sich Malaria. Und Michael Anton wurde in den Rücken geschossen und landete im Lazarett.

Mrs Anton sagte, sie sei froh. Sie sagte: »Jeder Tag im Krankenbett ist ein Tag, an dem er nicht in Übersee ums Leben kommt.« Keiner konnte es ihr verdenken.

Pauline erhielt jetzt noch mehr Briefe, und sie besaß schon drei Schuhkartons voll. Sie redete immer davon, dass Michael »verwundet« sei. Und natürlich war er verwundet, aber nur durch ein Versehen. Durch den dummen, gedankenlosen Fehler eines Kameraden. Wenn man Pauline reden hörte, hätte man allerdings denken können, er habe dem Feind im Nahkampf gegenübergestanden.

Der ältere Japaner, der sonst im Broadway Markt die Fische ausgenommen hatte, war stillschweigend verschwunden. Wohin? Er war doch nett gewesen! Oh, das alles zog sich viel zu lange hin. Dieser Krieg dauerte jetzt schon ewig; alles brauchte viel mehr Zeit als erwartet. Es war schon Sommer. Pearl Harbor schien inzwischen hundert Jahre her.

Die merkwürdigsten Dinge wurden knapp. Haarnadeln, zum Beispiel. Wer hätte das gedacht, *Haarnadeln*? Benzin, gut, aber … Und der kleinste Brunek bekam zum Geburtstag nicht das Dreirad, das er sich wünschte. Keine Gummireifen, das war der Grund. Aber erklär das mal Petey Brunek!

Dann schickte das Kriegsministerium den Szapps innerhalb von drei Tagen zwei Telegramme, und alle schämten sich, dass sie solche Kleinigkeiten wichtig genommen hatten.

Dennoch, es wäre schön gewesen, wenn Petey sein Dreirad bekommen hätte.

Als Michael Anton nach Hause kam, schrieb er vorher seiner Mutter, dass er am Zug von Pauline allein abgeholt werden wolle. Mrs Anton schien das nicht zu kränken. Vermutlich wolle er ihr die gewisse Frage stellen, erklärte sie den anderen Frauen, und sie sprach ganz ruhig und zuckte mit den Achseln. Sie konnte es sich leisten, immerhin hatte sie ihren Sohn wieder.

Der Grund für seine Entlassung war ein deutliches, bleibendes Hinken. Seine Mutter hatte nur zu hoffen gewagt, dass man ihn auf einen Schreibtischposten versetzen würde, aber erstaunlicher, unerklärlicherweise schickte man ihn nach Hause. Er musste in seinem Leben nie wieder in den Krieg. Mrs Anton sagte, die Soldaten nannten so etwas die »Million-Dollar-Wunde«. Dabei kam sie ins Stottern und schaute Mrs Szapp an, doch Mrs Szapp erklärte freundlich: »Zehn Millionen Dollar, würde ich sagen. Gott meint es gut mit dir, Dolly.«

Und um die Zeit, als Michael und Pauline eigentlich der Straßenbahn entsteigen mussten – gegen Mittag, mittwochs, ganz gegen Ende August –, erschienen alle möglichen Frauen im Lebensmittelladen, um kleine, unbedeutende Einkäufe zu machen. Eine Schachtel Jell-O, eine Fliegenklatsche. Sie blieben lange, hielten ein Schwätzchen, warfen Mrs Anton, die ein hübscheres Kleid und einen Hauch Lippenstift trug, verstohlene Blicke zu. Schließlich, als sie keinerlei Grund zum Bleiben mehr hatten, bewegten sie sich nach draußen auf den Gehweg und standen ein Haus weiter vor Mrs Serges Wohnzimmerfenster. Mrs Serge hatte neben ihrer Armeefahne eine Reihe Nonnen aus Porzellan aufgestellt – niedliche kleine Nonnen, die mit runden Mündern sangen, Gebetbücher trugen oder betend knieten, mit kleinen goldgepunkteten, aufgemalten Rosenkränzen. Es war glühend heiß, auf den Gesichtern der Frauen glänzte die Sonne, und unter ihren Armen wuchsen dunkle, halbmondförmige Flecken, dennoch betrachteten sie weiter andächtig Mrs Serges Nonnen.

Eigentlich vorauszusehen, dass der Zug Verspätung haben würde, schimpften sie leise. Die Züge hatten heutzutage immer Verspätung, immer voll Soldaten, und dann die Zwischenstopps.

Zweimal war Mrs Anton dazugekommen, einmal brachte sie einen Kunden an die Tür – was sie gewöhnlich nie tat. Sie schaute die Dubrowski Street hinunter und verschwand wieder im Laden. Sie trug sogar richtige Strümpfe, stellten die Frauen fest.

Das dritte Mal kam sie heraus und rief: »Eustace? Ist Eustace bei euch?«, obwohl es wirklich keinen Grund zu dieser Annahme gab. Und dann schaute sie die Straße hoch und rief: »Da ist er!«

Natürlich nicht Eustace, sondern Michael, mit Pauline. Aus der Ferne waren sie so klein und schmuck wie ein Paar auf dem Hochzeitskuchen – Pauline trug Pastell, Michael Sommerkaki. Oh, und besaß eine Uniform nicht manchmal etwas Herzzerreißendes, dass man vor Liebe und Kummer und Sehnsucht fast verging! Tatsächlich hatte Michael einen Stock. Er verlagerte sein ganzes Gewicht darauf, hielt sich krumm, wenn er das rechte Bein bewegte, und Pauline schleppte seinen Koffer mit beiden Händen vor sich her. Dennoch waren sie schnell. Die Frauen warteten, bis er zu ihnen kam. Sie konnten sich an ihm nicht sattsehen.

Dann war er so nah, dass sie sein breites Lachen sahen, über das ganze kantige Gesicht, und allen fiel ein, was für ein ungestümes Kind er damals in der Volksschule gewesen war. Und seine Mutter gab einen Ton von sich, aus tiefster Seele, und lief ihnen stolpernd entgegen.

Viel, viel später, als die Frauen darüber nachsannen, wie eigentümlich überschwänglich die harten, traurigen Kriegsjahre gewesen waren, rief sich manche von ihnen insgeheim wieder das Bild ins Gedächtnis, wie Michael Anton auf dem Gehweg seine Mutter umarmte und Pauline daneben lächelnd zuschaute und sich gegen das schwere Gepäckstück leicht nach hinten lehnte.

Er sagte, dass er gar keine Schmerzen habe, außer wenn es regnete. Dann zöge es in seinem Hüftgelenk. Denn man hatte ihn in die Hüfte geschossen, nicht in den Rücken. Ins Hinterteil, genau gesagt (Rücken hieß das aus Höflichkeit). In den Wäldern draußen, beim Manöver, als er über einen Baumstamm kletterte, hatte er einen Schlag gespürt und einen tiefen, brennenden Schmerz, und gleich danach lag er flach mit dem Gesicht im modernden Laub. Glücklicherweise stand er gerade auf diesem Stamm, sonst hätte es ihn *wirklich* in den Rücken getroffen, womöglich direkt durchs Herz. Und jawohl, er wusste genau, wer es gewesen war: der Kamerad mit dem Dauerhusten, der in Virginia in der Koje nebenan geschlafen hatte. Kann man sich vorstellen, dass von allen Männern, mit denen er ausgebildet wurde, ausgerechnet der mit ihm in den Westen kam? Der Schuss hatte sich gelöst, als der Bursche stolperte – ein Unfall, doch einer, der nie hätte passieren dürfen, angesichts der Sicherheitsvorkehrungen, die ihnen von Anfang an eingebläut worden waren. Aber genau betrachtet, ging es diesem Burschen nun wesentlich schlechter als Michael. *Er* war nämlich noch in der Armee.

Es war Donnerstagnachmittag, und Michael, in grauer Arbeitshose und blau kariertem, völlig verwaschenem Hemd, packte beim Reden Pinto-Bohnen ins Regal. Mrs Brunek, Miss Jakubek und Mrs Serge standen am Ladentisch, jede zwar mit einer Einkaufliste, aber machen wir uns nichts vor: Den ganzen Tag waren unter fadenscheinigen Vorwänden Leute vorbeigekommen, die eigentlich nur Michael alles Gute wünschen und hören wollten, was er von sich zu erzählen hatte.

Er sagte, dass er wohl eine Weile brauchen werde, bis er das Lebensmittelmarken-System begriffen habe. So kompliziert! So viele Formulare! Und noch an andere Dinge musste er sich gewöhnen. Die Glasrosette in der Decke vom Bahnhof Penn Station, diese schöne Kompassrosette, sei mit Verdunklungsfarbe überstrichen, wegen der Luftangriffe. Wussten sie das? Nein, keiner. Es gab zurzeit wenig Anlässe, mit der Eisenbahn zu fahren.

Und die Verdunklungsrollos an allen Fenstern, fuhr er fort, seien eine ordentliche Überraschung. Tatsächlich, hier sei es nicht anders als im Westen! Irgendwie habe er erwartet, zu Hause sei ausgenommen – der Krieg fände nur woanders statt.

Seht euch Davey Witt an. Davey kann nicht mehr allein im Zimmer schlafen. Weiß Gott, was die armen Jungen durchgemacht haben, so weit weg von Baltimore.

Mrs Anton drückte die Tasten der mächtigen Messingkasse, und die Geldlade ging klimpernd auf, kling-klang! Sie trug wieder normale Sachen, aber so lebhaft hatten die drei Frauen sie seit Ewigkeiten nicht gesehen, und als sie ihnen nachrief: »Kommen Sie bald wieder!«, sang sie fast.

Schon halb aus der Tür, sichteten die Frauen Pauline. Sie flog ihnen entgegen, in einer Wolke aus rosa geblümtem Musselin, hielt ihren Strohhut fest, damit er von dem Luftzug, den sie erzeugte, nicht wegwehte. Interessant, wie sie ihre Farben geändert hatte, genau zu dem Zeitpunkt, als die Leute ihre Meinung über sie änderten. Von gefährlichem und dramatischem Rot war sie zu sanften Pastelltönen gewechselt. Vielleicht lag es an der Jahreszeit, dennoch, so gefiel sie allen sehr! Sie war genau, was Michael brauchte, jemand, der sein Leben erwärmte. Bemerkenswert, wie sie alle Frauen mit Namen begrüßte. »Hallo, Mrs Brunek! Hi, Miss Jakubek! Hi, Mrs Serge!« Und wie sie sich zu Hause fühlte, an ihnen vorbei in den Laden huschte, Michaels Mutter zuwinkte und Michael ein Grübchen-Lächeln zuwarf, das ihn so reizend verlegen machte. Denn natürlich waren die Frauen mit ihr wieder hineingegangen. Es wäre doch eine Schande, dies zu verpassen!

Sie sagte: »Rate mal, Michael!«

»Was?«, sagte er und strahlte. Er angelte den Stock, den er an die Ladentischkante gehängt hatte.

»Rate mal!«

»Ich weiß nicht, Polly.«

»Pastor Dane sagt, dass wir in seiner Kirche heiraten können.«

»Sagte er das? Wirklich? Fabelhaft!«, sagte Michael.

Mit dem Stock ging er am Ladentisch entlang, kam dann nach vorn und zu ihr, warf seiner Mutter im Vorbeigehen einen Blick zu. Auch die Nachbarinnen taten das. Wie nahm sie die Neuigkeit auf? Ihr Sohn heiratete in einer protestantischen Kirche: nicht, was sich die meisten Mütter erhofften.

Mrs Anton war durch nichts zu erschüttern. Sie reckte ihr Kinn und sagte: »Wie schön!«

»Natürlich sind Sie alle eingeladen«, sagte Pauline zu den Frauen.

Sie sahen sich an und murmelten Danke schön. (Pfarrer Pasko würde einen Anfall bekommen.)

»Und noch was, Michael. Rate mal«, sagte Pauline.

Jetzt stand er vor ihr, lehnte steifarmig auf seinem Stock und lächelte zu ihr hinab. Er sagte: »Was?«

»Rate mal!«

Michael war so langsam und schwerfällig; wie schwerfällig, war den Frauen nie klar gewesen. »*Was*, Polly?«, fragte er.

»Daddy sucht uns eine Wohnung.«

Michael blinzelte. Er sagte: »Wozu brauchen wir eine Wohnung?«

»Zum Wohnen, Dummerchen!«

»Aber wir haben doch Platz zum Wohnen. Hier über dem Laden.«

»Ja, aber Daddy meint, er sucht uns was Eigenes. Er hört oft als Erster, wenn Leute aus ihrer Wohnung rausmüssen, sagt er, wenn sie dann zu ihm kommen und in aller Eile was Billiges suchen. Dann braucht er sie nur zu fragen: ›Wo haben Sie denn bisher gewohnt?‹, und wenn ihr Hausbesitzer nicht schon —«

»Aber wir können uns keine eigene Wohnung leisten, meine Süße. Das hab ich dir schon gesagt. Mama zieht aus ihrem Schlafzimmer aus, und du darfst alles ganz nach deinem Geschmack einrichten.«

Mrs Anton gab ihr Schlafzimmer auf? Dann musste sie in dem schmalen Zimmerchen schlafen, das früher Michael und Danny gehört hatte. (Das war nicht schwer zu erraten, denn alle Häuser hatten mehr oder weniger den gleichen Grundriss). Was für ein Opfer! Die Frauen sahen Mrs Anton an, aber die reagierte nicht. Sie beobachtete Michael und Pauline.

Pauline sagte: »Oh.«

Michael sagte: »Verstehst du.«

»Na ja«, sagte sie.

Sie machte einen Schritt zurück. Sie trug so leichte Sandalen in einer winzigen Größe, keinem der stämmigen Mädchen aus der Nachbarschaft hätten sie auch nur im Traum gepasst, und selbst auf diesem knarrenden Fußboden war ihr Schritt so leicht, dass es kein Geräusch gab. Sie machte auf dem Absatz kehrt und war weg. Die Fliegendrahttür klappte zu. Die rostige Feder oben schepperte.

Michael sah die Frauen so verdattert an, dass Mrs Brunek

es für nötig hielt, einen Kommentar abzugeben. Sie lachte hell auf und sagte: »Ach, weißt du: Verlobungsfieber.«

Er sagte: »Vielleicht sollte ich doch mit ihr reden.«

Er ging hinaus, sein Stock mit dem Gummipfropf quietschte bange.

Miss Jakubek war so abgelenkt, dass sie alles noch einmal kaufte, obwohl sie bereits ein kleines Päckchen mit Dosen trug.

Manchmal sah es aus, als würde der Krieg die Grenzen von St. Cassian verwischen. Die Fabrikmädchen trafen sich mit Männern aus South Carolina und West Virginia; die Jungs in Europa schrieben von Mädchen mit englischem Akzent. Eine Reihe Frauen aus der Nachbarschaft – respektable Frauen, verheiratet, mit Kindern – hatten Stellen bei Glenn L. Martin angenommen. Jeden Morgen gingen sie mit blauen Drillichkitteln zur Arbeit, und ihre Mütter, in unterm Kinn verknoteten Kopftüchern und Kleidern wie in der Mitte gegürteten Kartoffelsäcken, sahen ihnen kopfschüttelnd nach. Wer weiß, wie das enden würde?

Man hörte nicht mehr nur Polkas; man hörte »Chattanooga Choochoo« und »The White Cliffs of Dover« und »I've got a Girl in Kalamazoo«. Man hörte »Blues in the Night« und »Take Me«, und »I Don't Want to Walk Without You, Baby«. Junge Leute tanzten Wange an Wange, so langsam wie Schlafwandler. Katie Vilna wurde schwanger. Jerry Kowalskis Freundin brannte mit einem Seemann aus Memphis durch. Jeder in der Nachbarschaft lernte, Flugzeuge zu unterscheiden.

Joe Dobeks Leiche wurde gefunden und nach Hause verschifft; und am ersten kühlen Septembertag fand seine Beerdigung statt. Schon vor dem Krieg war auf dem Friedhof von St. Cassian kaum noch Platz gewesen, aber man zwängte ihn zwischen die Gräber zweier Fremder, die seit langer, langer Zeit dort lagen, als die Nachbarschaft noch irisch war. Die bemoosten Grabsteine eines O'Malley und eines O'Leary flankierten Joes perlweißen neuen Stein, und Mrs Dobek legte immer, wenn sie Joe besuchte, Blumen auf alle drei Grabstellen. John O'Malley war zweiundneunzig Jahre alt geworden und im Frieden des Herrn gestorben, O'Leary (kein Vorname) starb am Tag seiner Geburt. Mrs Dobek erzählte ihren Freundinnen, dass sie manchmal, anstatt für Joey zu beten, an die Mutter des Babys O'Leary denken müsse – wie schrecklich traurig sie wohl war, als sie ihr Kind verlor; dabei hätte ihr Verlust größer ausfallen können: all die Jahre, in denen er zu einem eigenständigen Menschen mit Gewohnheiten, Schwächen und Eigenheiten heranwuchs; zum Beispiel, dass er ihr immer fast das Genick brach, wenn er sie in den Arm nahm, oder dem Hund die Ohren nach außen stülpte, oder seine kleine Schwester ärgerte und so tat, als hielte er sie für Betty Grable.

Sie sagte auch, dass sie so etwas wie Wut gespürt habe, nachdem sie erfuhr, man habe seinen Leichnam gefunden. Es klang, als habe man ihn versehentlich verlegt, sagte sie. Wie ein ausrangiertes Spielzeug. Wo sie sich doch in all den Jahren so um seine Gesundheit und Sicherheit gesorgt habe.

Mittlerweile heirateten so viele Paare überstürzt, dass die Leute sich an diese Hals über Kopf und ohne Verlobungszeit stattfindenden Hochzeiten gewöhnt hatten. Früher hätte man monatelang genäht, wochenlang gekocht und eine enorme Feier ausgerichtet, bei der die Gäste der Braut Umschläge mit Geld in die aufgehaltene Schürze warfen; aber inzwischen sah es manchmal so aus, als erfordere das Heiraten nicht mehr Überlegungen als ein Kinobesuch.

Als Mrs Anton ihren Kundinnen eines Freitags Ende September mitteilte, dass Michaels Hochzeit am kommenden Nachmittag stattfände, waren sie deshalb nicht völlig entsetzt. Und als sie hinzufügte, dass alle willkommen seien, nahmen acht, neun Frauen die Einladung an. Keine Männer, wie sich herausstellte. Die Männer behaupteten, dass sie keine protestantische Kirche betreten würden, was aber eine Ausrede war. Eigentlich wollten sie nur samstags keine Krawatte tragen.

Obwohl die Leute redeten, als stamme Pauline vom Mond, lag ihre Gegend kaum zwanzig Minuten Fußweg entfernt – ein sehr schöner Spaziergang bei gutem Wetter. Und das Wetter war an Michaels Hochzeitstag wunderschön. Die Luft war frisch und herbstlich, und als die Frauen ihre eigene Nachbarschaft hinter sich ließen, stießen sie auf kleine, umzäunte Bäume mit lippenstiftrotem oder eigelbem Laub. Sie spazierten gemütlich, begutachteten im Vorbeigehen die Häuser, immer noch Reihenhäuser, aber größer und irgendwie unordentlicher – die Straßenfront nicht völlig einheitlich, die Vorhänge alle in unterschiedlichen Farben, die Stufen umgeben von wucherndem Grün. Die Kirche hatte, wie sich herausstellte, außen Holzschindeln, und die Fenster waren nicht aus buntem Glas, sondern einfarbig rosa und geriffelt wie Badezimmerfenster. Die Frauen sagten dazu nichts. Sie waren wild entschlossen, sich tadellos zu benehmen. Sie trugen alle ihre amerikanischsten Sachen, dunkel und streng, mit dunklen Hüten und makellosen weißen Handschuhen, und sie brachten Geschenke, eingepackt, mit Schleifen, denn wo Pauline wohnte, bekamen Bräute etwas von Hutzlers Kaufhaus. Das wusste jeder.

Allen voran ging Wanda Bryk – zwar gut zwanzig Jahre jünger als die Übrigen, aber eindeutig die Anführerin. Sie wies sie ein, als sie die Stufen zur Kirche hochgingen. »Paulines Eltern sind hier, natürlich, und ihre drei Schwestern, und der Mann ihrer ältesten Schwester, der Asthma hat, also nichts sagen, ich meine, nicht fragen, warum er nicht bei der Armee ist, denn es ist ihm schrecklich peinlich … Nein, keine Brautjungfern und kein Brautführer … sie ziehen nicht einmal feierlich in die Kirche! Wir setzen uns ziemlich nach vorn, und der Pastor – oh, da ist sie ja! Pauline ist da!«

Pauline? Wirklich? Ja, da war sie tatsächlich. Sie stand im Vorraum, in voller Größe, trug ein enttäuschend schlichtes elfenbeinfarbenes Straßenkleid und unterhielt sich mit einem alten Herrn. Als sie die Frauen sah, sagte sie: »Oh, wie schön, dass ihr alle gekommen seid! Michael, schau, wer da ist!«

Großer Gott, ja, da war auch Michael, er stützte sich auf seinen Stock, keinen Meter von seiner Braut entfernt. Keiner fand wohl etwas dabei, dass sie sich vor der Trauung schon trafen. Michael trug seinen zu engen Anzug, ein weißes Hemd und eine rote Krawatte. Er sah so gut aus! Die Frauen waren stolz auf ihn. Sie küssten ihn, tätschelten seinen Arm und rückten, eigentlich unnötig, seinen Kragen zurecht. »Mama ist unterwegs«, sagte er zu ihnen. »Sie kommt mit Onkel Bron.« Dann stellte er sie Paulines Mutter vor. »Mom Barclay«, nannte er sie; meine Güte, das ging aber schnell! Mrs Barclay war proper und attraktiv, hatte dunkelblondes Haar wie Pauline, und sie machte solch ein Aufhebens um die Frauen von St. Cassian, bewunderte Kleider und Hüte und sogar das Geschenkpapier, bedauerte den langen Weg, bis die Frauen ganz unsicher wurden. Dann erschien ein junger Matrose, und Mrs Barclay widmete sich ihm gnädig lächelnd, sodass die Frauen endlich eintreten konnten.

Die Kirche hatte babyblaue Wände, helle Holzbänke und gar nichts Geheimnisvolles. Vorne spielte Paulines Freundin Anna Klavier – das Mädchen mit dem Taschentuch, damals am ersten Tag, in Antons Lebensmittelladen; sie spielte mit dem Rücken zur Gemeinde, aber an ihrem glatten braunen Pagenkopf und ihrer kerzengeraden Haltung war sie leicht zu erkennen. Hier und da saßen schon Gäste. Die Frauen kannten niemanden, doch kurz nachdem sie eine ganze Reihe in Beschlag genommen hatten, kam Michaels Mutter am Arm ihres Schwagers durch den Mittelgang. Sie trug ein marineblaues Tupfenkleid, das keiner je an ihr gesehen hatte, und am spitzen Ausschnitt steckte eine weiße Stoffrose. Als Mrs Serge »Psst!« zischte, lächelte Mrs Anton den Frauen flüchtig und ein wenig verkniffen zu, richtete ihre ganze Aufmerksamkeit aber gleich wieder auf das bevorstehende Ereignis. Sonst sprachen die Leute aber in normaler Lautstärke und standen sogar auf, um sich mit anderen Gästen zu unterhalten. Anscheinend hatte niemand sonst Geschenke dabei. Waren Geschenke vielleicht nicht erwünscht? Mrs Anton setzte sich in die erste Reihe, was, wie die Frauen von St. Cassian fanden, nur recht und billig war.

Dann öffnete sich hinter dem Altar eine Tür, und heraus trat ein blasser junger Mann in einem schwarzen Anzug. Er schritt zur Kanzel hinüber, legte eine Bibel vor sich hin und lächelte die Gemeinde an. Eine Weile war sein Lächeln wirkungslos, doch allmählich kehrten die schwatzenden Gäste eilig auf ihre Plätze zurück. Dann kam Mrs Barclay mit einem erschöpft aussehenden, grauhaarigen Mann – eindeutig Mr Barclay – durch den Mittelgang, und beide nahmen vorn, in der anderen Reihe, Platz. Anna unterbrach ihr Klavierspiel. Der Pastor räusperte sich. Es war mucksmäuschenstill. Alle schauten auf die hintere Tür.

Nichts passierte.

Die Leute sahen sich fragend an. Vielleicht kam das Brautpaar ja von woanders; wie war es geplant? Alle schauten wieder nach vorn. Der Pastor blätterte in der Bibel, wollte aber nichts daraus vorlesen.

Flüstern ging durch die Reihen, hinauf und hinab. Ein Kind fragte etwas und wurde lachend zur Ruhe ermahnt, danach war die Stimmung entspannt. Verschiedentlich wurden die Unterhaltungen wieder aufgenommen. Mrs Antons Rücken blieb starr, und sie blickte unverwandt geradeaus, aber Mrs Barclay drehte sich immer wieder nach hinten um. Offenbar wusste sie nicht mehr als die Gäste.

»Was ist los?«, wollte Mrs Nowak von Wanda wissen.

Statt zu antworten, stand Wanda auf und trat aus der Kirchenbank. Sie marschierte durch den Seitengang nach hinten, ihre Absätze hämmerten beherzt, und die Frauen sahen einander an.

Rechts auf der Kanzel stand ein Glas Wasser, und der Pastor nahm es und tat einen symbolischen, wenig überzeugenden Schluck. Er stellte das Glas wieder hin. Er hustete. Er war wirklich erstaunlich jung. »Hoffentlich sind ihnen in letzter Minute keine Zweifel gekommen, haha«, lachte er.

Ein paar Leute kicherten brav.

Hinter den Frauen von St. Cassian diskutierten zwei Männer über die Orioles. Einer sagte, dass er die Hoffnung aufgegeben habe. Der andere sagte, warts ab. 1943 werde alles anders.

Wanda kehrte zurück und setzte sich atemlos, tat ungeheuer wichtig.

Was war denn los?, fragten die Frauen und beugten sich vor.

Pauline hatte es sich anders überlegt.

Hatte *was*?

Die Antwort kam in Bruchstücken und ging von Frau zu Frau, leicht variiert, durch die Reihe, im Flüsterton trotz des Wirrwarrs, damit in den anderen Reihen niemand etwas hören konnte.

Sie sagt, sie weiß nicht, was sie sich dabei gedacht hat …

sagt, sie streiten sich immer nur … sagt, er will nie wohin …
immer so ungesellig und … ein völlig anderer Mensch als
sie, so festgefahren, bewegt sich nicht vom Fleck …

»*Was* immer? *Wohin* nicht?«, fragte Mrs Serge, die am
Ende saß. »Halt, ich habe nichts verstanden.«

Mrs Zack sagte, dass es jeder Braut so ginge. Das sei so
beim Heiraten! Wanda sagte, Michael hätte das auch gesagt.
Er sagte: »Beruhig dich, Poll, du bist nur überdreht«, und
Pauline hatte geantwortet: »Sag du *mir* nicht, was ich …«

»Schsch!«, zischte Mrs Serge.

Sie saß direkt am Gang und bemerkte deswegen zuerst,
dass sich hinten in der Kirche etwas tat. Die Frauen drehten
sich um. Die anderen Gäste drehten sich um. Das Klavier
fing an und spielte »Treulich geführt«, und dabei gingen Michael und Pauline Hand in Hand zum Altar. Nicht Arm in
Arm, wie bei manchen protzigeren Hochzeiten, sondern
richtig Händchen haltend, mit einem strahlenden Lächeln.

Sie waren ein perfektes Paar. Sie unternahmen ihre allerersten Schritte auf dieser erstaunlichen Reise Ehe, und vor
ihnen warteten wunderbare Abenteuer.

2

PUSTEBLUME

»Es war einmal eine Frau«, sagte Pauline, »und diese Frau hatte Geburtstag.«

Michael hörte auf, sich die Cornflakes auf den Teller zu schütten, und sah sie über den Tisch hinweg an.

»Es war der fünfte Januar«, sagte Pauline. »Die Frau war dreiundzwanzig.«

»Das ist doch auch dein Geburtstag«, sagte Michaels Mutter. »So alt bist du doch gerade erst geworden!«

»Und da diese Frau sich gerade an einem Tiefpunkt ihres Lebens befand«, fuhr Pauline fort, »war sie wegen ihres Alters sehr empfindlich.«

Vorsichtig sagte Michael: »An einem Tiefpunkt ihres Lebens?«

Pauline stand auf, um das Baby in seinem Hochstuhl zurechtzusetzen. Es hatte jetzt das Stadium erreicht, wo es sitzen konnte, aber nur so gerade eben. Ohne Hilfe sackte es häufig in sich zusammen, bis ihm das Kinn auf der Brust lag.

»Ja, sie war damals nicht sehr attraktiv«, sagte Pauline und setzte sich wieder. »Sie war im zweiten Monat, und ihr war hundeelend, und sie hatte ihre Figur noch nicht wieder, seit sie das *letzte* Mal schwanger gewesen war. Außerdem war ihr Mann ein Vierteljahr jünger als sie. Drei Monate nach jedem Geburtstag war sie die Ältere. Könnt ihr euch vorstellen, wie sie sich dabei fühlte? Sie war alt und fett und hässlich, und ihr Busen fing an zu hängen.«

Pauline selbst war hübscher denn je, fand Michael. So früh am Morgen, ohne Rouge und Lippenstift, in einem geblümten Chintzhausmantel, sah sie frisch wie ein Kind aus. Die zweite Schwangerschaft sah man noch nicht, was immer sie sich auch einbilden mochte, und der einzige offensichtliche Effekt der ersten war diese erregende neue Fülle und Schwere ihrer Brüste. Während Pauline redete, konnte Michael fast fühlen, wie sie seine Hände füllten. Er lächelte; er versuchte, ihren Blick einzufangen. Aber Pauline sagte: »Mehr Kaffee, Mutter Anton?«

»Nein danke, Liebes. Du weißt, was er meinem Magen antut«, sagte Michaels Mutter.

»Diese Frau hatte Glück«, fuhr Pauline fort, »ihr Mann war sehr verständnisvoll. Er hasste es, wenn es ihr schlecht ging! Er beschloss, koste es, was es wolle, ihren Geburtstag zu einem vollkommenen Tag zu machen.«

Michael bewegte sich unbehaglich. Selbstverständlich hatte er ihren Geburtstag nicht *vergessen* – nichts unverzeihlicher als das –, aber er konnte auch nicht behaupten, dass er ihn, koste es, was es wolle, zu einem vollkommenen Tag gemacht hätte. (Er war dieses Jahr auf einen Wochentag gefallen. Er musste seinen Laden weiter führen.)

»Er stand morgens auf«, sagte Pauline, »er ging auf Zehenspitzen in die Küche, er bereitete für sie French Toast und Orangensaft zu. Er kam mit dem Tablett zurück und sagte:

›Herzlichen Glückwunsch zum Geburtstag, Liebling!‹ Dann brachte er ihr die Blumen, die er zuvor auf der Feuertreppe verstaut hatte. Ein Dutzend langstielige Rosen; der Preis war ihm egal. ›Du bist jeden Preis wert, Liebling‹, sagte er. ›Ich wünschte, es wären Rubine.‹«

Paulines Augen strahlten, und ihre Stimme hatte einen heiteren Klang, sodass Michaels Mutter sich vollkommen täuschen ließ. Sie stieß einen zufriedenen Seufzer aus. »Ist das nicht romantisch!«, sagte sie zu Michael (seit den zwei Schwindelanfällen im letzten Sommer schien sie weniger geistesgegenwärtig zu sein). Aber Michael beobachtete Pauline schweigend, die Finger auf die Serviette gelegt.

»Und ihr Geschenk«, sagte Pauline, »war …«

Zum ersten Mal stockte sie. Sie machte sich daran, dem Baby das Lätzchen abzunehmen.

»… etwas Persönliches«, sagte sie schließlich. »Eine Flasche Eau de Cologne oder ein durchsichtiges Nachthemd. Er würde ihr nie etwas Praktisches schenken! Und er würde ihr nie einfach sagen, sie solle sich selber was kaufen! Er würde nie sagen: ›Herzlichen Glückwunsch zum Geburtstag, Süße, und warum gehst du nicht beim Haushaltswarengeschäft vorbei und holst dir einen von diesen großen Einmachtöpfen, mit denen du mir immer in den Ohren liegst.‹«

Michael spürte, dass seine Mutter ihm einen unsicheren Blick zuwarf. Sie sagte: »Oh! Also …«

»Aber warum langweile ich *euch* damit?«, zwitscherte Pauline. »Schließlich sind wir selber ja ganz anders, nicht wahr?«

Und sie sprang leichtfüßig auf, hob Lindy aus ihrem Hochstuhl und trug sie aus der Küche.

Unten, im Lebensmittelladen, schlitzte Michael einen Papp-karton auf und packte Pfirsichdosen aus. Er stapelte sie auf einem Regal über einem Etikett, auf dem stand: *17 Cent – 18 Punkte*. In Gedanken verteidigte er sich. *Soll ich deine Gedanken lesen, oder was?,* fragte er Pauline. *Woher soll ich wissen, was du zum Geburtstag willst? Ich bin zweiundzwanzig Jahre alt! Und die einzige Frau, der ich je ein Geschenk gekauft habe, ist meine Mutter! Und Mama liebte immer Geschenke, die praktisch waren!*

Er erinnerte sich an den Moment, als ihm die Eingebung mit dem Einkochtopf gekommen war – die große Erleichterung, als er sich an Paulines Beschwerden wegen des kleinen, unansehnlichen Topfes seiner Mutter erinnerte. Er war so stolz auf sich gewesen. Jetzt durchzuckte ihn ein Gefühl der Verletztheit.

Und überhaupt, zu ihrem Geburtstagskuchen hatte sie gar nichts gesagt. Schokoladenkuchen mit Schokoladenüberzug, nicht nur oben (die »Kastenform«-Ausführung, wie die Lebensmittelkartenbehörde das nannte), sondern auch an den Seiten. Wer wohl, glaubte sie, hatte seine Mutter gebeten, diesen Kuchen zu backen? Ohne ihn hätte seine Mutter sich wahrscheinlich nicht mal daran erinnert, was für ein Tag das war!

Eustace tauchte aus dem Lagerraum auf und schleppte eine Eierkiste. Er stellte sie neben der Kühlbox ab, richtete sich auf, massierte seinen Rücken und sagte stöhnend: »Muss Schnee geben. So wie meine Knochen knirschen.«

»Meine Hüfte auch«, sagte Michael.

»Haben Sie die Sachen für Miss Pozniak fertig?«

»Sie sind drüben bei der Kasse.«

Eustace ging, um nachzuzählen. Die Lebensmittel waren in einem Segeltuchsack, wie die Zeitungsjungen sie tragen, mit wie Patronengurte über der Brust gekreuzten Riemen.

(Eustace behauptete, er sei zu alt, um das Lieferfahrrad mit den übergroßen Drahtkörben fahren zu lernen, das Michael als Junge benutzt hatte.) Er wuchtete sich den Sack auf die Schultern und ging gerade zur Tür, als Mrs Serge eintrat. »Morgen, Eustace! Morgen, Michael!«, sagte sie und trat zur Seite, damit Eustace vorbeikonnte.

»Guten Morgen, Mrs Serge«, sagte Michael. Er erhob sich von der Pfirsichkiste und langte nach seinem Stock. »Kalt genug für Sie?«

»Oh ja. Meine Güte, ja«, sagte sie, und sie hielt sich den Mantelkragen am Hals noch fester zu. Tatsächlich kam sie gerade von nebenan und hatte kaum Zeit gehabt, die Kälte zu spüren. Aber die Leute schienen diese Art von Small Talk zu erwarten, hatte Michael herausgefunden.

»Wie geht es Ihrer Mama?«, fragte sie ihn. »Wie gehts Pauline? Wie gehts dem Lindy-Schätzchen?«

»Es geht allen gut. Was haben Sie von Joey gehört?«

»Morgen Nachmittag kommt er auf Urlaub nach Hause.«

»Wunderbar!«

»Ja. Deshalb brauche ich Büchsenmilch, weil ich ihm Eiscreme machen will.«

»Büchsenmilch«, sagte Michael und drehte sich wieder zu den Regalen. »Eine Büchse, oder zwei?«

»Geben Sie mir besser zwei. Sie müssen mich für verrückt halten, dass ich so was im Januar mache.«

»Nein, Madam«, sagte Michael. »Ich weiß, wie gern Joey Eiscreme isst.« Er stellte die Dosen auf den Ladentisch. »Noch etwas?«

»Nun, mal sehen. Eine Packung Gelatine, und ich könnte zur Sicherheit auch noch etwas Vanillearoma mitnehmen … Hat Pauline den Ingwertee probiert, von dem ich ihr erzählt habe?«

»Ich bin mir nicht sicher«, sagte Michael.

»Ein viertel Teelöffel Ingwerpulver auf eine halbe Tasse heißes Wasser, habe ich ihr gesagt. Ganz langsam vor dem Frühstück trinken. Das habe ich jeden Morgen gemacht, als ich damals Joey erwartete, und das hat wie ein Zaubertrank gewirkt.«

»Ich werde ihr morgen früh welchen machen«, sagte Michael.

»Armes Ding. *Mager,* wie sie ist, sie kann es sich wirklich nicht leisten, nichts zu essen.«

»Nein, das ist schwer für sie«, sagte Michael zustimmend.

Doch später, als Mrs Serge gegangen war, fügte er in Gedanken hinzu: *Und sie ist nicht die Einzige, für die es schwer ist.*

Nun, er wusste, dass er sich nicht beschweren sollte. Wie würde *er* sich verhalten, wenn er nicht einen Bissen bei sich behalten könnte? Und überhaupt eine Schwangerschaft, all diese Frauenprobleme.

Aber er war sich nicht sicher, inwieweit Paulines Launen auf ihre Schwangerschaft zurückzuführen waren und inwieweit einfach, nun, auf die Dinge, die zwischen ihnen schlecht liefen. Oh, Frauen führten einen so hinters Licht. Und er war so unerfahren! Ihm kam es vor, als fragte er immerzu: »Was habe ich gesagt? Was habe ich getan? Was *war* das?« Hatten andere Männer auch solche Probleme? Gab es irgendjemanden, mit dem er darüber sprechen könnte? Wenn er irgendwie die richtigen Worte fände – den richtigen Zugang, den richtigen Instinkt –, wäre seine Frau dann ein glücklicherer Mensch?

Als sie sich kennenlernten, hatte er geglaubt, sie wäre ein von Natur aus glücklicher Mensch. Pauline mit ihren sanften Grübchen und ihrem hellen, kichernden Lachen. Bei ihrer ersten Verabredung hatte sie ihre Hand vertrauensvoll in seine schlüpfen lassen – ihre schmalen Finger, unglaublich weich, betteten sich in seine schützende Handfläche, dabei hatte er angenommen, es würde Wochen dauern, bis sie so vertraut miteinander wären. Er spürte, wie sich in ihm ein Gefühl von Verantwortung ausbreitete. Er hatte sich nach etwas Gefährlichem gesehnt – nach einem Rabauken oder einem führerlosen Auto –, um sie beschützen zu können.

Aber dann hatte er ein paar Fehler gemacht. Er war bereit, das zuzugeben. Damals zum Beispiel, als er sie gebeten hatte, ihn auf der Party bei den Kowalskis zu treffen, statt sie abzuholen und sie zu begleiten, nur um die Gefühle seiner Mutter zu schonen. Das war falsch, falsch, falsch gewesen, und Pauline hatte vollkommen recht gehabt, nicht zu erscheinen. Er hatte das fast sofort begriffen – auf beunruhigende Weise wurde ihm klar, dass er ein Muttersöhnchen war, ein Feigling, und er rannte den ganzen Weg bis zu ihrem Haus und klingelte an ihrer Tür und flehte Mr Barclay an, sie zu holen, damit er sich entschuldigen und sie überreden könnte, mit ihm zurückzugehen. Aber dann, später, am selben Abend, als seine Mutter ohnmächtig zusammengesackt war – nun, was sollte er machen? Er konnte das nicht einfach ignorieren! Also war Pauline verschwunden, in die Nacht entschwunden, und er musste noch einmal zu ihrem Haus gehen und Mr Barclay (jetzt in Bademantel und Pyjama) wieder bemühen, nur um abgewiesen zu werden. »Tut mir leid, mein Junge, ich befürchte, sie empfängt im Moment keine Besucher.« Nicht in dem Moment und nicht am nächsten Tag, wenn Mrs Barclay dazukam und immer neue Entschuldigungen vorbrachte. Erst schlief Pauline noch, dann war sie indisponiert; dann: »Ich fürchte, es ist das Beste, Sie kommen nicht mehr, mein Lieber«, oder irgendetwas in der Art. Bei all den vielen Malen, die er bei den Barclays in der Veranda gestanden hatte, schwammen diese Szenen ineinander.

Aber er wusste, die letzte, schönste Erinnerung, an die er

sich auf seinem Totenbett klammern würde, würde Paulines Anblick sein, wie sie in ihrem roten Mantel die Aliccanna Street hinunterwirbelte, um ihn in den Krieg zu verabschieden. War das nicht alles andere wert? Jeden peinigenden, unvollkommenen, ärgerlichen Moment ihrer Ehe?

Mrs Piazy kam herein und verlangte Schweinefleisch in der Dose und Hörnchennudeln. »Ich werde dieses neue Rezept zum Abendessen machen«, erzählte sie Michael. »Ich habe es aus einer Zeitschrift ausgeschnitten. Wie geht es Pauline heute?«

»Noch nicht so gut«, sagte er.

»Hat sie die Hagelsalzcracker probiert? Das habe ich immer gemacht. Sie muss sechs bis acht gleich nach dem Aufwachen essen, und überhaupt immer, wenn ihr schlecht wird.«

»Ich werde es ihr sagen, Mrs Piazy. Danke.«

»Und hören Sie auf, sich Sorgen zu machen, Michael. Sie können mich nicht täuschen! Ich sehe doch Ihr langes Gesicht! Ich weiß, wie beunruhigt Sie ihretwegen sind. Aber ich garantiere Ihnen, es wird ihr besser gehen. Ganz bestimmt.«

»Nun, danke, Mrs Piazy.«

»Ihr zwei seid so unbezahlbar zusammen«, sagte sie.

Und sie schenkte ihm ein wohlwollendes, nachsichtiges Lächeln, während sie in ihrer Tasche nach ihrer Kleingeldbörse kramte.

Um zwölf Uhr mittags machte er sich auf die Suche nach Eustace, der mit seinen Lieferungen fertig war und sich jetzt im Dämmerlicht des Lagers versteckte. »Eustace?«, rief er. »Bist du da drin?«

»Ich bin hier.«

»Ich glaube, ich mache jetzt Mittag.«

»Okay dann«, sagte Eustace und rappelte sich hinter einem Gurkenfass hoch, in der knorrigen Hand ein halb gegessenes Sandwich aus selbstgebackenem Brot.

Michael sagte: »Oh. Möchtest du, dass ich warte, bis du damit fertig bist?«

»Nein, Sir. Gehen Sie jetzt nur.«

Was Michael eigentlich hatte sagen wollen, war, dass er es vorziehen würde, wenn Eustace nicht vor den Kunden aß – etwas, das er selbst nie tun würde. Aber er war sich nicht sicher, wie er es ausdrücken sollte. Tatsache war, dass es ihm unangenehm war, einen Angestellten herumzukommandieren. Vor dem Krieg hatten sie nie einen Angestellten gehabt. Aber erst kam seine freiwillige Meldung, dann die Gesundheit seiner Mutter, und Pauline, die mit dem Baby so angebunden war …

Er ging durch den Lagerraum und stieg die Hintertreppe hinauf, verließ sich zur Unterstützung auf das Geländer statt auf den Stock. Nicht, dass er noch viel Unterstützung brauchte. Sein Hinken war einfach zu einem Schlenker in seinem Gang geworden, eine seitliche Bewegung, wenn er das eine Bein vorschwang, und er war sich verlegen bewusst, dass er den Stock hauptsächlich dazu benutzte, die Fragen von Fremden abzuwehren, warum er nicht in Uniform sei.

Pauline sagte, das sei albern. »Was kümmert es dich, was die Leute denken?«, fragte sie. »Du und ich, wir kennen die Wahrheit.«

Pauline war in vieler Hinsicht ein viel stärkerer Mensch als er.

Seine Mutter saß bereits am Küchentisch, während Pauline am Herd stand, das Baby auf der Hüfte, und im Suppentopf rührte. »Hallo«, sagte Michael, und seine Mutter sagte: »Hallo, mein Lieber«, aber Pauline schwieg. Er tat so, als würde er es nicht merken. Er sagte: »Lindy-Lou«, und streckte die Arme nach dem Baby aus, und Pauline ließ es so achtlos und abrupt los, dass Michael es beinahe fallen gelassen hätte. Er sank mit Lindy auf einen Stuhl, drückte ihren festen kleinen Körper eng an seine Brust. »Daddy ist hier«, sagte er zu ihr. »Sag: ›Daddy! Willkommen zu Hause! Ich habe mich den ganzen Morgen nach dir gesehnt!‹«

Lindy sah konzentriert auf seine Lippen. Sie war ein ernstes, aufmerksames Baby, mit Michaels schwarzem Haar und seinen ebenmäßigen Zügen. Ihre Augen hatten einen Hauch von Schiefergrau, der sich vielleicht, wenn sie älter wurde, zu seinem Braun entwickeln würde, und schon jetzt hatte sie seine schmalen Hände und die langen, dünnen Finger. War es nur ihre Ähnlichkeit mit ihm, dass er sich ihr so verbunden fühlte? Er war einfach immer davon ausgegangen, dass er Kinder haben würde, so wie er angenommen hatte, dass er eine Frau und eines Tages vielleicht ein Auto hätte, aber er hatte sich nie vorgestellt, dass ein Kind so an sein Herz rühren könnte.

Seine Mutter berichtete von einem Zusammenstoß mit Leo Kazmerow. »Er nimmt seine Pflichten zu ernst«, sagte sie. »Ein Luftschutzwart ist kein Gott. Wenn man bei einer Übung nur das kleinste Licht brennen lässt, sagt er schon: ›Mrs Anton, wie würden Sie sich fühlen, wenn Baltimore ganz und gar von der Landkarte wegbombardiert wird, und Ihr Haushalt ist dafür verantwortlich?‹«

»Das kommt daher, weil er 4-F ist, kriegsuntauglich«, sagte Pauline. »Er glaubt, er muss das wettmachen.«

Ihr Ton war entspannt und freundlich. Sie und Michaels Mutter waren Busenfreundinnen, und Michael war der Außenseiter, der sich von draußen die Nase an der Fensterscheibe platt drückte. Er seufzte und hielt Lindy einen Löffel hin. »Willst du nicht mit uns essen?«, fragte er, als sie nicht danach griff. Als ob er sie überzeugt hätte, griff sie nach dem

Löffel, nahm ihn und zog ihn mit erstaunlicher Kraft aus seiner Hand. Er senkte sein Gesicht auf ihren Scheitel und atmete den Duft ihres Haars ein. Unter dem Talkumpuder roch er einen Hauch von frischem Schweiß, was er bezaubernd fand und ein bisschen komisch.

Pauline teilte die Suppe aus – Tomatencremesuppe. Sie setzte sich und entfaltete ihre Serviette. Michael entwand Lindys Faust seinen Löffel und fing an zu essen, und seine Mutter nahm ihren Löffel, aber Pauline saß einfach da und starrte in ihre Schüssel.

»Süße«, sagte Michael schließlich. »Schaffst du nicht wenigstens ein ganz klein wenig?«

»Nicht, wenn ich nicht will, dass alles wieder hochkommt«, sagte sie.

»Mrs Piazy meint, du sollst es mit Hagelsalzcrackern versuchen.«

Auf dem Tisch stand eine Schachtel Hagelsalzcracker, aber sie griff nicht danach. Stattdessen sagte sie: »Würdet ihr mich bitte entschuldigen?«, und sie legte ihre Serviette neben die Schüssel, stand auf und ging aus der Küche.

Michael und seine Mutter sahen sich an. Leise wurde die Schlafzimmertür geschlossen.

»Sie wird noch dahinschwinden«, sagte seine Mutter nach einem Moment.

Perverserweise verspürte Michael einen Stich fast brüderlicher Eifersucht. Verdiente nicht auch er ein kleines bisschen Mitgefühl? Für ihn war das ebenfalls nicht sehr lustig!

Als sie mit dem Essen fertig waren (zu laut war das Klirren ihrer Löffel, Schuld einflößend gesunde Geräusche, zu vergnügt quietschend ihre Bemerkungen zu dem Baby), sagte Michael, er glaube, er müsse mal nach Pauline gucken. »Ja, tu das«, sagte seine Mutter. »Ich werde mich um das Geschirr kümmern.« Er hob Lindy aus ihrem Hochstuhl und nahm sie mit.

Er ging auf Nummer sicher und klopfte zuerst an der Schlafzimmertür an. Niemand sagte: »Herein«, aber nach einer kurzen Pause trat er trotzdem ein.

Pauline lag nicht im Bett, wie er es erwartet hatte, sondern stand nah am Fenster, am Fußende von Lindys Körbchen. Sie hatte den Spitzenvorhang hochgehoben und sah nach draußen, blickte sich nicht um, als Michael hereinkam. »Pauline«, sagte er.

»Was.«

»Ich wünschte, du würdest versuchen, ein kleines bisschen zu essen.«

Sie starrte weiter aus dem Fenster, obwohl die Aussicht nur aus den öden Gesichtern der Häuser auf der anderen Straßenseite bestand.

Dieses Zimmer, das einst Michaels Eltern gehörte, führte seit seiner Heirat eine Art Doppelleben. Das weiße Metallbett seiner Eltern und ein Nachttisch aus Mahagoni mit Glasknöpfen leisteten jetzt Paulines Quilt, mit den Autogrammen aus ihrer Mädchenzeit, Gesellschaft sowie ihr ausgeblichenes und ganz hart gewordenes Abschlussball-Sträußchen auf dem Frisiertisch und den Schnappschüssen ihrer Freundinnen von der Highschool, die im Rahmen des Spiegels steckten. Ihr Einrichtungsstil war so persönlich. Selbst die wenigen Möbelstücke, die sie mitgebracht hatte – ein Kinderschaukelstuhl, eine Aussteuertruhe –, hatten ihre eigenen intimen Erinnerungen, ihre endlos verschlungenen, verschwiegenen Geschichten.

Er stellte sich neben sie. »Siehst du Mommy?«, fragte er Lindy. »*Arme* Mommy. Es geht ihr nicht gut.«

Pauline sagte traurig: »Du verstehst überhaupt nicht, was falsch läuft, oder?«

»Eigentlich glaube ich, dass ich es weiß«, sagte Michael. Er sprach leise, um sie nicht noch mehr aufzuregen. »Oder ich weiß, was in deinen Augen falsch läuft. Du glaubst, ich hätte um deinen Geburtstag mehr Theater machen müssen.«

Pauline wollte etwas sagen, aber er hob die Hand. »Also, es tut mir leid, dass du so empfindest«, sagte er. »Ganz bestimmt wollte ich dich nicht enttäuschen. Aber ich habe auch den Verdacht, dass du zurzeit ein wenig überanstrengt bist. Du bist schwanger, du leidest unter Morgenübelkeit, und du bist überhaupt nicht allzu begeistert – keiner von uns ist das –, so bald schon ein zweites Baby zu haben. Das ist es, was dir in Wirklichkeit zu schaffen macht.«

»Woher weißt *du*, was mir zu schaffen macht?«, fragte Pauline und wandte sich ab.

Lindy wimmerte, und Michael tätschelte ihr den Po. Er sagte: »Komm, Pauline. Meine Süße. Beruhige dich, Süße.«

»Komm mir nicht mit ›Süße‹! Erzähl mir nicht, dass ich mich beruhigen soll. So allwissend und überlegen. Ich allein weiß, was mich stört und was nicht!«

Jeder konnte sie hören – seine Mutter bestimmt, und vielleicht sogar Eustace und jeder Kunde, der unten im Laden sein mochte. Ihre Stimme war mindestens eine Oktave höher geworden und dünn und scharf, gar nicht wie ihr für gewöhnlich angenehmer, gurrender Ton. Und ihre Wut drückte sich so physisch aus, sie betonte jedes Wort mit ihrem ganzen Körper, sodass ihre Locken übertrieben und wie elektrisiert vom Kopf abstanden. (Wie bei einer Pusteblume, dachte Michael plötzlich.) Wenn die Dinge dieses Stadium erreicht hatten, fühlte er sich hilflos. Er hatte keine Möglichkeit, sie im Zaum zu halten. Was immer er versuchte, um sie zu besänftigen, ließ sie nur noch lauter werden. »Liebste«, versuchte er und: »Poll, Süße«, und: »Sei doch vernünftig, Pauline.« Aber sie machte weiter, beide Hände zu Fäusten geballt. Sie griff das Baby, das jetzt weinte, und sie drückte es an ihre Brust und schrie: »Hau ab! Hau einfach ab. Nimm einfach dein steifes, aufgeblasenes, langweiliges, selbstgerechtes Ich und lass uns in Frieden!«

Ohne ein weiteres Wort drehte er sich um. Das war der Punkt, an dem er sein Humpeln am meisten hasste, denn statt einfach hinauszuschlendern, musste er das Zimmer mit schleppendem Schritt verlassen, wie ein Opfer. Trotzdem gab er sich Mühe. In der Küche kam er an seiner Mutter vorbei, die ihn vom Abwaschtisch her anstarrte und mit beiden Händen das Geschirrtuch festhielt.

»Ich glaube, ich mach mich wieder an die Arbeit«, sagte er zu ihr, und er lächelte sie an, oder versuchte zu lächeln, und schlängelte sich an ihr vorbei zur Tür hinaus.

War es möglich, dass man die eigene Frau nicht leiden konnte?

Nein, natürlich nicht. Das war nur eine der Höhen und Tiefen, die jedes Ehepaar durchmachte. Er hatte gesehen, dass dieses Thema auf den Titelseiten der Zeitschriften, die Pauline immer kaufte, erwähnt wurde: »Wie stoppt man Ehekräche, bevor sie anfangen«, und: »In diesem Heft: Warum streiten wir uns so oft?«

Aber mit Sicherheit waren andere Ehefrauen nicht so unbeständig wie Pauline. So launisch, so unlogisch.

Er legte drei Zwiebeln von der Waage in eine braune Papiertüte und stellte sie für Mrs Golka auf den Ladentisch. Sie dachte über ein Pfund Zucker nach, aber sie wollte ungern alle ihre Punkte aufbrauchen. Die Zwillinge seien zwei schreckliche Naschkatzen, sagte sie. Michael sagte: »Naschkatzen, ja …«, und dann vertiefte er sich in das Studium der Waagschale, die eine Beule hatte, seit Pauline sie im Verlauf eines Streits zu heftig hingestellt hatte.

Oh, es hatte jede Menge Streitereien gegeben. Streitereien über Geld; sie gab Geld aus für Dinge, die er für unnötig hielt, für Haushaltskram, Babysachen und für dekorative Dinge, die auf Erden keinen Nutzwert hatten, während Michael besonnener war (geizig, nannte sie es). Streitereien wegen der Wohnung: Sie schwor, sie würde noch verrückt werden, so eingeklemmt in diesen luftlosen, dunklen Räumen, auf Tuchfühlung mit seiner Mutter, und sie wollte, dass sie aufs Land zögen, sobald der Krieg vorbei sei – irgendwohin mit einem Garten vorne und hinten und an der *Seite* auch und mit Bäumen; nicht in eine dieser Reihenhaussiedlungen, die jetzt hier und dort zu sprießen begannen. Wenn Michael darauf hinwies, dass sie sich das Umland nicht leisten konnten, sagte sie, ihr Vater würde helfen; er habe es bereits angeboten. (Bereits angeboten! Michael merkte, wie sein Gesicht vor Scham heiß wurde.) Als er sagte, sie wären dann zu weit weg vom Laden, sagte sie ihm, er solle auch den Laden verlegen. »Und was machen die Leute von St. Cassian dann, wenn sie Lebensmittel brauchen?«, hatte er sie gefragt, aber sie hatte gesagt: »Die Leute von St. Cassian! Na und? Die Leute von St. Cassian stehen mir bis hier! Jeder kennt jeden seit drei Generationen. Es ist an der Zeit, unseren Horizont zu erweitern!«

Selbst ihr Sexualleben war ein Anlass, sich zu zanken. Musste er jedes Mal immer ganz genau gleich anfangen? Die gleichen mechanischen Bewegungen, die gleiche eine Stellung? Michael war sprachlos. »Na, aber, ich meine, wie sonst …?«, hatte er gestottert, und sie hatte gesagt: »Oh, nicht wichtig. Wenn ich es erst sagen muss, vergiss es.« Und dann *hatte* er es vergessen. Trotz aller Vorsätze und Absichten, denn heutzutage hatten sie überhaupt kein nennenswertes Sexualleben, obwohl er annahm, dass das in Anbetracht ihres Zustands verständlich war.

Aber die schlimmsten Streitereien, überlegte er (während er den Zucker für Mrs Golka holte, die beschlossen hatte, doch welchen zu kaufen), waren die, deren Anlass er nicht erkennen konnte. Die, die einfach auftauchten, sich weniger aus dem entwickelten, was sie sagten, sondern aus dem, wie sie beide von Natur aus waren. Von Natur aus taumelte Pauline chaotisch durchs Leben, während Michael wohlüberlegt vorging. Von Natur aus fühlte Pauline sich berechtigt, alles, was ihr durch den Kopf schoss, herauszusprudeln, während Michael jedes Wort abwog. Sie platzte vor Energie – sie ging auf und ab, sie wippte mit dem Fuß, sie trommelte mit den Fingern –, während er langsam war und schwerfällig und insgeheim ein wenig faul. Für sie gab es nur alles oder nichts – jede neue Freundin wurde zu ihrer besten Freundin, jede nebensächliche Meinungsverschiedenheit war für immer und ewig das Ende der Freundschaft –, während für ihn die Welt komplizierter und verwirrender eingeteilt war.

Pauline glaubte, die Ehe wäre das Verschmelzen zweier Seelen, während Michael sie als Gemeinschaft zweier separater Menschen ansah, die Seite an Seite reisten, aber jeder für sich. »Woran denkst du?«, fragte sie gern, und: »Sag mir ehrlich, was du fühlst.« Sie öffnete ganz selbstverständlich seine Post. Nie vergaß sie, ihn zu fragen, mit wem er gerade telefoniert habe. Selbst ihr ewiges Rate mal (»Rate mal, Michael. Nein, im Ernst. Rate. Los. Rate einfach. Falsch. Rate noch mal. Mach schon!«) kam ihm wie eine Form von Machtergreifung vor.

Wie konnten zwei Menschen, die so verschieden waren, je hoffen, miteinander zu verschmelzen? Das bewies, fühlte Michael, dass seine Sicht der Ehe die richtige war.

»Nun, das ist typisch Michael«, hörte er sie sagen. »Hat sich im Leben noch nie geirrt, wenn du *Michael* fragst.«

Er stellte die Zuckertüte vorsichtig auf den Ladentisch.
»Noch etwas?«, fragte Mrs Golka.

Er sagte: »Wie bitte?«

»»Kann ich Ihnen noch etwas holen, Mrs Golka?‹«

»Oh, Entschuldigung«, sagte er.

Sie lächelte, schüttelte den Kopf und reichte ihm ihr Bezugsscheinheft.

Das Geschäft in einem Lebensmittelladen kommt in Wellen: der ganz frühe Andrang nach Grundnahrungsmitteln, die über Nacht ausgegangen sind, der vormittägliche Andrang nach Mittagessen für die Kinder, ehe sie von der Schule nach Hause kommen; der Nachmittagsandrang nach Zutaten für das Abendessen. Gegen fünf hatte sich der Andrang zu einem Rinnsal verlangsamt, und nur Wanda Bryk stand vor dem Ladentisch. Jetzt hieß sie Wanda Lipska. Sie hatte ihre Einkäufe erledigt, blieb aber noch, um mit Michael zu klatschen. Habe er gehört, dass Ernie Moskowicz einberufen worden sei? »Ernie Moskowicz!«, sagte Michael. »Er ist doch noch ein Kind!« Und im Café von Nick, dem Griechen, hatte es gebrannt, und Anna Grant hat einen Colonel geheiratet und ist nach Arizona gezogen. »Erinnerst du dich an Anna, das Mädchen, das bei eurer Hochzeit Klavier gespielt hat?«, sagte Wanda. Michael sagte: »Sicher«, aus lauter Höflichkeit, aber dann erinnerte er sich tatsächlich an Anna – ihre geraden Augenbrauen und das weiche braune Haar mit der Innenrolle – und wurde von einer stechenden Sehnsucht überrascht. Warum hatte er sich nicht in eine Frau wie Anna Grant verlieben können? Sein Leben wäre so einfach und friedlich!

Oder sogar Wanda. Früher hatte Wanda ihn nervös gemacht, aber nun stand sie hier, mit einen Beutel Lebensmittel im Arm, war im sechsten Monat schwanger, rosig, vor

Gesundheit strotzend. Ihr hellbrauner Tuchmantel, der etwas zu kurz war und über ihrem Bauch nicht mehr ganz zuging, sah so abgetragen und gemütlich aus wie die Kleider, die seine Mutter und deren Freundinnen trugen, und ihr breites polnisches Gesicht leuchtete vor Zufriedenheit.

»Sag Pauline, dass ich nach ihr gefragt habe«, sagte sie und wandte sich zum Gehen. »Sag ihr, ich hoffe, dass sie sich – oh, da bist du ja! Hallo!«

Es war Pauline persönlich, die von der Straße her mit Lindy auf dem Arm und einem Einkaufsbeutel über einer Schulter hereinkam. Sie hatte ihren roten Mantel an und den Hut, den Michael ihren Robin-Hood-Hut nannte – ein passender roter Filzhut, der normalerweise für den Sonntag aufgehoben wurde, mit einem schmalen asymmetrischen Rand und einer flotten schwarzen Feder. Früher, in der ersten Zeit ihrer jungen Liebe, hatte er immer auf der Straße nach diesem Rot Ausschau gehalten. Das Aufblitzen dieser Farbe in einer Menschenmenge ließ sein Herz rasen.

»Hallo, Wanda! Hallo, Michael!«, sagte sie. »Ich dachte, ich komme von dieser Seite rein, um zu sehen, ob du schon schließt.«

»Ist sie nicht ein kleines Schätzchen«, sagte Wanda zu Lindy. »Ist sie nicht ein kleiner Engel«, und schmatzte eine Serie Küsse in die Luft. Lindy war genauso schick angezogen, mit einem rosa Wollmantel und einer Haube. Sie sah Wanda nüchtern an und blickte dann zu Michael, als wollte sie fragen: *Was ist denn hier los?* Er gab ihren Blick zurück, ohne zu lächeln.

»Wir waren beim Schlachter«, sagte Pauline. »Ich dachte, ich kaufe für Michael Schweinskoteletts zum Abendbrot. Ist Schweinefleisch heutzutage teuer! Und dazu sieben Punkte für ein Pfund. Aber Michael arbeitet so schwer, ich möchte sicher sein, dass er genug Proteine bekommt.«

»Du kennst nicht mal die Hälfte der Wahrheit«, sagte Wanda zu ihr, »weil du mit einem Lebensmittelhändler verheiratet bist. Ich würde gern in deinen Schuhen stecken, mit all dem Kaffee und dem Zucker eine Treppe tiefer.«

Pauline lachte ihr glucksendes Lachen. »Oh«, sagte sie, »ich habe Glück, das stimmt!« Und sie legte den Kopf schief und sah Michael an, wartete, dass er auch lachte.

Aber er lachte nicht. Er starrte sie einfach steinern an, bis Wanda sich räusperte und sagte, sie würde jetzt gehen.

Pauline nahm offenbar an, Worte wären wie Staub oder wie Fußabdrücke oder wie verschüttete Milch, die, schnell weggewischt, keine Spur hinterließen. Sie glaubte wohl, eine einfache Entschuldigung – oder noch nicht mal das, einfach eine Veränderung ihrer Laune – könnte aus dem Kopf eines Menschen die Tatsache löschen, dass sie ihn steif, aufgeblasen, langweilig und selbstgerecht genannt hatte. Sieh nur, wie sie fröhlich um den Küchentisch herumgeht und »People Will Say We're In Love« summt, während sie mit der Gabel auf jeden Teller ein Schweinskotelett legt. Sie hatte die Koteletts genauso zubereitet, wie Michael sie mochte, nur mit einer Panade aus Mehl, Salz und Pfeffer, schnell und heiß in Schinkenfett gebraten. (Gewöhnlich hatte sie eine Schwäche für Experimente, verpfuschte gutes Essen mit Gewürzen und dünnen Soßen.) Und es gab sein Lieblingsgemüse, Spargelspitzen aus der Dose, und die Kartoffeln wurden einfach mit einem Stich echter Butter serviert. »Ist das nicht schön?«, sagte seine Mutter glücklich und breitete die Serviette auf ihrem Schoß aus. Lindy jauchzte in ihrem Hochstuhl und zerdrückte einen Spargelkopf, bis der Saft aus beiden Seiten ihrer Faust herauslief. Michael sagte: »Hmm«, und griff nach dem Salz.

Beim Essen berichtete Pauline von den Neuigkeiten, die

sie beim Einkaufen aufgeschnappt hatte. Mr Znydas Tochter war aus Richmond zu Besuch da. Henry Piazy hatte ein englisches Mädchen geheiratet, oder sich vielleicht gerade mit einem verlobt. Die kleine Tessie Dobek war letzte Nacht mit einem geplatzten Blinddarm ins Krankenhaus gekommen. »Ach, herrje«, sagte Michaels Mutter. »Armer Tom, arme Grace! Erst verlieren sie ihren einzigen Sohn, und jetzt das. Sie müssen doch vor Sorge ganz verrückt sein.« Michael aß einfach weiter. Wenn man Pauline hörte, könnte man meinen, es ginge ihr nah. Man könnte glauben, dass sie tatsächlich eine Zuneigung zu den Leuten in der Nachbarschaft empfand, statt sie zu verachten und schlechtzumachen und darauf zu brennen, die Gegend hinter sich zu lassen.

Seine Mutter sagte: »Wie alt wird Tessie jetzt sein, frage ich mich. Zwölf? Dreizehn? Michael, *du* musst es doch wissen«, sagte sie und versuchte, ihn in die Unterhaltung einzubinden.

Aber Michael sagte einfach: »Nö«, und nahm sich noch ein Stück Brot.

»Seine Hüfte macht ihm Schwierigkeiten«, sagte Pauline erklärend zu seiner Mutter. »Es wird schneien. Hast du gesehen, wie er heute geht? Und er konnte heute Morgen seine Gymnastik nicht beenden.« Als wäre er nicht im Zimmer, als wüsste seine Mutter nicht den wahren Grund für sein Verhalten.

Und seine Mutter spielte mit. »Oh«, sagte sie. »Ich kann den Schnee *fühlen*. Jeder Knochen in meinem Körper macht mir Probleme.«

»Hast du deine Tabletten genommen?«, fragte Pauline sie.

»Vergessen. Danke, dass du mich daran erinnerst.«

»Ich gehe sie holen. Bleib sitzen!«

»Nein, nein! Bleib, wo du bist!«

Wie Partnerinnen in einem genau festgelegten Tanz, erhoben sich beide Frauen halb und schienen voreinander zu knicksen. Dann setzte Pauline sich wieder hin, Michaels Mutter erhob sich ganz und schlurfte aus der Küche.

»Ich hätte sie früher daran erinnern sollen«, sagte Pauline zu Michael. »Es ist viel leichter, dem Schmerz vorzubeugen, als ihn zu lindern, wenn er da ist.«

Michael sagte nichts. Er riss ein mundgerechtes Stück von seinem Brot ab und legte es auf das Tablett von Lindys Hochstuhl.

»Aber das weißt du besser als ich«, sagte Pauline. »So wie du daran gewöhnt bist, mit deiner Hüfte zu leben.«

Er schwieg.

»Michael?«

»Probier ein Stück Brot, Lindy. Es ist köstlich«, sagte Michael.

»Michael, willst du nicht mit mir sprechen?«

»Hmmm, Brot. Kannst du ›Brot‹ sagen?«

Lindy lachte ihn an und zeigte zwei winzige untere Schneidezähne, grün überzogen mit Spargelbrei.

»Bitte, sei nicht so, Michael. Können wir uns nicht vertragen?«

»Brot«, sagte er laut zu Lindy.

»Ich habe es nicht so gemeint, ehrlich! Ich habe einfach nur unter dem Wetter gelitten. Michael, ich halte es nicht aus, wenn du wütend auf mich bist!«

»Ich bin nicht wütend auf dich«, sagte er. Er saß immer noch mit dem Gesicht zum Hochstuhl, es schien so, als würde er das Baby anreden.

Pauline sagte: »Bist du nicht?«

»Ich habe einfach die Nase voll von dir. Ich bin empört. Du machst mich ganz todkrank, du und deine hässliche Art. Ich hätte dich nie heiraten dürfen.«

Diesmal war die Stille schärfer – sie war wie ein Loch im Küchendunst.

Dann kam seine Mutter mit tapsenden Schritten aus ihrem Zimmer. »Hab sie gefunden«, rief sie mit lauter, durchdringender Stimme.

Sie kam in die Küche und hielt eine blaue Pillenschachtel von Swedas hoch. Michael sagte: »Gut«, und Pauline richtete sich auf und fragte: »Möchtest du etwas, womit du sie einnehmen kannst, Mutter Anton?«

»Nein danke, meine Liebe, ich habe noch mein Wasser«, sagte Michaels Mutter und ließ sich auf ihren Stuhl nieder.

Michael nahm seine Gabel und aß weiter, aber Pauline blieb regungslos sitzen, die Hände neben dem Teller.

Als sie zu Ende gegessen hatten, sagte Michaels Mutter, dass sie abwaschen würde. »Ihr beide könnt einfach gehen und euch zusammen entspannen«, sagte sie. Aber Lindy quengelte inzwischen, was hieß, dass für sie fast Schlafenszeit war. Deshalb sagte Michael: »Ich mach ihr die Flasche.«

»Oh, das kann ich machen, Lieber. Geht, ihr zwei.«

Als hätte sie nichts gesagt, ging er zu dem Gestell mit den sterilisierten Flaschen auf der Anrichte. Seine Mutter sagte nichts mehr.

Pauline trug Lindy ins Schlafzimmer, um sie zu windeln, während Michael eine Flasche mit Milch füllte und sie in einem Topf mit Wasser zum Wärmen auf den Herd stellte. Er stand mit verschränkten Armen und breitbeinig da und wartete, bis das Wasser kochte. Hinter ihm schabte seine Mutter Teller ab und sammelte Gläser ein. »Lass sie nicht zu heiß werden«, sagte sie nach einer Weile, und er sagte: »Hmm? Oh«, nahm hastig die Flasche aus dem Topf und verbrannte sich die Finger. »Verdammt«, sagte er. Ausnahmsweise rügte seine Mutter seine Ausdrucksweise nicht. Er hielt die Flasche unter den Hahn über dem Ausguss, während sie einen Schritt zurücktrat, und dann ging er, die Flasche heftig schüttelnd, ins Schlafzimmer.

Dort war niemand.

Lindys Körbchen war leer. Die Decke hing zerdrückt über dem Rand. Das Gummituch, das Pauline immer über ihrem Bett ausbreitete, bevor sie Lindy wickelte, lag noch zusammengefaltet auf der Kommode.

Er ging über den Flur ins Bad. Niemand da. Er steckte sogar den Kopf in das kleine Zimmer seiner Mutter, aber da waren sie natürlich nicht.

Sie mussten die Außentreppe genommen haben. Nicht die sichere, überdachte Innentreppe hinten, sondern die wacklige Feuerleiter aus Eisen, die an der Hausseite zur Porter Street hinunterging. Pauline war offenbar durch das Schlafzimmerfenster auf den Treppenabsatz geklettert, der wie ein offener Rost war, und hatte ein nasses, hungriges, müdes, sechs Monate altes Baby die glitschigen Stufen hinuntergetragen, hinaus in den kalten Winterabend, während der Nordwind blies und noch vor morgen Schnee angesagt war.

Er ging zurück in die Küche und stellte die Flasche auf das Abtropfgestell. Seine Mutter, die eine Handvoll Besteck durch das Klarspülwasser zog, warf ihm einen fragenden Blick zu.

»Ich nehme an, sie machen einen Spaziergang«, sagte er.

Sie hörte auf, mit dem Besteck zu plätschern.

»Machen einen kleinen Bummel vor dem Schlafengehen«, sagte er.

Sie sagte: »Aha.«

Sie legte das Besteck in den Geschirrständer. Michael nahm ein Geschirrtuch und trocknete die Löffel ab, sorgfältig polierte er die Höhlung jedes einzelnen Löffels, ehe er ihn weglegte. Als er zu den Gabeln kam, fing er leise an zu summen, es klang munter und sorglos. Dann merkte er, was für eine Melodie das war: »People Will Say We're In Love.« Aber es war zu spät, das zu ändern.

Oh, und ihr Wankelmut. Hatte er diesen Charakterfehler auf seine Liste gesetzt? Ihre launenhafte, unverantwortliche Unberechenbarkeit. Wie sollte Lindy lernen, wann die richtige Schlafenszeit gekommen war, wenn sie in der Nacht herumgekarrt wurde, wann immer es Pauline einfiel? Inzwischen war es fast neun Uhr. Sie waren seit zwei Stunden weg. Kinder brauchten feste Zeiten. Sie brauchten Routine.

Bei einer seiner rastlosen Wanderungen ging er wieder zum Körbchen und nahm Lindys Decke vom Rand, schüttelte sie aus, glättete sie und legte sie zusammen. Sie brauchten auch Ordnung. Ein Kind konnte man nicht im Chaos erziehen und dann erwarten, dass es die Welt als stabilen, sicheren Ort ansah. Sie brauchten Kanten, die zueinanderpassten, und Ecken, die in Einklang gebracht wurden. Sie brauchten das Gefühl der Gewissheit, dass die Dinge da waren, wo sie hingehörten.

Er hörte seine Mutter aus dem Bad kommen, im Flur zögerte sie, dann ging sie in ihr Zimmer – mit langsamen, unsicheren Schritten in schweren Schuhen. Er hätte gehen und ihr Gute Nacht wünschen sollen, aber das war ihm zu anstrengend. Er vernahm, wie der Knauf ihrer Tür vorwurfsvoll und resigniert, wie ihm schien, geschlossen wurde.

Pauline hatte Lindys Decke während ihrer Schwangerschaft genäht und die Ränder des hellgelben Wollstoffs an allen vier Seiten mit blassgelbem Satinband umsäumt, weil, sagte sie, Babys ihre Finger gern über etwas Glattes, Rutschiges gleiten lassen, wenn sie einschlafen wollen. Irgendwoher wusste sie solche Sachen. Sie wusste, dass ganz kleine Babys Angst haben, auseinanderzufallen; dass sie es liebten, zu Rollen gewickelt zu werden, wie Kohlrouladen. Sie wusste, welche Stimmlage sie mochten – höher, aber nicht schrill –, und sie wusste, dass eine wiegende Bewegung beruhigen konnte, eine auf und ab schüttelnde Bewegung aber jeden Muskel des Babys steif werden ließ.

Michael hatte keine Ahnung, wo sie das alles gelernt hatte. Er hatte den Verdacht, dass sie es nicht gelernt hatte – dass es aus einem natürlichen, angeborenen Fundus von Einfühlungsvermögen kam.

Er legte die gefaltete Decke ans Fußende des Körbchens. Er rückte den grünen Plüschfrosch zurecht, der am Kopfende saß. Es war Paulines Frosch, aus ihrer Kindheit. Er sah ausgebleicht, schlaff und kahl gewetzt aus; man merkte, dass er sehr geliebt worden war. Eine Lücke in einer Ecke seines aufgestickten Mundes verlieh ihm ein schiefes Grinsen. Der rechte Arm war mit einem Faden in einem helleren Grün wieder befestigt worden.

Sie war eine Bewahrerin, eine Retterin und hortete leidenschaftlich ihre Souvenirs. Sie hatte immer noch die rote Blechgrille aus der Knallbonbonschachtel, die er für sie bei ihrer ersten Verabredung gekauft hatte. Sie hatte einen kegelförmigen Pappbecher, jetzt zu einer Art Kuchenstück zusammengefaltet, aus dem Zug, mit dem sie auf ihrer Hochzeitsreise nach Washington, D. C., gefahren waren.

Michael zog seine Kreise durch das Zimmer, sammelte Hinweise darauf, was für ein Mensch sie war. Die lachenden, zärtlichen Gesichter ihrer Freundinnen auf dem Schnappschuss, der im Spiegel steckte. Der wuchernde Frauenhaarfarn, der auf dem Fensterbrett gedieh. (Sie konnte alles überall zum Wachsen bringen. Ihr Gemüsegarten im Hinterhof – ein Hof von der Größe eines Fußabtreters und hart gestampft wie Asphalt! – hatte letzten Sommer so viel Gemüse hervorgebracht, dass sie noch etwas für den Laden zum Verkauf übrig hatten. Obwohl sie die Hälfte der Zeit alles spontan den Nachbarn geschenkt hatte, ehe Michael es ernten konnte.)

Abends steckten sie und seine Mutter öfter die Köpfe über einer ihrer Zeitschriften zusammen, bis sie zu kichern anfingen. Alles Mögliche konnte sie ausbrechen lassen – ein extravagantes Modefoto oder ein absurder Haushaltstipp. *»›Wie heben Sie Ihre Seidenstrümpfe als Spende für die Kriegskosten auf?‹«*, zitierte Pauline. *»›Häkeln Sie diesen hübschen, mit einem Pflanzenmotiv bestickten Beutel zum Zuziehen, um sie ansprechend zu verstauen.‹«* Seine Mutter beugte sich mit einem leisen, prustenden Geräusch vor, eine Hand scheu vor dem Mund, ihre Augen wurden zu lustigen Schlitzen. Michael konnte sich nicht erinnern, dass seine Mutter je gekichert hätte, nicht einmal, als sein Vater und sein Bruder noch lebten. Nur Pauline konnte diese Fröhlichkeit aus ihr herauslocken.

Er hörte den Blechwecker auf dem Nachttisch ticken – jedes einzelne hohle, gemessene Ticken. Sonst war es still im Zimmer. Es war eine Stille, die sich an ihn persönlich zu richten schien. *Siehst du?*, fragte sie. *Siehst du, wie wenig du hättest, wenn du Pauline nicht hättest?*

Er nahm seine Jacke aus dem Schrank, machte die Schlafzimmertür auf und ging los.

Ja, es würde mit Sicherheit schneien. Das erkannte er an der Farbe des Himmels – dem rosa Schimmer unter dem Grau, wie das Rosa auf handkolorierten Fotografien. Ein scharfer Geruch lag in der Luft. Die wenigen Fußgänger eilten vermummt und geduckt vorbei. Jedes Mal, wenn Michael seinen Stock auf den Gehweg stieß, klang es metallisch, als ob die Gummispitze des Stocks hart gefroren wäre.

Er erlebte Paulines Abwesenheit als einen Riss tief in seinem Inneren. Es würde ihn nicht weiter wundern, wenn er entdeckte, dass er blutete.

Als er im Rekrutenlager war, bewahrte er den Schal, den Pauline ihm gestrickt hatte, zusammengefaltet unter seinem Kopfkissen auf. Nachts zog er ihn vor, drückte ihn auf sein Gesicht und atmete tief ein. Zuerst hatte er nach Pauline gerochen, oder er hatte sich das eingebildet – nach ihrer Mandelmilch, ihrem Pfefferminzatem, und sogar nach dem Apfelmusaroma in der Küche ihrer Mutter. Aber als er dann später nach Kalifornien verlegt wurde, waren die Gerüche vergangen, geblieben war nur der strenge Geruch von Wolle. Er begann, den Wollgeruch mit Pauline in Verbindung zu bringen. Bald bewirkte jede wollene Armeedecke, die Dienstmütze eines Etagenbettkumpels, die Handschuhe, die irgendein irregeleitetes Damenkränzchen im Juni seiner Einheit schickte – in ihm einen fast angenehmen Schmerz der Melancholie. Er schrieb ihr: *Ich werde deinetwegen noch krank* und: *Ich glaube nicht, dass ich ohne dich leben könnte* – Zeilen, die, wie er wusste, äußerst übertrieben klangen, aber jedes Wort war die schmerzliche, absolute Wahrheit.

Und Pauline schrieb zurück: *Vermisse dich!* und: *Liebe dich!* und: *Wünschte, du wärst gestern Abend hier gewesen, waren alle zusammen beim Bowling.* Dann wurden die Abstände zwischen ihren Briefen größer, und selbst ihre wenigen persönlichen und dazu unbefriedigenden Bemerkungen schnurrten fast zu einem Nichts zusammen. Immer öfter erzählte sie von der Kantine, in der sie Soldaten Kaffee und Doughnuts servierte. Beschrieb die Soldaten als Kumpel, *sehr netter Kerl aus Nebraska* und *der rothaarige Junge namens Dave, ich glaube, dass ich dir von ihm erzählt habe;* aber trotzdem konnte er nichts dagegen tun, dass er sich Sorgen machte, wenn sie mit ihnen nicht nur zum Bowling ging, sondern auch zum Rollschuhlaufen und zum Tanzen. *Muss meine patriotische Pflicht erfüllen!,* schrieb sie zum Tanzen. *Wenn ich dafür Jitterbug tanzen muss, dann werde ich Jitterbug tanzen!* Er las ihre

Briefe mit zusammengekniffenen Augen, bemühte sich, hinter ihre Worte zu kommen. Er schrieb: *Du fängst doch hoffentlich nicht an, mich zu vergessen,* und sie schrieb: *Ich würde dich nie vergessen! Aber ich kann nicht abendelang zu Hause sitzen. Ich bin 21 Jahre alt, was erwartest du?* Er fand wirklich, dass zu Hause sitzen ein guter Vorschlag war, behielt aber diese Empfindung für sich.

Es war keine Hilfe, dass er die Armee hasste. Das Leben im Freien machte ihn unglücklich, und der Mangel an Privatsphäre verstörte ihn, und fast immer hatte er Angst. Er fürchtete sich nicht nur vor dem Kampf, sondern auch vor dem Drill, der ihn darauf vorbereiten sollte: durch stacheliges Gestrüpp kriechen, sich zwischen Stacheldrahtsträngen hindurchzwängen, mit dem Bajonett zustoßen, während zu beiden Seiten, viel zu dicht neben ihm, seine Mitrekruten abscheulich grunzend ebenfalls zustießen. Im Rekrutenlager lautete sein geheimes Stoßgebet, irgendwo sicher in der Heimat stationiert zu werden – bei einem Nachschubbataillon zum Beispiel, das für die Verpflegung sorgen musste. Wäre das nicht sinnvoll für einen Jungen aus dem Lebensmittelhandel? Aber an dem, was sie ihm in Kalifornien beibrachten (alles hatte mit Sprengstoffen zu tun), merkte er, dass die Armee andere Vorstellungen hatte. Das Spezialtraining bedeutete einfach nur noch mehr Training; tatsächlich musste er ironischerweise immer noch neben der Koje von Private Connor aus Virginia mit dem ewigen Husten schlafen.

Währenddessen tanzte Pauline mit Soldaten, flüsterte ihren Freundinnen Geheimnisse ins Ohr, toupierte sich das Haar vor dem Spiegel. Die Vorstellung von ihrer gemütlichen, gerüschten Welt erfüllte Michael mit Sehnsucht, obwohl ihm manchmal der Gedanke kam, es wäre ihre Schuld, dass er sich freiwillig gemeldet hatte. Nun, vielleicht nicht ihre *Schuld*, aber ihr Einfluss, der Einfluss ihres bewundernden und erwartungsvollen Blicks. Nein, streich das. Ein Mann muss die Verantwortung für seine Entscheidung übernehmen.

Das sagte er sich selbst, und doch wurde sein Hass auf das Militärleben jeden Tag größer, bis er in einem Dauerzustand kaum zu unterdrückenden Zorns lebte. Er haderte mit den Insektenstichen auf dem Truppenübungsplatz, mit dem immer drückenderen Gewicht seiner Waffe, wenn er bei der endlosen Rede eines Offiziers strammstehen musste, und mit dem enervierenden Gehuste und Geräusper von Connor. Eines Nachts, als Pauline acht Tage verstreichen ließ und dann nur einen unbekümmerten kurzen Zettel schickte, in dem sie von einem Captain auf der Durchreise, mit »kultiviertem« Bostoner Akzent schrieb, sprang Michael aus dem Bett und schrie: »Hör auf! Hör auf! Hör auf!«, und drückte ein Kissen auf Connors Gesicht, und hielt es dort mit aller Kraft fest. Drei Männer waren nötig, um ihn wegzuziehen. Connor setzte sich auf, blinzelte benommen und ungläubig, und Michael sank auf seine Pritsche zurück und vergrub seinen Kopf in den Händen.

Danach schnitten ihn die anderen Männer. Er hatte in diesem neuen Camp sowieso keine Freunde gefunden, und die wenigen, die zumindest ein bisschen höflich gewesen waren, machten jetzt einen großen Bogen um ihn. Seine Vorgesetzten hatten ein scharfes Auge auf ihn, und Connor (der Flegel) ließ keine Gelegenheit ungenutzt, ihn zu piesacken – »aus Versehen« stieß er Michaels Kaffeebecher um oder schubste ihn beim Antreten aus der Reihe. Dann mussten sie sich im Unterholz bewegen, und Connors Gewehr ging los und zerschmetterte Michaels linke Hüfte. Niemand gab auch nur vor, dass es sich dabei um einen Unfall handelte. Der einzige Unfall, das wusste Michael, war, dass er verwundet und nicht getötet worden war. Aber er war nicht so naiv, Anklage zu erheben.

Und außerdem war am Ende Connor der Dumme. Michael kam nach Hause.

Er kreuzte die Purslane Street und ging nach links. Jetzt stand er vor Paulines Elternhaus. Die Fensterläden im Erdgeschoss waren mit Lichterketten umrandet, und die Säulen der Holzveranda leuchteten weiß. Für Michael waren Veranden nichts Selbstverständliches. Er fand sie luxuriös, obwohl die Veranda bei den Barclays schäbig wirkte mit ihrem Durcheinander aus hingeworfenen Gummistiefeln, einem rostigen Schneeschieber und dem struppigen Strohbesen, der erwartungsvoll neben die Tür gestellt worden war.

Er klingelte. Trat sich die Füße (unnötigerweise) auf der Kokosmatte ab. Wollte wieder klingeln, besann sich anders und fuhr sich stattdessen mit den Fingern durchs Haar.

»Ah«, sagte Mr Barclay, der schließlich in einem breiter werdenden Streifen Licht erschien. »Michael.«

»Hallo, Mr Barclay.«

»Hallo.«

Mr Barclay trat zur Seite. Wenigstens war er noch nicht im Bademantel. Er trug eine Strickjacke mit V-Ausschnitt und Hosen mit ausgebeulten Knien. Ein Teil der *News-Post* hing in seiner Hand, und die randlose Lesebrille rutschte ihm die Nase hinunter.

»Ich glaube, es wird schneien«, sagte Michael und trat ein.

»Ja, das sagt man, stimmt.« Mr Barclay wedelte mit der Zeitung in Richtung Treppe. »Sie ist mit dem Baby oben«, sagte er. Dann ging er eilig wieder zu seinem Lehnstuhl.

Paulines Mutter winkte Michael vom Schaukelstuhl her freundlich zu. »Wie gehts dir, Michael?«, fragte sie.

»Oh, gut, Mom Barclay.«

Sie strickte an etwas Blauem, das ihr über den Schoß

wallte. Im Kamin brannte ein kleines Feuer, und aus dem Radio mit seiner schicken, schräg gestellten Leuchtskala (damit man sich nicht mehr bücken musste, um es genau einzustellen) erklang leise Musik. Als Mr Barclay wieder saß, stieß er einen zufriedenen Seufzer aus und schlug seine Zeitung auf.

Michael ließ die Szene einen Moment auf sich wirken, ehe er sich umdrehte und die Treppe hochging.

In dem größeren der hinteren Zimmer, das früher ihr gehört hatte, stand Pauline und schaukelte die alte Familienwiege in dem Rhythmus, mit dem sie Lindy, wenn sie quengelig war, immer zum Schlafen brachte. Das Zimmer war dunkel, aber vom Flur kam genügend Licht herein, sodass Michael Paulines Gesichtsausdruck sehen konnte, als sie den Kopf hob und ihn begrüßte. Sie hatte feuchte Augen und einen verletzten Zug um den Mund, die beiden kleinen Punkte auf ihrer Oberlippe sahen rührend hoffnungsvoll aus.

»Schatz. Pauline«, sagte er, ließ seinen Stock fallen und ging zu ihr, schlang die Arme um sie. Er merkte, dass ihre Tränen seine Haut am Kragen nass machten. Er war wieder aufs Neue erstaunt, wie niedlich sie war, wie zerbrechlich und zart. »Ich dachte, du würdest mich nie mehr holen kommen. Ich dachte, du hättest mich gehen lassen, ich dachte, du würdest mich nicht lieben«, flüsterte sie, und er sagte: »Ich könnte dich nie gehen lassen. Natürlich liebe ich dich. Ich könnte dich nie *nicht* lieben. Ich wüsste gar nicht, wie das geht.«

Er drückte sie fest an sich, blickte über ihren Kopf aus dem großen dunklen Fenster und sah, dass es endlich angefangen hatte zu schneien. Weiche weiße Flocken trieben vorbei, so leicht, dass sie fast nicht fallen konnten. Er hatte das Gefühl, dass sie beide, wenn er den Atem anhielte, für immer in diesem Moment, in dem die Zeit stillstand, verharren könnten.

3

DAS SORGEN-KOMITEE

Als das Telefon läutete, rief Pauline: »Sitzen bleiben, alle! Ich geh ran! Keine Bewegung!«

Obwohl sich eigentlich keins der Kinder bewegte. Lindy und George starrten sie über ihren Morgentoast hinweg gleichmütig an. Karen, die noch zu klein war, um ans Telefon zu gehen, versuchte, matschige Cornflakes in den O-förmigen Mund ihrer Puppe zu stopfen.

Mutter Anton schlurfte aus ihrem Schlafzimmer durch den mit Teppichboden ausgelegten Flur. Als sie Pauline kommen sah, drückte sie sich flach an die Wand, um sie vorbeizulassen. Denn Pauline ging nicht an das Küchen-Telefon. Sie rannte zum Apparat im unteren Wohnzimmer, die Treppe hinab.

»Hallo?«, sagte sie, atemlos, und hüpfte dabei auf einem Fuß, denn sie hatte sich in der Eile den Zeh gestoßen.

»Hi, Herzchen«, sagte ihre Mutter.

»Oh. Du bists.«

»Das ist ja eine reizende Begrüßung!«

»Ich war nur … Wie gehts, Mom?«

»Sehr gut, danke, aber von deiner Schwester kann ich das nicht behaupten. Anscheinend haben vorige Nacht die Wehen eingesetzt, und deshalb hat sie um zwei Uhr morgens angerufen, und ich bin aufgestanden, hab mich angezogen, dein Vater hat mich hingefahren, zum Babysitten, sie und Doug sind mit ihrem Köfferchen los, und was passiert? Sie haben ihr gesagt, falscher Alarm. ›Falscher Alarm?‹, hat sie gesagt. ›Das kann nicht sein! Ich bin schließlich ein alter Hase! Meinen Sie, ich wüsste nicht, wann —‹«

Eins der Kinder hatte ein Comicheft auf der Bar liegen lassen, und jetzt war da ein Abdruck — ein Hauch von weißen Sprechblasen mit Spiegelschrift und Minnie Mouse mit ihrer roten Haarschleife. Albern, diese Bar, eigentlich. Weder Pauline noch Michael tranken viel. Aber Pauline plante Partys für die Nachbarschaft, sobald ihr Leben ein bisschen weniger hektisch ablief, und dann dachte sie an die Zukunft, an die Feten ihrer Kinder, wenn diese Teenager sein würden. Außerdem kam die Bar mit dem Haus, inklusive. Sie hatten die Wahl gehabt zwischen Plan A, B oder C, und obwohl Plan B und C ihre Möglichkeiten überstiegen (oder besser, die Möglichkeiten ihres Vaters, der die erste Rate bezahlte), hatte Plan A, die California Ranchette, doch auch eine Reihe eindrucksvoller Extras, und zwar nicht nur die Bar, sondern auch eine aus Ziegelstein gemauerte Nische, ein bisschen wie ein Schornstein, aber mit einer Eckbank, und da, wo der Kamin hingehörte, war eine eckige Öffnung für den Fernsehapparat, den sie sich hoffentlich bald leisten konnten.

Die arme Donna war in Tränen aufgelöst nach Hause gekommen, erzählte ihre Mutter. »Du weißt ja, wie mühsam es wird. Nachts kann man nicht mehr schlafen, kann nicht mehr liegen, der Rücken tut weh …«

Pauline steckte ihren Finger in die 1 der Wählscheibe und wackelte ein winzig kleines bisschen hin und her – es reichte nicht, um den Redestrom ihrer Mutter zu drosseln. Dann drehte sie eine Spur zu weit, und ihre Mutter hörte kurz hinter »Wasser in den Beinen« auf. Als sie die Wählscheibe wieder losließ, sagte ihre Mutter gerade: »… Knöchel wie aus Brotteig …« Pauline hatte demnach nichts verpasst.

»Also, vielleicht rufe ich sie nachher an«, sagte sie. »Und mache ihr Mut, damit sie den Kopf nicht hängen lässt.«

»Oh, tu das. Sie ist ganz trübsinnig und völlig entnervt.«

»Jetzt muss ich aber aufhören!«, sagte Pauline.

Und hängte ein, einfach so.

Doch dann stand sie einen Augenblick da und starrte das Telefon an. Es läutete aber nicht noch einmal.

Oben räumte Mutter Anton das Regal neben dem Herd aus – Salz, Pfeffer, Maisstärke, Zucker und Tapioka-Mehl kamen zum Vorschein. Um ihr Haar hatte sie ein Tuch gewickelt und über der Stirn verknotet, und unter ihrem Hauskittel kamen ihre Beine zum Vorschein, weiß, dünn und geädert.

»Suchst du was?«, fragte Pauline sie.

»Backpflaumen.«

»Setz dich, ich hole sie dir. George, hör auf, mit deinem Toast zu spielen. Iss ihn auf oder frag, ob du aufstehen darfst. Und Lindy … Lindy, was hast du denn an?«

Lindy trug Shorts aus Jeansstoff und eine spitzenbesetzte, rosa Bluse mit Puffärmeln – Oberteil einer Mutter-Tochter-Kombination, die zu tragen sie sich bisher geweigert hatte. Jeden Sonntagmorgen beim Anziehen für die Kirche hatte Pauline gefragt: »Na, sollen wir zwei uns mal schick machen?«, und Lindys Antwort war immer »Nein« gewesen. Sie wollte ihren Matrosenanzug anziehen, sie wollte ihr blaues Karokleid anziehen. Alles, nur nicht wie die Mutter aussehen. Sie war wirklich ein eigensinniges Mädchen! Pauline hatte es fast aufgegeben und sich getröstet, dass Karen das Kleid später auftragen konnte. Die sowieso eher der Typ dafür war: sanft, blond und blauäugig, während Lindy eher Michaels dunkleren Teint hatte und seine eckige, kantige Figur. Eines Tages, glaubte Pauline, würde Lindy sicher eine Schönheit (aber, zugegebenermaßen, vielleicht war sie da voreingenommen). Bestimmt würde sie das, was man apart nannte, betörend – sie würde diese Kleider aus der *Vogue* tragen können. Doch nun stand sie da, an einem Samstagmorgen, eine verrückte Mischung aus Jeans und Spitze, während Pauline selbst Röhrenhosen anhatte. »Lindy«, sagte Pauline, »würdest du bitte ein T-Shirt anziehen? Und häng das Oberteil auf einen Kleiderbügel, bevor es ganz zerknittert.«

»Ich habe keine Lust auf ein T-Shirt«, erwiderte Lindy. Mit trotzig vorgerecktem Kinn, die Augen splitterschmal. Ihr Haar hing wie Lakritzfäden um ihr Gesicht.

»Na, wer so was anhat, geht nicht mit mir ins Schwimmbad«, sagte Pauline zu ihr. Dann drehte sie sich um und kramte nach den Backpflaumen, denn bei Lindy hatte man mehr Erfolg, wenn man es nicht auf eine Konfrontation ankommen ließ. Für einen Augenblick war alles still, doch dann hörte sie, wie Lindy vom Stuhl rutschte und davonstakste.

»Ich kann ins Schwimmbad«, verkündete George. »Ich habe ein T-Shirt an.«

»Ja, Georgie. Mutter Anton, ich finde keine Backpflaumen. Du musst leider was anderes frühstücken.«

»Aber Dr. Stanek hat ausdrücklich Backpflaumen gesagt. Er hat gesagt, viel Backpflaumen und Ballaststoffe.«

»Wie wärs mit Apfelbrei?«, fragte Pauline.

»Apfelbrei! Willst du mich umbringen? Du weißt doch, dass Apfelbrei stopft!«

»Dann Obstsalat. Ich habe eine ganze Büchse gesehen, da, oder …«

»Es will nicht in meinen Kopf«, sagte Mutter Anton, »dass mein Sohn einen Lebensmittelladen hat und nie was Essbares im Haus ist.«

Pauline verzog angesichts einer Schachtel Trauben-Nuss-Müsli das Gesicht.

»Und wo steckt Michael überhaupt? Es ist Samstag! Hat er nicht versprochen, samstags endlich zu Hause zu bleiben?«

»Oh, du weißt, wo er steckt«, sagte Pauline. »Er hält sich immer noch für unersetzlich. Eustace hat angerufen, Probleme mit der Kühlung, und natürlich musste er sofort los und sich darum kümmern.«

»Ganz recht«, Mutter Anton wechselte unerwartet die Fronten. »Hast du schon mal gehört, dass jemand seinen Laden einem Dunkelhäutigen allein überlässt?«

»Hier«, sagte Pauline. »Vollkorn. Mehr Ballaststoffe gibts nirgendwo!«

Mutter Anton zog unzufrieden eine Schnute, lehnte sich aber auf ihrem Stuhl zurück und ließ sich von Pauline eine Schüssel Müsli einschütten.

»Hol dein Handtuch und deine Badehose«, sagte Pauline zu George. »Karen, Herzchen, iss deine Cornflakes auf. Das Schwimmbad hat schon –«

Da läutete das Telefon.

»Ich geh ran!«, rief sie.

Sie flog aus der Küche und durch den Flur, die Treppe hinab, ins untere Wohnzimmer. Bei jedem weiteren Läuten dankte sie ihrem Schutzengel, weil man doch nie wissen konnte, ob Mutter Anton (die Telefon und Türklingel eigentlich nie hörte) plötzlich auf die Idee kam, den Hörer abzunehmen.

»Hallo«, sagte sie.

»Pauline?«

Sie sagte: »Oh! Alex! Hallo!«

Sehr beiläufig und überrascht, als wäre sie darauf nie gekommen.

»Hoffentlich hast du nicht gerade alle Hände voll zu tun.«

»Nein, nein.«

»Ich weiß, der Samstag gehört der Familie.«

»Ach, Michael ist in die Stadt gefahren«, sagte sie. »Für mich ist dies ein Tag wie jeder andere.«

»Also, ich habe ein Problem, und hoffentlich kannst du mir weiterhelfen.«

»Schieß los!«, sagte sie zu ihm.

Plötzlich schien sie eine völlig andere Person – schlagfertig und sportlich, wie die Frauen mit den wippenden Röcken auf dem Golfplatz.

»In meiner Kühltruhe im Keller sind alle möglichen Sorten Fleisch«, sagte er, »und zwar schon eine ganze Weile. Seit … du weißt schon, seit des berühmten Abgangs. Also frage ich mich, ob ich sterbe, wenn ich was davon esse?«

»Oh. Na jaaa …«, sagte sie. Sie zögerte ihre Antwort hinaus, weil sie das Gespräch verlängern wollte.

»Ich würde diese Erde ungern bald verlassen«, sagte er zu ihr, »trotz meines angeblich gebrochenen Herzens.«

»Bloß nicht!«, stimmte sie zu. »Aber deine Kühltruhe war nie abgestellt, oder? Keine Störung und kein Stromausfall.«

»Nicht, dass ich wüsste.«

»Und Adelaide ist weg seit …«

Sooft sich die beiden in letzter Zeit auch unterhalten hatten, jetzt erwähnte sie zum ersten Mal ohne Umschweife, dass ihm die Frau weggelaufen war. Sie kam sich, als sie den Namen aussprach, ungeheuer mutig vor.

»Seit Mai«, sagte Alex. »Aber sie hamsterte gern. Womöglich hatte sie das Fleisch schon vor Wochen gekauft.«

»Trotzdem«, erklärte Pauline, »ich glaube, da kann nichts schiefgehen.«

»Meinst du?«

»Vielleicht schmeckt es nicht mehr so gut, aber –«

»Dann werd ich's mal riskieren«, sagte Alex.

»Aber nimm mich nicht beim Wort!«

»Wieso nicht?«, fragte er sie. »Wen sonst? Mensch, dir kann doch Betty Crocker nicht das Wasser reichen! Den Dip, den du am vierten Juli zum Picknick mitgebracht hast, werd ich so schnell nicht vergessen.«

»Mein Hawaii-Luau-Dip«, sagte sie. Sie fühlte sich durchaus geschmeichelt.

»Das war ein echter Renner«, sagte er zu ihr.

»Michael fand es zu ausländisch.«

»Aber das ist doch das Gute daran!«

»Mich hat er gefragt: ›Wieso um Himmels willen gibt's bei dir am Unabhängigkeitstag Essen mit Sojasoße?‹«

Lindy sagte: »Mom.«

Pauline machte eine so scharfe Drehung, dass sie sich den Ellenbogen an der Bar stieß. »He, du!«, sagte sie.

Lindy stand unten auf der Treppe, eine Hand auf dem Geländerpfosten. Sie hatte sich umgezogen, trug ein ärmelloses Hemdchen, das ihre flache kleine Brust eng umspannte. Pauline sagte: »Was ist, Schätzchen?«, doch Lindy sah sie nur an, mit so dunklen Augen, dass Pauline nichts darin lesen konnte.

Am anderen Ende der Leitung redete Alex weiter. »... eine Frau mit kosmopolitischen Neigungen kann man nur bewundern«, sagte er. Pauline unterbrach ihn. »Hoppla!«, sagte sie munter. »Hier ist meine Tochter!«

»Oh. Na gut«, sagte Alex.

»Also, bye-bye!«,

»Auf Wiedersehen, Pauline.«

Sie hing ein. Lindy fragte: »Wer war das?«

»Ein Freund.«

»Was für ein Freund?«

»Einfach ein Freund mit einem Kühltruhen-Problem.«

»Ein Kühltruhen-Problem?«

»Ein Kochproblem. Das verstehst du.«

Lindy sah sie weiter an. »Komm, lass uns losgehen«, sagte Pauline zu ihr und ging forsch zur Treppe, rieb sich dabei den Ellenbogen, wo sie sich an der Bar gestoßen hatte.

Eines Tages würden sie zwei Autos haben, wie die Leute an der Ecke, aber jetzt konnten sie sich das noch nicht leisten. Pauline musste die Kinder überall zu Fuß hinbringen oder Michael in die Stadt fahren und ihn von der Arbeit abholen. Dennoch, sie fand, dass Elmwood Acres es wert war. Es war so grün, sicher und friedlich, so übersichtlich und fabelhaft durchgeplant!

Michael wollte nicht hierherziehen, zuerst nicht. Er fand es zu teuer, und zu weit weg von allen alten Bekannten. Aber wie lange hätten sie es noch in der kleinen, mickrigen Wohnung ausgehalten, wo die Kinder zu dritt in einem Zimmer schlafen mussten? Wo Pauline und Michael nicht einmal ein eigenes Zimmer hatten – nur die Schlafcouch im Wohnzimmer? Und Besuch musste immer durch die Küche.

Ganz abgesehen davon, dass George und Lindy so viel auf der Straße spielten. Das hatte den Ausschlag gegeben. Die beiden waren dreckig und grau vom Spielen gekommen, die Knie vom Schotter aufgeschürft. Im Umland von Baltimore dagegen hatte jedes Haus seinen kleinen Garten und jede neue Siedlung einen eigenen Swimmingpool.

Das Schwimmbad in Elmview Acres hatte den geschwungenen Umriss einer Gitarre, und um das flache Ende standen

Klappsessel und Liegestühle für die Frauen mit kleinen Kindern. Aber heute saßen dort nur zwei Frauen – Mimi Drew und Joan Derby –, weil Samstagmorgen war und die meisten mit ihren Männern zum Einkaufen gingen. Pauline winkte Mimi und Joan zu und schob dann den Sportwagen in die Umkleidekabinen. Nach dem üblichen Hin und Her mit George – »Nein, du darfst nicht mit zur Frauenseite; du bist schon groß, du kannst schon allein auf die Männerseite gehen« – zockelte er, das zusammengerollte Handtuch unterm Arm, betont langsam los. Sie stellte den Sportwagen am Eingang zu den Umkleideräumen der Frauen ab und nahm ihre Strandtasche hinten aus dem Korb. Dann führte sie Karen und Lindy in das kühle Halbdunkel, wo es nach feuchtem Zement roch. An der langen Seite des Raums befand sich eine Holzbank, und eine Reihe grob gezimmerte Holzkabinen waren an der Stirnwand aufgestellt. In einer der Kabinen zog sie Karen den rotweißen Badeanzug an, mit den Rüschen am Höschen, damit die dicken Windeln nicht so auffielen. Lindy schlüpfte inzwischen in ein Paar Jungenhosen und ein ärmelloses Trikotunterhemd – andere Badesachen wollte sie nicht anziehen. Bei diesem Streit hatte Pauline den Kürzeren gezogen.

Sie schickte die Mädchen aus der Kabine – »Aber geht nicht aus dem Umkleideraum, verstanden? Setzt euch brav auf die Bank, ihr beiden, und wartet auf mich!« – und zog ihren eigenen Badeanzug an, einen blau gestreiften Baumwollanzug mit Schößchen, was schlank machen sollte. In letzter Zeit hatte sie so kleine Wülste an den Oberschenkeln.

Wenn Alex Barrow die je zu Gesicht bekäme!

Oft fand sie es ungerecht, wie kurz sie jung und halbwegs hübsch gewesen war. Auch wenn Michael, die treue Seele, ihr, wenn sie das beklagte, immer widersprach: »Du bist noch jung! Du bist noch keine dreißig! Du bist noch immer das schönste Mädchen in der Stadt.« Was nur bewies, wie wenig er mitbekam. Ihr Gesicht wurde um das Kinn herum immer voller, fast eckig, und ihr Haar war zwar noch so widerspenstig und dicht wie früher, aber es war … nicht grau, noch nicht, aber stumpfer und spröder geworden.

Sie schulterte die Strohhenkel ihrer Badetasche und trat aus der Kabine. Karen saß wie befohlen auf der Bank und lutschte am Daumen, aber Lindy hüpfte am Eingang auf der Schwelle, halb drinnen und halb draußen, ihre schmalen Schultern im hellen Sonnenschein und ihre Zahnstocher-Beine im Dunkeln. »Lindy Anton!«, sagte Pauline. »Habe ich dir nicht gesagt, dass du auf der Bank sitzen bleiben sollst?«

Ohne Antwort schoss Lindy auf den Vorplatz. Pauline und Karen folgten ihr, und, als sie an der Männerseite vorbeikamen, auch George. Wie Karen nahm George die Dinge sehr genau. Er hatte an Ort und Stelle gewartet, rundlich, rosig und brav, in seiner großen Seersuckerbadehose. Er reichte Pauline sein Handtuch und fragte: »Darf ich jetzt reingehen, Mama?« Sein bester Freund, Morris Derby, veranstaltete am anderen Ende des Beckens schon eine Wasserschlacht gegen die Drew-Jungen.

Pauline sagte: »Na los«, und er rannte davon. »Nicht laufen!«, rief sie, aber zu spät. Lindy war mit einem Riesenplatscher auf der Stelle ins Wasser gesprungen, als sie das Becken erreicht hatte.

Pauline nahm Karen an der Hand – eine Hand, cremig und weich wie ein Sahnetörtchen –, und beide gingen hinüber zu den Frauen. »Keine Ehemänner heute?«, fragte Pauline, als sie ihre Strandtasche abstellte.

»Brad hat Migräne«, seufzte Mimi, und Joan sagte: »Phil musste los, arbeiten.«

»Oh, Michael auch«, erklärte Pauline.

Mimi Drew sah eher gewöhnlich aus, eine mollige Frau mit einem Gesicht wie ein Pfirsich, aber Joan Derby hätte Mannequin werden können – groß und gertenschlank, verzog sie hinter ihrer dunklen schrägen Sonnenbrille keine Miene, ihr trägerloser schwarzer Badeanzug betonte ihre elegante Figur. Pauline war immer unsicher, wenn Joan da war. Sie setzte sich auf die äußerste Kante der Liege links neben Mimi und zog Karen zwischen ihre angewinkelten Beine; Karens stämmiger kleiner Körper gab ihr Selbstvertrauen. »Er hat versprochen, dass er ab jetzt samstags zu Hause bleibt«, sagte sie, »aber immer wird er aus irgendeinem Grund dringend gebraucht.«

»Oh, ja«, stimmte Joan ein. Ihre Stimme passte zu ihrem Aussehen, langsam, leicht spöttisch, eine Raucherstimme. Sie hielt ihr Gesicht in die Sonne und sagte: »Phil braucht man nur zu sagen, er solle den Rasen mähen, dann heißt es gleich: ›Wie schade, meine Sekretärin hat mir eine höchst wichtige Verabredung aufgebrummt.‹«

»Oder die Dachrinne reinigen!«, stimmte Mimi ein. »Ich brauche das Wort Dachrinne nur in den Mund zu nehmen, schon hat Brad garantiert Kopfweh.«

Michael hatte keine Ahnung, wie man Dachrinnen reinigte. Beim Einzug im vergangenen Herbst hatte Bob Dean von nebenan ihm klargemacht, dass der einzige ausgewachsene Baum auf ihrer Straße, Winding Way, es schaffte, sämtliche Rinnen im Umkreis zu verstopfen, und dass er den Antons gern seine Leiter leihen würde. Bis von der Leiter die Rede war, sagte Michael später, sei er überzeugt gewesen, Bob meine die Rinnsteine in der Straße. »Können wir die Blätter nicht einfach drin lassen?«, hatte Michael Pauline gefragt. »Sind Dachrinnen nicht dazu da – Blätter aufzufangen?«

Pauline hatte ratlos die Hände gespreizt. Sie war schließlich ein Stadtmädchen.

»Schlimm genug, dass ich jede Woche den Rasen mähen muss!«, hatte Michael gesagt.

Und sonntagnachmittags, wenn die Familien alle zusammen ins Schwimmbad kamen, war Michael der Einzige, der nicht schwimmen konnte; dessen Badehose ausgebeulter, dessen Brust weißer und irgendwie nackter aussah als die der anderen Männer.

Karen machte sich von Pauline los und marschierte an den Beckenrand. Nicht einmal den Zeh würde sie hineinstecken, wusste Pauline, und der junge Bademeister passte von seinem Stuhl aus auf; Pauline lehnte sich auf der Liege zurück und schloss die Augen. Die Sonne schien nur mild, noch nicht so glühend heiß wie später am Tag. Ein Windhauch fächerte sanft ihre Haut, und der Geruch des warmen Chlorwassers machte sie matt und träge, als triebe sie tatsächlich im Wasser dahin.

Mimi überlegte, was sie zum Abendessen kochen sollte. »… Thunfisch gabs diese Woche schon«, sagte sie, »Hamburger, Hotdog …«

»Die Arbeit an sich stört mich nicht; aber die Entscheidung, was es geben soll, finde ich schrecklich«, sagte Joan. »Am liebsten wäre mir, einer würde mir eine Speisekarte in die Hand drücken. ›Hier, los. Montag; koch das.‹«

»Eigentlich sollte ich endlich den Braten aus der Kühltruhe machen«, fuhr Mimi fort. »Keine Ahnung, ob der noch genießbar ist.«

»Wie Alex«, sagte Pauline. Sie öffnete die Augen.

Mimi fragte: »Alex?«

Pauline spürte ihr Herz, wie in Gefahr, schneller schlagen. »Alex Barrow«, sagte sie. »Der Mann bekommt seine Kühltruhe auch nicht leer.«

»Alex Barrow hat sich mit dir über seine Kühltruhe unterhalten?«

»Ja, wieso?«, sagte Pauline. Ihre Stimme klang zittrig, atemlos und undeutlich. Sie beschirmte ihre Augen, und um Zeit zu gewinnen, sah sie zu Karen. »Küchenkram bringt ihn ganz durcheinander; ihr wisst doch, wie Männer sind. Karen, Herzchen, geh nicht so nah ans Wasser!«

Karen, fast einen Meter vor dem Beckenrand, drehte sich um und betrachtete Pauline daumenlutschend.

»Wann hat er das erzählt?«, fragte Joan.

»Vor Kurzem, am Telefon.«

»Du hast mit Alex Barrow telefoniert?«

»Ja, wieso?«

»Hat er dich angerufen oder du ihn?«

»Er mich, natürlich«, sagte Pauline.

Aber sie bereute schon, dass sie davon angefangen hatte. Sie setzte sich auf und rief: »Karen? Möchtest du ein bisschen was essen?«

»Worüber habt ihr sonst geredet?«, fragte Joan.

»Oh, alles Mögliche. Nichts Besonderes.«

»Ich wusste nicht, dass ihr euch so gut kennt.«

Pauline heftete ihren Blick auf Karen.

»Hat er dir erzählt, warum seine Frau weggelaufen ist?«, fragte Mimi.

»Du meine Güte, nein!«, sagte Pauline. Sie bückte sich und kramte in ihrer Strandtasche. »Kein Sterbenswort. Der Ärmste, das ist das Letzte, worüber er freiwillig reden würde.«

Sie schloss die Tasche und hob den Kopf, beide Frauen warfen ihr einen prüfenden Blick zu. Mimi hatte den Mund zu einem kleinen O gespitzt. Joan hatte ihre Sonnenbrille abgezogen und kaute nachdenklich an einem Bügel, ihre Augen wirkten nackt, schmal und abschätzend.

»Ich finde das alles so rätselhaft«, sagte Mimi schließlich. »Sie waren so ein attraktives Paar! Alex dunkel, bildhübsch und klug, Adelaide platinblond wie eine Eisgöttin. Ich habe sie nie streiten sehen. Ihr vielleicht?«

»Sie hatten aber keine Kinder«, sagte Joan zu ihr. »Vielleicht lag da das Problem.«

Pauline sagte: »Gut, aber –« Dann hielt sie inne. Sie wären entsetzt, wenn sie ihnen sagte, dass sie nicht so sicher sei, ob Kinder wirklich eine Ehe verbesserten.

»Und dann eines Nachts«, fuhr Mimi fort, als erzähle sie ein Märchen mit unerwartetem Ausgang, »kommt er von der Arbeit nach Hause, und sie ist verschwunden. Er muss die Nachbarn fragen, ob einer sie gesehen hat. Oh! Eine solche Demütigung! Ausgerechnet Laura Brown – eine Fremde, beinah – musste ihm sagen, dass seine Frau sich entschlossen habe, ihn zu verlassen.«

»Und selbst Laura kannte den Grund nicht«, fügte Joan hinzu. »Sie sagte, Adelaide hätte nur bei ihr geklingelt, ihr die Hausschlüssel überreicht und erklärt, dass sie zurück zu ihren Eltern nach Ohio zöge.«

»Rätselhaft!«, sagte Mimi.

Sie sahen Pauline erwartungsvoll an. Aber Pauline rief nur: »Komm, Süße!«, und hielt eine Schachtel Kinderkekse hoch.

Als sie das Schwimmbad verließen, schien die Sonne senkrecht, brannte auf ihren Gesichtern wie ein Stück glühendes Metall, und die Kinder hatten Farbe bekommen, waren verschwitzt und quengelig. George sah nicht ein, warum er nach Hause musste, wenn Buddy Derby dableiben durfte. »Vielleicht hat Buddy Derby zu Hause auch keine Grandma, die auf ihr Mittagessen wartet«, fauchte Pauline. Ihre Büstenhalterträger rieben auf ihren sonnenverbrannten Schultern. Ihre Schuhe – weiße Ballerinas, vor einer Woche im Ausverkauf erstanden – scheuerten an ihren Fersen, bis es Blasen gab. Der Gedanke, dass sie nun Mittagessen zubereiten sollte, in einer Küche, in der die Frühstückssachen noch herumlagen, schmutziges Geschirr und fleckige Lätzchen, Bilderbücher und Spielzeug, brachte sie schier zur Verzweiflung.

Jäh bog sie aus der Beverly Road links in die Candlestick Lane ein.

Lindy sagte: »Das ist nicht der Nachhauseweg.«

Pauline gab keine Antwort. (Dass Lindy wirklich alles bemerkte, überraschte sie immer wieder. Die beiden anderen gaben ihr nie das Gefühl, wie unter einem Mikroskop beobachtet zu werden.)

»Warum nehmen wir diese Straße, Mama?«

»Ich dachte, du liebst die Abwechslung«, antwortete Pauline.

»Die Abwechslung ist mir egal! Ich will nach Hause. Ich will mein Mittagessen.«

»Also, ich brauche Abwechslung. Ich bins leid, jeden Tag das gleiche alte Einerlei«, sagte Pauline. Und dann fing sie an zu summen, schob den Sportwagen langsamer und schaute ostentativ nach links und rechts in die Gegend. Die sich, wohlgemerkt, von der um den Winding Way eigentlich nicht unterschied. Die gleichen niedrigen Häuser im Ranch-Stil, ineinander übergehende Rasenflächen, ein bisschen wie ein großer Golfplatz, junge Bäume, mit schwarzen Gummibändern an hölzernen Stützen befestigt. George hüpfte ungelenk voraus und bemühte sich, nicht auf die Risse im Gehweg zu treten. Lindy bummelte. Pauline hörte, wie ihre Schuhe über den Boden schlurften, hundertmal hatte sie sie deswegen schon ermahnt.

Vor der nächsten Seitenstraße, an dem Haus vor Alex Barrows Haus, machte Pauline halt. Sie lächelte einer Frau zu, die ein Petunienbeet jätete. »Hübsche Blumen!«, rief sie.

»Ach, danke.«

»Schöner Tag, heute!«

»Ja, wirklich schön.«

Die Frau zupfte weiter Unkraut, hielt dann aber inne und blieb in der Hocke, vielleicht, weil sie eine Fortsetzung des Gesprächs erwartete. »Alles in allem war bisher den ganzen Sommer schönes Wetter«, machte sie einen Anlauf.

»Oh, doch, nicht wahr?«

Zögernd ging Pauline weiter. Sie schob den Sportwagen im Schneckentempo an Alex' Haus vorüber – Plan C, Backstein, gefliest, Maison Deluxe. »Dieses Haus hat einen eingebauten Grill hinten auf der Veranda«, sagte sie zu Lindy. »Aus Backstein, mit gusseisernem Rost.«

Lindy betrachtete das Haus. »Woher weißt du das?«, fragte sie.

»Wir waren da mal zum Cocktail eingeladen.«

»Kann man auf einem eingebauten Grill Marshmallows braten?«

»Na klar.«

»Das würde ich tun, wenn ich da wohnen würde.«

»Der Mann, der da wohnt, heißt Alex Barrow«, sagte Pauline.

Nur um die Worte laut zu hören – das rassige Alex und das leichte, rollende Barrow.

Sie machte noch einmal halt, nur einen Moment. Doch das Haus blieb verschlossen und undurchschaubar. Niemand kam heraus. Schließlich ging sie weiter.

Ihre Schwiegermutter hielt am Wohnzimmerfenster nach ihnen Ausschau. Pauline bemerkte bein Näherkommen das Rucken der Tüllgardine. Aber als sie zur Hintertür eintraten, saß Mutter Anton am Küchentisch, beide Hände um die Tischkante. »Wo seid ihr alle denn gewesen?«, rief sie. »Ich bin vor Sorgen fast verrückt geworden!«

»Wir waren im Schwimmbad, das weißt du doch.«

»Ihr seid aber nicht direkt vom Schwimmbad gekommen. Ihr seid aus einer anderen Richtung gekommen.«

»Wir sind einen anderen Nachhauseweg gegangen«, sagte Pauline. Sie setzte die Strandtasche auf die einzige freie Stelle der Arbeitsplatte und begann unter Mutter Antons Radarblick, das Frühstücksgeschirr zu stapeln. Diese Frau traute sich seit dem Umzug nicht mehr vor die Tür, weil sie Angst hatte, sich zu verlaufen, wusste aber haargenau, zu welcher Zeit Pauline auf welcher Straße zu sein hatte.

»Erst dachte ich: Na schön, sie amüsieren sich so, dass sie mein Mittagessen vergessen haben. Dann dachte ich: Und was, wenn einer ertrunken ist? Was, wenn etwas Schreckliches passiert ist?«

»Wir waren schön lange im Schwimmbad, mit den Derbys und den Drews«, sagte Pauline. »Dann sind wir durch die Candlestick Lane nach Hause gelaufen, weil wir ein bisschen Bewegung brauchten.«

»War das Schwimmen nicht Bewegung genug?«

Pauline setzte den Geschirrstapel in die Spüle. Sie befeuchtete einen Schwamm und kam wieder zum Tisch, balancierte um Karen herum, die mitten auf dem Fußboden ihrer Puppe etwas vorsummte. »Was für Suppe möchtest du?«, fragte sie ihre Schwiegermutter.

»Ich weiß nicht, ob ich noch was essen kann. Ich hatte solchen Hunger, dass ich jetzt nicht mehr hungrig bin. Mein Magen ist dermaßen leer, dass mir ganz übel ist.«

Pauline wischte den Tisch ab und angelte dann eine Büchse Hühnernudelsuppe vom Regal. Sie hatte den Deckel mit dem Dosenöffner fast umrundet, als Mutter Anton sagte: »Vielleicht Gemüse-Rindfleisch.«

»Wie wärs mit Hühner-Nudel?«

»Nein, ich glaube, Gemüse-Rindfleisch.«

Pauline schloss kurz die Augen. Dann stellte sie die Hühnersuppe beiseite und ging noch einmal ans Regal.

Karen sang »Rockabye Baby«. George und Lindy stritten sich um eine Schachtel Magnetbuchstaben. »Lindy«, sagte Pauline, »nimmst du deine Buntstifte von meinem Herd? Sie schmelzen sonst.«

»Ihr habt garantiert bei Joan Derby noch Cola getrunken«, sagte Mutter Anton. »Die ist wirklich die faulste Frau der Welt. Hat nichts Besseres zu tun, als den ganzen Morgen im Schwimmbad herumzuliegen und dann zu Hause weiter mit ihren Freundinnen zu tratschen.«

»Nein«, sagte Pauline, »Joan war noch da, als wir weggingen. Ich bin mit den Kindern direkt nach Hause gegangen.«

»Nicht direkt nach Hause. So viel hast du vor einer Minute noch zugegeben.«

Manchmal juckte es Pauline ganz schrecklich, überall, wie tausend Ameisen, und sie dachte, dass sie jeden Augenblick aus der Haut fahren müsste.

»Früher kannte ich einen Jungen aus meiner Gemeinde, der hatte eine reizende Mutter«, sagte sie zu Michael.

Michael war erst gekommen, als das Mittagessen abgeräumt war, Karen und Mutter Anton schliefen und die älteren Kinder auf der Schaukel hinter dem Haus spielten. Pauline musste noch einmal eine komplette Mahlzeit zusammenstellen, Thunfischsalat, schnell zubereitet, Krautsalat, ein Rest vom Vortag, und obwohl sie mit den anderen gegessen hatte, probierte sie noch ein bisschen vom Thunfischsalat, während sie Michael Gesellschaft leistete.

»Sie hieß Mrs Dimity«, sagte sie. »Immer wenn ich zu ihnen kam, gab es Tee aus ihren besten Porzellantassen. Zum Geburtstag hat sie mir Parfum geschenkt, eine Flasche

›Amour Amour‹, und meine Eltern haben mir verboten, es zu benutzen.«

»Wer war das?«, fragte Michael. Er wollte sich eigentlich vom Krautsalat nehmen, aber jetzt zögerte er und sah sie an.

»Hab ich doch gesagt, Mrs Dimity.«

»Aber wessen Mutter, meine ich.«

»Von diesem Jungen aus meiner Gemeinde namens Rodney.«

»Von einem Jungen aus der Gemeinde hast du noch nie was erzählt.«

»Nein? Seine Mutter hatte sieben Söhne und keine Töchter. Sie hätte mich gern zur Tochter gehabt.«

»Kein Sterbenswort hast du über einen Jungen aus deiner Gemeinde verloren! Du behauptest, du hättest mir von allen erzählt, mit denen du gegangen bist, aber von einem Jungen aus deiner Gemeinde höre ich zum ersten Mal.«

»Na ja, gegangen«, sagte Pauline. »Wir waren dreizehn. Da kann man kaum sagen, dass wir miteinander gegangen sind.«

»Wieso redest du dann von ihm?«, fragte Michael.

»Ich rede nicht von ihm, sondern von seiner Mutter. Seine Mutter habe ich wirklich gemocht. Ich wüsste gern, was sie jetzt macht.«

Michael sah Pauline noch einen Augenblick an, schüttelte dann den Kopf und nahm sich nun vom Krautsalat.

Rodney Dimity! Er hatte Sommersprossen und eine Stupsnase, und er wurde immer rot wie ein Mädchen, wenn sie mit ihm redete. Das war vermutlich das Nette an ihm gewesen: Er war ungefährlich. Nicht zu männlich oder zu frech. Sie hatten nicht einmal Händchen gehalten; nur ein bisschen verstohlen gelächelt, und Rodneys Gesicht war rosenrot geworden. Dann war sie über diese Phase hinaus gewesen und hatte sich mit anderen Jungen abgegeben. Richard Brand, der erste Junge, den sie geküsst hatte. Daryl Mace, der ihr seinen riesengroßen Klassenring schenkte, den sie an einer Schlüsselkette unter ihrer Bluse trug, damit ihre Eltern nichts merkten. Ihre Eltern fanden Daryl zu alt für sie (er war achtzehn und sie erst fünfzehn). Pauline durfte damals noch nicht mit Jungens allein ins Kino, doch der warme schwere Ring hing gut versteckt zwischen ihren Brüsten. Oh, Rodney Dimity, das war da schon lange vorbei.

In der Highschool hatte sich jeder Junge, in den sie sich verknallte, verglichen mit seinen Vorgängern, als größeres Wagnis entpuppt, so kam es ihr jedenfalls vor, als eine größere Herausforderung. Immer fing es in der Annahme an, dass ein besagter Junge sie sicher keines Blicks würdigen würde, doch dann tat er's doch, und sie trafen sich eine Weile, bis sie die Unruhe packte und sie ein Auge auf einen anderen warf, garantiert unerreichbar, aber ... Wenn sie an ihre Vergangenheit dachte, war ihr dabei, als schaute sie eine lange Treppe hinunter. Der süße, unfassbare Rodney stand ganz unten, und Roy Cannon – Klassensprecher der Oberstufe, Footballkapitän, der meistumworbene Junge ihrer Schule – stand oben, sein Hals so breit und muskulös wie seine mächtigen Schultern. Roy hatte allerdings nach der Schule angefangen, in der Gebrauchtwagenfirma seines Onkels zu arbeiten, und da schwand Paulines Begeisterung. Plötzlich fiel ihr auf, wie laut seine Stimme war; und wenn er kein Footballtrikot, sondern einen Anzug trug, sah sein Hals ganz komisch aus. Aber als sie mit ihm Schluss machte, war kein Neuer in Reichweite – was noch nie da gewesen war. (Sie ging damals auch nicht mehr zur Schule, sondern arbeitete schon im Büro ihres Vaters, kein idealer Ort, um Jungen kennenzulernen.) Bei Kriegsbeginn hatte sie niemanden zu verabschieden, und auch wenn es hieß, sie solle froh darüber sein, war sie nicht froh. In jener ersten fieberhaften Begeisterung sah sie überall nur Paare, die sich in den Armen lagen, und Jungen draußen vor den Armeebüros, mit stolzen, tapferen Mädchen am Arm, nur Pauline war ganz allein.

Abgesehen von Michael.

War das die ganze Erklärung? Dass sie auch einen Jungen haben wollte, den sie in den Krieg schicken konnte?

Aber er war doch so freundlich und so hübsch gewesen, und sie fand, dass er etwas Feines im Gesicht hatte. Er war fein! Er war ein anständiger, solider, fleißiger Mann, und sie hätte es viel schlechter treffen können – das sagte sie sich immer wieder.

Dennoch, schon während ihrer Verlobungszeit fielen ihr gewisse Fehler an ihm auf. Sie fielen ihr auf und auch wieder nicht; sie verdrängte sie. Wenn er ihre Witze nicht verstand, wenn er ihre Gefühle verletzte, weil er die seiner Mutter nicht verletzen wollte, wenn ihm die Fantasie fehlte, wenn er ihre Freundinnen kritisierte, setzte ihre Wahrnehmung kurz aus, und sie beharrte auf ihrer ursprünglichen Sicht: Er war die Romanze, auf die sie ihr ganzes Leben lang gewartet hatte. Und fanden das nicht alle? Sie waren so ein perfektes Paar. So jung, so attraktiv, so vom Schicksal füreinander bestimmt, so tragisch! Er zog für sein Land in den Krieg! Sie blieb zu Hause, um auf ihn zu warten! Das Radio spielte »I'll Never Smile Again«, und in Europa tobte der Krieg, und die Welt wollte sie beide trennen, aber am Ende würden sie siegen!

Und so hatte sie stetig, beharrlich, dickköpfig den falschen Weg verfolgt. Oh, das sah sie rückblickend nur zu deutlich. Sie hatte sich tiefer und tiefer verstrickt; versprochen, jeden Tag zu schreiben, obwohl sie Schreiben verabscheute, wenn es nichts zu erzählen gab – weil sie jeden lieben langen Tag, den Gott geschaffen hatte, schreiben musste, und die Briefe von ihm bis ins kleinste Detail von nichts anderem als Manövern und Übungen handelten, bei denen Der-und-der hinter dem-und-dem Baum und Sowieso an der rechten Flanke und Sowieso an der linken ... Und dann hatte sie versprochen, dass sie sich mit keinem anderen Mann treffen würde, obwohl sie vor Langeweile fast den Verstand verlor, allein und ohne Unterhaltung, und die Stadt wimmelte nur so vor gutaussehenden Soldaten. Sie war für so was zu jung! Es war eine Schande!

Bis sie schließlich gedacht hatte: Ich mache Schluss! Ich schreibe ihm und mache Schluss; was solls! Ganz gleich, was die Leute sagen!

Doch während sie noch nach den passenden Worten suchte, hatte Michael seinen Unfall. Einen Mann im Krankenhausbett kann man nicht vor die Tür setzen. Sie wollte abwarten. Mit ihrem Brief warten, bis er wieder auf den Beinen war. Stattdessen kam er nach Hause. Er stieg aus dem Zug, tiefe Falten um den Mund, dabei war er kaum einundzwanzig, seine kakifarbene Uniform sah so adrett und respekteinflößend aus, sein Hinken so rührend; und Pauline war die junge Soldatenbraut und lief ihm in ihrem Sommerkleid entgegen. Als er seinen Stock fallen ließ und sie in seinen Armen auffing und ihr einen Heiratsantrag machte, war es ein Wunder, dass sie Ja sagte?

Selbst dann hätte sie noch alles absagen können. Sie hätte immer noch den Rückzug antreten können. Und hätte es auch beinah getan, mehrmals, jene allerletzte Chance direkt vor der Trauung eingeschlossen. Aber trotz allem war sie jetzt hier, und das seit vielen Jahren.

Tagtäglich ging sie mit seinen Unzulänglichkeiten ins Gericht: seiner Engstirnigkeit, seiner Vorsicht, seiner Art, alles wörtlich zu nehmen, seinen langatmigen Reden, seiner

Abneigung gegenüber dem Geldausgeben, gegenüber allem Ungewohnten, seiner Voreingenommenheit, seinem mangelnden Einfühlungsvermögen selbst gegenüber den eigenen Kindern, seiner Unbarmherzigkeit gegenüber Leuten, die Pech gehabt hatten, seiner Ungeselligkeit, seiner Unbeholfenheit im Bett, seiner magischen Fähigkeit, sie immer als Hysterikerin hinzustellen, seinem herablassenden: »Beruhige dich, Poll«, wenn sie sich aufregte, seinem Hang, ihr im Streit nur allzu gern offenherzig eingestandene Schwächen unter die Nase zu reiben. Und dennoch, das wusste sie, lag das eigentliche Problem woanders. Das eigentliche Problem war, dass sie nicht zueinanderpassten. Sie hätten schlicht und einfach nicht heiraten sollen.

Dennoch, wenn er diesen Gedanken laut aussprach, gab es ihrem Herzen einen schrecklichen Stich. Er war bereit, sie aufzugeben? Er konnte sich ein Leben ohne sie vorstellen? Dann sah sie, dass er vielleicht nicht zu langsam, sondern sie zu schnell und ungeduldig war, dass er nicht zu vernünftig, sondern sie zu leichtsinnig war, und so weiter. Und in Tränen aufgelöst, wünschte sie, dass sie noch einmal neu anfangen könnte – ihn noch einmal kennenlernen, sich in ihn verlieben, ihn heiraten könnte –, aber diesmal wüsste, was sie an ihm hatte.

Das Elternschlafzimmer war ihr ganzer Stolz, das Schmuckstück des Hauses. Im Wohnzimmer musste sie Zugeständnisse an Mutter Anton machen (altmodische Spitzendeckchen und handgestickte Tischläufer, ein Kruzifix über der Tür), doch betrat man das Elternschlafzimmer, schritt man unübersehbar ins Zeitalter der Moderne. Beiger Teppichboden, Möbel aus hellem Holz mit cremeweißen Resopalauflagen und asymmetrischen Chromgriffen an den Schubladen. Das Kopfende des Bettes war mit weißem Vinyl gepolstert,

Farbe »Eis-Craquelé«, und der Bettüberwurf war abstrakt und leuchtend in Rot, Gelb und Königsblau bedruckt. An der Wand hing ein Druck von Picasso, den Michael immer »Drei Musiker nach einem Schiffbruch« nannte, und über der Frisierkommode hing ein Spiegel, der etwas von einem Bumerang hatte.

Eigentlich sollten alle horizontalen Flächen frei sein, höchstens hier und da ein einzelner dekorativer Gegenstand, aber das war mit kleinen Kindern leichter gesagt als getan. Momentan verschwand die Kommodenplatte unter einem Berg unsortierter Wäsche, Lindys Ankleidepuppensammlung und der Schwimmbrille, die George heute Morgen gesucht hatte. Außerdem hatte Pauline die Angewohnheit, beim Anziehen ihre Kleider fallen und liegen zu lassen. Gerade machte sie sich für eine nachmittägliche Canastaparty zurecht, aber irgendwie sah alles, was sie anprobierte, unpassend an ihr aus; deshalb häuften sich Röcke, Oberteile und Hosen auf dem Bett, und Schuhe lagen kreuz und quer auf dem Teppich. Eigentlich wollte sie eine rosa Bluse mit spitzem Ausschnitt anziehen, aber mit was? Gerade zog sie einen zu engen Rock wieder aus, als das Telefon läutete. Stolpernd, die Füße im Stoff verheddert, angelte sie nach dem Apparat auf dem Nachttisch. »Hallo?«, sagte sie.

»Pauline?«

Es war Alex.

»Oh!«, sagte sie. Sie schaute zur Tür, die nur halb geschlossen war. »Was willst du?«, fragte sie.

Das sollte eigentlich nicht kurz angebunden klingen. Sie presste ihre Finger auf die Lippen. Er war aber nicht beleidigt. Er sagte: »Eigentlich wollte ich ein Steak auftauen, aber beim Auswickeln habe ich festgestellt, dass es Hackfleisch ist.«

»Hackfleisch«, sagte sie, und dann forsch: »Hat Adelaide auf ihre Tiefkühlpäckchen nichts draufgeschrieben?«

»Nicht auf dieses hier«, sagte er. »Deshalb habe ich von der Form auf den Inhalt geschlossen, und offenbar danebengetippt. Und was jetzt? Hilfe! Ich stehe vor einem kulinarischen Notfall!«

Sie lachte. Mit einem Schlag sah die Welt weniger ernst, weniger wichtig aus. Hackfleisch und Elmview Acres und das Hausfrauendasein im Allgemeinen waren eigentlich, genau betrachtet ... komisch. »Hamburger gehen natürlich immer.«

»Beim letzten Mal sind meine Hamburger immer durch den Grillrost gerutscht«, sagte er. »Adelaide hätte mich fast umgebracht. Wir hatten Leute eingeladen, und ich hatte nichts Besseres zu tun, als kleine verkohlte Fleischbrocken zu servieren, für die ich beim Rausangeln auch noch Verbrennungen dritten Grades riskiert habe. ›Hier, liebe Gäste, Krümelhack Flambé.‹«

»Hamburger Carbonisé«, fiel Pauline ein und rollte das R, wie sie es im Französisch-Anfangsunterricht gelernt hatte. Alex lachte, und sie fühlte sich geschmeichelt. Sie sagte: »Wie wärs denn mit Hackbraten?«

»An Hackbraten habe ich auch schon gedacht ...«

»Ich weiß, es klingt öde, aber da weiß ich ein fabelhaftes Rezept! Hackbraten orientalisch. Halt dich an ein ganz normales Hackbraten-Rezept aus Adelaides Kochbuch, *Better Homes & Gardens* oder so, und dann rührst du eine Büchse Chop-Suey-Gemüse und eine halbe Büchse Chow-Mein-Nudeln rein. Köstlich.«

»Einen Augenblick; das muss ich mir aufschreiben. Chop-Suey-Gemüse ...«

»Aber vorher abgießen«, sagte sie. Es machte Spaß, die Expertin herauszukehren.

»Chow-Mein-Nudeln …«

»Und ich lege immer ein Stück Folie auf die Form, wenn das Fleisch anfängt, braun zu werden. Ich hasse Hackbraten, der oben angebrannt und hart ist.«

»Folie …«, wiederholte Alex. »Ach je, danke, Pauline. Ich wusste, dass du meine Retterin bist.«

»Jederzeit«, erwiderte sie. »Hoffentlich klappts!«

Dann verabschiedeten sie sich, und sie hängte ein.

Danach brauchte sie nur noch Sekunden, um die Kleiderfrage zu lösen. Sie zog einen weiten weißen Rock an und zog den Reißverschluss hoch, schlüpfte in ein Paar mittelhoher Pumps und griff ihre Handtasche von dem amöbenförmigen Plastikstuhl in der Ecke. »Ich gehe jetzt«, erklärte sie Michael auf dem Weg durch die Küche. Er spielte mit George und Lindy am Küchentisch Schwarzer Peter. Karen, die eben von ihrem Mittagsschlaf aufgewacht war, saß daumenlutschend auf seinem Schoß und zwirbelte verträumt eine Locke um ihren rundlichen Zeigefinger. Pauline sagte: »In der Keksbüchse sind Kekse für die Kinder, und im Eisschrank ist Schokomilch, wenn sie welche wollen.«

»Wer war am Telefon?«, fragte Michael.

»Telefon?«

»Ja, am Telefon.«

»Ach so. Wanda.«

»Wanda. Die siehst du doch gleich!«

»So?«

»Du hast endlos mit ihr geredet!«

»Du weißt doch, wie Frauen sind«, sagte Pauline, winkte ihm munter zu und ging hinaus.

Der Wagen war ein Dodge Special, Baujahr 1940 – trübschwarz, in seinen Umrissen glich er einer Schildkröte –, ihr Vater hatte ihn ausrangiert, als er sich nach dem Krieg einen blassrosa Deluxe gekauft hatte. Michael konnte anfangs nicht einmal Auto fahren, das musste Pauline ihm beibringen. Er war ein fast zu guter Schüler gewesen. Inzwischen bemängelte er, wenn sie ihn zur Arbeit fuhr, immer, wie sie die Gänge wechselte, oder murmelte vor sich hin, warum sie so hochtourig fahre. Als sie mit Schwung zurücksetzte, ein bisschen zu scharf bremste und einen nahenden Kombi – bis dieser hupte – übersah, zuckte sie leicht zusammen und warf einen Blick zum Haus. Aber Michael hatte wohl nichts gehört, denn er erschien nicht am Fenster.

Sie kurvte durch die Straßen von Elmview Acres, durch das Tor hinaus, bog falsch ab, korrigierte sich und landete schließlich auf Loch Raven, wo sie sich hinter einem Bus einfädelte und gemächlich dahinfuhr, in Tagträume versunken. Alex Barrows breites Gesicht mit der wettergegerbten Haut, die ihm etwas Weltgewandtes verlieh. Sein kräftiger, muskulöser Ringerkörper. Die dichte schwarze Behaarung an seinem Halsansatz. Hübsch war er sicher nicht, obwohl alle Frauen es fanden. Eigentlich war er fast hässlich, aber auf so erregende, faszinierende Weise, dass sie beim Gedanken an ihn auf ihrem Sitz hin- und herrutschte.

In der Weihnachtszeit, im vergangenen Jahr, war sie mit Michael zu einem Essen eingeladen gewesen, wo so viele Gäste waren, dass die Gastgeberin einen zusätzlichen Tisch ausleihen musste. Verheiratete Paare wurden getrennt, Ehefrauen und Ehemänner kamen an unterschiedliche Tische, und so war Alex Paulines Tischherr geworden. Mitten während des Essens hatte er sich vorgebeugt und gefragt, ob ihr auch auffiele, dass sie beide an dem albernen Tisch säßen. »Albern?«, wiederholte sie, und er sagte: »Ja, wir erzählen Witze, und die anderen reden über Politik. Sie sind die nüchternen und wir die heiteren Ehehälften.«

Sie sah, dass er recht hatte. Jack Casper, zu ihrer Linken,

gab eine urkomische Geschichte über seinen Dreijährigen und den Weihnachtsmann zum Besten, während seine Frau am anderen Tisch sich gerade über die Verlegung des israelischen Parlaments nach Jerusalem aufregte. Als alle an ihrem Tisch nach Jacks Geschichte in Lachen ausbrachen, sagte Alex zu Pauline: »Siehst du?«, und natürlich wollten alle wissen: »Was heißt hier, siehst du?«

Er sagte: »Wir sind die Vergnügungssüchtigen. Am anderen Tisch sitzen die Verantwortungsbewussten, die immer Haushaltsbuch führen und uns klarmachen, dass wir uns keine Ferien leisten können.«

Die Gäste am anderen Tisch bekamen Wind von dem Gespräch und mischten sich in das Gespräch ein – Jacks Frau protestierte, dass sie auch vergnügungssüchtig seien; die Tatsache, dass sie ein ernstes Gepräch führten, sei kein Gegenbeweis. »Aber schließlich gibts noch Wichtigeres als Vergnügen, das müsst ihr zugeben.«

Alex sagte: »Tatsächlich?«

»Ich meine, man darf die Realität nicht außer Acht lassen.«

»Realität!«, wiederholte Alex mit gespieltem Entsetzen, und Jack Casper sprang auf und rief: »Niemals! Niemals!«, reckte die Arme und boxte in die Luft. Die Übrigen am Tisch klatschten Beifall und lachten, während der andere Tisch ratlos zuschaute.

Begann Alex Barrow damals, in Paulines Gedanken herumzuspuken?

Oje. Irgendwie war sie im Stadtzentrum gelandet. Sie hätte eben eigentlich links abbiegen müssen. Doch an der nächsten Straßenecke war Linksabbiegen verboten, also fuhr sie nach rechts. Dann wieder nach links. Aber wo war sie nun? Sie hatte sich verfahren.

Als sie erneut links einbog, kam ihr die Gegend wieder

vertraut vor. Um sie herum ein Sammelsurium von Läden und Wohnhäusern, die Ladenschilder oft griechisch, polnisch oder tschechisch, die Stufen vor den Häusern weiß geschrubbt wie Seifenstücke, in den Wohnzimmerfenstern Kunstblumen, Trachtenpuppen, Gipsmadonnen mit zum Segen ausgestreckten Armen. Schwarz gekleidete alte Frauen mit Kopftüchern schlurften schwerfällig über die Gehwege, trugen ausgebeulte Einkaufstaschen. Kleine Mädchen spielten Hüpfstein oder Ball; ältere Mädchen in Sommerkleidern mit Spaghetti-Trägern stolzierten an größeren Jungen vorbei und überhörten geflissentlich deren Pfiffe.

Pauline hatte Michael mit Recht gedrängt, wegzuziehen. Das Leben hier war so verworren, so verknäult und verknüpft und verstrickt.

Die Canastaparty fand bei Katie Vilna statt. Das war immer so, denn Katie war geschieden und konnte deshalb als Einzige jederzeit Besuch von ihren Freundinnen bekommen, ohne dass ein Ehemann dazwischenplatzte. Sie wohnte mit ihrem Sohn in der Wohnung, in der sie auch aufgewachsen war, über dem Friseurgeschäft Golka. Vor dem Haus lenkte Pauline den Wagen gerade in eine höchst heimtückische Parklücke, als Wanda mit ihrer Schwägerin Marilyn Bryk auftauchte. Sie hupte, und die beiden blieben stehen, um auf sie zu warten – Wanda mit üppigen Hüften in einem altmodischen Blümchenkleid mit Flügelärmeln, Marilyn (ein Mädchen aus New Jersey) modischer, im Hemdblusenkleid mit Kräuselrock. »Okay, du bist fast drin«, rief Wanda. »Dreh noch mal ein bisschen nach links, zurück, zurück … Geschafft!«

Pauline stellte den Motor ab und stieg aus dem Wagen, ließ alle Fenster offen, weil es hier viel heißer war. »Hallo!«, sagte sie. »Was für eine klasse Frisur, Marilyn! (Was nicht ganz ehrlich war, sondern eher fürsorglich, denn eigentlich sah Marilyns Gesicht durch die Frisur – einen Pudelschnitt mit eng anliegenden Kräusellocken – zu groß aus.) Jede der Frauen umarmte Pauline kurz, und dann öffneten die drei die Tür rechts vom Friseurgeschäft und gingen ins Haus.

Die Treppe war eng und steil, die Linoleumstufen verrottet, und die Wände so lange nicht mehr gestrichen, dass das Weiß inzwischen Puddinggelb war. Doch als Katie mit Schwung ihre Wohnungstür öffnete, sah es gleich ganz anders aus. Sie hatte das dunkle Mobiliar ihrer Eltern durch hypermoderne Möbel ersetzt, deren Stil an die neuen Autos erinnerte. Chromleisten an allen Ecken und Enden, Kissen aus orangefarbenem Vinyl, und die abgerundeten Kanten gaben dem Ganzen etwas Stromlinienförmiges. »Hereinspaziert! Hereinspaziert!«, sagte sie. »Ihr seid zu spät! Ich dachte schon, ihr habts vergessen!«

Katie war von allen am gnädigsten älter geworden, fand Pauline. Sie hatte ihre Figur behalten, und ihr Pech – die überstürzte Heirat, das Kind, das »zu früh« kam, und die missgünstige Scheidung – stand ihr irgendwie gut zu Gesicht, sie sah betörend bitter aus. Als Einzige der vier Frauen trug sie Hosen (Caprihosen mit grüngelbem Tropenmuster). Die anderen wirkten dagegen viel zu fein.

»Donald ist bei meiner Tante«, erzählte sie den anderen. »Sie nimmt ihn über Nacht, weil ich heute Abend ein Date habe, und da habe ich ihn einfach schon früher hingebracht.«

Ein Date! Man stelle sich das vor. Die alten Damen in der Nachbarschaft schüttelten über Katie Vilna den Kopf und dankten dem Himmel, dass Katies Eltern dies nicht mehr miterleben mussten. Aber Pauline fand Katies Leben faszinierend. Der Exmann stammte aus einer Brauerei in Milwaukee, von seinen Alimenten konnte Katie sich Möbel und Kleider kaufen. Sie hätte sich, wenn sie wollte, sogar ein besseres Haus leisten können; warum sie es nicht tat, verstand Pauline nicht. Pauline lag Katie ständig in den Ohren, doch auch nach Elmview Acres zu ziehen.

Ehrlich gesagt, war das Canasta-Spielen nur ein Vorwand. Zwar setzten sie sich sofort um den Klapptisch, Marilyn mischte die Karten, und Wanda hob ab ... Aber zwischendurch redeten sie ohne Punkt und Komma. Katies Date entpuppte sich als ein Unbekannter, der Bruder einer Freundin; darüber gab es, wenigstens bis jetzt, noch nicht viel zu sagen. Aber es gab Neuigkeiten von Janet Witt. Janet lebte in Hollywood, Kalifornien, wer hätte das gedacht? Sie hatte einen zwanzig Jahre älteren Bühnenbildner geheiratet. Und dann berichtete Wanda, dass sie Post von Anna Grant bekommen habe, Paulines alter Schulfreundin, zu der Pauline, von Weihnachtskarten abgesehen, kaum noch Kontakt hatte. »Wisst ihr, dass Anna schwanger ist?«, fragte Wanda. »Endlich! Sie wollte doch erst ihren Abschluss in Musik machen, aber jetzt ist es endlich so weit – Anfang September, sagt sie.« Worauf die anderen Pauline nach ihrer Schwester fragten. »Sie ist drei Wochen überfällig, fast einen Monat«, sagte Pauline. »So dick wie ein Ballon und völlig mit den Nerven fertig.«

»Das wievielte ist es, ihr drittes?«, fragte Katie.

»Ihr viertes. Keine Ahnung, was sie sich dabei gedacht hat.«

»Ich habe Lukas immer gesagt«, erklärte Marilyn, »›Lukas‹, habe ich gesagt, ›Gott hat mir zwei Hände gegeben, nur zwei, mit denen ich meine Kinder über die Straße führen kann. Und das bedeutet etwas‹, habe ich gesagt.«

»Wunderbar, wenn du das hinkriegst«, erwiderte Wanda. (Sie hatte fünf Töchter.) »Leider läuft nicht immer alles nach Plan.«

»Wie wahr«, sagte Pauline, und alle lächelten sie an, denn sie mussten ihr damals Trost spenden, als sie plötzlich mit

Karen schwanger war. Natürlich hatte sie sich als Mädchen viele Kinder gewünscht, aber die ersten beiden kamen so dicht aufeinander, eine harte Zeit, und danach hatte sie ihre Meinung geändert.

»Ich werde es nie vergessen«, sagte Wanda, »in dem Sommer, als noch keiner wusste, dass ich Claire erwartete, kam meine Schwiegermutter dauernd mit Einmachgemüse, und ich habe mich immer gedrückt: ›Oh, wie schade, ich habe meine Tage‹, weil ich Einmachen hasste, und Mutter Lipska, abergläubisch, wie sie war, mich nur dann von der Einmacherei befreite. ›Immer noch?‹, meckerte sie kopfschüttelnd. Einmal meinte sie, ob ich nicht lieber mal zum Arzt ginge. Und dann kam am Ende heraus, dass ich die ganze Zeit schwanger war!«

Sie lachten, obwohl alle die Geschichte kannten. Es hatte etwas Tröstliches, sich immer wieder die Erinnerungen der anderen anzuhören, bis sie wie die eigenen klangen.

Marilyn teilte aus. »Eins, eins, eins, eins«, sagte sie. »Zwei, zwei, zwei, zwei« – sie legte jede Karte peinlich genau an ihren Platz, zog nebenbei an ihrer Zigarette, die in einem Aschenbecher zwischen ihr und Katie lag. Pauline kontrollierte ihre Karten, aber die anderen ließen ihre liegen und unterhielten sich.

Was sie nicht wussten, dachte sie (und schob Pik-Drei neben Pik-Vier), war die Tatsache, dass Karen eigentlich kein echtes Versehen war. Sie war die Folge einer Versöhnung – Pauline und Michael hatten sich nach einem ihrer entsetzlichen Kräche aufeinander gestürzt, wild, verrückt, und geschehen lassen, was geschehen musste, willentlich, absichtlich, jedenfalls in jenem Augenblick. War Karen deshalb von den drei Kindern am freundlichsten? Ein Kind der Liebe, wie Pauline fand. Obwohl sie eigentlich wusste, dass ein Kind der Liebe etwas ganz anderes war.

»Elf«, verkündete Marilyn schließlich, und die Übrigen nahmen ihre Karten.

Pauline verlor kein Sterbenswort über Alex Barrow. Zum einen kannte ihn keine. Zum anderen bereute sie, dass sie im Schwimmbad von ihm geredet hatte. Also hielt sie den Mund und hörte, anders als sonst, mehr zu, als sie redete. Sie hörte sich an, was Wandas Mann über den neuen Teppich zu sagen hatte; dann, wie Marilyns Mann ihre Kohlrouladen kommentierte – beides Beleidigungen, sodass die anderen Frauen empört und atemlos auflachten. (Da half auch nicht, dass Marilyns Mann Wandas Bruder war. In diesem Zimmer gehörte er zur Seite der Gegner.) Fanden eigentlich alle Frauen, dass sie die falsche Entscheidung getroffen hatten?

Als sie mit dem Spielen fertig waren, ihren Kaffee getrunken, das letzte Zuckertörtchen der Gebrüder Kostka verdrückt und sich die Finger an Katies todschicken Miró-Papierservietten abgewischt hatten, machte Pauline, als Erste, Anstalten zum Gehen. »Oh, noch nicht!«, riefen die anderen, aber sie erwiderte: »Ich muss noch fahren, das wisst ihr doch. Und das Sorgen-Komitee lauert sicher schon am Fenster und ringt die Hände.« Also wurde Pauline umarmt, getätschelt, man versprach, bald anzurufen. Dann brach sie auf.

Sie stieg die Holztreppe hinab, wie immer, wenn sie von ihren Freundinnen wegging, mit einem leisen Gefühl des Verlusts.

Wie gewöhnlich fand sie den Nachhauseweg kürzer als den Weg in die andere Richtung. Und sie hatte mit Sicherheit weniger Orientierungsschwierigkeiten. Ehe sie sichs versah, war sie wieder auf Loch Raven, fuhr mit Tempo gen Norden und kurbelte die Fenster fast hoch, um nicht völlig zerzaust anzukommen. Eine Melodie ging ihr wieder durch den Kopf, etwas, das ihre Kinder gern sangen, sie summte bruchstückhaft: »I'm sorry, playmates, I cannot play with you …« Kann leider nicht mit euch spielen …

Am Eingang zu Elmview Acres befand sich, zwischen eckigen Backsteinpfeilern, ein zweiflügeliges, elegant geschwungenes schmiedeeisernes Tor, das immer offen stand. Auf dem rechten Pfeiler war ein Messingschild mit schwarzer Schrift: Elmview Acres, Est. 1947.

»My dolly has the flu, boohoo, boohoo, boohoo …« – meine Puppe ist krank.

Auf Santa Rosa Road bog sie rechts ab, vorbei am Schwimmbad, das jetzt leer war, bis auf den Bademeister auf dem hohen weißen Stuhl, dessen Umrisse sich gegen den Sonnenuntergang abhoben; vorbei am Clubhaus mit seinem verglasten Aushängekasten (Bridge-Klassen, Unterricht für Kinder, Gartenclub). Auf dem Beverly Drive bog sie wieder rechts ein, und dann machte sie, zum zweiten Mal an jenem Tag, einen unerwarteten Schlenker nach links, in die Candlestick Lane.

Wenn er zufällig vor dem Haus wäre, würde sie anhalten, ihr Fenster runterkurbeln und freundlich fragen, ob sein Hackbraten Fortschritte mache. Wenn er nicht vor dem Haus wäre, würde sie weiterfahren.

Er war nicht vorm Haus, aber sie fuhr nicht weiter.

Sie verlangsamte ihre Fahrt und hielt an, warf einen prüfenden Blick auf die Fassade seines Hauses. Es war ein Haus, das äußerst wenig verriet. Die Haustür war nichtssagend, völlig fensterlos. Am riesigen Panoramafenster hing eine weiße Gardine, ohne Muster, undurchsichtig, wie Futterstoff, dicht wie ein Duschvorhang.

Sie zog den Zündschlüssel ab und stieg aus dem Wagen. Sie marschierte auf das Haus zu, rein geschäftlich, sozusagen, Handtasche unter den Arm geklemmt – eine Frau, die nur ihre Pflicht tat.

Doch bevor sie auf die Klingel drücken konnte, öffnete er die Tür. »Pauline?«, sagte er. Sie hatte völlig vergessen, wie dicht und kraus sein Haar war, wie der Haaransatz beinah bis an die buschigen schwarzen Augenbrauen reichte. Er trug ein weißes T-Shirt mit hochgekrempelten Armen, das seinen Bizeps unterstrich.

»Ich war in der Stadt und bin auf dem Nachhauseweg.« (»In der Stadt« klang interessanter als »bei einer Freundin«.) »Ich dachte, ich schau mal nach, wie's deinem Hackbraten geht.«

»Ach, du denkst auch an alles! Komm rein«, sagte er, trat einen Schritt zurück und deutete in den Flur. Er war kaum größer als sie; das war ein kleiner Schock. Dennoch wirkte er so massig und muskulös, dass sie sich, als sie hinter ihm eintrat, vergleichsweise klein vorkam.

»Der Hackbraten ist so gut wie fertig«, sagte er zu ihr, »aber noch nicht im Ofen. Guck mal, ob er deinem kritischen Auge standhält.«

Er führte sie in die Küche, sein Haus glich gespenstisch ihrem Haus, war aber heller und offener. Es war sehr ordentlich. Er hatte nichts verkommen lassen, anders als viele Männer in seiner Situation. Und die Küche war makellos. Hätte nicht die Auflaufform auf der Arbeitsplatte neben dem Herd gestanden, keiner wäre auf die Idee gekommen, dass er gekocht hatte.

Der Hackbraten war unappetitlich braun statt schön frisch rot. Pauline betrachtete ihn aus der Nähe und schnupperte. Er roch noch genießbar, fand sie. »Na, gut gemacht!«, sagte sie zu ihm. »Das sieht ja köstlich aus!« Sie richtete sich auf und sah sich um. Auf den Gardinen vor dem Fenster waren Früchte in einem sich wiederholenden weißen Gitterspalier, ein Muster, das ihrer Mutter gefallen hätte. Pauline selbst hätte so etwas Altmodisches niemals ausgesucht. Neben dem Telefon hing ein Wandkalender, ganz ohne Eintragungen.

»Köstlich ist zu viel gesagt«, meinte Alex gerade. »Mir reicht essbar. Du siehst vor dir einen krisengeschüttelten Mann. Gestern Abend habe ich mir runde Bohnen gemacht, und sie waren eine Katastrophe.«

»Runde Bohnen?«

»Oder … nein, fette Bohnen.«

Pauline runzelte die Stirn. Dann wusste sie es. »Dicke Bohnen!« Sie lachte.

»Ja, genau, dicke Bohnen.«

»Na, die haben es aber auch in sich. Die muss man endlos kochen. Warum unbedingt dicke Bohnen?«

»Ich dachte, das sei kinderleicht«, erwiderte er. »Meine Mutter hat sie manchmal gekocht. Es sah ganz leicht aus. Ich dachte: Nichts einfacher als das. Aber nachts um zwei waren sie immer noch hart wie Kieselsteinchen. Am Ende habe ich sie weggeworfen.«

Pauline betrachtete ihn einen Moment. Dann sagte sie: »Schwierig, so allein, oder?«

Wieder war sie über ihre Kühnheit erstaunt, doch Alex fand das wohl ganz selbstverständlich. »Ja«, sagte er, »in mancher Hinsicht schon. Bei praktischen Sachen. Wie die Waschmaschine funktioniert, und so. Unglaublich, was alles zum Haushalt gehört! Aber es ist auch eine Erleichterung.«

Pauline neigte den Kopf zur Seite und wartete. Sie hatte ihn noch nie so ernst erlebt. Er lehnte mit dem Rücken gegen die Arbeitsplatte, Arme über der Brust verschränkt, sein Bizeps umso auffälliger.

»Am Ende konnte ich gar nichts mehr recht machen«, sagte er. »Mit nichts war sie zufrieden. Sie hatte sich angewöhnt, einfach zu verstummen, zur Seite zu gucken und die Augenbrauen zu heben. Mir war dann, als stünde noch jemand neben ihr, der mich auch für einen hoffnungslosen Fall hielt.«

»Oh, das kenn ich!«, stimmte Pauline zu. Es kam einfach so, ohne Nachdenken.

Er wollte weiterreden, zögerte aber und betrachtete sie.

»Ich weiß genau, was du meinst«, sagte sie leiser.

»Wirklich?«

»Und dann werden ihre Münder schmal, als verkniffen sie sich mühsam, ganz viel dazu zu sagen.«

»Genau«, sagte Alex. »Aber ich kann mir nicht vorstellen, dass jemand das mit dir macht.«

»Erzähl das meinem Mann«, sagte sie.

»Ich dachte immer, dein Mann sei eigentlich ein netter Kerl.«

»Nett!«, sagte sie. »Na ja. Aber, du weißt ja, wie das ist, wenn jemand ständig enttäuscht von dir ist. Etwas an dir auszusetzen hat. Dich bewertet und bemängelt.«

»Wenn einer so humorlos die Stirn runzelt«, sagte Alex, »und man hat gerade eigentlich was Komisches erzählt.«

»Er mag nicht mal Musik«, sagte Pauline. »Am liebsten hat er Totenstille. Wenn er nach Hause kommt und das Radio läuft – irgendwas Flottes, weißt du, für die gute Laune –, schaltet er es einfach ab. Manchmal merke ich erst daran, dass Michael da ist: an der plötzlichen Stille.«

»Kannst du dir vorstellen, wie das ist, wenn man selbst Musik macht?«, fragte Alex. »Ich spiele nämlich Trompete.«

»Tatsächlich?«

»Ich war in der Highschool-Blaskapelle.«

»Oh, Trompete mag ich sehr! Die ist so energiegeladen.«

»Aber als ich nach unserer Hochzeit mal spielen wollte, hatte Adelaide immer Angst, dass es die Nachbarn stören könnte. Ich sollte einen Dämpfer benutzen. Mit Dämpfer ist es aber nicht das Gleiche.«

»Natürlich nicht«, sagte Pauline.

»Ihr Leben besteht aus lauter Solls«, sagte Alex.

»Sie haben zum Vergnügen kein Talent«, sagte Pauline.

Sie schwiegen einen Augenblick. Pauline war mit einem Mal verlegen. Sie sah an sich herab und umarmte ihre Handtasche. Da griff Alex nach der Tasche und entwand sie ihr sanft, und sie sah hoch und stellte fest, dass er ihr in die Augen schaute. Ohne seinen Blick abzuwenden, setzte er die Handtasche auf die Arbeitsplatte neben den Hackbraten und beugte sich über sie, um sie auf die Lippen zu küssen. Sein Mund war sehr warm. Er roch nach Thymian oder Majoran – nach etwas Grünem, leicht Bitterem.

Als sie sich trennten, fühlte sie sich nicht weniger verlegen als vorher. Um ihre Verwirrung angesichts seines unverwandten, ernsten Blicks zu überspielen, trat sie einen Schritt vor, hielt ihm wieder ihr Gesicht hin, und sie küssten sich noch einmal. Seine Hände glitten hinten unter ihre Bluse, heizten ihre Haut auf, durch den Unterrock. O Gott, welchen Büstenhalter trug sie? Den mit der Sicherheitsnadel? Seine Hände wanderten nach vorn zu ihren Brüsten, und sie entzog sich, strich ihre Bluse glatt und lächelte ihn unsicher an.

»Du meine Güte!«, sagte sie.

Er war atemlos, sah sie. Und lächelte nicht.

»Also, ich gehe besser – du meine Güte! So spät schon!«

Dabei gab es keine Uhr in der Nähe, soweit sie sehen konnte, obwohl es in der Küche eindeutig dunkler geworden war.

»Pauline«, sagte er.

Sie nahm ihre Handtasche von der Arbeitsplatte und sah ihm ins Gesicht, freundlich und interessiert – hoffte sie.

»Verzeih«, sagte er zu ihr. »Das hätte ich nicht tun sollen.«

»Oh, macht nichts!«, sagte sie.

Hoffentlich meinte er nicht, dass er alles bereute.

Er sagte: »Können wir nicht …? Musst du wirklich jetzt gehen? Bleib doch.«

»Ich bin so spät dran«, sagte sie zu ihm. »Sie wundern sich bestimmt schon, wo das Abendessen bleibt.«

»Kann ich dich nicht nachher sehen? Heute Abend? Ich könnte, wenn es richtig dunkel ist, zufällig an eurem Haus vorbeikommen. Könntest du nicht rauskommen und mit mir reden? Nur reden?«

»Ich weiß nicht«, sagte sie.

»Du sagst eben, dass du frische Luft brauchst; du machst einen kleinen Spaziergang.«

Sie hatte noch nie gesagt, dass sie frische Luft brauche. Sie und Michael gingen nie einfach so spazieren. Aber da sagte sie schon: »Michael geht oft vor mir ins Bett. Gewöhnlich gegen neun, oder so.«

»Dann um neun«, sagte Alex.

»Aber nur zum Reden.«

»Ja, natürlich«, erwiderte Alex. »Ehrenwort.«

Zu Betonung seines Versprechens fasste er sie am Handgelenk, das seine starken, breiten Finger mit einem Griff umspannten. Sie brauchte alle Willenskraft, um sich frei zu machen und fortzugehen.

Ihr schien, als sei sie höchstens zwei Minuten in seinem Haus gewesen, doch draußen war der Himmel weiß und monochrom, und es dämmerte bereits. Sie ließ zu schnell den Wagen an und fuhr zu schnell los, hastig durch die Candlestick Lane, in den Pasadena Drive, und von dort bog sie schwungvoll in den Winding Way ein, darauf bedacht – weil sie wieder aus der falschen Richtung kam –, so schnell wie möglich, bevor jemand sie bemerkte, in der Einfahrt zu verschwinden. Kaum angekommen, parkte sie irgendwie, ein gutes Stück vor dem überdachten Platz, sprang aus dem Wagen und lief auf das Haus zu. Doch an der Tür machte sie halt. Sie fasste sich an die Lippen, rückte ihr Haar zurecht und fühlte, ob ihre Bluse wieder richtig im Rock saß. Eigentlich brauchte sie jetzt einen Übergang – ein Niemandsland zwischen den beiden Häusern, um ihre Fassung wiederzugewinnen. Aber schon öffnete sich die Tür, und »Mama!«, rief Lindy. »Sag George, dass er nicht mit meinem Knetgummi spielen darf! Er hat es mit lauter Farben aus seinen doofen Malbüchern vermatscht!« Karen, die um den Mund einen schwarzen Fleck hatte, streckte die Arme aus und sagte: »Hoch, Mama, hoch«, und Mutter Anton stand da wie ein lauernder Schatten, irritierend tatenlos. »Hab ich was falsch verstanden?«, fragte sie Pauline. »Ich dachte, du würdest viel früher wiederkommen. Hätte ich mich ums Abendessen kümmern sollen?«

»Nein, nein … Karen, was hast du denn im Gesicht? Komm, häng dich nicht so an mich, Lindy; ich muss erst mal verschnaufen. Wo ist euer Vater?«

»Er ist in der Küche und will Suppe kochen«, sagte Lindy.

»Suppe! Wozu Suppe? Das Abendessen ist doch fertig und muss nur in den Ofen!«

Sie bahnte sich einen Weg durchs Wohnzimmer, die Kinder hingen an ihrem Rock, ihren Beinen, wo immer sie sich festhalten konnten – es fühlte sich wie ein Dutzend Kinder an, nicht wie drei –, und Mutter Anton folgte beleidigt. Michael versuchte gerade mit dem kleinen Dosenöffner, den sie nur zum Picknick gebrauchten, eine Büchse zu öffnen. Er drehte sich um, als sie kam, und sagte: »Gott sei Dank bist du da! Die Kinder weinen schon vor Hunger!«

»Oh, du lieber Himmel«, sagte sie zu ihm. »Du tust, als ob sie gleich vor Hunger sterben würden.« Sie legte ihre Handtasche auf die Arbeitsplatte und nahm ihm den Dosenöffner aus der Hand. »Ich schiebe das Abendessen in den Ofen, dann ist es in einer Stunde fertig.«

»In einer Stunde!«, sagte Michael.

Sie hörte nicht hin. (Tatsächlich würde es länger als eine Stunde dauern, denn der Ofen musste erst vorgeheizt werden. Aber vielleicht konnte sie die Sache beschleunigen, wenn sie die Temperatur höher stellte.) Sie stellte das Thermostat auf 250 Grad, holte die feuerfeste Form und einen Kopf Eisbergsalat aus dem Eisschrank. Das Klappern ihrer Absätze klang geschäftig, tüchtig, hoffte sie; aber nein, Michael schaute sie immer noch vorwurfsvoll an. »Wo warst du nur die ganze Zeit?«, fragte er.

»So spät ist es doch gar nicht!«, erwiderte sie. »Heiliger Bimbam! Nur weil ihr immer essen wollt, bevor die Hühner schlafen gehen —«

»Ich habe bei Katie angerufen, und die sagte, du seist schon lange weg.«

»Ja, also ich bin nur – noch bei meiner Familie vorbeigefahren«, sagte Pauline zu ihm. Sie schob die Auflaufform in den Ofen; dabei brauchte sie ihm nicht ins Gesicht zu sehen.

»Zu deiner Familie?«, aber dann wollte Karen auf seinen Arm – die Ablenkung kam wie gerufen.

»Wie gehts der armen Megan?«, fragte Mutter Anton. »Hat sie das Baby denn jetzt?«

»Du meinst Donna«, erklärte ihr Pauline. Diese Frau konnte Paulines Schwestern einfach nicht auseinanderhalten. Sonst regte Pauline sich darüber auf, aber diesmal war sie froh über den Themenwechsel. »Donna bekommt das Baby«, sagte sie. »Nein, es ist noch nicht da, dabei sind sie gestern Abend schon ins Krankenhaus und haben meine Mutter zum Babysitten rübergeholt … und dann war es falscher Alarm.«

»Du meine Güte, eigentlich müsste sie sich inzwischen

doch auskennen«, sagte Mutter Anton. »Ist das nicht ihr drittes?«

»Ihr viertes.«

»Oh, ich dachte, sie hätte zwei.«

»Megan hat zwei.«

»Reden wir nicht von Megan?«

Pauline ließ den halb ausgewickelten Salatkopf sinken und warf Michael einen verzweifelten Blick zu, doch der starrte ausdruckslos zurück. Karen turnte auf ihm herum, kletterte von seinem Arm auf seine Schultern, doch er stand wie leblos da. »Was hat Karen am Mund?«, fragte Pauline ihn. (Warum nicht zum Angriff übergehen?) »Ich lasse sie einmal bei dir, komme wieder, und sie sieht aus wie ein Dreckspatz!«

»Das ist Kaugummi«, kam Georges Stimmchen. Er saß mit einem Comicheft auf dem Fußboden. »Sie hatte auch Kaugummi im Haar, das musste Dad mit der Schere rausschneiden.«

Pauline untersuchte Karen genauer. Allerdings, über ihrem linken Ohr war ein bis auf die Kopfhaut kahler Fleck. Sie sagte: »Oh, verd..., du weißt doch, dass sie für Kaugummi noch zu klein ist!«

Michael gab keine Antwort. Er sah sie immer nur an, sammelte wahrscheinlich Punkte im Himmel für seine Geduld, und es war George, der sagte: »Daddy hat es ihr nicht gegeben. Sie hat es sich von deiner Kommode geholt.«

»Weiß Gott, wie wir sie wieder sauber kriegen«, sagte Pauline. »Vielleicht muss sie so bleiben, bis sie alt ist.«

Und dann schnitt sie den Salatkopf in Viertel und wich trotzig Michaels Blick aus.

Am Ende war Nagellackentferner nötig, um Karen zu säubern. Wasser und Seife reichten nicht. Pauline musste sie am Boden festhalten, sich praktisch auf sie setzen, damit sie sich nicht frei strampeln konnte, und die ganze Zeit tat Karen, als würde sie umgebracht, schrie, dass es von den Badezimmerkacheln widerhallte. »Hör auf«, rief Pauline. »Du tust meinen Ohren weh.« Lindy sah von der Tür aus zu, genoss das Schauspiel, während George – im Schaumbad – mit großen Augen über den Wannenrand peilte. Dann musste natürlich auch Karen, seufzend und schniefend, wieder in die Badewanne, weil sie wie ein Manikürsalon roch.

Immerhin füllte es die Zeit bis zum Essen aus. Die Kinder hatten offenbar ihren Hunger vergessen. Auch als sie schließlich um den Esstisch saßen, feucht, blass und brav in frischen Schlafanzügen, machten sie keinerlei Anstalten zu essen, was Pauline ihnen auf die Teller gepackt hatte. »Esst«, sagte sie und nahm, um mit gutem Beispiel voranzugehen, unnötig demonstrativ ihre Gabel. Sie war auch ein bisschen feucht, Bluse und Rock hatten Badewasser abgekriegt, ihr Gesicht war verschwitzt. Und sie hatte genauso wenig Appetit wie die Kinder, schnitt aber mit gespielter Begeisterung ein Stück Hühnerbrust ab. »Das Rezept ist von Mimi Drew«, sagte sie zu Michael. »Es schmeckt dir bestimmt.«

Es wäre ein Wunder, wenn es ihm schmecken würde (es waren Wasserkastanien darin), aber immerhin unterließ er seine abschätzigen Bemerkungen. Dann aber stand er auf und ging in die Küche … was zu holen? Butter. Sie empfand es als Vorwurf; er hätte sie darum bitten können. Sie hätte die Butter gern für ihn geholt. Aber nein, er hinkte durchs Wohnzimmer, zur Küche und zurück, zog sein Bein besonders auffällig nach, wie oft, wenn er müde war. Er stellte die Butterdose vor seine Mutter und ließ sich ächzend auf seinen Stuhl fallen. Dass die Butter für seine Mutter war, steigerte den Vorwurf; Pauline hatte wieder einmal kein Gespür für die Wünsche ihrer Schwiegermutter gehabt. Seine Mutter schmierte gierig die Butter gleich aufs Brot, legte nicht wie sonst ein Stückchen auf ihren Esstellerrand. Michael nahm einen Bissen Hühnchen und kaute gottergeben. Wenn er die Kiefer zusammenpresste, trat links an seiner Stirn ein kleiner Muskel oder eine Ader vor. Es sah aus, als sei Essen Schwerstarbeit.

»Na also!«, sagte Pauline munter. »Die alte Gegend war ein echtes Erlebnis. Ich weiß, du bist noch daran gewöhnt, Michael, täglich, im Laden, aber für mich wars eine echte Überraschung! Haben wir dort wirklich gewohnt? Die Häuser sind so eng und schmal!«

»Immerhin gibts da Nähgarn zu kaufen, und man muss nicht das Auto nehmen …«, bemerkte Mutter Anton.

»Na ja …«

»Es ist ein Kompromiss«, sagte Michael.

George sagte: »Mama, ich und Buddy –«, aber Pauline unterbrach: »Lass Daddy ausreden, George.«

Michael musste erst sein Hühnchen kauen. Dann musste er schlucken. Dann musste er etwas trinken. Die Stille lastete so schwer, dass man sie fast sehen konnte.

George nahm noch einen Anlauf: »Ich und Buddy –«

»Es gibt Vorteile und Nachteile«, sagte Michael endlich. »Das wussten wir, als wir hierherzogen. Ja, wir haben jetzt mehr Platz. Also im Hinblick auf die Kinder, im Hinblick auf ihre … sagen wir, Freizeitaktivitäten, kann man zugegebenermaßen durchaus behaupten …«

Wenn er nur ein einziges Mal das falsche Wort nähme, was dann? Wenn er den perfekten, treffenden Ausdruck nicht fände, würde dann die Welt untergehen?

»… dennoch finde ich manchmal, dass der zusätzliche Platz ein, also, fast ein Nachteil ist«, fuhr er fort. »Ich meine, was meine ich, ein … Manko. Ich habe den Eindruck, dass man als Familie, besser gesagt, als erweiterte Kleinfamilie, wenn ihr meinem Gedanken folgen könnt …«

Pauline schnitt ihren Salat, und die Gabel machte klirr!, und der Salat rutschte vom Teller. George und Lindy kicherten. Michael hörte auf zu reden und sah sie an.

»Entschuldigung«, sagte Pauline zu ihm.

Im Radio lief das Polka-Programm, Mutter Antons Lieblingssendung, wie jeden Samstagabend um halb neun. Sie saß im Wohnzimmer auf dem Sofa, eine Flickarbeit im Schoß – Karens Schlafoverall, an dessen Füßling eine Sohle lose war –, und nickte, als Frankie Yankovic »Don't Flirt With My Girl« dudelte. Sie nickte nicht im Takt, sondern langsam, steif, feierlich, als befürwortete sie den Musikgeschmack des Ansagers.

Am anderen Ende des Sofas saß Michael und las Zeitung. Die Samstagszeitung war dünner als an anderen Tagen, die Schlagzeilen so klein gedruckt, dass Pauline sie von ihrem Platz aus nicht lesen konnte. Sie saß im Sessel weiter hinten und blätterte im *Ladies' Home Journal*. Von Michael sah sie nur die Finger an den Zeitungsrändern und seine langen, grau behosten Beine mit den schweren braunen Schuhen.

»Vielleicht sollte ich hierfür eine dickere Nadel nehmen«, sagte Mutter Anton zu Pauline. »Die Sohlen sind doppelt. Da komme ich kaum durch.«

»Soll ich dir eine holen?«, fragte Pauline. Die Zeitung war nicht besonders interessant.

»Nein, warte noch; mal sehen, ob's geht.«

Hinter seiner Zeitung gähnte Michael laut. Pauline spürte, wie künstlich dieses Gähnen war. Er faltete die Zeitung zusammen, legte sie beiseite und reckte sich ausgiebig, »Aaah«, gähnte er noch einmal. »Och, ich bin fix und fertig. Zeit fürs Bett.«

Pauline blätterte weiter. Eine Frau mit Rüschenschürze hielt eine Platte mit einem Braten.

»Pauline, kommst du auch?«

»Bald«, sagte sie.

Sie blätterte noch weiter.

Michael stand auf. Er zögerte. Sie fühlte, dass er sie ansah. Samstagnacht war Liebesnacht; bei ihm wusste man immer, woran man war. Er pflegte feste Gewohnheiten. Sie spitzte die Lippen und las stirnrunzelnd ein Rezept, Pommes au Gratin.

»Na dann«, sagte Michael endlich. »Also, schlaf gut, Mama.«

»Du auch, Sohn.«

Dabei blieb er weiter stehen. Schließlich sah Pauline auf, markierte mit dem Zeigefinger demonstrativ die Stelle auf der Seite, wo sie gerade las.

»Also, du kommst gleich, hmm?«, fragte er.

»Na gut.«

Sie sah angestrengt in ihre Zeitung. Er drehte sich um und hinkte aus dem Zimmer.

Das Radio spielte jetzt die »Gute-Nacht-Polka«, die Sendung war zu Ende. Es war also neun Uhr. Mutter Anton biss das Fadenende ab und steckte die Nadel in die Sofalehne. »Fertig?«, fragte Pauline.

»Wie neu«, sagte Mutter Anton.

Sie legte Karens Schlafanzug auf den Couchtisch und machte Anstalten aufzustehen, aber Pauline wollte mit einem Mal ganz dringend, dass sie dabliebe. Sie wurde ganz atemlos und zitterte; es war eindeutig richtige Angst. (Warum eigentlich? Sie wollte doch nur einen harmlosen Abendspaziergang machen.) »Na!«, sagte sie. »Vielen Dank!« Ihre Stimme klang komisch dünn, was Mutter Anton aber nicht auffiel.

»Gern geschehen«, antwortete sie.

Sie stand auf, rutschte zuerst auf dem Sofa vor, mühte sich auf die Füße, stieß sich mit beiden Händen ab, doch

Pauline plapperte weiter. »Hoffentlich trägt Karen den Anzug noch mal, sie ist in letzter Zeit so gewachsen. Bis es wieder kühler wird, ist er ihr womöglich zu klein! Was meinst du?«

»Ja, sie ist wirklich in die Höhe geschossen«, sagte Mutter Anton geistesabwesend und ging in Richtung Flur.

»Und es wäre eine Schande, wenn du alles umsonst gemacht hättest.«

»Ach, egal.«

»Kinder, die den Anzug noch auftragen können, haben wir ja nicht!«

Nun horchte Mutter Anton doch auf. Sie blieb stehen und drehte sich ausgesprochen interessiert um. »Oh?«, sagte sie. »Oh, man kann nie wissen.«

»Drei reichen eigentlich«, sagte Pauline. »Findest du nicht? Wir Frauen müssen schließlich mit dem Ganzen fertigwerden; auf uns fällt die Hauptarbeit. Männer haben nicht die geringste Ahnung davon, findest du nicht auch?«

Mutter Anton neigte nachdenklich den Kopf. »Weißt du«, sagte sie, »ich glaube, mein John hatte nicht die geringste Ahnung, was ich so alles durchgemacht habe. Einmal, da hatten Danny und Michael zusammen Scharlach. Ich war so fix und fertig, ich hätte umfallen können! Einmal bin ich angezogen eingeschlafen, und gleich war wieder Morgen, da hatte John mich schon geweckt. ›Meine Süße?‹, sagte er. ›Meine Süße? Wo bleibt mein Frühstück!‹«

Pauline lachte. »Dann weißt du also, wovon ich rede«, sagte sie.

»Ja, und du hast drei! Ich hatte nur die zwei.«

Aber dann – oh und ach – schien sie sich zu besinnen. »Na, so komme ich nie ins Bett«, sagte sie, drehte sich um, hob einen Arm zum Gruß und ging weiter Richtung Flur. »Gute Nacht, meine Liebe.«

»Gute Nacht, Mutter Anton.«

Pauline legte die Zeitung beiseite. Sie schaltete das Radio aus. Sie hörte ihre Schwiegermutter mit schweren Schritten durch den Flur schlurfen. Das zittrige Gefühl kehrte zurück.

Die feuchten Flecken auf ihren Sachen waren inzwischen lange trocken, und wenn sie sich ein bisschen herrichtete, sah sie sicher vorzeigbar aus. Sie wollte nur ihr Gesicht frisch machen. Die Nase pudern, Lippen schminken.

Dennoch blieb sie sitzen.

Das Haus war so still, dass sie oben im Dachboden den Ventilator hören konnte, der lauwarme Luft durch ein Fenster ins Haus fächelte. Sie hörte leise einen Wagen vorbeifahren und nebenan bei Deans die Spieluhr im Kinderzimmer des Babys klimpern: »Waltzing Matilda«.

Das Telefon läutete.

Ihr erster Gedanke war: Alex. Sie sprang auf und rannte in die Küche, damit Michael bloß nicht dranging. Doch dann wurde ihr klar, dass Alex sicher nicht so dumm wäre, um diese Zeit anzurufen. Sie tastete im Dunkeln nach dem Hörer, nahm ihn ab und sagte: »Hallo?«

»Pauline?« Es war ihre Mutter.

»Mom?«

»Du hast dich nicht gemeldet!«

»Was?«

»Du hast nicht zurückgerufen, du hast deine Schwester nicht angerufen –«

»Ich weiß nicht, wovon du redest!«

»Ich habe schon mal angerufen«, sagte ihre Mutter. »Hat Michael dir nichts ausgerichtet? Donnas Baby ist da.«

»Wirklich?«

»Ein kleines Mädchen. Jean Marie. Fast sieben Pfund.«

»Kein Wort hat er gesagt!«

»Mutter und Tochter sind wohlauf. Er hatte versprochen, es dir gleich zu erzählen.«

»Warte. Wann?«, fragte Pauline.

»Um eins, heute Mittag. Zweieinhalb Stunden Wehen; viel weniger als bei —«

»Aber wann hast du angerufen? Wo war ich?«

»Er sagte, du seist Canasta spielen.«

Pauline schwieg. Wie eine Woge flutete das Blut langsam von tief unten durch ihren ganzen Körper.

»Pauline?«

Was genau hatte sie zu Michael gesagt? Hatte sie nicht behauptet, dass sie bei ihrer Mutter war?

Ja, sie war sich fast sicher.

Und er hatte gesagt … Sein Gesichtsausdruck war …

»Pauline, rufst du Donna an? Vielleicht schläft sie schon, aber —«

»Morgen früh als Erstes«, sagte sie. »Danke, Mom. Bye.«

Sie legte den Hörer so leise wie möglich auf.

Die Spieluhr des Dean-Babys klimperte nicht mehr, oder wenigstens war hier nichts davon zu hören, aber den Dachbodenventilator hörte sie. Sie schaute auf die Leuchtziffern der Uhr zwischen den Herdknöpfen: 21:22. Sie drehte sich um und sah zum Fenster über dem Frühstückstisch. Draußen war es heller als drinnen. Heute Nacht war bestimmt Vollmond. Sie erkannte den Hortensienbusch vor Swensons Haus gegenüber – eine blass perlende Wolke neben dem Briefkasten – und den Schimmer auf ihrem Autodach. Sie sah einen Mann langsam vorbeigehen, vor ihrem Haus stehen bleiben und weitergehen. Sie sah ihn ein paar Minuten später von der andern Seite zurückkommen. Er blieb wieder stehen und ging erneut weiter. Aber Pauline rührte sich nicht von der Stelle.

Das Schlafzimmer war pechschwarz, die schweren Vorhänge ließen den Mondschein nicht durch. Sie tastete sich am Fußende des Betts vorbei bis zu ihrem Schrank. Als sie ihn gefunden hatte, zog sie sich aus, ließ ihre Sachen auf den Boden fallen, nahm ihr Nachthemd vom Haken und zog es über den Kopf. Es roch frisch gebügelt, heimelig. Sie ging zurück zum Bett und legte sich neben Michael.

Er kehrte ihr den Rücken zu, lag auf der Seite und atmete sehr gleichmäßig. Sie konnte nicht sagen, ob er wirklich schlief. Sie schob sich näher. Sie legte sich um ihn herum und drückte ihre Wange an seinen Rücken. Aber er lag bewegungslos und atmete, ein und aus, und sein Herz schlug gleichmäßig unter seinem weichen, undurchdringlichen Äußeren.

4

LEISE HOFFNUNG

Karen und George hatten beide, jeder für sich, nachgesehen, ob Lindy letzte Nacht nach Hause gekommen war. Zuerst Karen. Als geborene Pessimistin konnte sie nicht weiter in den Sonntagmorgen hineinschlummern, bis sie nicht aus dem Bett über den Flur zu Lindys Zimmer getaumelt war. Und dann hatte sie – weil sie das Bett leer und unbenutzt und das Zimmer still und verlassen vorgefunden hatte – noch lange genug wach gelegen, um George zu hören, der später kam, nachdem er im Bad geräuschvoll gepinkelt hatte. Er ging unbekümmerter vor, klopfte einfach einmal an die Tür, ehe er den Knauf drehte, und sie wusste, er würde einfach seinen Kopf reinstecken, gerade mal einen Blick hineinwerfen, statt, wie sie, auf Zehenspitzen ins Zimmer zu gehen, sich mit großen Augen umzusehen und sich zu fragen, wo Lindy steckte.

Sie rechneten nun schon seit langer Zeit damit, Lindy eines Tages nicht vorzufinden. Sie war sowieso fast nie da –

siebzehn Jahre alt und in der letzten Klasse der Highschool (wenn sie die Güte hatte, hinzugehen) –, trieb sich noch stundenlang, nachdem sie zu Hause sein sollte, mit fremden Jugendlichen herum, alle ganz in Schwarz, kam dann mit einer Bierfahne und einem eigenartig verbrannten Geruch in den Kleidern nach Hause, stritt sich mit den Eltern, verspottete deren »Spießbürger-Routine«, träumte laut von dem Tag, an dem sie ihr richtiges Leben auf der Straße anfangen würde, so wie Jack Kerouac, ihr Lieblingsautor. Wenn Karen an Lindy dachte, sah sie ihre Schwester in einer ganz bestimmten Haltung auf der Türschwelle, sie lehnte sich hinaus, ihr langes glattes schwarzes Haar glitt hinter ihr her, wie bei einer Galionsfigur. Oder sie stellte sich vor, wie Lindy den Daumen in den Wind hielt oder unter einem Rucksack, größer als sie selbst, einen Highway entlangwanderte. Nie blieb sie einfach brav zu Hause. Das überließ Lindy den beiden anderen.

Und als wären für derartige Dinge Höchstmengen festgelegt – als würde jedem Haushalt nur ein bestimmtes Maß an Rebellion zugestanden –, waren die anderen beiden tatsächlich brav. Sie lernten fleißig, befolgten alle Benimmregeln und saßen unnatürlich gerade und still am abendlichen Esstisch, wollten, dass Lindy ihrem Beispiel folgte, beteten, dass vor dem Nachtisch keine lautstark ausgetragenen Auseinandersetzungen ausbrechen würden, flehten stumm ihre Eltern an, sie zu beachten, sie, die Braven, und nicht Lindy, die auf der anderen Seite des Tisches lümmelte, auf einer Haarsträhne herumkaute und ihre schwarz umrandeten Augen verdrehte, wenn irgendjemand etwas sagte.

Karen war Vertrauensschülerin in ihrer siebten Klasse. George gehörte zum Ehrenzirkel der besten Schüler. Obwohl er sechzehn war, besaß er bis jetzt keinen Führerschein, vielleicht weil er noch keine Freundin gefunden hatte und deshalb ohne auskam. (Lindy hatte auch keinen, aber das hatte sie nicht davon abgehalten, eines Abends ohne Erlaubnis das Auto ihrer Mutter zu nehmen und die rechte Stoßstange am Pfosten des Briefkastens einzudellen.)

Irgendetwas entwickelte sich; deswegen waren Karen und George so wachsam geworden. Letzten Monat, ein paar Wochen nach Schulbeginn, war Lindy eines Nachmittags nicht nach Hause gekommen. Erst hatte sich niemand etwas dabei gedacht, aber dann, als es immer später wurde, fing ihre Mutter an, Lindys alte Freundinnen, mit denen sich Lindy längst nicht mehr traf, anzurufen, fragte, wo sie stecken könnte (denn niemand kannte die Namen dieser schwarz gekleideten Jugendlichen). Sie rief im Geschäft an, und der Vater kürzte seinen Arbeitstag ab; es gab kein Abendessen; niemand wollte wissen, ob Karen mit ihren Hausaufgaben fertig sei, als sie sich vor den Fernseher setzte. Die Polizei wurde angerufen, aber die wiegelte ab, schlug vor, noch einmal anzurufen, wenn Lindy bis zum Morgen nicht zurück wäre. Dann, gegen zehn Uhr abends, während ihre Mutter immer noch der Polizei erzählte, was sie von deren Dienstauffassung hielt, tanzte eine gelangweilt wirkende Lindy herein, die sich noch nicht mal die Mühe machte, sich eine gute Entschuldigung auszudenken. Sie habe mit ein paar Freunden herumgegangen, sagte sie. Was für Freunde? Wo? Sie zuckte nur die Achseln.

Und die anderen beiden erkannten plötzlich, dass ihre Eltern nicht annähernd so viel Macht besaßen, wie sie immer behaupteten.

Und dann war sie letzten Samstag mit einem anderen Mädchen irgendwohin gefahren – einem Mädchen mit dem gleichen Waschbärenaugen-Make-up wie Lindy, das war alles, was sie erspähen konnten, als das Auto in der Einfahrt stoppte. Und um sieben Uhr am nächsten Morgen war sie immer noch nicht in ihrem Bett gewesen. Auch nicht um halb acht. Aber Karen musste danach eingenickt sein, denn kurz nach acht hörte sie Georges wütendes Geflüster auf dem Flur – »*Wo* bist du gewesen, du Idiotin?« – und Lindys knappes, unverständliches Gemurmel. Und als ihre Mutter um Viertel nach zehn an Lindys Tür klopfte und flötete: »Lindy? Kommst du zur Kirche?«, war Lindy da gewesen, um ihr eine Antwort zu geben, auch wenn es keine sehr höfliche war. (Sie nannte die »Kirche des Himmlischen Trösters« immer »Himmlischer Toaster«, was George und Karen witzig fanden, aber ihre Mutter eindeutig nicht.)

So könnte es wieder ablaufen. Der Radiowecker auf Karens Nachttisch stand inzwischen auf fünf vor halb neun, aber Lindy konnte immer noch auftauchen.

Andererseits, vielleicht war heute der Tag, für den sich alle mehr oder weniger wappneten. Der Tag, an dem sie einfach wegblieb.

Beim Frühstück schwindelten sie nicht, aber sie sagten auch nicht die ganze Wahrheit. »Steht Lindy auf?«, fragte die Mutter. »Hat jemand sie gehört?« George zog seine Augenbrauen zusammen und grunzte auf eine Weise, die alles bedeuten konnte. Karen starrte auf ihre Pancakes und schüttelte kaum wahrnehmbar den Kopf.

»Aber sie ist gestern Abend nach Hause gekommen«, sagte die Mutter. Sie warf dem Vater einen schnellen Blick zu.

George sagte nichts. Nach einer Pause sah Karen sich gezwungen, einzuwerfen: »O ja. Ich habe kurz in ihr Zimmer geguckt.«

Ohne das *Ja* hätte man ihr nichts vorwerfen können. Wie immer hatte sie zu viel gesagt. Sie beugte sich tiefer über ihren Teller. Sie war wütend, nicht bloß auf George (den

Feigling), der selbstgefällig Butterflöckchen über seine Pancakes verteilte, sondern auch auf ihre Eltern. Warum hatten sie, um Himmels willen, nicht selber nachgesehen? Und warum waren sie gestern Abend nicht aufgeblieben und hatten gewartet? Andere Eltern, mit weniger Grund zur Sorge, taten das.

Aber hier saßen sie in ihren Morgenmänteln, ahnungslos wie Babys. Der Vater las einen viermal gefalteten Teil der Zeitung. Die Mutter beobachtete verträumt einen Spatz beim Futterhäuschen am Fensterbrett. Die beiden waren in einer dieser milden Stimmungen, die für gewöhnlich auf einen ihrer Kräche folgten – einem gewaltigen Krach diesmal, wegen eines Schecks für eine Waisenhausstiftung, den ihre Mutter ohne die Erlaubnis ihres Vaters ausgeschrieben hatte. Er hatte ihr Verschwendung und Eigenmächtigkeit vorgeworfen und dass sie sich bei der für die Kollekte verantwortlichen Frau einschmeicheln wolle. »Das ist nicht mal eine Sache, die dir am Herzen liegt!«, hatte er gesagt. »Diese Waisenhausstiftung zum Heiligen Hirten, dabei gehören wir gar nicht zur Gemeinde des Heiligen Hirten! Du hast das Geld nur gespendet, weil du wolltest, dass diese Schwester Moss dich mag.«

»Das ist überhaupt nicht wahr!«, hatte sie geschrien. »Waisenkinder liegen mir sehr am Herzen! Für mich ist es ganz und gar unwichtig, welche Kirche ihnen hilft!«

»Und wofür das alles?«, hatte er sie gefragt. »Hat Schwester Moss das leiseste Interesse an dir gezeigt? Hat sie dich jemals zu sich eingeladen? Hat sie dich jemals angerufen?«

»Nun, ja, das hat sie sogar.«

»Ach ja? Wann denn?«

»Na, am Freitag, als ich sie anrief, hat sie gesagt, komisch, sie hätte gerade überlegt, mich anzurufen.«

»Pauline«, hatte der Vater mit ernster Stimme seufzend gesagt, und daraufhin folgten die üblichen haarsträubenden Streitereien, scharfe Worte, Tränen, Geschrei und Türenschlagen und schmerzliches, ostentatives Schweigen, gefolgt (noch schlimmer) von den ekligen Versöhnungsszenen ein paar Tage später, ganz die gurrenden Turteltäubchen, die Schlafzimmertür geschlossen und heimlich den Schlüssel umgedreht, und danach ihre verlegenen, dümmlichen Gesichter. Jetzt herrschte Friede – für Wochen, wenn alles gutging. Karen betete dafür. Ihr Vater, der die Zeitung neu faltete, summte leise. Als ihre Mutter aufstand, um Kaffee zu holen, ließ sie ihre Hand im Vorübergehen über seinen Rücken gleiten.

Wenn Lindy hier wäre, würde sich sogar die Luft ganz anders anfühlen, stacheliger, unsicherer. Lindy hatte eine ganze lange Tischseite für sich allein, gegenüber von George und Karen, und wann immer sie eine ihrer Äußerungen von sich gab, neigte sie dazu, die Arme auszustrecken und sich beim Sprechen an beiden Tischecken festzuhalten, womit sie nicht nur den Tisch, sondern die ganze Küche übernahm. Sie war ein dünnes, spilleriges Mädchen (vorsätzlich dünn, kalorienbesessen – ein Mädchen, das all seine Kleider wog, bevor es sich entschied, was es für den Arztbesuch anzog), aber irgendwie schaffte sie es, bedrohlich zu wirken. Es gelang ihr, größer zu erscheinen als die vier anderen zusammen. Sie spuckte Wörter wie »Mittelschicht« und »Familie« aus, als ob es Flüche wären. Sie zitierte eine Zeile aus einem Gedicht mit dem Titel »Geheul«, was ihr eine Verbannung auf ihr Zimmer eintrug. Sie drängte ihren Eltern Bücher auf – ihren geliebten Jack Kerouac und jemand namens Albert Camus –, aber als ihr Vater fragte, ob sie einen guten Stil hätten (wie er das nannte), sagte sie: »Ach, was solls? Nichts kann euch ändern. Ich weiß nicht, warum ich mir die Mühe mache.«

Bei all diesen literarischen Interessen möchte man meinen, dass sie nur Einsen hätte, aber Tatsache war, dass sie vergangenen Sommer einen Englischkurs wiederholen musste, und auf ihrem Zeugnis in diesem Herbst hatte sie keine Note besser als Ausreichend, und auch das war ein Thema für endlose Debatten – ihr Vater sagte: Camus-Lalalü, was solls, wenn du noch nicht mal den Test über George Eliots *Silas Marner* bestehst, und Lindy sagte: »Das ist mal wieder typisch! Du bist so festgefahren, engstirnig, geldgierig, nichts zählt, wenn es nichts einbringt, wenn es sich nicht auf einem Schulzeugnis niederschlägt, wenn es sich nicht gut auf einer Beurteilung macht«, und ihre Mutter sagte: »Also, Michael, es ist doch schön, dass sie freiwillig etwas liest«, und ihr Vater sagte: »Wenn du nicht immer ihre Partei ergreifen würdest, Pauline, würde sie vielleicht ein wenig Selbstdisziplin lernen«, und ihre Mutter sagte: »Na schön! Ich schätze, es ist allein *meine* Schuld, dass deine Tochter durchgefallen ist …«

Die Mutter kam mit der Kaffeekanne zurück und lehnte sich an Vaters Schulter, als sie ihm einschenkte. »Danke, Liebste«, sagte er, hob die Hand und tätschelte ihre, ehe er den ersten Schluck trank.

Wenn sie merkten, dass Lindy nicht da war, würde Karen für ihr *Ja* verantwortlich gemacht werden. *O ja,* hatte sie gesagt, Lindy sei nach Hause gekommen; sie hätte kurz in ihr Zimmer geguckt. Als sie sich nach dem Frühstück anzog, spürte sie, wie der schwache dumpfe Druck in ihrer Magengrube stärker wurde. Sie streifte die Pyjamajacke ab, zog ein ärmelloses Unterhemd an, setzte sich dann wie betäubt auf die Bettkante und starrte auf ihre Kaninchenpantoffeln. Ihre Eltern würden behaupten, dass wegen ihrer Lüge die Suche der Polizei nach ihrer Schwester tragisch verzögert worden sei. Wenn Lindy irgendwo in Schwierigkeiten war – zum

Beispiel in einem unterirdischen Verlies gefangen, mit Sauerstoff, der nur noch für zwölf Stunden reichte –, dann wäre es Karens Schuld, wenn sie starb.

Gänsehaut kribbelte auf ihren Armen, allmählich zitterte sie vor Kälte, deshalb stand sie auf und kleidete sich fertig an. Sie zog die Unterhose an, auf der *Sonntag* eingestickt war, die Bluse mit dem Rosenknospenmuster, den rosa Trägerrock aus Cordsamt und rosa Kniestrümpfe. Aber keine Schuhe. Stattdessen schlich sie sich so leise wie möglich aus der Tür und ging über den Flur zu Lindys Zimmer.

Man würde erwarten, dass jemand, der so ungezügelt wie Lindy war, unordentlich und schlampig wäre, aber das Merkwürdige war, dass sie in ihrem Zimmer Ordnung hielt. Ihre Kleidungsstücke (meistens schwarz bis auf die, die ihre Mutter ihr, ohne sie zu fragen, gekauft hatte) hingen aufgereiht im Schrank. An der Pinnwand, gedacht für Partyeinladungen, Team-Wimpel und Schnappschüsse von den Klassenkameraden, hing nur ein einziges Plakat: James Dean, der eine Zigarette rauchte. Die Bücher auf dem Bücherbord standen nach Größe geordnet in einer Reihe, und die Schreibtischplatte war leer bis auf drei Familienfotos in vergoldeten Bilderrahmen vom Supermarkt. Es war fast so, als würde hier niemand wohnen. War das Absicht? Die Phrase *spurlos verschwunden* drängte sich Karen plötzlich auf.

Am ordentlichsten war das Bett: glatt geklopftes Kissen, das gefaltete Decklaken darüber, straff gezogene Bettdecke. Undenkbar, dass irgendjemand, der einen schnellen Blick in dieses Zimmer warf, denken würde, dass in dem Bett jemand lag.

Karen ging zum Schrank, holte Lindys Morgenmantel – ein Altmännermantel aus dem Trödelladen, bei dem es ihre Mutter immer schauderte –, ging zum Bett, schlug die Bettdecke zurück und legte den Mantel der Länge nach wie eine ausgestopfte Figur in die Mitte. Als sie die Decke wieder darüber zog, sah es aus, als ob dort jemand ohne Kopf schlafen würde, aber sie löste das Problem, indem sie das Kissen anders hinlegte, es aufplusterte, als ob jemand den Kopf darunter versteckte.

Wenn man schnell hinsah, nur kurz, wäre es entschuldbar, anzunehmen, im Bett läge jemand.

Als sie aus dem Zimmer ging, blieb Karen am Schreibtisch stehen und betrachtete die Fotos. Eins stand auch auf ihrem Schreibtisch und auch auf Georges – bei ihnen beiden allerdings gut versteckt unter Bergen von Krimskrams. Es war ein Foto ihrer Eltern anlässlich ihres fünfzehnten Hochzeitstages, ein Studioporträt in Farbe, das ihre Mutter für sie alle hatte rahmen lassen. Der Vater in seinem dunklen Anzug und die Mutter in einem grauen Kleid, sodass die auffälligste Farbe der blaue falsche Satinhimmel im Hintergrund war. Beide sahen verkrampft und steif und erstaunlich jung aus, obwohl es noch nicht lange her war.

Das zweite Foto war die Weihnachtskarte vom letzten Jahr. *Von Haus zu Haus, Festtagsgrüße 1959,* stand unter dem Bild von George und Karen, die beide lachten, und Lindy, die mürrisch guckte. Sie alle trugen rot-weiße Rentier-Pullover, was Lindys Gesichtsausdruck erklären könnte. Ein Zufall der Bildkomposition – die vertikale Linie einer Vorhangkante separierte Lindy von den anderen – unterstrich ihre Andersartigkeit, das Düstere, Dünne, Scharfe neben Georges und Karens sanfter Blondheit. Ihre Mutter war von dem Foto enttäuscht gewesen, obwohl es das beste von vielen war. Als sie die Karten am Tisch im Fernsehzimmer unterschrieb, hatte sie immer wieder das Gesicht verzogen. Typisch, dass Lindy sich eins genommen und dafür extra einen Rahmen gekauft hatte, als ob sie ein Statement abgeben wollte!

Das dritte Foto war von Oma Anton, die gestorben war,

als Karen noch in den Kindergarten ging. Karen konnte sich kaum noch an das zerfurchte, faltige Gesicht und das farblose, schlicht frisierte Haar erinnern, aber Lindy vermisste sie immer noch, weil die Oma Lindy am meisten geliebt hatte, jedenfalls behauptete Lindy das. Sie behauptete, dass Oma Anton sie vom Himmel aus beschütze, dass in ihrem Leben nichts schiefgehen könne, weil Oma Anton immer auf sie aufpassen würde, das wisse sie ganz genau, weil ihr in schwierigen Momenten völlig grundlos immer Omas Lieblingssong in den Kopf käme: »Leise Hoffnung«. Karen dachte, dass Lindy vielleicht recht hatte. Es war so ein abgeschmackter Song, so altfrauenmäßig (so gar nicht wie die hämmernde Rockmusik, die Lindy normalerweise hörte) – wie sonst ließe sich das erklären?

Ihre Oma war an einem Schlaganfall gestorben, und ihre Mutter hatte es sehr schwer verkraftet. Sie war die Mutter ihres Vaters, nicht die ihrer Mutter, aber der Vater hatte still getrauert, während die Mutter wochenlang geweint hatte. Sie sagte, sie hätte sensibler auf Oma Antons Gefühle und Beschwerden eingehen müssen, rücksichtsvoller, verständnisvoller. Sie habe Angst, dass Gott sie strafen werde; dass sie eines Tages auch alt sein und dann merken würde, wie es wäre, weit weg von allen Freundinnen zu leben, als einzige Oma in der ganzen Nachbarschaft, ohne Beschäftigung, ohne irgendwohin zu können, es sei denn, ihre Schwiegertochter ließe sich herab, sie zu fahren, was sie oft genug nicht getan hatte. Ihr Vater sagte, sie würde dem allzu viel Bedeutung beimessen. »Zu viel Bedeutung«, sagte ihre Mutter weinend. »Wie kannst du so was sagen.« Und Vater sagte es ihr: »Jetzt beruhige dich, Poll.« Das B-Wort, sagte Lindy dazu. *Beruhigen. Beruhige dich* – immer eine Garantie dafür, dass ihre Mutter hochging. Dazu noch der verhasste Name Poll. Das wusste nun wirklich jeder, auch der Vater.

Lindy selber hasste den Namen Lindy. Sie sagte, er klänge wie ein Mädchen in billiger rosa Baumwolle. Zu Beginn dieses Schuljahrs hatte sie angefangen, alle Lehrer dazu zu bringen, sie mit ihrem vollen Namen anzusprechen – Linnet (sie hieß nach einem englischen Vogel, von dem ein Soldat ihrer Mutter während des Krieges erzählt hatte). Anfangs hatte Karen sich bemüht, sie auch so zu nennen, aber das kam ihr so unnatürlich vor, dass sie es nach und nach wieder aufgegeben hatte. Trotzdem sympathisierte sie mit ihr, und einmal, als eine Lehrerin anrief und nach »LinNET Antons Mutter oder Vater« fragte – die falsche Silbe betonend, wozu jeder neigte –, hatte Karen deutlich einen scharfen Schmerz in der Brust gespürt. Sie hatte einen flüchtigen Einblick bekommen, wie es sein musste, unverstanden zu sein und sonderbar und jemand, von dem Erwachsene nicht viel hielten.

Sie legte ein Ohr an die Tür, lauschte, ob sie die Eltern hörte, ehe sie Lindys Zimmer verließ und zu ihrem zurückschlich.

Im Auto sagte ihre Mutter, man könne Kinder nicht gut zwingen, zur Kirche zu gehen, wenn der eigene Vater nicht ging. Dann trat sie scharf auf die Bremse und sagte: »Oh! Ist mir das peinlich! Ich dachte, dies sei meine Straßenseite.« Sie sprach zu dem Fahrer des auf sie zukommenden Kombis, obwohl der sie natürlich nicht hören konnte. »Ich bitte Sie höflich um Verzeihung«, sagte sie zu ihm. Dann bog sie plötzlich nach rechts ab, ohne den Blinker zu betätigen, das rechte Hinterrad rumpelte über den Bordstein. Karen, die an der Reihe war, vorne zu sitzen, hielt sich demonstrativ am Armaturenbrett fest, aber ihre Mutter bemerkte es nicht. »Mimi Drew bringt ihre Kinder dazu, in die Kirche und auch noch in die Sonntagsschule zu gehen«, sagte sie, »und später, beim Abendessen, müssen sie berichten, was sie Neues gelernt haben. Aber ihr Mann ist auch Diakon. Was immer ein Diakon auch sein mag.«

Sie schwieg einen Augenblick, vielleicht dachte sie darüber nach, was Diakone machten. Wenn sie nicht redete, fuhr sie besser. Sie trug das blaue Angorastrickkleid, von dem sie befürchtete, dass es sie dick machte; es saß ein bisschen eng um ihren etwas runden Bauch, aber es brachte auch das Blau ihrer Augen zur Geltung, das Karen immer als *echtes* Blau empfand – ein tiefes und reines Blau. Ein fast unsichtbarer blonder Flaum vergoldete die Haut über ihrem leuchtenden Schmollmund. Karens Freundinnen sagten ihr immer, dass sie die hübscheste Mutter hätte. Karen sagte immer: »Oh, findet ihr?«, als ob ihr das völlig neu wäre. Insgeheim aber fand sie das auch.

Sie bogen nach links ein, in die Turtle Dove Lane, wo Maureen wohnte, Karens beste Freundin; aber Maureen ging in irgendeine Kirche in der Stadt, und sonntags sahen sie sich fast nie. Karen starrte sehnsüchtig auf Maureens Haus, während sie daran vorbeifuhren – auf die geschützte seitliche Veranda, auf der sie im Sommer Halsbänder geknüpft hatten, und den kleinen eingezäunten Baum im Garten, dessen Blätter so leuchtend gelb geworden waren, dass sie die Augen zusammenkneifen musste.

»Wenn euer Vater zur Kirche ginge, wäre ich mehr im Recht, Lindy zu sagen, dass sie auch zu kommen hat«, sagte ihre Mutter. »Ich weiß, dass man Menschen Religion nicht mit Gewalt eintrichtern kann, aber die Kirche könnte eine Art Ventil für sie sein, meint ihr nicht? Am Sonntagabend könnte sie die Jugendgruppe besuchen und etwas gesündere junge Menschen kennenlernen. Was hat sie gesagt, George?«, fragte sie und sah ihn im Rückspiegel an. »Hat sie gesagt, sie geht nicht in die Kirche, weil sie etwas gegen die Kirche hat, oder wollte sie einfach schlafen?«

George musste mit den Schultern gezuckt haben. »Ah, na gut«, sagte die Mutter. Karen verrenkte sich auf ihrem Sitz, um Georges Gesichtsausdruck zu sehen, aber er blickte gelassen aus dem Seitenfenster, die Hände entspannt auf den Knien. Ein eiskalter Typ! »Geh und frag Lindy, ob sie mitkommt«, hatte die Mutter ihm befohlen, ehe sie losfuhren, und einen Moment später war er zurück und sagte: »Nö. Sie bleibt zu Hause.« Sollte er auf die Idee gekommen sein, dass er jetzt ebenso schuldig war wie Karen – falls Lindy nun jeden Moment nicht mehr genug Sauerstoff bekam –, so schien ihn das nicht zu kümmern.

»Ich glaube nicht, dass er so antireligiös wie antisozial ist«, sagte ihre Mutter. Offenbar war sie wieder bei dem Thema Vater. »Ich meine, der Mann hat keine Freunde, habt ihr das bemerkt? Abgesehen von seinen Kunden im Laden oder den Nachbarn, auf deren Partys ich ihn schleppe, kennt er keine Menschenseele. Ich dagegen … Also, ich kann mir gar nicht vorstellen, was ich ohne Freundinnen machen würde! Ich muss einfach meine Gefühle mit anderen teilen. Manchmal *weiß* ich noch nicht mal, was ich fühle, ehe ich es nicht laut zu Mimi oder zu Dot gesagt habe. Oh, *excusez-moi, monsieur*, ich habe nicht gemerkt, dass die Geschwindigkeitsbegrenzung hier aufgehoben ist.«

Tatsächlich fuhr sie jetzt im Schneckentempo – wie so oft, wenn sie redete –, aber dann beschleunigte sie genau in dem Moment, in dem das Auto, das gehupt hatte, nach links ausscherte, um sie zu überholen. Das andere Auto fiel wieder zurück. Sie sagte: »Du weißt, wovon ich spreche, Karen. Wenn ihr, du und Maureen, zusammen seid, miteinander schwatzt … Und George, du bist auch ziemlich gesellig für einen Jungen. Aber Lindy ist eher wie euer Vater. Keiner kann erraten, was sie gerade denkt! Sie macht mich ganz verrückt.«

Karen kam plötzlich eine Idee. Vielleicht hatte George wirklich mit Lindy geredet. Wenn Lindy nun unbemerkt in ihr Zimmer geschlüpft war – was sie bestimmt versuchte, da sie eine Szene vermeiden wollte – und zwischen die Decken gekrochen war, weil sie natürlich müde sein würde … Dann hatte George seinen Kopf in die Tür gesteckt und gesagt: »Lin? Kommst du mit in die Kirche?«

»Hau ab«, hätte sie dumpf gesagt. »Nein. Lass mich in Ruhe.«

Und er hatte gesagt: »Okay«, und die Tür zugemacht.

Karen hätte früher auf diese Möglichkeit kommen sollen. Sie lehnte sich zurück und fühlte sich viel besser. Sie kamen an einem Fischteich vorbei, der mit einem Teppich aus roten und gelben Blättern bedeckt war. Heute war so ein schöner Herbsttag.

Aber als sie von der Kirche nach Hause kamen und sie wieder in Lindys Zimmer nachsah, lag der Altmännermantel immer noch wie ein Baumstamm in dem Bett. (Jetzt fragte sie sich, wie sie auf die Idee gekommen war, dass sich jemand davon täuschen ließe.) Das Kissen lag immer noch aufgeplustert dort, wo Lindys Kopf sein sollte. Karen schloss die Tür und ging zurück in die Küche. Ihr war leicht übel. Der Geruch des Sonntagsessens – etwas für »Gourmets«, mit Currypulver – juckte ihr in der Nase.

»Wer ist mit Tisch decken dran?«, fragte ihre Mutter. »Lindy? Geh und weck sie! Es gibt eine Grenze, wie lange jemand schlafen darf.«

Karen hätte vielleicht noch etwas länger ausweichen können, aber plötzlich überkam sie so etwas wie Müdigkeit. »Sie ist nicht da«, berichtete sie ihrer Mutter.

»Nicht da?«

Karen wahrte ein ausdrucksloses Gesicht.

»Was soll das heißen, sie ist nicht da?«

»Sie ist nicht in ihrem Bett. Ich habe gerade nachgesehen.«

»Aber wo ist sie denn hin?«

»Ich weiß nicht.«

Die Mutter wandte sich an George, der kleine Stückchen Zuckerguss von der Schokoladentorte auf der Anrichte stibitzte. »Hast *du* sie gesehen?«, fragte sie.

»Nein«, sagte er, seine Stimme war ebenso ausdruckslos wie vorher Karens. Vielleicht war er genauso müde.

»Also, sie kann sich ja nicht in Luft aufgelöst haben! Ihr beide habt sie vorhin gesehen; wie kann sie verschwunden sein?«

Karen und George schwiegen.

»Das hört jetzt aber auf«, sagte ihre Mutter. »Wo ist euer Vater? Michael!« Und sie knallte den Kochlöffel in die Pfanne und ging in den Flur. »Michael!«, rief sie. Sie hörten, wie sie Lindys Tür öffnete und kurz das Zimmer betrat, ehe sie weiter zur Treppe ging. Wahrscheinlich ging sie nach unten, ins Fernsehzimmer, wo ihr Vater seine Sonntagvormittage verbrachte und die Haushaltsrechnungen durchging. Aber was sie miteinander sprachen, konnten sie in der Küche nicht hören.

Beim Essen wollte ihre Mutter nur über Lindys Verschwinden reden. »Sie hat ihr Bett so gemacht, dass es aussieht, als ob sie drin ist«, sagte sie. »Das war geplant! Irgendetwas geht hier vor.«

Aber der Vater war mehr an der Durchsicht des Haushaltsbuchs interessiert. »Ich gehe davon aus«, sagte er, »dass jeden Monat eine bestimmte Summe für bestimmte Dinge ausgegeben wird. Das habe ich dir bereits gesagt, Pauline.«

»Wie kannst du an Geld denken, wenn deine Tochter verschwunden ist?«, fragte sie.

Das war wirklich hartherzig von ihm, bis Karen einfiel, dass, soweit ihre Eltern wussten, Lindy nicht länger als eine Stunde verschwunden war. Außerdem sah die Mutter lächerlich aus, mit so ängstlich zusammengezogenen Augenbrauen und den zu beiden Seiten des Tellers geballten Fäusten. Wenn sie aufgebracht war, benutzte sie ausgefallene Worte. *Skrupellos*, sagte sie und *ergründen*. »Ich kann nicht ergründen, warum ein Mädchen mit Lindys Hintergrund, aus einem liebevollen und fürsorglichen Zuhause …«

»Wir werden mit ihr reden müssen«, sagte der Vater. »Aber jetzt erst mit dir, zum Beispiel über die Spenden. Spenden unterscheiden sich nicht von anderen Ausgaben. Es stimmt, sie nützen jemandem, aber trotzdem müssen wir sie einplanen. Wir können nicht immer nach Lust und Laune alle und jeden beschenken.«

Na klar. Großartig. Er war wieder bei der Stiftung für Waisenkinder. Ihr Mutter setzte sich gerade hin und sagte: »*Hatten* wir diese Diskussion nicht schon?«

»Ja, aber jetzt sehe ich, dass du auch einen Scheck für –«

»Michael! Deine älteste Tochter ist an irgendeinem unbekannten Ort, mit einer Gruppe haltloser Rumtreiber in schwarzen Rollkragenpullovern, und du denkst an nichts außer –«

»Herrgott noch mal, Pauline, du bist ihre Mutter! Warum kannst du dich nicht durchsetzen?«

Sie starrten sich mit harten, schmalen Augen über den Tisch hinweg an. In Momenten wie diesem hatte Karen immer das Gefühl, dass in dieser Familie Kinder eigentlich nicht zu existieren brauchten. Was für ein *Paar* ihre Eltern waren. So egozentrisch! Sie konzentrierte sich auf ihren Teller; versuchte, den Reis ohne das gelbe Zeug obendrauf auf die Gabel zu bekommen. Wogegen George alles, eins nach dem anderen, verspeiste – erst pflügte er sich durch seine grünen Bohnen, dann durch seinen Reis mit dem Gelben und dann durch seinen Waldorfsalat. Einen Ellenbogen auf dem Tisch, den Kopf in die freie Hand gestützt, aber niemand machte sich die Mühe, ihn zur Ordnung zu rufen.

Karen gegenüber stand unangetastet Lindys Glas mit Milch und wurde von Minute zu Minute wärmer. Es gab nichts Widerlicheres als Milch auf Zimmertemperatur. Wenn sie nur daran dachte, drehte sich Karen der Magen um.

Ihr Vater fuhr in die Stadt, um im Geschäft nach dem Rechten zu sehen, und ihre Mutter protestierte nicht, obwohl sie das normalerweise getan hätte. (Das Geschäft war sonntags noch nicht mal geöffnet. Manchmal schien es, als würde er einfach nervös, wenn er zu lange zu Hause war.) Stattdessen nutzte sie die Chance, jede ihrer Schwestern anzurufen und sich mit ihnen über Lindy zu beraten. »Ich glaube, *dir* ist das noch nie widerfahren, oder?«, fragte sie eine von ihnen. (Sherry? Megan?) »Dieses Kind verstößt gegen alle Regeln! Ich weiß nicht, wem wir hier etwas vormachen können.«

George arbeitete an seinem Geschichtsprojekt – einem Diorama des First Continental Congress – und scheuchte Karen aus dem Zimmer, als sie versuchte, mit ihm zu reden. Dann konnte sie auch ihr Halloweenkostüm zusammenstellen, beschloss sie. Sie wollte als Fidel Castro gehen. Sie hatte sich schon von Maureens Vater eine Zigarre geliehen. Aber der Bart war ein Problem. Sie dachte an etwas aus Stoff, nichts mit Augenbrauenstift Aufgemaltes. Schließlich fand sie ein schwarzes Wollknäuel im Nähkasten ihrer Mutter und nahm es mit in ihr Zimmer, um damit zu experimentieren.

»Ich werde nicht aus ihr schlau. Ich verstehe sie nicht«, sagte ihre Mutter am Telefon. »Und doch weiß ich, dass wir ihr auf irgendeine Weise etwas bedeuten. Oder dass sie uns zumindest ein wenig braucht. Sie erinnert mich an diese

Katze, die ich mal hatte – diesen sehr ungeselligen schwarzen Kater, der zurückzuckte, wenn man versuchte, ihn zu streicheln. Aber wenn man in einen anderen Teil des Hauses ging, kam er früher oder später hinterher, spazierte wie zufällig genau in das Zimmer, in dem du dich gerade niedergelassen hattest.«

Das konnte kein Telefongespräch mehr mit ihren Schwestern sein, wenn sie erklären musste, welche Katze sie meinte. Sie musste inzwischen bei einer ihrer Freundinnen angelangt sein, bei Joan oder Dot oder Mimi, oder Wanda aus ihrer alten Gegend.

Karen schnitt die Wolle in drei Zentimeter lange Stücke, sammelte sie auf einem Haufen auf ihrer Frisierkommode. Sie versuchte, die Stunden auszurechnen, die Lindy jetzt weg war. Um wie viel Uhr hatten sie gestern zu Abend gegessen? Um sechs. Oder vielleicht halb sieben. Und Lindy war nicht bis zum Nachtisch geblieben. »Setz dich!«, hatte ihre Mutter gesagt. »Du bist noch nicht entschuldigt, kleine Miss. Wir anderen sind noch nicht fertig.« Danach verkroch Lindy sich mehr oder weniger in ihren Stuhl, man konnte direkt hören, wie ihre inneren Sprungfedern zusammenschnurrten, wie bei einem Schachtelteufel – und dann hatte sie »Mom!« gesagt. »Ich habe es versprochen! Ich komme zu spät!« Und ihre Mutter hatte seufzend »Guuut« gesagt, und Lindy katapultierte sich aus ihrem Stuhl und ging aus dem Zimmer. Das musste etwa gegen sieben Uhr gewesen sein. Von sieben Uhr abends bis sieben Uhr morgens waren es zwölf Stunden, und fünf weitere bis Mittag, machten siebzehn, und jetzt war es nach drei Uhr nachmittags, und Lindy war fast einen ganzen Tag verschwunden.

Wenn Karen es jetzt ihrer Mutter sagte, ohne dass der Vater dabei war, um die Angelegenheit in ruhigem Fahrwasser zu halten, würde ihre Mutter mit Sicherheit panisch reagieren. (Sie war immer nur allzu bereit, das Grässlichste anzunehmen – eine Leiche im Straßengraben. Eine in Verbände eingewickelte Mumie im Krankenhausbett.) Aber wenn sie wartete, bis der Vater nach Hause kam, würde er ein paar unbequeme Fragen stellen. Warum hatte sie heute Morgen gesagt, ja, Lindy sei in ihrem Zimmer? Warum hatte George behauptet, Lindy habe ihm gesagt, sie käme nicht mit in die Kirche? Ihr Vater war so aufrecht. So ehrlich. Genauso, wie ihre Mutter mehr als einmal gesagt hatte: »Wir sprechen von einem Mann, der darauf besteht, selbst dann Geld in eine Parkuhr zu stecken, wenn er sieht, dass von einem anderen noch genug Minuten drauf sind.« Besser wärs, es nur der Mutter zu sagen. Man konnte mit ihrem Verständnis rechnen, wenn man hin und wieder ein bisschen etwas Unrechtes tat. Sie war eher gewillt, auch die Gegenseite zu sehen.

Karen drückte einen Tropfen Tubenkleber auf ihren Zeigefinger und tippte sich damit dann auf das Kinn. Sie hatte das Kinn ihrer Mutter, klein und energisch. Im Spiegel glänzte es vor weißem Klebstoff; vielleicht hatte sie zu viel genommen. Sie wischte den Finger an einem Papiertuch ab und nahm ein Büschel Wollenden und drückte sie auf die Klebestellen. Sie standen in alle Richtungen ab. Ein paar klebten an ihrem Finger, obwohl sie ihn abgewischt hatte, und manche fielen ab, als sie die Finger wegnahm. Jetzt hatte die Person im Spiegel drei, vier wilde schwarze Haare, die an einer einzigen Stelle sprossen, ihre Augen waren vor Sorge dunkel, fast nicht mehr blau, und durch die große Anspannung wirkten sie riesengroß.

George stieß die Tür auf, die fast ganz geschlossen gewesen war. Er hätte anklopfen können. Er sagte: »Was ist *das* denn da, in deinem Gesicht?«

»Ich will als Fidel Castro gehen«, sagte sie.

»Warum gehst du nicht als Hexe, mit einer Warze auf dem Kinn?«

»Alle gehen als Hexe.«

»Alle gehen als Castro«, sagte er.

»Gehen sie nicht.«

»Doch.«

Sie gab auf und wischte sich das Garn mit einem neuen Papiertuch ab. »Hör mal«, sagte sie. »Ich glaube, wir sollten es Mom erzählen.«

Er fragte nicht, was sie meinte. Er kam ein Stück weiter ins Zimmer und machte die Tür hinter sich zu. »Na ja, ich weiß nicht«, sagte er. »Vielleicht ratenweise, wenn Lindy nicht bald zurückkommt.«

»Sie ist seit über zwanzig Stunden weg! So lange hat sie sich noch nie verspätet!«

»Ach, sie wird einfach mit diesen Freunden von ihr weg sein. Und vergiss nicht, sie hat Oma, die auf sie aufpasst.«

»Ich glaube, Oma reicht nicht«, sagte Karen.

Er zuckte die Achseln. Er spielte jetzt mit den Fäden, nahm sie alle und legte sie zu einer ordentlichen Garbe zwischen seinen Fingern zusammen.

»Ich glaube nicht, dass Oma all die schlimmen Dinge kennt, die heutzutage passieren können«, sagte Karen. »Ich glaube, die kennen vielleicht nicht mal Mom und Dad.«

»Ach, diese Typen sind okay«, sagte George. Er musste die Jugendlichen in Schwarz meinen. »Sie sind einfach ein bisschen abgedreht, das ist alles.«

»Es geht nicht so sehr um sie; es geht darum … wo sie hineingeraten«, sagte Karen.

Obwohl sie selbst gar nicht sicher war, wo genau sie hineingerieten. Ihr kam es nur so vor, dass Lindy anders war, wenn sie von ihnen kam. Sie sah anders aus, sie roch anders, redete anders, in einem arroganten Ton. Statt wütend auf ihre Eltern zu sein, reagierte sie mit coolem Spott, was viel schlimmer schien. Sie köderte ihren Vater mit Fragen über Eustace – er arbeitet ziemlich hart für einen Farbigen, oder? Fast wie ein Mitglied der Familie, findest du nicht? Und ihr Vater war zu dumm, um es zu kapieren. Sie gratulierte ihrer Mutter zu ihrer erfinderischen Verwertung von Ananasscheiben aus der Dose – »die Dole-Leute sollten dein Bild in einer Zeitungsanzeige verwenden« – sowie zu ihrer weltberühmten Pu-Pu-Soße (wobei sie den Namen übertrieben betonte, während George und Karen versuchten, nicht zu lachen), und ihre Mutter, die gewitzter war als ihr Vater, sah leicht verunsichert aus, ehe sie sagte: »Wieso … danke.« In Augenblicken wie diesen spürte Karen, dass ihre Eltern völlig ahnungslos waren – es war beängstigend. Wie sollte man sich da auf sie verlassen können? Wie konnte man darauf vertrauen, dass sie drei Kinder großzogen, bis sie erwachsen waren?

»Ich habs«, sagte sie zu George. »Wir gehen zu Mom und sagen, dass uns beiden plötzlich eingefallen ist, dass wir Lindys Stimme gar nicht gehört haben, als wir in ihr Zimmer schauten. Wir haben einfach *gedacht*, wir hätten sie gehört. Und da ist uns aufgegangen, dass sie vielleicht schon seit gestern Abend weg ist.«

»Warum warten wir nicht auf Dad«, sagte George.

»Ja, aber Dad wird denken, dass wir nicht ehrlich waren oder so etwas.«

»Aber du weißt, wie Mom manchmal sein kann.«

»Ich finde, wir sagen es ihr«, sagte Karen.

»Dann sag *du* es, wenn dir das Gezeter nichts ausmacht.«

Sie starrten einander mit zusammengebissenen Zähnen an. Am Telefon sagte ihre Mutter: »Oh ja! Männer! Bei ihnen wundert mich gar nichts mehr.« Das tröstete Karen. Irgendeine ließ sich wohl langatmig über einen eigenen Kummer aus. Ihre Mutter war also letzten Endes doch nicht so ungewöhnlich. Sie hatte Gesellschaft in ihrer … nun, vielleicht nicht gerade Verrücktheit, aber …

Wenn sie ihr von Lindy erzählten, würde sie womöglich ganz vernünftig reagieren.

Aber George hatte noch immer diesen verkniffenen Gesichtsausdruck, und Karen wusste, dass er seine Meinung nicht ändern würde.

Dann sagte ihre Mutter auf einmal: »Moment!«

Sie hatte endlich aufgelegt und beschäftigte sich mit ihren Pflanzen, goss und besprühte und drehte ihre Unmengen von gut gedeihenden Grünpflanzen, knipste tote Blätter ab, gluckte über einem Farn, der trotz ihrer liebevollen Fürsorge zu kümmern wagte. »Eine Sekunde!«, sagte sie. Mit einem erschrockenen Blick wandte sie sich an Karen. »Wieso war Lindys Bett so gemacht?«

Einen Moment befürchtete Karen, dass sie ertappt war. Sie war schon drauf und dran, zu beichten: »Du hast recht, das habe ich gemacht. Ich habe den Mantel da hingelegt«, aber dann sagte die Mutter: »Das muss sie gestern Abend gemacht haben.«

»Gestern Abend?«, sagte Karen fragend.

»Warum sollte sie ihr Bett morgens zurechtbauen? Das ergibt keinen Sinn, wenn sie letzte Nacht hier geschlafen hat und dann aufgestanden und gegangen ist, während wir in der Kirche waren. Aber du hast gesagt, dass du sie gesehen hast, als du vor dem Frühstück bei ihr reingeschaut hast.«

»Na ja«, sagte Karen, »ich *dachte*, ich hätte sie gesehen.«

»Was genau hast du gesehen?«

»Hmm – eine Beule im Bett?«

Ihre Mutter sah sie einen Augenblick lang an. Dann stellte sie die Gießkanne ab. »George?«, rief sie. »George!« Und marschierte in sein Zimmer, mit Karen im Schlepptau.

George arbeitete immer noch an seinem Diorama. Papp-figuren mit weißen Zöpfen lagen aufgereiht auf seinem Schreibtisch – alle nach einem einzigen Muster ausgeschnit-ten, was Karen wenig glaubwürdig vorkam, und er malte ihre Gesichter wie am Fließband hellrosa an. Er blickte nicht mal auf, als seine Mutter ins Zimmer platzte. »George, denk mal nach«, sagte sie. »Als du Lindy gefragt hast, ob sie zur Kirche mitkommt, hat sie da geantwortet? Oder hat sie ein-fach weitergeschlafen.«

»Sie hat weitergeschlafen«, sagte er und griff nach dem nächsten Pappmann.

»Hat sie sich bewegt? Hast du gesehen, dass sie sich be-wegt hat?«

»Nein. Sie hat einfach dagelegen.«

»Aber vorhin hast du gesagt … sagtest du nicht, sie hat ge-sagt, sie wollte länger schlafen?«

»Ich habe gesagt, *dass* sie länger schläft«, sagte er.

Er klang so selbstsicher, und er schien so echt in seine Ar-beit vertieft (er beugte sich tiefer, um einen kniffligen Punkt am Haaransatz auszumalen), dass Karen halb glaubte, er hätte das wirklich gesagt. Hatte er das? Jetzt wusste sie es nicht mehr.

Ihre Mutter sagte: »O Gott.«

»Mom«, sagte George und blickte endlich hoch. »Lindy geht es sicher gut. Warum machst du dir Sorgen?«

»Ich möchte hören, was du sagen würdest, wenn es dein Kind wäre«, sagte die Mutter. Dann verließ sie sein Zimmer und ging in den Flur. Karen, die ihr folgte, erwartete, dass sie wieder den Hörer abnehmen und noch mehr Freundinnen anrufen würde. Doch nein, sie ging ins Wohnzimmer. Sie hob eine Ecke der Tüllgardine hoch und starrte durch das Blumenfenster auf die Straße. »Oh«, jammerte sie, »wo bleibt euer Vater? Der Mann könnte auch gleich im Geschäft einziehen; ich schwöre, er ist damit so gut wie verheiratet. Wo ist er? Was kann er dort bloß ständig zu tun haben?«

»Vielleicht könntest du ihn anrufen«, schlug Karen vor. Sie hatte Angst, ohne jede Hilfe mit ihrer Mutter fertigwerden zu müssen.

»Manchmal glaube ich, dass er dort hingeht, um mich zu ärgern«, sagte die Mutter. »Ich war diejenige, die wollte, dass wir in eine schöne Gegend ziehen, und jetzt lässt er mich dafür büßen. Das Geschäft könnte ohne ihn auskommen. Fast! Sag diesen sechs oder acht alten Kundinnen, die er noch hat, sie sollen einfach ihr Geld auf den Ladentisch legen und sich nehmen, was sie wollen. Entweder das, oder er schließt es ganz und macht irgendwo hier im Umland ein völlig neues auf.«

»Ein Supermarkt wäre gut«, sagte Karen. Sie mochte das väterliche Geschäft, wo es nach abgestandenem Brot und altem Cheddar-Käse roch, nicht mehr. Als sie klein war, hatte sie es genossen, ihre Freundinnen mitzunehmen und Süßigkeiten umsonst zu bekommen, aber mit den Jahren schämte sie sich ein wenig für das Geschäft.

»Ich glaube, Lindy ist nach Mexiko gegangen«, sagte ihre Mutter und drehte sich vom Fenster weg.

»Mexiko!«

»Du weißt, dass sie immer diese Bücher über Menschen liest, die durchs Land ziehen, per Anhalter oder in gestohlenen Autos oder als blinde Passagiere in Güterzügen, bis nach Mexiko, wo das Leben einfach und ländlich ist.«

Während sie das sagte, umklammerte sie krampfhaft den Vorhang, aber Karen empfand diese Vorstellung als Erleichterung. Oh, nur Mexiko! Sie hatte viel Schlimmeres befürchtet. Entführer oder Vergewaltiger. Sie erinnerte sich an einen Abend, als Lindy auf ihre Mitfahrgelegenheit zum Kino wartete, sie hatte genau an diesem Fenster gestanden, und sobald sie Scheinwerfer sah, die am Bordstein hielten, war sie hinausgerannt, hatte die Autotür aufgerissen und war hineingesprungen und hatte erst dann gemerkt, dass sie den Fahrer nicht kannte. Sie erzählte Karen und George später davon – von dem Mann in mittleren Jahren, der erst erschrocken war und dann (laut Lindy) entzückt, der hinüberlangte, ihr Knie tätschelte und ihr versicherte, er würde sie fahren, wohin sie wolle, an jeden Ort der Welt – Lindy erstickte fast vor Lachen, aber Karen war entsetzt. Alles Mögliche hätte passieren können! In diesem Land lauerte die Gefahr überall! Ein rustikales Leben in Mexiko hörte sich im Vergleich dazu so sicher an.

»Karen, hat Lindy einen Freund?«, fragte ihre Mutter. »Jemand Speziellen unter all den Leuten, mit denen sie sich rumtreibt? *Mir* kannst du es sagen.«

»Sie hat keinen erwähnt«, sagte Karen.

»Ich habe Angst, dass sie durchgebrannt ist.«

Karen blieb der Mund offen stehen.

»Würdest du es mir sagen, wenn es so wäre?«

»Lindy würde niemals heiraten«, sagte Karen. »Sie glaubt nicht an die Ehe.«

Ihre Mutter stöhnte leise auf.

Dann fuhr der Chevy ihres Vaters in die Einfahrt – ein lieber und tröstlicher Anblick. »Da ist Dad«, sagte Karen.

»Wunder gibt es immer wieder«, sagte ihre Mutter und wandte sich erneut zum Fenster.

Ihr Vater hatte eine bestimmte Art, mit einer Drehung aus dem Auto zu steigen – er schwang seine langen Beine von den Pedalen nach draußen, hielt sich, während er sich aufrichtete, oben an der Tür fest. Bei den ersten Schritten humpelte er schwerfällig.

Einmal hatte er zu ihrer Mutter gesagt: »Weißt du, was ich mir wünsche, Pauline? Nicht sofort mit schlechten Nachrichten empfangen zu werden. Wenn ich abends von der Arbeit nach Hause komme, könntest du mich vielleicht erst die Autoschlüssel hinlegen, das Jackett ausziehen und mich etwas zu Atem kommen lassen, und *dann* könntest du mir sagen, dass das Klo verstopft ist.« Aber an diesem Nachmittag hatte er noch nicht mal die Eingangsstufen erreicht, als ihre Mutter die Tür aufriss und rief: »Lindy ist nach Mexiko abgehauen.«

»Was?«

»Oder sonst wohin. Ich wusste, dass so was passieren würde!«

»Noch mal von vorn, Poll. *Was* hat sie gemacht?«

»Sie ist nicht da, und jetzt weiß ich, dass sie überhaupt nicht hier war, ich meine, nicht seit gestern Abend. Wir haben bloß *gedacht*, dass sie nach Hause gekommen ist. Sie ist verschwunden!«

Er sah Karen an.

»Ich glaube, ich und George haben gedacht, dass sie heute Morgen in ihrem Bett lag, aber es war nur ein zusammengerollter Morgenmantel«, sagte Karen.

»George und ich«, korrigierte ihr Vater sie.

»Wir müssen die Polizei anrufen«, sagte ihre Mutter zu ihm. »Du machst das, Michael. Auf einen Mann hören sie mehr.«

»Ja, gut, die Polizei«, sagte er. Er ging an ihnen vorbei ins Wohnzimmer und sank auf die Couch, immer noch in seiner Jacke. »Du weißt, was die Polizei sagen wird. Rufen Sie wieder an, wenn vierundzwanzig Stunden vorbei sind.«

»Aber die sind vorbei! Oder fast. Sie ist mitten im Abendessen weggegangen. Jetzt ist es nach vier am nächsten Tag!«

»Pauline. Warum fängst du nicht noch mal ganz von vorne an. Lindy war heute Morgen nicht da?«

»Sie hat ihr Bett so gemacht, dass es aussah, als wäre sie da.«

»Aber George sagte … und Karen sagte …«

»Sie wurden auch reingelegt! Sie ist gestern Abend weg-gegangen, und seitdem hat sie niemand mehr gesehen!«

Dieses eine Mal sagte er nicht zur Mutter, sie solle sich beruhigen. Er saß sehr still auf der Couch, hielt die Knie mit den Händen fest.

»Michael, bitte, ruf an«, sagte die Mutter.

Irgendwann war George in der Tür zum Flur erschienen, und jetzt blickte sein Vater zu ihm hin, ohne eine Miene zu verziehen. »Wollen wir mal sehen«, sagte er nach einer Weile. »Sagen wir, sechs oder sieben Uhr gestern Abend; eher sie-ben. Bis heute vier Uhr … Das sind erst einundzwanzig Stunden.«

Ihre Mutter schnaufte verärgert.

»Sag ihnen, sie ist um vier gegangen«, schlug George vor.

»Was, sie anlügen?«, fragte ihr Vater. »Das würde in un-serem Fall bestimmt helfen! Nein, wir warten bis sieben. Dann rufe ich an.«

»Michael, um Himmels willen!«, jammerte die Mutter.

»In der Zwischenzeit machen wir Inventur. Hast du Kon-takt mit den anderen Eltern aufgenommen?«

»Welchen anderen Eltern? Wir kennen sie noch nicht mal! Wir wissen nicht, mit wem Lindy Umgang hat, wie sie heißen, wo sie wohnen …«

»Wie ist das möglich?«, fragte der Vater. Er schien ehr-lich überrascht, obwohl Karen gehört hatte, dass ihre Mutter ihm das oft und oft erzählt hatte. »Karen? George? Ihr müsst diese Jugendlichen doch kennen.«

»Nun«, sagte Karen. »Einer heißt Smoke.«

»Smoke?«

»Das ist der, der ihr diese Bücher borgt, von denen sie im-mer erzählt.«

»Also, hat – Smoke? Was ist das für ein Name, Smoke? Hat Smoke zufällig einen *Nachnamen*?«

»Ich weiß nicht«, sagte Karen. »Ich kenne nicht mal seinen Vornamen, ich glaube, der ist anders.«

»Könnte das ihr Freund sein?«, sagte ihre Mutter.

»Ich weiß nicht«, sagte Karen. »Ich glaube nicht.«

»Oh, warum ist sie so *rätselhaft*? Was versucht sie zu verbergen?«

»Pauline, reiß dich zusammen«, sagte der Vater. »Hysterisch werden nützt nichts.«

»Herr des Himmels, Michael. Unsere älteste Tochter ist wie vom Erdboden verschluckt!«

»Sie kommt zu spät nach Hause, mehr wissen wir nicht. Sie könnte vielleicht – vielleicht könnte sie bei einer Schlummerparty sein. Ihr wisst ja, dass eine Schlummerparty bis spät in den nächsten Tag hinein gehen kann.«

»Schlummerparty!«, sagte die Mutter resignierend. Sie ließ sich auf einen Stuhl fallen und vergrub den Kopf in den Händen.

»Punkt sieben«, sagte ihr Vater, »rufe ich die Polizei an.«

Er sah auf die Wanduhr über dem Bücherregal. Sie zeigte vier Uhr siebzehn an. Er sah sie der Reihe nach an. Sie sahen ihn an. Die Uhr tickte so laut wie Schritte.

Auf seinen Anruf hin kamen zwei Polizisten – ein älterer und ein junger. Sie parkten den Wagen vor dem Haus, sodass alle Nachbarn ihn sehen konnten, und dann stapften sie zum Eingang, aber ehe sie klingeln konnten, riss Karens Mutter die Tür auf. »Kommen Sie rein, Officers! Danke, dass Sie so schnell gekommen sind. Sie können sich nicht vorstellen, wie …«

Karen fand, dass ihre Mutter sich albern anhörte. (*Officer* war so ein hochtrabendes Wort; es war so, als würde man über einen Fremden als *gnädiger Herr* reden, nur weil er es hören konnte.) Plötzlich kam ihr die ganze Situation albern vor: Ihre Mutter schoss durchs Wohnzimmer und klopfte wie wild Kissen auf, der Vater tat so ernsthaft, wichtig und männlich. Die Polizisten wählten die beiden unbequemsten Stühle im ganzen Raum aus, zusammenpassende Stühle mit Sprossenlehnen, die Oma Anton gehört hatten. Sie setzten sich mit einem knirschenden Geräusch hin, vielleicht wegen ihrer steifen schwarzen Pistolentaschen, die aussahen, als wären sie noch nie angerührt, geschweige denn geöffnet worden; oder wegen ihrer Uniformen, die aus etwas Steiferem als nur Stoff gemacht zu sein schienen. Der ältere Mann war klein und drahtig, aber der jüngere war fast fett, mit einem bartlosen Babygesicht. Er war es, der die ersten Fragen stellte. Er fragte nach Lindys vollem Namen, ihrem Alter, ihrem Aussehen, der Kleidung, die sie getragen hatte. (Schwarz, war alles, was sie sagen konnten.) Er schrieb ihre Antworten in einen Stenoblock mit Spirale, wie man ihn bei Woolworth kaufen konnte. Sein Stift war ein ganz normaler Druckkugelschreiber.

»Wir haben viele solcher Fälle«, sagte der Ältere zu den Eltern. »Sie lassen sich mit einem Jungen ein und halten sich nicht an die Zeit, in der sie zu Hause sein sollen … Wir finden sie häufig in Elkton, Maryland. Brennen durch, um zu heiraten. Dort sind die Wartezeiten kürzer.«

»Oh, ich glaube nicht, dass ein Freund im Spiel ist«, sagte Karens Mutter.

»Verzeihen Sie, Madam, wenn ich das sage, aber die Eltern sind im Allgemeinen die Letzten, die etwas wissen.«

»Sehen Sie, Lindy ist mehr ein Gruppenmensch. Sie ist mit einer Gruppe von Jugendlichen zusammen, nicht nur mit einem einzigen Jungen.«

Das schrieb der jüngere Mann nicht auf, obwohl Karen das von ihm erwartet hatte. Er warf dem älteren Mann einen Blick zu, der sagte: »Ich verstehe«, er sprach tiefer als bisher. »Ich verstehe«, sagte er noch einmal und dann: »Mit wie vielen ist sie denn zusammen, was würden Sie schätzen?«

»Oh, vielleicht … wie viele, Michael? Fünf, sechs?«

»Und sie bleibt die ganze Nacht mit diesen Jungs weg?«

»Du lieber Himmel, nein! Sie muss zu einer bestimmten Zeit zu Hause sein. Und es sind nicht nur Jungs. Oder, Karen? Da sind natürlich auch andere Mädchen dabei. Es handelt sich um eine Clique, eine ganz normale Clique von Jungen und Mädchen. Es sind nicht nur Jungs.«

»Wissen Sie, ob sie trinkt, Mrs Anton?«

»Trinken … Alkohol? Also, natürlich nicht! Sie ist siebzehn Jahre alt. Und bis zur zweiten Klasse der Highschool war sie mit die Beste.«

»Bis zur zweiten Klasse der Highschool«, sagte der ältere Mann. Er und der jüngere Mann sahen sich wieder an. Dann sagte er: »Sagen Sie mal, hat sie Lieblingsplätze? Irgendwelche Bars oder Nachtlokale, wo die Gäste sich vielleicht an sie erinnern?«

»Bars!«, sagte Karens Mutter, und ihr Vater sagte gleichzeitig: »Sir, ich glaube, Sie machen sich vielleicht falsche Vorstellungen.«

Beide Männer sahen ihn an, der jüngere klickte seinen Stift zu, um zu zeigen, dass er ganz Ohr war.

»Unsere Tochter mag etwas rebellisch sein«, sagte der Vater, »vielleicht kommt sie manchmal etwas zu spät nach Hause, vielleicht steht sie der älteren Generation etwas kritisch gegenüber. Aber sie treibt sich nicht mit einem Haufen Penner in Bars herum. Sie ist kein Flittchen. Sie ist kein … Abschaum, verstanden?«

»Ja, Sir«, sagte der Ältere, aber die Gesichter der beiden Männer blieben unverändert. Kühl, ausdruckslos, höflich.

Jetzt waren es die Antons, die sich Blicke zuwarfen. Sie

sahen sich an. Die Eltern saßen auf der Couch, George im Sessel, Karen auf dem Sitzkissen davor. Sie sagten nichts, sie bewegten sich noch nicht mal, aber Karen hatte das Gefühl, dass sie alle näher zusammenrückten.

Normalerweise aßen sie sonntags immer besonders früh zu Abend, aber niemand hatte Appetit gehabt, weil sie darauf warteten, die Polizei anrufen zu können. Doch als die beiden Männer gegangen waren, sagte Karens Mutter: »Ich sterbe vor Hunger!«, und ihr Vater sagte: »Ich auch. Warum mache ich nicht gegrillte Käsesandwiches?« Seine einzige Spezialität, die nur ein paar Mal im Jahr auf den Tisch kam.

So gingen sie alle in die Küche, wo er seine große quadratische Grillpfanne hervorholte und einen Riesenklotz Velveta-Käse, und im Nu hing im Raum ein köstlicher Duft nach brauner Butter, der in Karen ein feierliches Gefühl hervorrief. Klar, sie hatte noch immer diesen Druck im Magen, und mit einem Ohr horchte sie aufmerksam nach jedem Geräusch an der Tür (»Ich prophezeie Ihnen, dass Ihre Tochter heute Abend mit eingezogenem Schwanz wieder zu Hause ist«, hatte der ältere Polizist gesagt). Trotzdem war ihr unnatürlich festlich zumute. Vielleicht war es die Erleichterung, dass sie das Haus wieder für sich hatten und diese beiden sturen Männer endlich weg waren, das gelegentliche beängstigende, unangenehme Knacken des Funkgeräts des Älteren endlich aufgehört hatte. Dem Rest der Familie schien es ebenso zu gehen. Ihr Vater machte Faxen am Herd, schwang den Kochlöffel und sprach mit dem Akzent eines französischen Küchenchefs. Ihre Mutter wurde lockerer und albern. Ihr Bruder lümmelte sich auf den Küchenstuhl und war ungewöhnlich aufgekratzt.

»Iihr iist einär«, sagte ihr Vater und nahm einen hellbraunen Sandwich aus der Pfanne. »Für diesän jungän Mann, der niescht zu braunen Toast mag«, und er legte ihn auf einen Teller und reichte ihn Karen, die am nächsten stand. Karen knickste und nahm den Teller mit flachen Händen entgegen, wie eine Kellnerin.

»*Mit eingezogenem Schwanz*«, sagte die Mutter. »Ich hasse diesen Ausdruck, ihr nicht auch?«

»Ach, was wissen die schon?«, sagte der Vater. »Und wie der eine Kerl es wohl überhaupt zur Polizei geschafft hat. Haben sie keine Gewichtsobergrenze? Wird keine Fitness mehr verlangt?«

Als Karen sich umdrehte, um George sein Sandwich zu geben, sah sie, dass er der Einzige war, der nicht mal lächelte. Sein Gesichtsausdruck war bitter und missbilligend, und für den Bruchteil einer Sekunde fragte sie sich, was ihn bedrücken könnte. Dann fiel es ihr ein. *Oh*, dachte sie, *Lindy*. Es war wie ein Schlag.

Sie stellte sich Lindy vor, wie sie ihre langen schwarzen dünnen Strumpfhosen anzog. Lindy, wie sie ihre Tür so ungestüm zuschlug, dass sich der Rahmen lockerte, Lindy, wie sie sich vor Schadenfreude krümmte, als sie beschrieb, wie sie in das Auto des Fremden gesprungen war. Jedes Bild war voller Bewegung; Lindy schüttelte ständig die Fäuste oder schrie oder schluchzte oder lachte. Sie verlieh der Familie Gefunkel und Farbe, sie war die Schwungvolle, die Abenteurerin.

Karen fühlte, wie es ihr das Herz brach, aber sie stellte George den Teller hin und sagte: »Ihr Sandwiich, Monsieur.«

Einen Augenblick lang, schien es, rang er um eine Entscheidung. Dann entspannte sich sein Gesicht, und er sagte: »Merci beaucoup, Mademoiselle«, und er lächelte.

Es stimmte, dass Lindy immer noch verschwunden war, aber Karen war plötzlich von Hoffnung erfüllt und fast sorglos. Ihr war, als ob ihre Familie jetzt endlich glücklich sein könnte.

5

HEIDIS GROSSVATER

Michael hatte eine besondere Kindheitserinnerung, die nicht verschwand.

Er ging mit seiner Mutter und seinem Bruder durch die Boston Street. Er war etwa acht, also musste Danny zwölf gewesen sein. Sie kauften ein, was, wusste er nicht mehr – irgendetwas für den Haushalt. Der Gang machte ihn müde, er bekam schlechte Laune, bevor sie den Laden überhaupt erreicht hatten, und er bummelte langsam hinterher, blinzelte in die grelle Sonne, zog die Nase kraus, weil es aus der Konservenfabrik eklig nach heißen Tomaten roch. »Heb die Füße hoch«, ermahnte seine Mutter ihn, und auf einmal fiel Danny auf dem Gehweg in sich zusammen. Michael fing an zu lachen. Er dachte, dass Danny – der Familienclown – ihre humorlose Mutter aufzog, dass er beide Füße hochgehoben hatte und deshalb umgekippt war. »Hihi!«, sagte er und hielt eine Hand vor den Mund, doch dann sah er Dannys Gesicht und trat erschrocken einen Schritt zurück.

»Danny?«, rief die Mutter. »Danny!«

»Ich weiß nicht, was passiert ist«, sagte Danny.

Genau da, als er den Schritt machte und die Hand noch vor dem Mund hatte, sah Michael einen halben Straßenblock weiter Johnny Dymski und Johnny Ganek – die beiden besten Baseballspieler in der St.-Cassian-Volksschule. Und sein erster Gedanke war: Bitte, lieber Gott, lass sie das hier nicht sehen.

Nach jenem Tag konnte Danny manchmal ganz normal gehen, aber manchmal auch nicht. Manchmal konnte er ein Glas Milch an die Lippen heben, aber manchmal ließ er es hinfallen. Man konnte es im Voraus nie wissen.

Natürlich gingen sie zum Arzt – zu mehreren Ärzten sogar –, und Michaels Eltern besprachen die Sache bestimmt mit den Nachbarn. Aber in den ersten Monaten, als die Symptome kamen und gingen, fand Michael, dass Dannys Krankheit etwas war, was man besser geheim halten sollte. Wenn sie mit anderen Leuten zusammen waren, stand er starr vor Angst da, jeder Muskel angespannt, als könnte er so Dannys Muskeln zwingen, nicht schlappzumachen. Wie erniedrigend, wenn Fremde hinter das Familiengeheimnis kämen!

Seine Erinnerungen an die späteren, schlimmeren Stadien waren blasser. Er erinnerte sich nur schemenhaft an Danny im Rollstuhl, Danny im Bett, Danny, der mit einem Strohhalm aus dem Glas trank, das seine Mutter hielt. Und Gott sei Dank schlief Michael, als Danny in einer Winternacht kurz vor seinem neunzehnten Geburtstag starb. Michael wachte morgens auf, und Danny war nicht mehr da. Mit der Zeit verschwanden auch seine Stimme und die komische Art, wie er den Mund ein bisschen verzog, bevor er etwas Lustiges sagte. Aber die Erinnerung an den Tag in der Boston Street blieb.

Wie die langweilige, tröstliche Normalität plötzlich unter den Füßen weggerissen wurde. Das entsetzliche Bewusstwerden. Der schräge Blick, um festzustellen, ob irgendwer bemerkt hatte, dass mit den Antons etwas nicht stimmte.

Nun dachte er, dass sein ganzes Leben wie jener Gang über die Boston Street wäre. Immer würde es etwas zu verheimlichen geben. Bestimmt hatten andere Ehen nicht solche Höhen und Tiefen! Anderer Leute Töchter waren sicher nicht so schwierig! Er beobachtete seine Nachbarn und hoffte, ihre Schwachstellen zu entdecken. Nie fiel ihm ernstlich etwas auf. Wenn Mimi Drew ihren Mann anfuhr, dann hakte sie sich doch gleich danach wieder liebevoll bei ihm ein. Wenn Brians Tochter mal zu spät von einem Date nach Hause kam, kriegte sie Hausarrest, was sie hinnahm, auch wenn's ihr nicht passte.

Aber immerhin war sie überhaupt nach Hause gekommen.

Lindy war nicht nur einmal weggeblieben, inzwischen war es fast eine Angewohnheit geworden. Keiner konnte sie fassen; sie schlüpfte ihren Eltern durch die Finger, sobald diese sie fester in den Griff nahmen. Die Polizei war mit jedem Anruf weniger interessiert. Der Schulleiter stellte unverschämte Fragen zum Familienleben der Antons.

Im Herbst des letzten Schuljahrs war sie zweimal vom Unterricht suspendiert worden. (Jeweils für einen Tag – einmal, weil sie die Schule geschwänzt, und einmal, weil sie geraucht hatte.) Nach den Weihnachtsferien verschwand sie, blieb drei Tage weg und kam ohne Erklärung wieder. Sie gingen mit ihr zu einem Psychologen, wie der Vertrauenslehrer geraten hatte. Krumm wie ein Fragezeichen betrat sie sein Sprechzimmer, Kinn auf der Brust, und weigerte sich zu reden.

Im Frühjahrssemester wurde sie für eine ganze Woche aus dem Unterricht verbannt, weil sie einen Sixpack Bier mit zum Sport gebracht hatte. Der Schulleiter empfahl ihnen eine Schule für schwer erziehbare Mädchen in West Virginia, doch weder Michael noch Pauline brachten es übers Herz, sie dorthin zu verfrachten. Sie wussten nicht, was sie tun sollten. Sie waren der ganzen Sache nicht mehr gewachsen. Lindy verbrachte die schullose Woche im unteren Wohnzimmer vor dem Fernseher – ein widerspenstiges, trostloses Geschöpf im väterlichen Fernsehsessel, das eine traurige Unzufriedenheit ausstrahlte. Lindy habe stur geschwiegen, Dave Garroway geguckt und sie, als sie mit dem Staubsauger kam, wie Luft behandelt, berichtete Pauline Michael – und das, obwohl sie Fernsehen sonst als »Futter für die Massen« bezeichnete.

Eines Nachmittags kam Besuch. Drei Jungen und ein Mädchen, alle ganz in Schwarz, gingen im Gänsemarsch ins Kellergeschoss. Die Dinge standen bereits so schlecht, dass Pauline diese jungen Leute geradezu begrüßte. Sie brachte ihnen ein Tablett mit Cola und eine Tupperware-Schüssel mit Salzbrezeln. Als sie eintrat, hörten die jungen Leute auf zu reden, aber immerhin murmelten sie Danke und machten beinah Anstalten aufzustehen. »Es ist so ein schöner Tag«, sagte sie zu ihnen. »Wollt ihr nicht auf der Veranda sitzen?«

»Mom«, sagte Lindy, »bitte!«

Pauline sagte: »Ich dachte nur.«

Als sie Michael später davon erzählte, sagte sie, dass einer der Jungen – der Dünnste und Größte, der so ungesund aussah, mit Bartflaum am Kinn – offenbar der Anführer sei. Jedenfalls habe sie ständig seine Stimme gehört, als sie von oben versuchte, etwas zu verstehen. Er habe auf der Lehne des Fernsehsessels gehockt, sagte sie, mehr oder weniger um

Lindy drapiert. Michael erschrak, weil er Genugtuung darüber empfand, dass der Anführer Lindy besonders mochte.

Das war an einem Freitag gewesen. Montags ging Lindy wieder in die Schule, brav und ohne Widerworte, mit ihrem Ringbuch und ihrer beige gestreiften Sporttasche. Pauline erklärte Michael später (als sie ihn, nachdem die anderen beiden weg waren, im Laden anrief), dass sie allen Ernstes geglaubt habe, diese letzte Maßnahme hätte endgültig gewirkt. »Ich meine, eine Woche zu Hause ist eine schrecklich lange Zeit«, sagte sie. »Heute Morgen musste ich sie kein bisschen überreden, sich doch fertig zu machen. Sie schien fast froh zu sein. Ich glaube, sie hat ihre Lektion gelernt.«

Michael war den ganzen Tag über ungeheuer erleichtert. Monatelang hatte er irgendwie in Angst und Schrecken gelebt, erst jetzt, nachdem alles vorbei war, wurde ihm das bewusst.

Karen kam um drei aus der Schule, brachte ihre Freundin Maureen zu Milch und Keksen mit. George kam um halb fünf nach Hause. Lindy kam nicht.

Um sechs, als Michael eintraf, war Pauline außer sich. »Was sollen wir tun?«, überfiel sie ihn schon an der Tür, was er nicht ausstehen konnte. »Wir können ja nicht die Schule anrufen. Sonst denken sie, es stimmt was nicht.«

»Vielleicht nimmt sie Nachhilfe«, mutmaßte Michael. »Trifft sich mit ihren Lehrern wegen der ausgefallenen Arbeiten. Vergiss nicht, sie hat eine ganze Woche verloren.«

»Lehrer treffen Schüler nicht um sechs!«

»Oder vielleicht …«

»Und sie darf gar keine Nachhilfe haben. Das ist ja der Sinn der Strafe.«

»Pauline. Lass uns sachlich bleiben. Es ist noch früh. Ältere Highschool-Schüler bleiben oft wegen … allem Möglichen noch in der Schule. Außerschulische Aktivitäten und so.«

»Um Gottes willen, Michael, meinst du wirklich, sie probt die Hauptrolle im Schultheater?«

Er hasste es, wenn sie diesen Ton anschlug – so bissig und sarkastisch.

Sie warteten mit dem Essen bis halb acht, aßen dann schweigend, die beiden Jüngeren hockten über ihren Tellern und behielten ihre Gedanken für sich. Michael konnte kaum schlucken. Das Panikgefühl war wieder da.

War ihm damals schon klar, dass Lindy ein für alle Mal weg war? Später meinte er, ja, aber vielleicht empfand er es nur rückblickend. Er hatte noch haarscharf vor Augen, wie Lindy an jenem Morgen in die Schule ging – Pauline hatte es ihm doch genau geschildert –, und er meinte, dass er selbst sicher etwas geahnt hätte; dass ihn das Gewicht der Sporttasche oder die fehlenden Schulbücher gewarnt hätten, oder – vor allem – die abwehrend hochgezogenen Schultern. Hätte Pauline nichts merken müssen? Sie besaß doch so viel Intuition. In den tagelangen Unterredungen mit der Polizei, der Schule, mit Nachbarn, Klassenkameraden, anderen Eltern blieb er ein meist stummer Beobachter, Pauline dagegen regte sich auf, redete, vergrub ihren Kopf in den Händen, weinte, in einem fort. Zum ersten Mal fiel ihm auf, dass sie nicht besonders intelligent war. Immer hatte es geheißen, dass er nicht so schnell von Begriff sei wie sie, aber jetzt? Was jetzt?

»Ich möchte klarstellen, dass meine Tochter ein anständiges Mädchen ist«, erklärte sie einem Polizeibeamten. »Sie suchen keine jugendliche Straftäterin. Sie kommt aus keinem zerrütteten Elternhaus. Sie hat keine Straftat begangen. Sie ist einfach … jung! Sie ist … Oh, ich weiß nicht, was sie ist! Ich bin fassungslos! Das habe ich nicht kommen sehen! Ich schwöre, sie ist nicht anders als die übrigen Kinder aufgewachsen. Völliges Durchschnittsverhalten, nichts Auffälliges.

Natürlich hatte sie ihren eigenen Willen. Ein ganz schöner Dickkopf. Aber ich wäre nie darauf gekommen, dass sie so etwas Extremes anstellen würde. Als ob sie … einen Sprung getan hätte! Einen unberechenbaren Sprung, jenseits aller Vernunft! Sie haben doch sicher auch Kinder. Dann wissen Sie ja, wie die manchmal sind. Widerspenstig und launisch. Aber das heißt doch nicht gleich, dass sie verschwinden, oder? Also warum ist Lindy verschwunden? Warum? Bis gestern dachte ich, die Clique, mit der sie sich herumtreibt, sei schuld; aber gestern, als Leila Brand mich besuchte … Haben Sie mit Mrs Brand gesprochen? Howard Brands Mutter? Den sie Smoke nennen. Also Leila entpuppte sich als eine ordentliche, normale Person aus guten Verhältnissen. Sie trug haargenau den gleichen Pullover, den ich im vergangenen Monat für mich bei Penneys gekauft habe – wir mussten ganz schön lachen –, und diese hübsche, schmeichelnde Kurzhaarfrisur. Und ihr Sohn ist so komisch und hat diesen Fusselbart, wer hätte das gedacht? Und ich glaube, ihr ging es genau wie mir. Ich wäre die Mutter dieser bösen Lindy, hat sie sicher gedacht, die ihren unschuldigen Sohn verführt hat. Sie hat bestimmt gedacht, ich wäre entsetzlich!«

Dann konnte sie nicht weiterreden, weil sie wieder anfing zu weinen, aber Michael rührte keinen Finger, um sie zu trösten. Er saß kerzengerade da, Hände verkrampft auf den Knien, die Augen unverwandt auf den Polizeibeamten geheftet. Ihm fiel auf, dass Pauline nicht ein einziges Mal »wir« gesagt oder Lindy »unser Kind« genannt hatte. Alles nur »ich« und »mein«, als wäre sie die einzige Leidtragende dieses Dramas. Es machte ihn bitter. Hoffentlich begriff der Polizeibeamte, dass sie beide sich kein bisschen ähnlich waren.

Zuerst nahm er an, Lindy würde jeden Augenblick zurückkommen, heute oder morgen oder übermorgen. Im Laden hoffte er wochenlang bei jedem Telefonläuten, dass Pauline jetzt anrief, Lindy sei eben wiedergekommen. Oder sie habe sich des Nachts ins Haus geschlichen; habe in der Früh friedlich schlafend in ihrem Bett gelegen. Jeden Morgen nach dem Aufwachen kontrollierte Michael ihr Zimmer. Vermutlich tat Pauline dasselbe. Die Zimmertür stand jetzt immer weit geöffnet – bedeutungsvoll und traurig, wenn man bedachte, wie eisern Lindy früher ihr Reich verteidigt hatte.

Dann, als aus den Wochen Monate wurden, verloren sie beide die Hoffnung. Sie behelligten die Polizei nicht mehr und zermarterten sich auch nicht mehr nachts im Bett den Kopf, was wohl passiert sein könnte. (»Erinnerst du dich an die Freundin, die in der sechsten Klasse nach Maine zog? Vielleicht ist sie dorthin? Weißt du noch, wie die hieß?«) Michael erschrak, dass ihm morgens beim Wachwerden Lindys Abwesenheit nicht mehr als Erstes einfiel. Stattdessen kam ihm die Erkenntnis sozusagen in zwei Stufen, er schwebte zufrieden ins helle Licht der Sommersonne, der Wagen des Nachbarn startete geräuschvoll, irgendwo im Haus klangen Stimmen, und dann … Etwas stimmt nicht. Und er riss die Augen auf und wusste Bescheid. Lindy ist weg.

Wie konnte er das vergessen, selbst für den Bruchteil einer Sekunde?

Er wusste, dass Pauline es nie vergaß. Er sah, wie ihr das Wissen ständig durch den Kopf geisterte; er sah, wie es sie älter machte und an ihr zehrte. Zwei Furchen bildeten sich auf ihrer Stirn, ihre Körperhaltung, sonst selbstbewusst und schwungvoll, wurde schlaff, ältlich, müde. Selbst wenn sie über Georges Witze lachte oder sich Karens Schulmädchengeschichten anhörte, sah man ihr an, dass sie ihren Kummer kaum ertragen konnte.

Dennoch brachte es sie beide nicht einander näher. Davon konnte keine Rede sein. Manchmal dachte Michael, es sei das Ende. Lindys Verschwinden, empfand er, war das Todesurteil für ihre Ehe. *Ihr beide macht uns und euch was vor. Ihr seid gar kein richtiges Paar. Und dies ist gar keine richtige Familie.* Vielleicht wollte er deshalb nie mit Außenstehenden darüber reden – mit neuen Nachbarn, die es wunderbarerweise noch nicht wussten. (Und war es nicht unglaublich, dass es inzwischen Nachbarn gab, die Lindy nie zu Gesicht bekommen hatten?) Pauline erzählte, wie auf Knopfdruck, jede Einzelheit – geradezu zwanghaft –, doch wenn einer Michael fragte, wie viele Kinder er habe, antwortete er: »Zwei. Einen Jungen, sechzehn, ein Mädchen, zwölf.« Pauline war außer sich. »Wie kannst du deine eigene Tochter verleugnen?«, stellte sie ihn zur Rede, und er verteidigte sich: »Sie wollten doch nur wissen, ob wir Kinder im Alter ihrer Kinder haben. Rein praktisch gesehen.«

»Praktisch! Ich nenne das Verrat. Du schämst dich nur.«

»Ich schäme mich, oder ich bin diskret. Ich finde es jedenfalls sinnlos, unseren Kram jedem auf den Hals zu binden.«

»Es ist kein Kram, Michael! Es ist die wichtigste Tatsache in unserem Leben! Eine schreckliche, undenkbare, unerträgliche Tatsache!«

»Kein Drama, bitte«, erwiderte er.

»Jedenfalls bin ich nicht aus Stein, wie andere Anwesende hier!«

Und so weiter und so weiter und so weiter.

Seit er nicht mehr dachte, *Vielleicht heute* oder *Vielleicht morgen*, hoffte er an den herausragenden Familienfesten auf Lindy. An Labor Day, zum Beispiel, wenn sie im Garten immer ein Barbecue veranstalteten. Das würde sie sich doch nicht entgehen lassen; das hatte sie doch gemocht! Aber sie blieb beharrlich, grausam abwesend. Am Weihnachtsabend 1961 ließ er die ganze Nacht die Lichter am Baum brennen, Brandgefahr hin oder her, und am Weihnachtstag stand er im Morgengrauen auf und schlich ins Wohnzimmer, wo er nur Pauline vorfand, die im Sessel fest schlief.

Er wusste, dass Pauline auf ihren Geburtstag hoffte – wenigstens eine Karte oder einen Anruf. Als er sie zum Essen einladen wollte, sagte sie, dass sie beide auch zu Hause bleiben könnten. Er ahnte, dass sie tagsüber auf den Briefträger gewartet hatte und bei jedem Läuten ans Telefon gestürzt war. Aber vergeblich. Michael erwies ihr die einzige Freundlichkeit, die ihm einfiel: Er tat, als merke er nichts. An seinem Geburtstag drei Monate später war das anders. Als sie am Ende des Tages zu Bett gingen, sagte sie: »Du Lieber, nimm es dir nicht so zu Herzen. Sie hat es sicher nur vergessen.«

»*Wer* hat was vergessen?«, wollte er wissen, und sie küsste ihn auf die Wange und knipste das Licht aus.

George und Karen vertrauten ihre geheimen Hoffnungen, wenn sie welche hatten, ihren Eltern nie an. Sie hatten sich seit Lindys Verschwinden verändert – waren stummer und zurückhaltender geworden. Das Haus wurde ungemütlich still. Der Wirbel, den Lindy erzeugt hatte – den Streit am Esstisch, die Machtkämpfe, die offenen Auseinandersetzungen –, war Teil ihrer rebellischen, lebendigen Art gewesen; und Michael musste schuldbewusst zugeben, dass er die beiden Jüngeren vergleichsweise langweilig fand. George, schwerfällig und angepasst, und Karen, brav und jungmädchenhaft, reizten ihn. Er hätte sie gern wachgerüttelt; er hätte gern gerufen: »Los, seid mal lebendig!«

Dabei wusste er, dass er ähnlich glanzlos war.

Manchmal rief der Polizeibeamte an. Michael malte sich aus, dass an seinem Kalender ein Merkzettel klebte. »Wollte mich nur mal melden; nichts Neues. In Oklahoma wurde eine junge Dame beim Autoklauen geschnappt, sah kurz so aus, als passe die Beschreibung; war aber falscher Alarm …«

Michael blieb dem Mann gegenüber nur mühsam höflich. Nach seiner Erfahrung war die Polizei mehr als nutzlos. Hätte sie schnell gehandelt, wäre die Spur noch heiß gewesen, und man hätte sie leicht finden können. Aber sie waren so sicher gewesen, dass sie bei der ersten kleinen Unbequemlichkeit – dem ersten Regenschauer oder dem ersten Anflug von Kälte – wieder auftauchen würde, dass sie die Sache auf die leichte Schulter nahmen. Und als der eine Junge, Smoke, seinem Cousin eine Postkarte schickte (der Grand Canyon, in voller Farbe, und auf der Rückseite: *Halt dich fest, Mann, gestern Abend gecampt, wo das X ist*), wurde die Polizei nur noch nachlässiger; das bewies doch, dass nichts Schlimmes passiert war. Kinder waren und blieben Kinder, fanden sie wohl.

Aber sie war doch erst siebzehn! Sie war ganz allein draußen im Universum!

Smokes Eltern zogen nach Florida, und der Kontakt brach ab. 1963 wurde der zweite Junge, Clement Ames, in Chicago aufgegriffen, wo er mit einem Mädchen aus Puerto Rico lebte. Er erzählte seinen Eltern, dass er sich von den beiden anderen nach kaum einer Woche getrennt habe – sie hätten sich um Geld gestritten. Er wusste überhaupt nicht, was aus Lindy geworden war.

Der Gedanke an sie trübte jeden Tag. Für Michael gab es keinen richtig glücklichen Augenblick mehr. Bei jedem Familientreffen, jeder besonderen Feier oder einfach nur bei einem guten Essen, fragte er sich plötzlich: *Was tut Lindy jetzt?*

Geht es ihr gut? Ist sie hungrig? Krank?

Lebt sie noch?

Eigentlich war es für ihn unfassbar, dass er sich noch ein Basketballspiel ansah. Mit Pauline ins Bett ging. Zu einer Melodie im Radio pfiff.

Doch die herausragenden Tage, an denen er auf Lindy wartete, wurden seltener und unwahrscheinlicher: Die Beerdigung seiner Schwiegermutter, die große Eröffnung seines neuen Ladens im Vorort, die Hochzeit von George und Sally. War es möglich, dass sie davon erfahren hatte? Dennoch suchten seine Augen sie in der Menge. Und jedes Mal, wenn sie nirgends auftauchte, war es, als sei sie noch einmal weggegangen. Ihre Abwesenheit war überdeutlich; eigentlich so gemein wie ein Schlag ins Gesicht. Jedes Mal blieb ihm die Luft weg, wenn er sich eingestehen musste, dass sie wieder nicht kommen würde.

Seit Kurzem sorgte er sich, dass er sie – wenn sie wirklich käme – womöglich nicht mehr erkennen würde. Wie sah sie jetzt wohl aus? Sie war inzwischen fünfundzwanzig. Sie war schon ein Drittel ihres Lebens fort. Und Michael hatte keine Ahnung, was diese Jahre ihr angetan hatten.

An einem warmen luftigen Nachmittag im Mai 1968 rief Pauline Michael bei der Arbeit an und redete sofort wie ein Wasserfall. »Dein Cousin Adam hat gerade angerufen, und Lindy ist in San Francisco, und man hat sie ins Krankenhaus gebracht, und ihr Sohn ist bei der Hauswirtin, und wir müssen sie beide unbedingt abholen.«

Michael setzte sich auf einen Kasten mit Lohnformularen.

Auf dem einzigen Stuhl in seinem Büro saß gerade die Frau, die seine Buchhaltung erledigte. Ungerührt tippte sie weiter Zahlen in die Rechenmaschine, obwohl Michael glaubte, man müsste sein Herz in der Brust laut rattern hören.

»Wir müssen fahren, du musst nach Hause kommen, wie kommen wir dorthin?«, fragte Pauline, aber Michael dachte immer nur: »Cousin Adam? Ich verstehe gar nichts.«

»Wir müssen Flugtickets kaufen, wie macht man so was?«

»Cousin Adam, Onkel Brons Sohn Adam? Ich kenne Cousin Adam kaum! Ich habe ihn vielleicht zweimal in meinem Leben gesehen!«

»Michael, bitte. Konzentrier dich.«

Er hielt inne. Er zwang sich, einmal tief durchzuatmen. »Was fehlt ihr denn?«, fragte er schließlich.

»Irgendetwas Psychisches, ich weiß nicht; irgendetwas Psychisches.«

»O Gott.«

»Würdest du bitte nach Hause kommen?«

»Ich komme«, sagte er. Er hängte ein.

Mrs Birds Finger waren inzwischen langsamer geworden, und ihr Rücken wirkte vielsagend, aber er verließ ohne jede Erklärung das Büro. Er ging an der Fleischabteilung vorbei, an der Kühltheke für die Milchprodukte, an den drei Kassen vorn. Es war kein sehr großer Laden. Er war größer und heller als der alte, aber noch so klein, dass er jeden Angestellten genau kannte. Dem Geschäftsführer sagte er nur: »Heute Abend musst du abschließen, Bart.« Dann schob er sich durch die Glastür und ging auf den Parkplatz.

Auf dem Nachhauseweg versuchte er, sich Lindy im Krankenhaus vorzustellen. Zum ersten Mal seit sieben Jahren wusste er, wo sie war, aber irgendwie zog er die alte Ungewissheit diesem neuen Bild vor: Lindy, bleich, zusammengekauert und zitternd in einem Raum mit Gitterfenstern.

Ach, sie würde bestimmt wieder gesund werden. Wieder munter. Sie würden sie nach Hause holen, und dort würde es ihr ganz schnell wieder bessergehen.

Aber ein Sohn.

Ein Sohn, um den zu verkraften, würde er ein Weilchen brauchen. Damit würde er sich später beschäftigen.

Pauline sagte, die Hauswirtin sei wohl nach dem Alphabet vorgegangen, deshalb habe sie zuerst bei Adam angerufen. »Wahrscheinlich hat sie die Vermittlung beauftragt, bei A anzufangen und dann der Reihe nach weiter«, sagte sie. Während sie sprach, packte sie den Koffer, bewegte sich zwischen Kommode und Bett hin und her, und Michael schaute ihr von der Tür zu. Sie trug nur einen weißen Spitzenunterrock und Nylonstrümpfe, so als wollte sie sich gleich für die Reise fertig machen, obwohl ihr Flug doch erst morgen ging. Auf ihren Wangen waren zwei rote Flecken, wie Kratzstellen. Ihre Hände zitterten leicht, als sie Michaels T-Shirts glatt strich. Sie sagte: »Die Hauswirtin hat Adam gefragt, ob er eine Tochter namens Linnet habe, und Adam hat Nein gesagt, aber er wüsste, wer.«

»Das wundert mich«, sagte Michael. »Adam hatte sonst noch nie viel mit den Antons zu tun.«

»Vielleicht hat er damals in der Zeitung gelesen, dass Lindy verschwunden ist.«

Michael zuckte zusammen. Noch in der Erinnerung empfand er es als Schande, dass ihre Privatangelegenheiten in aller Öffentlichkeit breitgetreten worden waren.

»Dann bat sie ihn, sich mit uns in Verbindung zu setzen, weil sie sonst noch ein Ferngespräch führen müsse, und er sagte Ja und suchte unsere Nummer im Telefonbuch, rief an und verkündete das Ganze, als würde er den Wetterbericht verlesen. ›Mrs Anton‹, sagte er – Mrs Anton! Stell dir vor! –, ›ich glaube, Ihre Tochter Linnet ist in San Francisco, und Sie sollen diese Nummer anrufen.‹«

Wenn Pauline jemanden nachahmte, traf sie dessen Tonfall so haargenau, dass Michael die Stimme dieses Jemands förmlich hörte. Früher war sein Cousin Adam ein dicker, blasser, froschäugiger Junge gewesen, der ersten Frau von Onkel Bron wie aus dem Gesicht geschnitten, und jetzt sah Michael ihn vor sich, zwar einen Meter neunzig groß, aber immer noch ein Junge, schlaksig und mit ewig offenem Mund.

»Also rief ich an, und die Hauswirtin hatte wohl neben dem Telefon gesessen, denn sie ging gleich ran. Ich sagte: ›Hier spricht Pauline Anton, Lindy Antons Mutter. Der Cousin meines Mannes hat mich gerade –‹«

»Aber was hat *sie* gesagt?«, unterbrach Michael. Er war am Ende seiner Geduld.

Pauline sah ihn verletzt an und verzog den Mund, dass er wie eine faltige rote Erdbeere aussah. »Das will ich dir ja gerade sagen, Michael, wenn du mir eine Chance gibst. Sie sagte, Lindy und ihr kleiner Junge hätten in den vergangenen Wochen ein Zimmer bei ihr gemietet, und sie wüsste nicht, wo sie vorher gewohnt hätten oder wer der Vater des Kleinen sei … und vor zwei Tagen sei Lindy dann ausgeflippt, so nannte sie das; keine Ahnung, nur ›ausgeflippt‹, und sei jetzt im, vielleicht hat sie nicht Krankenhaus gesagt, vielleicht Klinik oder Einrichtung … und jemand müsse sich um den kleinen Jungen kümmern, denn sie, die Wirtin, kenne sich mit Kindern nicht aus, und außerdem sei er ganz durcheinander.«

»Wie alt ist er?«, fragte Michael.

»Sie sagte, das wisse sie nicht.«

»Aber annähernd muss sie es doch wissen.«

»Er geht offenbar noch nicht in die Schule, denn sie beschwerte sich, dass er den lieben langen Tag im Haus sei.«

»Kann er sprechen?«

»Sie sagt, er hat aufgehört zu sprechen.«

»O Gott«, sagte Michael.

Plötzlich begriff er, dass er jetzt Großvater war. Pauline war Großmutter. Ihr Enkelkind war so verstört, dass es nicht mehr redete.

»Schade, dass heute kein Flug mehr geht«, sagte er.

»Wir müssen unsere Tickets am Flughafen abholen«, erklärte ihm Pauline. Sie ging auf Strümpfen hinaus, bestimmt zum Schrank in Karens Zimmer, den sie nach Karens Auszug gleich in Besitz genommen hatte. (War es Aberglaube, dass von den drei Kinderzimmern nur Lindys unverändert blieb, dass ihre Sachen nicht den Einkommensteuer-Akten oder der Nähmaschine Platz gemacht hatten?) »Ich erzähl dir lieber nicht, was das alles kostet«, sagte sie. Sie kam wieder, über dem Arm ein Minikleid im Gänseblümchenmuster, an dem noch der Bügel hing.

Michael sagte: »Meinst du, die Kosten spielen für mich eine Rolle?«

»Destiny hat mir die Nummer einer preiswerten Touristenpension gegeben, und da habe ich ein Zimmer reserviert.«

Er dachte einen Augenblick nach. Er sagte: »Destiny …?«

»Destiny, die Hauswirtin.«

»Na, das ging aber schnell«, sagte er und meinte die Tatsache, dass sie schon den Vornamen benutzte. Pauline verstand die Anspielung nicht; sie warf ihm einen unschuldigen Blick aus ihren großen Augen zu, bevor sie sich umdrehte und das Kleid an ihre Kleiderschranktür hängte. »Wie lange hast du das Zimmer gebucht?«, fragte er sie. »Wann geht der Rückflug? Glaubst du, wir dürfen Lindy gleich mit nach Hause nehmen?«

»Aber sicher«, sagte Pauline. »Wir sind doch ihre Familie. Ich habe das Zimmer nur für eine Nacht reserviert – und vier Plätze für den Rückflug am nächsten Morgen.«

Er versuchte, es sich vorzustellen: sie vier, je zu zweit,

Pauline und er, dann Lindy (er sah sie in einem Kranken-
hausnachthemd vor sich) und ein kleiner Junge, dessen Gesicht er nicht kannte.

Er hatte keine Ahnung, warum sein Leben so seltsam geworden war.

Keiner von ihnen war je mit dem Flugzeug geflogen, aber
Sally – Georges Frau – hatte Erfahrung mit dem Fliegen und
beruhigte sie beide auf dem Weg zum Flughafen. »Keine
Sorge, ihr stürzt nicht ab«, sagte sie. »Die Statistiken bewei-
sen es! Flugreisen sind viel sicherer als Autofahren.«

Michael hatte keine Angst vorm Abstürzen; aber er wollte
alles richtig machen. Wohin mit dem Koffer? Wo bezahlte
man die Tickets? Wurden die Tickets abgeknipst, wie in der
Eisenbahn? Er war erleichtert, dass Sally sich einen Parkplatz
suchte und sie begleitete. Manchmal fand er seine Schwiegertochter ein bisschen anstrengend – sie war ein sonniges,
munteres blondes Mädchen, das immer alles im Griff hatte –,
aber heute folgte er dankbar ihrem wippenden kurzen Fal-
tenrock durch den Friendship Airport.

Pauline war es, die Angst davor hatte, abzustürzen. Sie zer-
faserte mehrere Papiertaschentücher, bevor es an Bord ging,
und beim Abschiedskuss sagte sie zu Sally: »Falls uns irgendetwas passiert, ich habe einen Zettel in meinen Schmuckkasten gelegt, wer was kriegt.«

»Hör mal!«, rief Sally. »Es passiert schon nichts!«

»Ich weiß, es ist nicht alles echt, aber manche Stücke sind
in der Vergangenheit verschiedentlich bewundert worden.«

Sally umarmte sie. »Gute Reise, euch beiden«, sagte sie.
»Grüßt Lindy von mir, hört ihr?« – obwohl sie Lindy natürlich nicht kannte. Sie dirigierte die beiden zur Tür, und sie
begaben sich zu den anderen Passagieren auf die Rollbahn.

Von dem Flug selbst war Michael eigentlich enttäuscht.

Er hatte erwartet, dass es sich wirklich wie Fliegen anfühlen würde, aber nachdem das Flugzeug abgehoben hatte (umständlich wie ein ungelenker Wasservogel), lag es so ruhig in der Luft wie eine Lokomotive, und die Passagierreihen seitlich des Mittelgangs erinnerten ihn eher an einen besonders engen Wartesaal. Er spürte kaum die Bewegung. »Sieh mal!«, sagte Pauline und deutete aus ihrem Fenster. (Sie hatte sich wieder beruhigt.) Er neigte sich über sie und sah weit unten einen Fluss, lang und gewunden und dennoch anscheinend regungslos, eine silbergrau geriffelte Spur, wie von einem breiten Bleistift gezogen. Nirgends Autobahnen oder Gebäude; nur buschige Baumwipfel so grün wie Brokkoliröschen. Falken sahen so was, und die kahlköpfigen Adler, als das Land noch unentdeckte Wildnis war. Dann stieg das Flugzeug in eine Wolkenbank, vor dem Fenster wurde es weiß, und Michael lehnte sich in seinem Sitz zurück.

»Meinst du, ich hätte Lindys Krankenakten mitnehmen sollen?«, fragte Pauline.

»Was für Krankenakten?«, fragte er.

»Ihr Kinderarzt hat sie sicher aufbewahrt.«

»Oh, Poll …«, sagte er. Aber er sagte nicht, dass ihre Tochter lange über das Kinderarzt-Alter hinaus war.

Danach war Pauline still. Während er sie betrachtete, schlossen sich zögernd ihre Augenlider, sie blinzelte mehrfach, setzte sich wieder aufrecht, doch dann rutschte ihr Kopf gegen das Fenster. Michael konnte nicht schlafen, obwohl sie früh aufgestanden waren. Er studierte die Notfall-Anweisungen aus der Tasche am Sitz; er blätterte in der *Newsweek*, die ihm die Stewardess brachte. Pauline schnarchte leicht, und ihr Mund stand offen. Es wäre ihr peinlich, wenn sie das wüsste. Sie hatte sich für die Reise die Lippen geschminkt, ein dunkleres Rot als sonst, was sie älter machte, und Puder aufgelegt, der ihre Grübchen verstopfte. Er sah, dass ihre

Grübchen inzwischen eher trockenen Kerben glichen – das war ihm bisher nicht aufgefallen. Und ihre Augenlider waren faltig, und ihre bestrumpften Oberschenkel ragten wie Würste unter dem Minirock hervor.

Damals 1957, zu ihrem fünfzehnten Hochzeitstag, hatte Pauline vorgeschlagen, dass sie sich fein machen und zum Fotografen gehen sollten. Sie sagte, dass sie schon vier graue Haare auszupfen musste, und das sei offenbar erst der Anfang; sie werde nun langsam alt, und sie würde nie wieder so gut aussehen wie jetzt. Michael fand das komisch. Okay, hatte er gesagt, wenn sie das gern wollte. So waren sie zu Aronsons Porträt-Studio gegangen – Michael im Anzug, Pauline in ihrem Grauseidenen –, und der Fotograf hatte sie vor einen Samtvorhang gestellt, der kunstvoll drapiert zu ihren Füßen endete. »Noch ein bisschen dichter zusammen«, sagte er. »Missis, heben Sie das Kinn. Mister, legen Sie Ihren Arm um Missis …« Michael hatte getan wie befohlen und Paulines Taille umfasst, ihren Ellenbogen gegriffen, genau da, wo der Ärmel aufhörte; und irgendetwas – ihre unvertraut wabbelige nackte Haut vielleicht oder der fremde Geruch der Seide – hatte ihm einen Augenblick das Gefühl gegeben, dass er neben einer Fremden stände. Wer war diese Frau? Was hatte sie mit ihm zu tun? Wie konnte man von ihm erwarten, dass er das Haus mit ihr teilte, Kinder aufzog, ihrer beider Leben für alle Zeiten miteinander in Einklang brachte? Ihr Schulterknochen unter seiner Achselhöhle hatte sich leblos angefühlt.

Dennoch zeigte das fertige Foto ein vollkommen normales Paar: Mr und Mrs »Alles in bester Ordnung« standen Seite an Seite und lächelten das gleiche steife Lächeln. Reklame im Goldrahmen. Werbung für die Ehe.

Aus der Luft sah San Francisco wunderschön aus. Es schien hauptsächlich aus Wasser zu bestehen, und zwar so sehr, dass Michael einen Augenblick Angst hatte, ihr Flugzeug würde keinen festen Boden unter den Rädern finden; Pauline deutete auf eine ferne Brücke, vielleicht die Golden Gate, aber die Brücke war rot. Dann, während der Taxifahrt vom Flughafen, sahen sie noch mehr Wasser und dramatische Berge mit malerischen kleinen Siedlungen an den Hängen. Da konnte das arme, nichtssagende, unbedeutende Baltimore nicht mehr mitreden.

Der Taxifahrer war ein älterer Mann mit braunem Filzhut, der ihm vierkantig auf den Ohren saß. Er war nicht redselig, obwohl Pauline ihn gern in ein Gespräch verwickelt hätte, nachdem sie ihm gesagt hatte, wohin. »Leben Sie schon immer hier?«, fragte sie ihn.

Er sagte: »Jawohl.«

»Hier ist es wirklich schön.«

Er sagte: »Mmhmm.«

»Wir kommen aus Baltimore, Maryland. Ich persönlich bin zum allerersten Mal westlich des Mississippi.«

Keine Reaktion.

Die Stille verunsicherte Michael, sodass seine Stimme leise und undeutlich klang, als er das Thema wiederaufnahm, das sie vor der Landung diskutiert hatten. »Wenn wir zuerst zum Krankenhaus gehen —«, wandte er sich an Pauline.

»Was, Michael? Ich verstehe kein Wort«, sagte sie mit voller Lautstärke.

Er schloss die Augen und begann von vorn, deutlicher, aber genauso leise. »Wenn wir zuerst zum Krankenhaus gehen, müssen wir das Gepäck mitnehmen.«

»So? Einen kleinen Koffer.«

»Ja, aber wenn wir Lindy mitnehmen dürfen und sie auch Gepäck hat —«

»Michael, meinst du, ich möchte meine Zeit vergeuden und erst mein Nachthemd auspacken? Meine Tochter ist krank und wartet auf mich.«

»Niemand will, dass du dein Nachthemd auspackst. Ich meine nur –«

»Unsere Tochter ist im Krankenhaus«, erklärte Pauline dem Fahrer mit noch lauterer Stimme. »Das wissen wir erst seit gestern.«

»Kloster«, sagte der Fahrer.

»Wie bitte?«

»Sie nennen es Kloster, nicht Krankenhaus.«

Einen Augenblick dachte Michael, der Fahrer wolle sie auf den Arm nehmen.

Pauline sagte: »Woher wissen Sie das?«

»Jeder kennt Fleet Street Neunzehn.«

»Das ist ein … Kloster?«

»Mit Mönchen«, sagte der Fahrer.

»Oh, katholische Mönche?«

»Eher … Yogis oder so was Ähnliches.«

Pauline warf Michael einen Blick zu, den er nicht verstand.

»Nun aber halt«, sagte sie zum Fahrer, »wollen Sie damit sagen, dass unsere Tochter Mitglied einer Sekte geworden ist?«

»Nö, da wird man kein Mitglied«, sagte der Fahrer. »Sie sammeln draußen die Leute ein. Das ist ihre, na, ihre Mission, oder so. Sie kratzen die Leute von der Straße, nehmen sie mit und kümmern sich um sie.«

»Kratzen die Leute von der –«

»Die vollgepumpten Drogis. Die Drogis und Hippies und abgefahrenen Typen auf LSD oder auf Pilzen oder weiß der Himmel was.«

Michael fand diesen Mann entsetzlich. Er drehte sich zu

Pauline und sagte leise und dringlich: »Wir könnten vorher in die Pension fahren und den Koffer dalassen. Du hast doch selbst gesagt, dass die Wirtin meinte, es sei ganz nah –«

»Also, unsere Tochter hatte einen Nervenzusammenbruch«, erklärte Pauline dem Fahrer. »Wir sind gekommen, um sie nach Hause zu holen. Wir waren immer eine liebevolle Familie, die zusammenhält, und deshalb geht es ihr sicher bald wieder besser, sobald sie zu Hause ist.«

Der Fahrer schaltete nur den Blinker ein.

Sie fuhren jetzt durch die Stadt. Zuerst fand Michael die Häuser eindrucksvoll. Manche waren ungeheuer schön, antik, mit verschnörkelten Holzverzierungen, Türmchen und Erkern, bunten Glasfenstern und tief gezogenen Dächern. Aber nach und nach wurden die Häuser hässlicher. Als ob das Taxi eine Zeitreise machte, blätterte die Farbe ab, und die Fensterläden sackten herunter, und die Ornamente bröselten und brachen. Gardinen wurden durch indische Überdecken oder verblichene amerikanische Flaggen ersetzt. Manche Fenster waren mit Brettern vernagelt. Ein langhaariger, zerlumpter Junge lehnte mit geschlossenen Augen gegen einen Laternenpfahl. Der Taxifahrer verriegelte die Fahrertür von innen; also drückten auch Michael und Pauline ihre Türsperre.

Fleet Street Neunzehn war auch nur ein heruntergekommenes Haus. Es gab nicht einmal ein Schild. Pauline fragte den Fahrer: »Sind Sie sicher, dass es hier ist?«

Er sagte: »Jawohl.«

Sie saß an der Bordsteinseite und drückte deshalb den Türgriff herunter, aber offensichtlich hatte sie vergessen, dass die Tür verriegelt war. »Hoppla«, sagte sie. Nach diesem Irrtum verlor sie die Fassung. Sie ließ sich auf ihren Sitz zurücksinken und schnappte wimmernd nach Luft. Bevor Michael ihr zu Hilfe kommen konnte, griff der Fahrer nach hinten und zog den Knopf hoch. »Jetzt gehts«, sagte er zu ihr.

Sie drückte den Griff noch einmal und stolperte hinaus auf den Gehweg, ihr Minirock war hochgerutscht, und der Schulterriemen ihrer Tasche blieb an der Fensterkurbel hängen.

»Hoffe, es ist in Ordnung«, sagte der Fahrer zu Michael.

Aber Michael mochte ihn immer noch nicht. Er knauserte und gab ihm einen Dollar Trinkgeld, obwohl der Preis astronomisch war.

Der Mann, der auf ihr Türklingeln hin erschien, wirkte kein bisschen fromm. Er war groß und grauhaarig, glattrasiert, sogar gutaussehend, wettergegerbt, und er trug ein kariertes Flanellhemd, Jeans und spitze Cowboystiefel. »Ja?«, sagte er und füllte den ganzen Türrahmen aus.

»Ich bin Michael Anton«, erwiderte Michael. Er setzte den Koffer ab. »Das ist meine Frau Pauline. Ich glaube, unsere Tochter ist bei Ihnen.«

Schweigen. Der Mann hielt den Kopf schräg.

»Unsere Tochter Lindy. Linnet«, sagte Michael.

»In diesem Haus kommen wir ohne Etiketten aus«, sagte der Mann zu ihm.

»Wie bitte?«

»Familiennamen, Rufnamen ... Die Fesseln des alten Lebens fallen, wenn wir voranschreiten.«

Also war der Mann doch fromm. Der ernste, pathetische Ton machte das gleich klar. Michael blieb höflich. »Das ist ja interessant!«, sagte er. »Also, sie soll vor etwa drei Tagen gekommen sein. Sie war wohl, hm, ausgeflippt. Sie ist etwa so groß wie Sie und gleicht mir ein bisschen: braune Augen, schwarzes Haar, welche Frisur, weiß ich leider nicht –«

»Serenity«, sagte jemand.

Michael verstummte. Er starrte den jungen Mann an, der neben dem älteren aufgetaucht war – ein beängstigend dünner Teenager in weißer, durchscheinender Tunika und geblümten Schlaghosen.

»Richtig«, pflichtete der Mann ihm bei. »Also Serenity. Seit Montag nimmt sie an unserem Leben teil.«

Pauline sagte: »Können wir sie sehen?« – wie aus der Pistole geschossen.

»Oh, nein«, sagte der Mann betrübt. »Leider ist das nicht möglich. In diesem Haus sind alle frei von häuslichen und familiären Bindungen.«

»Na, hören Sie mal«, sagte Pauline.

Michael sagte: »Poll. Lässt du mich mal?« Und an den Mann gewandt, der ihn leidenschaftslos betrachtete: »Ich glaube, Sie haben das nicht verstanden«, sagte er. »Wir haben seit über sieben Jahren nichts von unserer Tochter gehört. Bis gestern wussten wir nicht einmal sicher, ob sie lebt. Wir wollen sie nur besuchen und sehen, wie es ihr geht.«

»Und sie dann mit nach Hause nehmen und gesund pflegen«, fügte Pauline neben ihm hinzu.

Michael sagte: »Bitte. Pauline. Lass mich das machen.« Und zu dem Mann gewandt: »Wir möchten nur herausfinden, wie sie sich fühlt. Wenn sie mit uns nach Hause kommen möchte, gerne. Andernfalls fahren wir ohne sie zurück.«

»Tut mir leid, Freunde«, sagte der Mann sanft. »Serenity ist nicht zu sprechen.«

Pauline sagte: »Was soll das, ist das hier ein Gefängnis? Halten Sie unsere Tochter gefangen?«

»Pauline –«

»Wir sind kein schlechter Einfluss für sie! Wir sind keine von diesen … negativen Familien! Fragen Sie Lindy! Lassen Sie sie nur eine Sekunde rauskommen und mit uns reden! Sie haben kein Recht, Sie von uns fernzuhalten!«

Der Mann machte einen Schritt zurück, bis man in den Raum dahinter schauen konnte – ein Flur mit nichts als einem kleinen runden Tisch, auf dem ein Deckchen lag. »Sehen Sie irgendwo Gitter oder Schlösser?«, fragte er Pauline mit irritierend sanfter Stimme. Er deutete auf den Jungen. »Tarragon kann uns gern jederzeit verlassen. Tarragon, würdest du gern weggehen?«

Der Junge zuckte zusammen und schüttelte den Kopf.

Michael sagte: »Natürlich machen wir Ihnen keine Vorwürfe.«

Er fühlte Paulines protestierenden Blick, sah aber den Mann weiter an. »Wenn Sie nur unserer Tochter ausrichten könnten, dass wir hier sind«, sagte er. »Richten Sie es ihr aus, und warten Sie ab, was *sie* sagt. Damit sie sich entscheiden kann.«

»Sie hat sich bereits entschieden«, sagte der Mann immer noch sanft. »Sie hat sich entschieden, als sie zu uns gebracht wurde.«

Pauline stieß einen eigentümlich röchelnden Ton aus.

Michael sagte: »Also. Gut.« Er stand ganz gerade. »Wie geht die Prozedur vonstatten?«, fragte er. »Sie lassen die Leute frei, wenn sie … sich wieder gefangen haben? Dauert das eine bestimmte Zeit?«

»Wir ›lassen sie frei‹, wie Sie das nennen, wenn sie für ihre Geburt bereit sind«, sagte der Mann. »Wenn sie diese Haustür öffnen und wieder in die Welt hineingeboren werden.«

»Du *großer* Gott!«, explodierte Pauline.

Der Mann betrachtete sie herablassend. Dann wandte er sich an Michael. »Vielleicht möchten Sie ab und zu anrufen«, sagte er. »Fragen, wie Serenity wächst. Wir haben hier keine Geheimnisse. Wir stehen im Telefonbuch: Fleet Street Neunzehn. Ich heiße Becoming.«

Michael musste ein unpassendes Prusten unterdrücken.

Die Hauswirtin hatte die Pension wegen der Lage empfohlen; drei Häuserblöcke von Fleet Street Neunzehn entfernt und zwei von ihrem eigenen Haus auf der Haight Street. Leider also auch in dieser deprimierenden Umgebung. Michael erinnerte sich noch an die Fernsehberichte über Haight-Ashbury in seinen besten Tagen – hordenweise Blumenkinder in den Straßen –, doch inzwischen herrschte hier desolate Katerstimmung, wie am-Morgen-danach. Ein paar verlorene Nachzügler bevölkerten die Gehwege, und in den Gossen türmte sich der Abfall. Ein ausgehungerter Junge bettelte sie um Geld an. (Nicht einmal Pauline reagierte.) Ein biblisch gewandeter alter Mann saß in der Hocke vor einer Tür. Staubige Schaufensterauslagen zeigten ein Durcheinander von Waren: mexikanische Blusen, chinesische Stoffschuhe, klingende Mobiles, Räucherstäbchen und verschiedene kleine Pfeifen, Zigarettenspitzen und orientalische Wasserpfeifen.

Michael betrachtete alles genau, fasziniert trotz alledem, doch Pauline trottete mit hochgezogenen Schultern und verschränkten Armen voran. Zweimal bemerkte sie, dass ihr kalt sei; dann bat sie ihn, endlich stehen zu bleiben, weil sie die mitgebrachte Strickjacke auspacken wollte. Tatsächlich war die Luft kühl – als sei die Jahreszeit, wie die Uhr, in San Francisco später dran als an der Ostküste. »Siehst du, ich hatte recht, wie gut, dass wir den Koffer dabeihaben«, sagte sie und schlängelte ihre Arme in die Ärmel.

Michael seufzte, und sie sagte: »Was?«

»Dass wir den Koffer dabeihaben, weil du sofort in die Fleet Street wolltest.«

»Und? So? Bin ich nun schuld?«

»Ich gebe dir keine Schuld; ich sage nur –«

Obwohl er sich fragte, ob es nicht ganz einerlei sei.

»Ich wollte meine Tochter sehen!«, rief Pauline. »Ich habe

sieben Jahre gewartet, bin schnurstracks über den Kontinent geflogen, und dann soll ich warten, damit du deinen Koffer in irgendein idiotisches Pensionszimmer bringst!«

»Poll –«

»Und kaum sind wir da, was tust du? Stehst da wie ein Ölgötze. ›Oh, entschuldigen Sie, mein Herr‹, sagst du. ›Sie lassen sie nicht aus Ihren Fängen? Sie verbieten uns, sie zu sehen? Fein, mein Herr. Ganz wie Sie wünschen, mein Herr.‹«

»Sie ist über einundzwanzig, Pauline. Sie ist aus freien Stücken da, soweit wir wissen, und ihre Methode ist –«

»Oh, Methode! Regeln! Die Regeln können mich mal! Ich bin ihre Mutter, und es zerreißt mich! Es bringt mich um! Es frisst mich auf! Ich halte das nicht mehr aus!«

Tränen strömten ihr über die Wangen. Sie wirbelte herum und ging wieder los, ihre Tasche hüpfte auf ihrer Hüfte, ihr Rücken war starr und abweisend. Michael griff den Koffer und folgte ihr, aber er versuchte nicht, sie zur Vernunft zu bringen.

Was hätte er auch sagen können?

An der Ecke stand ein Paar wie sie – Ende vierzig, der Mann im Trenchcoat, die Frau mit kurzem Rock –, und beide bewunderten ein psychedelisches Plakat, das lose von einer Häuserwand hing. Der Mann hob die Kamera, die er um den Hals trug, und Michael hatte plötzlich wieder das gleiche Gefühl wie im vergangenen Herbst, als sie Karen am Tag der offenen Tür besucht hatten: Er war nur einer von vielen altmodischen Langweilern, die sich ein Bein ausrissen, um mit der Jugend Schritt zu halten. Und Pauline sah in ihrem Minikleid kindisch und albern aus, ihre blonde Fransenfrisur wirkte lächerlich aufgedonnert, verglichen mit den schwingenden Zöpfen der beiden Mädchen, die vor ihnen die Straße überquerten.

Als Michael das erste Mal etwas über die Hippies gehört

hatte – über die Love-ins, die Sit-ins und die Anti-Kriegs-Proteste, über Anmachen und Anturnen und Drop-Outs und so weiter –, hatte er sich insgeheim gefreut. Lindy war also nur ihrer Zeit voraus gewesen! Und Pauline und er waren nicht mehr allein!

Er fragte sich, ob das Paar mit der Kamera auch eine verlorene Tochter oder einen verlorenen Sohn suchte. Nein, sie sahen wie Urlauber aus. Wenn sie sich so wie er und Pauline fühlten, würden sie keine Fotos machen.

Auf der nächsten Ecke holte er Pauline ein und legte seine freie Hand oben auf ihren Rücken. »Links, das müsste unsere Pension sein«, sagte er zu ihr.

Auch dieses Haus war schäbig, viktorianisch, mit grauen ausgetretenen Holzstufen und einem handgeschriebenen Schild KAPUTT über der Klingel; und die Frau, die auf ihr Klopfen hin öffnete, wirkte genauso schäbig, zwar noch keine vierzig, aber mit schlaffem, mürrischem Gesicht, in einem Kittel, wie Michael ihn nicht mehr gesehen hatte, seit er aus seinem früheren Viertel ausgezogen war. »Wir sind die Antons«, sagte er zu ihr. Sie drehte sich wortlos um und führte sie durch das Haus nach hinten. Die Tür zum letzten Zimmer stand offen, und man sah zwei schmale zusammen-geschobene Betten und eine niedrige, hässliche Frisierkommode, auf der ein sehr alter Fernseher stand. »Badezimmer ist übern Gang«, sagte die Frau. »Bezahlt wird im Voraus, keine Schecks. Neun Dollar, glatt.« Sie streckte die Hand aus, und Michael zählte ihr das Geld hinein. »Auf dem Fernseher liegt der Schlüssel, falls Sie ausgehen«, sagte sie. Dann ging sie.

Ausgehen? Michael wollte nur eines, sich auf das nächste Bett fallen lassen; auch wenn es erst Mittag war. Er war so müde, dass ihm selbst dieser kahle, trostlose Raum wie ein Ort der Zuflucht vorkam. Aber Pauline sagte: »Möchtest du noch ins Bad, bevor wir wieder losgehen?«

»Wohin?«

»Michael. Wir müssen unseren Enkel besuchen.«

»Jetzt sofort?«, fragte er.

»Er wartet auf uns! Möchtest du ihn nicht kennenlernen?«

Nein, ehrlich gesagt, nicht. Dieses Kind war ihnen zu plötzlich ins Nest gelegt worden. Die meisten Großeltern hatten neun Monate Zeit, um sich darauf vorzubereiten. Besser gesagt, meist sogar Jahre, in denen die Töchter Freunde hatten, sich verlobten, ordentlich heirateten … Aber Pauline konnte es nicht abwarten, die Tränen waren wie weggewischt und ihr Gesicht voller Erwartung. Also sagte er: »Gut, meine Süße«, und ging ins Bad.

Dann, draußen, konnten sie sich nicht über die Richtung einigen. Michael bestand darauf, dass es nach rechts zur Haight Street ging. Er hatte den Grundriss der Umgebung bereits in groben Zügen im Kopf. Aber nein, sagte Pauline, die Wirtin hätte links gesagt. So standen sie auf der Treppe, und Pauline kramte in ihrer Handtasche nach ihren Notizen. Zum Vorschein kamen Portemonnaie, Kosmetiktäschchen, Brillenetui … und eine kleine rote Blechlokomotive, noch in Zellophanverpackung. Michael tat, als habe er nichts gesehen, doch als sie sagte: »Rechtsherum. Habe ich nicht gesagt, rechtsherum?«, antwortete er: »Klar, meine Süße«, und führte sie am Arm, als sie die Stufen hinabgingen.

Die Luft roch nach Chili con Carne. Wobei ihm einfiel, dass es lange her war, seit er gefrühstückt hatte – falls man das zusammengefallene, nicht mehr frische Gebäck und den Orangensaft aus der Dose im Flugzeug Frühstück nennen konnte. »He, Poll?«, sagte er. »Vielleicht könnten wir mit dem Kleinen einen Hotdog essen gehen?«

»Eine gute Idee.«

»Die Wirtin ist sicher froh, wenn sie ihn ein paar Stunden loswird.«

»Ein paar Stunden?«, fragte Pauline. Sie blieb stehen und betrachtete ihn. »Was sagst du da? Die Wirtin ist nicht für ihn zuständig; du und ich sind es.«

»Ja, aber —«

»Wir nehmen ihn ein für alle Mal mit, Michael. Wir packen seine Sachen und nehmen ihn mit, weil er außer uns niemanden hat.«

Natürlich wusste Michael das, aber so ganz begriffen hatte er es noch nicht. Er sagte: »Nehmen wir ihn auf der Stelle mit?«

»Was *denkst* du dir eigentlich?«

»Also, nur … ich habe gedacht, weißt du, dass wir warten, bis wir Lindy auch haben.«

»Aber wann wird das sein?«, erwiderte Pauline. »Wir können das Kind nicht unbeaufsichtigt in einem möblierten Zimmer lassen! Wir müssen ihn sofort mitnehmen. Aber was wir danach tun sollen … ich weiß nicht.« Sie gingen weiter. »Dieser Mensch in dem Kloster hat nicht mal angedeutet, wie lange Lindy dort bleibt.«

»Ich rufe den Kerl heute Abend an«, sagte Michael. Das hatte er bereits beschlossen. Pauline hatte recht; er hatte zu schnell eingelenkt. »Wer weiß, vielleicht hat sie ihren Ich-weiß-nicht-was schon überstanden. Dass Leute so ein Total-Tief haben, gibts ja öfter. Aber wenn nicht, werde ich sagen: ›Sehen Sie. Wir finden, dass ihr die vertraute Umgebung besser täte.‹ Schließlich hat Baltimore die besten Mediziner im ganzen Land! Und wenn er uns dann immer noch verbietet, sie zu sehen —«

»Hier ist es«, sagte Pauline und blieb stehen.

Sie sah ein Haus vor sich, noch baufälliger als die Nachbarhäuser, das sicher bessere Tage gesehen hatte. In der zweiflügeligen Eingangstür waren zwei ovale Fenster, eins mit facettiertem, graviertem Glas, das andere mit Pappe abgedichtet. Diese Stufen war Lindy also hochgegangen, diese eine, morsche hatte sie übersprungen. Sie hatte über dem ausgebrochenen Loch im Holz, wo früher das Schloss war, den Türknauf benutzt.

»Diese Nummer hat sie mir jedenfalls gesagt«, sagte Pauline und wünschte, dass sie sich verhört hätte.

Sie gingen die Stufen hoch, und Michael drückte auf den verwitterten Gummiknopf links von der Tür.

»Wie sehe ich aus?«, fragte Pauline.

»Du siehst prima aus, meine Süße.«

Er fand ihre Frage merkwürdig, schließlich besuchten sie doch nur ein Kind.

Ein junges Mädchen mit farblosem, strähnigem Haar öffnete die Tür und betrachtete sie fragend. Sie trug ein blau kariertes Kleid mit langen Ärmeln, knöchellang, wie aus der Pionierzeit. Eine Mieterin, dachte Michael – vielleicht auch eine verlorene Tochter. Aber Pauline sagte: »Destiny?«

»Ja?«

»Hallo! Ich bin Pauline. Das ist mein Mann, Michael.«

»Oh, gut«, sagte das Mädchen. »Sie haben es gefunden.«

Pauline trat in den Eingang, aber Michael brauchte einen Augenblick (die *Hauswirtin* hatte er sich völlig anders vorgestellt).

»Ich wollte möglichst vermeiden, die Fürsorge anzurufen«, sagte Destiny leise, verschwörerisch zu Pauline.

»Fürsorge!«

»Denen traue ich keinen Zentimeter über den Weg. Aber irgendwas musste ich ja tun, das war klar. Er sitzt einfach in ihrem Zimmer; er geht keinen Schritt raus. Manchmal schleicht er ins Bad, aber wenn ich die Treppe hochgehe, rennt er zurück und knallt die Tür zu.«

Während sie redete, führte sie die beiden die Treppe hinauf, wo sich brüchige, vergilbte Tapete von den Wänden löste. Das Haus roch nach Mäusen, das Treppengeländer sah klebrig aus, und Michael fasste es nicht an.

»Ich habe ihm immer Essen hochgebracht, aber er hat es nicht angerührt«, sagte Destiny. »Natürlich habe ich auch keine Ahnung, was ein Kind in seinem Alter gern isst. Wenn ich ihn frage: ›Magst du Linsen?‹, starrt er mich nur an, also stelle ich die Schüssel hin und gehe. Damit er es sich überlegen kann, stimmt doch?«

Sie drehte sich zu ihnen um, oben auf der Treppe, und zog ihre blassen Augenbrauen hoch. Zwei verschnörkelte Messingohrringe baumelten fast bis auf ihre Schultern.

»Wie heißt er?«, fragte Pauline.

»Pagan.«

»*Pagan?*«, sagten Michael und Pauline im Chor.

Sie zuckte die Achseln. Die Ohrringe klimperten. »Was soll ich dazu sagen«, meinte sie. »Ich fand seine Mama immer ganz schön durch den Wind, wenn ich das mal sagen darf.«

Sie ging voran, über den dunklen Flur, an zwei verschlossenen Türen vorbei. An der dritten machte sie halt. »Klopfklopf!«, rief sie. »Jemand zu Hause?«

Keine Antwort.

»Dann kommen wir rein!« Sie drehte den Türknauf.

Der Raum war kaum größer als ein begehbarer Schrank, mit einem einzigen verdunkelten Fenster und elfenbeinfarbenen Wänden voll Wasserflecken. Auf dem bloßen Fußboden lag eine Matratze mit einem Haufen Decken und Kleidungsstücken. Michael sah, wie sich etwas bewegte. Ein kleiner Junge setzte sich auf und blinzelte sie an. Dann rutschte er rasch auf das hintere Matratzenende.

»Hallo, Pagan«, sagte Pauline leise.

Er starrte sie an, ohne zu antworten. Seine Augen waren durchscheinend braun und seine Haare schwarz und zerzaust. Die Haare sind *ausländisch*, dachte Michael – schwärzer und glänzender als bei den Antons. Unter den Augen hatte er bläuliche Schatten, obwohl er kaum älter als drei sein konnte – als habe er die Welt satt.

»Ich bin deine Großmutter!«, sagte Pauline. »Die Mutter deiner Mama. Und das ist dein Großvater! Wir sind den ganzen Weg von Baltimore, Maryland, gekommen, um dich zu besuchen.«

Schweigen.

»Ich sammle mal seine Sachen ein«, sagte Destiny. »So viel hat er nicht.«

Also erwartete sie wirklich, dass sie ihn mitnähmen. Michael wusste, dass er sich mit dieser Vorstellung eigentlich inzwischen angefreundet haben sollte, dennoch war es ein Schock. Er schaute zu, wie Destiny hin und her ging, da ein T-Shirt nahm, dort einen Pullover, und alles über ihrem Arm zusammenlegte. Als sie näher an die Matratze kam, stand Pagan hastig auf und griff nach seiner kleinen Decke. Seine Kleidung war unerwartet konventionell (ein rot gestreifter Pullover, Jeans, rote Schuhe), aber sehr schmutzig, und seine Fingernägel hatten schwarze Ränder. Die Matratze reichte ganz bis zur hinteren Wand, deshalb hatte er keine Wahl, als mitten ins Zimmer zu treten, und der Anblick des verschreckten, wehrlosen kleinen Kindes brach Michael fast das Herz. Instinktiv trat er einen Schritt zurück, fast bis auf den Flur, als Zeichen, dass er nichts Böses im Sinn hatte. Pauline dagegen eilte auf ihn zu. »Mein Herzchen«, sagte sie, und sie fiel vor dem Kind auf die Knie und umarmte es. »Oh, mein Engelchen, mein Herzchen, oh mein armer süßer Kleiner!«

Michael war ensetzt. So auch Destiny, offensichtlich, denn

sie blieb wie angewurzelt stehen, eine Jacke in der Hand, und betrachtete die beiden mit offenem Mund.

Einen Augenblick stand Pagan wie erstarrt in Paulines Umarmung. Dann ließ er seinen Kopf auf ihre Schulter fallen. Eine schmierige kleine Hand streichelte ihren Rücken.

Michael fühlte, dass seine Augen feucht wurden. Er musste wegsehen.

»Ich opfere mal ein Kopfkissen, damit Sie seine Sachen tragen können«, sagte Destiny schließlich. Sie packte alles in einen Bezug, der mehr grau als weiß war. »Seine Mom hat die einzige Tasche dabei. Ich habe sie ihr gepackt, nachdem sie fort war, und mein Mann hat sie zur Fleet Street gebracht.«

Destiny hatte einen Mann? Das hätte Michael nicht gedacht. Er beobachtete sie, wie sie ein Laken ausschüttelte und eine rote Socke einsammelte. »Was meinen Sie«, sagte er plötzlich voller Hoffnung. »Wissen Sie, ob Lindy, ob unsere Tochter verheiratet ist?«

»Nicht, dass ich wüsste«, sagte Destiny munter.

»Ich dachte nur, Pagans Vater und so.«

»Oh, Sie wissen doch, wie so was manchmal geht.«

Er wusste es nicht. Er wartete auf eine Erklärung, vergeblich. Am Boden saß Pauline und redete auf Pagan ein: »Schon gut, mein Schätzchen. Alles, alles wird jetzt wieder gut.«

Michael sagte: »Könnten Sie uns ein bisschen genauer erzählen, was passiert ist?«

»Passiert?«, erwiderte Destiny.

»Wie Lindy, hm, ausgeflippt ist?«

Destiny deutete mit dem Kopf auf Pagan. »Ich glaube, das ist jetzt kein guter Moment«, sagte sie.

»Oh. Okay.«

»Jedenfalls ist sie in einem tollen Haus! Das Kloster ist *toll*! Da hat sie richtig Glück gehabt.«

Michael sagte: »Eigentlich wollten wir sie mit nach Hause nehmen. Aber als wir dort waren, durften wir nicht mal mit ihr reden. Ich befürchte, dass man sie gegen ihren Willen festhält.«

»Nö, da ist es wirklich cool. Sie wollen sie doch nicht bei ihrer Wiedergeburt stören.«

Michael wollte noch etwas sagen, aber er schloss abrupt den Mund. Er fühlte sich wie ein Science-Fiction-Held, der gerade begreift, dass alle um ihn herum von Aliens besessen sind.

»So«, sagte Destiny und reichte Michael den Kissenbezug. »Hier sind seine Sachen. Ich *glaube*, das ist alles. Ich behalte die restliche Miete – das Ferngespräch und das Fenster waren teuer.«

»Fenster?«, fragte Michael.

»Also, bye-bye, Kleiner«, sagte Destiny zu Pagan. »Schön, dich kennengelernt zu haben. Ich wünsche dir ein cooles Leben.«

Pauline stand auf und nahm Pagan an die Hand. Er hielt immer noch die Decke – ein verwaschener blauer Fetzen Flanell –, und sie fragte Destiny: »Gehört die Decke Ihnen?«

»Nein, ihm«, antwortete Destiny – und gleichzeitig riss Pagan sich schon von Pauline los, um die Decke mit beiden Händen festzuhalten.

»Ist ja gut«, sagte Pauline zu ihm. Sie führte ihn aus dem Zimmer, zur Treppe, und Destiny und Michael folgten ihr. »Wir gehen jetzt dahin, wo Grandma und Grandpa wohnen! Da kannst du schön baden und was Sauberes anziehen …«

Den ganzen Weg die Treppe hinunter hörte man nur Paulines tröstende Stimme. Auch als sie sich von Destiny verabschiedete, benutzte sie den beschwichtigenden Singsang. »Vielen Dank, dass Sie uns benachrichtigt haben. Vielen, vielen Dank für alles.«

Als Michael sah, wie sie die Stufen hinunterstieg, sich dann aber unten umdrehte und, diplomatisch und beschützend, auf Pagan wartete, liebte er sie wie lange nicht mehr.

Gehen mit kleinen Kindern war schlimmer als mit Wasser, das man nicht verschütten durfte, fand Michael schon, als seine eigenen Kinder noch klein waren. Nie wusste man, was sie als Nächstes anstellen würden – vor ein Auto laufen, oder mitten im Verkehr einen Trotzanfall bekommen, oder in der Gosse einen durchgeweichten Zigarrenstummel einsammeln. Was sollte man also von *diesem* Kind halten? Es trottete stumm zwischen ihnen her, gleichgültig und resigniert, seine Decke zerknäult in beiden Armen. An der ersten Kreuzung befreite Pagan eine Hand aus der Decke und griff automatisch nach Paulines Hand, ohne sie anzusehen oder einen weiteren Gedanken darauf zu verschwenden – eine Geste, die Michael beruhigend fand. Irgendwer hatte sich vermutlich doch um diesen Jungen gekümmert. Er hatte nicht immer allein zurechtkommen müssen.

Andere Anhaltspunkte folgten, seit Michael danach Ausschau hielt – Hinweise auf Pagans früheres Leben. Zum Beispiel war er bestimmt daran gewöhnt, im Restaurant zu essen. Im Good Feelings Deli, eine halbe Straße vor ihrer Pension, legte er seine Decke gekonnt über die Stuhllehne, kletterte dann auf den Sitz und wartete geduldig auf sein Essen. Aber einen Hotdog kannte er nicht, denn als dieser – nach Michaels Bestellung – serviert wurde, beäugte er ihn erst verunsichert, dann nahm er ihn und aß ihn wie einen Maiskolben, knabberte kleine flache Reihen von links nach rechts. Auch Softdrinks schien er nicht zu kennen. Bei seinem ersten Schluck Pepsi zog er die Nase kraus, aber dann kam er auf den Geschmack und trank hastig alles hinunter. Michael vermutete, dass er bisher Hippie-Essen bekommen hatte, zuckerfrei und fleischlos und so weiter. Doch Kartoffelchips schienen ihm vertraut. Seine aß er alle auf und dann einen Großteil von Paulines, leckte sich dabei nach jedem Stück seine Fettfinger ab. »Gut?«, fragte Pauline. Er nickte.

Vielleicht *konnte* er nicht sprechen. Vielleicht hatte Destiny es nur als selbstverständlich angenommen. Michael hatte keine Ahnung mehr, wann Kinder eigentlich zu reden anfingen. »Wie alt bist du?«, fragte er, ohne eine Antwort zu erwarten.

Zu seiner Überraschung schaute Pagan ihn direkt an. Seine Augenbrauen waren fadendünn, viel heller als sein Haar, und jetzt zogen sie die Haut auf seiner Stirn hoch wie Stiche ein Stück Stoff. Schließlich kam er zu einem Ergebnis. »Vier«, sagte er. Seine Stimme klang unverhältnismäßig tief – gar nicht wie bei einem Kleinkind.

Pauline stieß einen kleinen Schrei aus und strich sich mit der Serviette über den Mund. »Vier Jahre alt! So ein *kluger* Junge!«, sagte sie. »Er ist vier«, sagte sie zu Michael.

»Das nehme ich mal an«, sagte er trocken.

Dass Pagan sein Alter gesagt und nicht vier Finger in die Luft gestreckt hatte, war wohl auch ein Anhaltspunkt. Vielleicht hatte seine Mutter sich doch wie ein intelligenter Mensch mit ihm unterhalten? Oder griff Michael inzwischen nach jedem Strohhalm, der sich ihm bot?

Er wollte so gern das Beste über Lindy denken.

»Dann gehst du wohl schon in die Schule«, sagte Pauline. »Kindergarten, Spielgruppe, Vorschule …« Sie zählte alle Möglichkeiten auf. Aber für Pagan war die Diskussion beendet. Oder der Begriff Schule war ihm neu, jedenfalls nahm er noch einen Kartoffelchip.

»Alles in Ordnung?«, fragte die Kellnerin. »Möchte jemand Nachtisch?«

»Ich glaube nein, danke«, erwiderte Michael.

Sie war gutgelaunt, rundlich, mütterlich, eher wie die Kellnerinnen in Baltimore. Er hätte ihr gern erklärt, dass es nicht an ihnen lag, dass ihr Enkelkind so schmutzig war.

Und was sollte man davon halten, dass Pagan keine Ahnung hatte, was er mit der Lokomotive anfangen sollte? Kaum waren sie in ihrem Zimmer, kramte Pauline die Schachtel aus ihrer Handttasche und legte sie auf das Fußende des einen Betts. »Ooh!«, sagte sie. »Was haben wir denn *da*?« Aber er betrachtete das Geschenk misstrauisch aus der Ferne, minutenlang, dann tippte er zögernd mit dem Finger auf das Zellophanfenster. Michael ging nach einem extra Kinderbett fragen (das es nicht gab; also mussten sie sich irgendwie behelfen), aber als er zurückkam, hatte sich die Lage nur unwesentlich verändert: Pagan hatte die Lokomotive in ihrem Kästchen ordentlich in seine Decke gewickelt, die Vorderseite schaute wie ein Babygesicht aus dem Flanell.

Und er schien auch kein Fernsehen zu kennen. Er saß mit einem Kissen im Rücken am Kopfende neben Pauline und sah, wie gebannt, mit offenem Mund, eine Benson-&-Hedges-Reklame an. Rateshows, Vorabendsoaps, dann die Nachrichten, schwarz-weiß, er saß und sah alles mit äußerster Konzentration. »Sag mal«, sagte Michael an einem Punkt. »Möchtest du nicht lieber rausgehen? In den Park? Auf den Spielplatz?« Aber Pagans silbrig flimmerndes Profil blieb auf den Bildschirm gerichtet, und Michael war selbst zu erschöpft, um darauf zu bestehen.

Womöglich war der Junge traumatisiert. Vielleicht sah Pagan gar nicht fern, denn als ein Clown in einer Gebrauchtwagen-Reklame einen komischen Sturz drehte, blieb sein Gesicht wie versteinert.

Während der Nachrichten (Vietnam und noch mal Vietnam) nickte Michael im Sitzen ein, sein Kopf rutschte gegen das eiserne Bettgestell. Er wachte verwirrt, mit trockenem Mund, wieder auf, obwohl er nur Minuten eingenickt sein konnte, denn auf dem Bildschirm liefen Soldaten in Tarnzeug, mit Laub am Helm, durch den Dschungel. Im Zimmer war es bis auf das bläuliche Licht des Fernsehers fast dunkel. Er schaute auf seine Uhr und sagte: »Was meint ihr, wenn ich uns zum Abendessen eine Pizza hole?«

Pagan reckte sich und nickte begeistert. (Noch ein Anhaltspunkt.) Auch wenn er nicht sagen konnte, welche Sorte. »Ohne was? Mit Pilzen? Peperoni?«, fragte Michael. Keine Antwort.

»Krötenfrosch?«, schlug Pauline vor und erhielt dafür ein vorsichtiges Lächeln, worüber sie lachte und triumphierend zu Michael sagte: »Also, Grandpa, bitte eine Krötenfrosch-Pizza.«

Er hatte sich immer vorgestellt, dass seine Enkel ihn *Dziadziu* nennen würden – wie er selbst seinen Großvater genannt hatte. Aber gut. *Grandpa* war auch in Ordnung.

Als er im Good Feelings Deli auf die Pizza wartete (einfach, mit extra Käse, das schien am sichersten), benutzte er den Münzfernsprecher in einer Ecke des Cafés. Er bekam die Nummer von der Auskunft, warf die Münzen ein und ließ es zehn-, zwölfmal läuten, bis eine Frau antwortete. »Fleet Street Neunzehn?«, sagte sie mit unsicherer Stimme.

Michael sagte: »Ja, kann ich bitte … Becoming sprechen.«

Am anderen Ende schepperte der Hörer, Stille. Hinter der Theke strich der Koch dünne rosa Tomatensoße über den Pizzaboden.

»Ja, Becoming«, sagte eine Stimme in Michaels Ohr. »Womit kann ich dienen?«

»Hier spricht Michael Anton. Der Vater, wissen Sie, von Serenity.«

»Aha.«

»Hören Sie. Wir haben für meine Tochter morgen einen Platz in der Maschine nach Baltimore reserviert. Ihre Mutter und ich wollen mit ihr und mit ihrem kleinen Jungen reisen. Sie finden doch sicher auch, dass sie und ihr kleiner Junge zusammengehören.«

»Mir war nicht bekannt, dass sie ein Kind hat«, sagte Becoming.

Hatte sie nicht einmal die Tatsache erwähnt? Wie gestört *war* sie denn? Michael verlor für einen Moment den Faden, riss sich aber zusammen: »Dann verstehen Sie jetzt −«

»Das ist wirklich sehr traurig, ja, sehr schwierig. So traurig, wenn ein Kind im Spiel ist.«

»Sie verstehen also, warum wir sie mitnehmen müssen.«

»Lieber Freund«, sagte Becoming mit aufreizend sorgenvoller Stimme, »ich glaube, Sie verstehen nicht ganz, womit wir es zu tun haben.«

»Kann sein«, sagte Michael. »Dann sagen Sie mir, womit wir es zu tun haben.«

»Diese junge Frau ist so ausgeflippt, so durchgeknallt und abgedreht und bedröhnt und bekifft von all den Drogen −«

»Drogen!«

»Sie käme gar nicht ins Flugzeug, mein Freund. Sie käme nicht mal aus der Haustür raus.«

»Meinen Sie wirklich … Rauschgift?«

»Pillen, Pulver, Puder, Kraut, Kapseln, was Sie wollen. Aufputschmittel, Beruhigungsmittel, legal, illegal …«

Michael sackte gegen die Wand.

»Und selbst wenn sie hier rausgehen könnte − wozu sie

nicht in der Lage ist –, was wollen Sie beide dann mit ihr anfangen? Wie wollen Sie ihren Jungen vor diesem Anblick bewahren?«

Michael konnte nicht antworten. Als wäre seine Kehle zugeschnürt.

»Bruder? Haben Sie mich verstanden?«

Er legte den Hörer auf.

Das Good Feeling Deli war eigentlich kein Take-Away, und Michael musste die heiße Pizza in Alufolie verpackt tragen, sodass seine Handflächen brannten. Aber es störte ihn nicht; er fror bis auf die Knochen. Seine Zähne klapperten, und seine Füße fühlten sich zu schwer an, er hinkte umso deutlicher.

Ausgeflippt, hörte er in Gedanken, und *durchgeknallt* und *abgedreht* und *bedröhnt* – Begriffe, alle brandneu für ihn. Und Destinys Beschreibung »durch den Wind« kannte er auch nicht. Destinys Gesicht tauchte vor ihm auf, der blassgrüne Fleck seitlich am Kinn, wo ihr baumelnder Ohrring gerieben hatte. Eigentlich war ihm der Fleck kaum aufgefallen, aber jetzt hatte er sich in sein Gedächtnis eingeprägt wie eine Narbe.

Zurück im Pensionszimmer, erzählte er Pauline nicht, was er erfahren hatte. Natürlich würde er es ihr irgendwann erzählen, aber im Augenblick konnte er keins der Worte aussprechen. Er meinte nur: »Ich habe mit Becoming telefoniert, und es sieht so aus, als ob es noch eine Weile dauert, bis Lindy reisen kann.«

Er machte sich auf Fragen gefasst, auf Protest, ein Kreuzverhör, aber Pauline sagte nur: »Oh«, und saß einen Augenblick still da. Vielleicht hatte sie es schon geahnt. »So«, sagte sie schließlich. »Dann machen wir wohl besser ohne sie weiter und fahren morgen los, oder?«

»Es bleibt uns nichts anderes übrig«, sagte Michael.

Pauline drückte den Rücken durch – wappnete sich, sozusagen – und stand auf, um Licht zu machen.

Die Pizza war durchgeweicht und schmeckte nach nichts, aber Michael vermutete, dass sie ihnen so oder so nicht geschmeckt hätte. Er hatte vergessen, Getränke zu kaufen, und Pauline holte drei winzige Pappbecher lauwarmes Wasser aus dem Bad gegenüber. »Prost!«, sagte sie beim Verteilen. Aber sie wirkte abwesend. Mehrfach unterbrach sie sich mitten im Satz. »Oh, *braver* Junge, Pagan; komm, wir wischen deinen … Ist das nicht gemütlich und … Wer möchte noch was? Möchte noch einer …?«

Pagan aß umständlich und wenig begeistert nur von den Spitzen seiner Pizzastücke, ließ ein breites Stück Kruste übrig und schaute unverwandt auf den Fernsehbildschirm. »Schmeckts?«, fragte Michael ihn. Pagan antwortete nicht. Im nackten Schein der Glühbirne unter der Zimmerdecke kniff er die Augen zusammen und sah dabei in sich zusammengefallen und irgendwie nicht anwesend aus.

Keine Illusionen, dieses Kind war nur ein Ersatz. Es war nicht ihr richtiges Kind, für das sie den Kontinent überquert hatten.

Er besaß keine Zahnbürste. Er besaß weder Kamm noch Bürste, oder Destiny hatte vergessen, sie einzupacken. Baden war er nicht gewohnt. (Wie war das möglich?) Sie mussten ihn Stückchen für Stückchen in die Wanne mit den gusseisernen Löwentatzen locken, nachdem er sich zuerst, mager und zitternd in seiner zerschlissenen grauen Unterhose, in einer Ecke verkrochen hatte. Aber er besaß einen Schlafanzug, den er ohne Hilfe anzog – einen nicht ganz sauberen, mit Raumschiffen bedruckten Schlafanzug mit Füßen. (Jedes Kleidungsstück in dem Kissenbezug hatte einen süßlichen, intensiven Karamellgeruch, wie Pagan auch.)

Er gab keine Widerworte, als sie die Lampe ausmachten und die Jalousie herunterzogen, damit kein Licht von der Straße hineinschien. Folgsam kroch er in Paulines Bett und rollte sich zusammen, Decke in der Halsbeuge, die Lokomotive in der knisternden Schachtel immer noch eingewickelt. Er schlief beinah sofort ein und atmete gleichmäßig, aber zu schnell, fand Michael – flach und flüsternd, wie kleine Katzen. Er lutschte nicht am Daumen, er bewegte sich kaum und schnarchte nicht. Allerdings machte er nachts ins Bett. Michael erwachte von dem warmen Uringeruch, dem Geschubse und Geschiebe, als Pauline über ihn stieg und sich dann auf der anderen Seite unter die Decke legte. Aber das Bettnässen empfand er nicht als Anhaltspunkt. Wie er wusste, konnte das in Stresssituationen selbst bei den ausgeglichensten Kindern passieren.

Michael lag mit weit geöffneten Augen auf dem Rücken, Paulines Arm über seiner Brust und ihr Haar kitzelnd an seiner Schulter. Es war lange her, dass sie beide so aneinandergeschmiegt geschlafen hatten.

In all den Jahren, schon länger, als Lindy weg war, hatte er sich immer wieder gefragt, was sie falsch gemacht hatten. Waren sie zu nachsichtig gewesen? Zu streng? Beide hielten sie nichts von körperlicher Züchtigung, dennoch fielen ihm Situationen ein, in denen er Lindy, als sie klein war, zu fest am Arm gepackt oder zu hart beiseitegenommen hatte. Und Pauline mit ihrem Hang, immer auszusprechen, was ihr durch den Kopf ging – oh, sie konnte sich schon in Rage reden, wenn die Kinder sie ärgerten. Es fiel ihm schwer, ihr nicht Lindys Unarten in die Schuhe zu schieben; sie hatte sie offenbar alle von Pauline geerbt: das Aufbrausen, die Gefühlsausbrüche, die Unberechenbarkeit. (Dabei hatte Pauline doch mehr als einmal darauf hingewiesen, dass Lindy, wenn sie so finster und brütend dreinblickte, Michael direkt aus dem Gesicht geschnitten war.) Oder hatten sie ihren drei Kindern vielleicht zu wenig Beachtung geschenkt? Oder hatten sie Lindy mit zu *viel* Aufmerksamkeit überschüttet – sich zu sehr nur auf sie konzentriert, mehr als nötig von ihr verlangt? Was war es bloß gewesen? Was? Was? Was?

Doch Drogen. Drogen waren so ... chemisch, so mechanisch. Sie kamen als Erklärung eigentlich nicht infrage. Hinter Lindy Antons Geheimnis steckte etwas Komplizierteres als eine Handvoll pharmazeutischer Mittel.

Er schlief wieder, als wäre Schlafen eine Niederlage, als würde er die Arme heben und dabei sagen: *Vergiss es. Ich gebe auf.*

WILLKOMMEN ZU HAUSE, LINDY stand auf Sallys Plakat. Und George hielt einen Blumenstrauß, in Folie verpackt, wie Straßenhändler ihn verkauften, und Karen – die eigentlich Schule hatte – stand so dicht am Gate, dass die anderen Passagiere einen Bogen um sie machen mussten. »Hier sind wir! Hier drüben!«, rief sie hüpfend. Sie trug ein psychedelisch bedrucktes Minikleid in Rosa-Orange, obwohl sie sonst lieber Jeans und T-Shirt anzog, und ihr Haar war zu einem riesigen blonden Turm toupiert, wodurch sie Ähnlichkeit mit jenen Reklamefiguren hatte, bei denen große Fotos von Köpfen auf winzig gezeichnete Körper montiert werden. Garantiert hatte sie sich seit frühmorgens zurechtgemacht. Michael sah voller Mitleid, wie sie die Gesichter der Ankommenden kontrollierte und George sich den Hals nach den Passagieren dahinter verrenkte. Die ahnungslose Sally strahlte noch begeistert, doch das Lächeln der beiden anderen erstarb. »Wo ist sie?«, fragte George seine Eltern.

Statt einer Antwort schob Pauline Pagan nach vorn. »Seht

mal, wer *da* ist«, sagte sie zu ihnen. »Das ist Pagan, Lindys kleiner Junge. Pagan, hier ist deine Tante Karen, deine Tante Sally, dein Onkel George …«

»Wo ist Lindy?«, fragte Karen mit Nachdruck.

»Oh, die kommt später! Aber momentan bleibt sie noch ein bisschen in San Francisco.«

»Warum? Gehts ihr gut? Hast du sie gesehen?«

»Nein, persönlich nicht, nicht direkt, aber –«

»Rate, was ich hier habe, Pagan!«, sagte Sally. »Trara!«, und sie förderte ein kleines braunes Filzkänguru mit einem Babykänguru in seiner Tasche zutage. »Für dich«, sagte sie zu ihm.

Pagan nahm es und sah Sally dabei feierlich an.

»Was sagt man?«, fragte Pauline.

»Danke«, sagte er deutlich mit seiner überraschenden Bassstimme.

Die Frauen stießen kleine Begeisterungsschreie aus und fielen über ihn her, als hätte er ein Wunder vollbracht.

Auf der Fahrt nach Hause – Männer vorn, Frauen hinten und Pagan auf Paulines Schoß – entwarf Pauline jene Version der Lindy-Geschichte, die sie von nun an immer erzählen würde. Michael war Zeuge, als sie Form annahm – ein faszinierender Prozess. »San Francisco war fabelhaft«, begann sie. »Da müsst ihr alle mal hin. Und Lindy ist in einer wirklich guten Einrichtung! Wir haben mit dem Direktor gesprochen. Natürlich hätten wir sie gern auf der Stelle mit nach Hause genommen, aber sie haben ihre Verfahren, ihre anerkannten Methoden, um den Leuten aus ihren Sorgen und Spannungen herauszuhelfen. Auf dem Gebiet sind sie Baltimore meilenweit voraus! Also wird sie erst später zu uns kommen. Aber inzwischen haben wir Pagan! Ist das nicht schön? Unseren Jungen, Pagan! Findet ihr nicht, dass er um die Augen wie Lindy aussieht?«

Zu jedem anderen Zeitpunkt hätte Michael sich über diese schönfärberische Variante der Wahrheit aufgeregt. So viel Aufhebens um Äußerlichkeiten, und das in der eigenen Familie! Aber heute war er gerührt. Er begriff, dass seine Frau ungeheure Kraftreserven besaß, und dass Frauen wie Pauline die Welt in Gang hielten. Oder wenigstens sorgten sie dafür, dass es so aussah, auch wenn die Welt in Wirklichkeit um ihre eigene Achse schlingerte.

Sein Respekt gegenüber Pauline hielt in den folgenden Wochen an. Er war überwältigt von der Hingabe, mit der sie sich um Pagan kümmerte, von ihrer unermüdlichen Energie – nicht nur physisch, sondern auch emotional –, ihrem Schwung, ihrer Wärme und ihrem Optimismus. Gewiss gab Michael das Seine dazu; jeden Abend nach dem Essen las er Pagan etwas vor oder spielte mit ihm hinterm Haus Ball, stellte sich dabei ganz auf das kleine Kind ein. Pauline jedoch kümmerte sich jede freie Minute um ihn, und – traurig, aber wahr – mit wenig Erfolg. Was natürlich nicht Pagans Schuld war. All die Veränderungen mussten ihn ja erschüttern und durcheinanderbringen. Aber er war so teilnahmslos – so, irgendwie, ohne Rückgrat, und selten richtig fröhlich. Er hatte die Angewohnheit, Leute mit strengem Blick anzustarren, undurchdringlich, ohne mit der Wimper zu zucken. Er redete so wenig wie möglich und gab auf Fragen selten eine Antwort. Auf freundliches Entgegenkommen reagierte er misstrauisch; überschwängliche Begeisterungsausbrüche versetzten ihn in Habtachtstellung, wie ein kleines Tier. »Pagan-Junge!«, rief Pauline, wenn sie ihn morgens mit Elan weckte. (Er schlief in Lindys altem Zimmer. Wie ein übermäßig schüchterner Gast blieb er im Bett, bis man ihn holte, egal, wie lange er warten musste.) »Pay-Pay! Pagan, der Perfekte! Guck mal, was für ein leckeres Frühstück ich dir gemacht habe!« Pagan starrte nur. Er ist wie Löschpapier, dachte Michael – so dicht und stumpf und alles in sich aufsaugend, ohne etwas zurückzugeben. Aber Pauline weigerte sich einfach, die Hoffnung aufzugeben. »Ei auf Toast, Pay-Pay! Und Orangensaft, frisch gepresst!«

Sie war wirklich ein guter Mensch. Und Michael auch, fand er von sich. Nur sie beide zusammen waren nicht gut. Oder waren nicht … was meinte er genau … nicht nett. Sie waren nicht immer nett zueinander; er konnte nicht erklären, warum.

Jeden Abend gegen sieben – vier Uhr nachmittags an der Westküste – rief Michael im Kloster an. Spät genug, dachte er, dass man den täglichen Fortschritt eines Patienten einschätzen konnte. »Kann ich bitte Becoming sprechen«, sagte er direkt. Der Name hatte seinen komischen Klang verloren. Selbst Lindys neuer Name kam ihm mühelos von der Zunge. »Ich möchte wissen, wie es Serenity geht. Hier spricht ihr Vater.«

Eigentlich konnte der Name *Serenity* für Pagan keine Bedeutung haben, vermutete Michael. Aber irgendetwas musste er spüren, denn als Michael zum dritten Mal anrief, stand Pagan plötzlich dicht neben ihm, stumm, aufmerksam, unbewegt und fast atemlos. »Sie macht sich, sie macht sich«, erklärte Becoming. »Sie weiß, dass Sie ihren kleinen Jungen haben; wir haben es ihr gesagt.«

»Und was hat sie dazu *gesagt*?«, fragte Michael.

»Also gesagt; sie ist noch nicht besonders gesprächig. Aber wir geben den Glauben nicht auf!«

Als Michael einhängte, meinte er zu Pagan: »Anscheinend alles in Ordnung. Dauert wohl noch ein Weilchen.« Seine Worte waren bewusst vieldeutig, falls Pagan nur rein zufällig dagestanden hatte, aber an den plötzlich hängenden Kinderschultern sah er, dass Pagan verstanden hatte, was gemeint war – er hatte aus tiefster Seele zugehört, inbrünstig auf Neuigkeiten vom anderen Ende der Leitung gehofft. Was wusste er sonst? Wie viel war ihm bewusst?

Der alte Kinderarzt, Dr. Amble, praktizierte immer noch, und nach mehreren Wochen brachten sie Pagan zu ihm zur Untersuchung. Zunächst einmal wurde klar, dass er wohl noch nie beim Arzt gewesen war, denn anfangs hegte er keinerlei Verdacht. Im Wartezimmer interessierte er sich mittelmäßig für das Spielzeug, die Puzzles und die Bilder mit Kinderreimen – doch dann bei der Untersuchung wehrte er sich fassungslos. Stumm weigerte er sich, seine Kleider auszuziehen, erschrocken rutschte er von der Waage, und das Stethoskop riss er weg, kaum dass es seine Brust berührte. »Hmm«, sagte Dr. Amble nachdenklich. Dann erklärte er ihnen, Pagan sei vermutlich erst drei Jahre alt. »Gesagt hat er, vier«, meinte Michael. »Vielleicht ist er einfach klein für sein Alter?« Aber Dr. Amble sagte, nein, nach seiner Erfahrung sei er mit großer Wahrscheinlichkeit drei. Michael empfand das als eine neue Perspektive. Pagans »Vier« kamen ihm wieder in den Sinn, die lange Pause und die hochgezogenen Augenbrauen wertete er jetzt als Versuch, sich ein bisschen wichtigzumachen und sich ein eindrucksvolleres Alter zuzulegen. Er grinste. Zum ersten Mal ahnte er, dass sein Enkel so etwas wie … Selbstbewusstsein besaß.

Am Ende der Untersuchung, während Pauline Pagan beim Anziehen half, bat Dr. Amble Michael in sein Sprechzimmer. »Nun«, sagte der Arzt und setzte sich, »vieles können wir natürlich nur raten. Höchstwahrscheinlich ist er nie geimpft worden. Meine Sprechstundenhilfe wird sich darum kümmern.« Er nahm einen Kugelschreiber, warf einen Blick in seine Unterlagen und sagte: »Kein Geburtsdatum, kein Geburtsort, kein weiterer Vorname … und beim Nachnamen können wir auch nicht sicher sein, meint Ihre Frau.«

»Anton, da bin ich mir ziemlich sicher.«

Er musste sich zusammennehmen, um Dr. Amble nicht unter die Nase zu reiben, dass all dies nicht *seine* Schuld war oder Paulines. Sie hatten ihre eigenen Kinder höchst gewissenhaft zu den Untersuchungen gebracht und sie pünktlich gegen alles Mögliche impfen lassen!

Dann sagte Dr. Amble: »Ein Gutes gibt es doch.«

»Und das wäre?«

»Wie Sie sehen, ist er beziehungsfähig. Sie haben ja gesehen, wie er sich in seiner Angst an Ihre Frau geklammert hat.«

»Na ja, aber … er redet nicht viel mit uns. Jetzt ist er fast einen Monat da. Er gewöhnt sich schrecklich langsam an uns.«

»Auch das könnte ein gutes Zeichen sein. Ein Beweis, dass er seine Mutter vermisst, was darauf schließen lässt, dass die sich auch wie eine Mutter verhalten hat. Offensichtlich hatten die beiden eine enge Bindung zueinander.«

Es war geradezu lächerlich, wie wenig es bedurfte, um Michaels Vaterstolz zu befriedigen.

»Kann ich bitte Becoming sprechen.«

»Becoming, am Apparat.«

»Michael Anton, ich rufe wegen Serenity an.«

»Ach, ja.«

Michael wartete.

»Also Serenity ist nicht mehr bei uns«, sagte Becoming.

Michaels Herz setzte aus. Er sagte: »Was?«

»Gestern Abend haben wir in ihrem Zimmer nachgesehen und festgestellt, dass sie verschwunden ist.«

»Sagen Sie das noch mal.«

»Sie hat offenbar beschlossen, unser Angebot hier nicht weiter anzunehmen.«

»Aber ... heißt das, sie ist weg? Sie haben mir doch gesagt, dass sie es nicht aus der Haustür schaffen würde!«

»Oh, sie hat schon Fortschritte gemacht. Sie nahm an den Gruppentreffen teil; sie sprach von einem Neubeginn mit ihrem Jungen. Wir haben alle gemeint, dass es mit ihr vorangeht! Und jetzt dies: vorsätzliche Weigerung, gegen ihre Wiedergeburt. Das kann passieren. Warum, weiß man nie genau.«

Becomings Stimme klang anklagend und eine Spur tiefer als sonst, wie eine zu langsam abgespielte Schallplatte. Während Michaels Stimmung augenblicklich stieg. Lindy hatte an den Treffen teilgenommen! Sie hatte von ihrem Jungen geredet!

Natürlich war sie weggegangen. Sie war wieder die Alte, und sie wollte ihren Sohn wiederhaben. Sie war auf dem Weg nach Hause, nach Baltimore.

Er fragte Pauline, ob sie noch wüsste, wie man Destiny erreichen konnte. Keine Ahnung, aber sie erinnerte ihn, dass die Nummer auf einer der alten Telefonrechnungen stünde, die er immer aufbewahrte. Ja, und jetzt wisse sie auch, *warum*, hätte er gern betont; aber er kramte schon in seinem Schreibtisch, fand die Rechnung, suchte nach der Nummer. »Besser, du rufst an. Du hattest mehr mit ihr zu tun«, sagte er zu Pauline. »Frag, ob Lindy aufgetaucht ist. Sag ihr, wenn ja, dass sie dableiben soll, bis wir ihr Geld für ihr Ticket schicken.«

Zum Glück war Pagan mit George und Sally zum Baseballspiel gegangen. So erlebte er das Durcheinander nicht – die Schreibtischschublade, wie vom Hurrikan erwischt; Michael, der sich die Haare gerauft hatte, bis sie zu Berge standen; Pauline, so panisch, dass sie sich verwählte und noch mal von vorn beginnen musste. Und dann war alles umsonst gewesen. Destiny erklärte Pauline, dass sie von Lindy keine Spur gesehen hätte. Na klar, sie würde anrufen, wenn es etwas Neues gäbe, natürlich als R-Gespräch. Aber um ehrlich zu sein, gab sie nicht viel Hoffnung auf jemanden, der sich während seiner eigenen Wiedergeburt auf und davon machte.

Pauline war restlos deprimiert, als sie einhängte. »Nun denn! Jetzt sind wir wieder da, wo wir angefangen haben«, sagte sie. »Unsere Tochter treibt sich in der Weltgeschichte herum, und wir haben keine Ahnung, wo!«

Wenigstens diesmal war Michael Optimist. »Du weißt doch, wie die jungen Leute heutzutage sind. Anhalter fahren mit Freunden. Oder Mitfahrgelegenheiten am Schwarzen Brett ausfindig machen. Sie ist sicher schon auf halbem Wege! Ich gebe ihr bis … wann? Heute ist Samstag. Ich wette, Montag ist sie hier. Vielleicht sogar schon eher, aber Montag bestimmt.«

Als Pagan vom Baseball kam, ernsthaft und stolz mit einer Orioles-Kappe, konnte er nicht ahnen, dass etwas Ungewöhnliches geschehen war. Pauline war so aufgekratzt wie immer. Michael war dementsprechend ruhig und sah vor seinem inneren Auge ganz klar und deutlich, dass Lindy schon auf dem Weg zu ihnen war. Er sah sie mitten auf einer zweispurigen Landstraße, sie schaute ihn geradeheraus an und lächelte. In seiner Vorstellung hatte sie das falsche Alter, das wusste er, aber er gönnte sich das kleine Vergnügen: Lindy als Kind, acht oder neun Jahre alt. Das Haar in zwei Rattenschwänzen über den Ohren. Unter ihrem Kleid trug sie Shorts, damit sie überall Rad schlagen und Handstand machen konnte. Ihre Knie waren aufgeschürft. Sie war sein lustiger, ausgelassener Wildfang Lindy, und sie war schon fast wieder zu Hause.

In einer kurzen Phase ihres Familienlebens hatten die Antons einen Hund. Einen überzüchteten Collie – fantasielos Lassie genannt, schwer zu bändigen, ewig bellend, hysterisch.

Immer wenn ein Kind das Haus verließ, rannte Lassie zum Panoramafenster, sprang auf die Hinterbeine und schubste mit ihrer spitzen Schnauze den Vorhang beiseite. Stundenlang hielt sie besessen Wache, wimmernd und zitternd, völlig außer sich.

So fühlte Michael sich in jenen Tagen, in denen sie auf Lindy warteten. Im Haus zog es ihn wie magisch nach vorn, von wo aus er die Straße überblicken konnte. Bei jedem Auto, jedem nahenden Fußgänger schreckte er auf. Den Sonntag verbrachte er fast ununterbrochen am Fenster, obwohl er das vor Pauline ungern zugab. (Pauline hatte offensichtlich ihre eigenen Erwartungen. Sie lauerte am Telefon und versuchte die ganze Zeit, die Leitung freizuhalten.) George und Sally kamen sonntags zum Abendessen, aber Michael verließ immer wieder den Tisch und wanderte, fast gegen seinen Willen, Richtung Wohnzimmer. Des Nachts stand er, unter dem Vorwand, ins Bad zu gehen, mehrmals auf, um wieder nachzusehen. Am Montag ging er nicht arbeiten. Er sagte, dass es an der Zeit sei, seinem Geschäftsführer mehr Verantwortung zu übertragen. Aber weil sein Geschäftsführer während seines Aufenthalts in San Francisco nicht besonders tüchtig gewesen war, rief er dann doch immer im Laden an, und Pauline schimpfte ständig: »Mein Gott, Michael, kannst du nicht endlich aus der Leitung gehen?« Pagan war zu Wanda Lipskas Enkel zum Spielen eingeladen, doch als Pauline Michael bat, ihn dort hinzufahren, sagte Michael, lieber nicht – vielleicht würde er noch im Laden gebraucht. Pauline sagte: »Oh, verflixt –!«, nahm beleidigt ihre Autoschlüssel, dass sie klirrten, und ging los. Michael stand, während sie weg war, die ganze Zeit am Panoramafenster. Kein einziger Mensch kam vorbei. Kaum Autos, nur Lieferwagen, und dann bog Paulines Wagen wieder in die Einfahrt, und Michael ließ die Gardine sinken.

Auch dienstags arbeitete er nicht. Er sagte, dass er Halsweh habe.

Am Mittwoch fuhr er zur üblichen Zeit zum Laden.

Er redete nicht darüber. Es gab keinen Augenblick, in dem einer dem anderen erklärte: »Ich glaube, sie kommt doch nicht.« Sie wurden beide nur stiller und bedrückter.

Und Pagan? Eine Weile fand Michael beim Telefonieren, wie aus dem Erdboden gezaubert, plötzlich Pagan neben sich. Aber das gab sich mit der Zeit. Inzwischen ging Pagan ins Schwimmbad. Er freundete sich mit dem kleinen Mädchen zwei Häuser weiter an. Pauline sorgte dafür, dass er in den Kindergarten kam. Sein Zimmer wurde ein Durcheinander aus Eisenbahngleisen und Bilderbüchern, Matchbox-Autos, Frontladern, dem Feuerwehrauto, längst ohne Schachtel, dem braunen Filzkänguru mit Baby, Knallbonbon-Gewinnen, zerkrümelten Salzbrezeln, Plastikdinosauriern und losen Armen und Augen von Mr Potatoe Head.

Michael hatte sich vorgestellt, dass Pagan ihnen eines Tages, wenn alles in geordneteren Bahnen lief, ein bisschen von seinem Leben mit Lindy erzählen würde. Stückchenweise würden Einzelheiten zum Vorschein kommen, natürlich gefiltert, schwer einzuschätzen, aus Kindersicht, dennoch vielsagend, dennoch informativ. Doch auch das geschah nie. Stattdessen schien Pagans Vergangenheit hinter ihm wegzufallen, und dann begriff Michael irgendwann, dass sie nie mehr darüber wissen würden, als sie jetzt wussten. Die Vergangenheit hatte sich in Luft aufgelöst, wie Lindy, ohne eine Spur zu hinterlassen. Und Pagan würde hierbleiben.

Als Michael eines Morgens Pagan in den Kindergarten fuhr, verlor er die Geduld, denn zum zweiten Mal in dieser Woche hatte Pagan zu Hause seine Schmusedecke vergessen, die er nun noch holen wollte. »Vielleicht schaffst du es auch ohne, nur dieses eine Mal«, sagte Michael, und Pagan erwiderte: »Aber ich brauche sie, Grandpa, ich muss sie unbedingt haben.« Also trat Michael auf die Bremse, fuhr in eine fremde Einfahrt, und beim Wenden fiel ihm ein Buch ein, das er früher seinen Töchtern vorgelesen hatte. »Heidi« war der Titel gewesen. Heidi war ein kleines Mädchen, das zum Wohnen zu seinem Großvater hoch oben in den Alpen geschickt wurde. Soweit er sich noch erinnerte, handelte die ganze Geschichte davon, wie Heidi sich in ihrer neuen Umgebung zurechtfand. Viel Ziegenmilch und frische Luft, rosige Wangen … Doch wie war es wohl dem Großvater dabei ergangen? Hatte irgendwer wissen wollen, wie der Großvater es fand, dass er wieder mit einem Kind zusammenlebte?

Nun empfand Michael den alten Mann als echten Helden, und er war hin- und hergerissen zwischen Bewunderung und Neid.

Am Labor Day gaben sie wie üblich ihr Barbecue. Sie feierten seit ein paar Jahren nur noch mit der Familie, dennoch war die Gästeliste lang. Karen würde dabei sein, sie war mit ihrem Sommerjob in Ocean City fertig, George und Sally natürlich und Paulines Vater und ihre Schwestern und Schwäger sowie deren Kinder, die noch in der Umgebung wohnten. Pauline bat Michael, die extra Gartenstühle aus der Garage zu holen. Dann bekam sie ihren üblichen Partyvorbereitungskoller. »Ich weiß nicht, warum wir uns das immer noch antun«, jammerte sie Michael vor. »Spaß macht es uns jedenfalls nicht! Ich bin ein Nervenbündel!« Und tatsächlich war ihr Gesicht angespannt, faltig, starr.

Michael entschied, sich aus ihrer Schusslinie zu halten und stattdessen Eustace zu besuchen. Seit Eustace von Sozialhilfe-Schecks lebte, fuhr er gewöhnlich von Zeit zu Zeit in die Stadt, um dem alten Mann ein paar Dollars zuzustecken. Also ging er hinaus, rief noch: »Bin bald wieder da!« Gut, vielleicht vergewisserte er sich nicht, ob Pauline das wirklich gehört hatte. Aber seit Tagen hatte er sein Vorhaben angekündigt. Sie hätte es sich also denken können.

Tat sie aber nicht – oder behauptete es wenigstens. Bei seiner Rückkehr (leicht benebelt von dem Dr. Pepper, den Eustace immer servierte) fing sie ihn an der Tür ab und stellte ihn zur Rede: »Wo in aller Welt bist du gewesen?«

»Bei Eustace. Habe ich dir doch gesagt. Wieso?«, fragte er. Er warf einen Blick auf die Uhr hinter ihr. Erst halb fünf, und die Party begann um fünf.

Doch Pauline sagte: »Das hast du mir nicht gesagt! Ich verliere langsam den Verstand! Daddy kam schon vor einer halben Stunde und sitzt allein da, nur Pagan leistet ihm Gesellschaft, und Karen ist verschwunden, Eis zu holen, und du hast nicht mal den Grill angezündet!«

»Der Grill hat reichlich Zeit«, sagte er. Doch noch während er redete, machte sie kehrt und stürzte davon.

Von da bis zum Ende des Abends konnte er kaum mehr zwei Worte mit ihr wechseln. Sie rannte, wer weiß wohin. Doch schließlich war auch der letzte Gast gegangen, und Karen hatte sich bereit erklärt, Pagan ins Bett zu bringen. Da erst begriff Michael, dass Pauline ihm immer noch böse war. Als er einen Stapel Teller in die Küche brachte, fauchte sie ihn an: »Das kann ich auch allein, vielen Dank!«, und riss ihm die Teller aus der Hand und setzte sie so heftig ab – ein Wunder, dass sie nicht kaputtgingen.

»Beruhige dich, Poll«, sagte er.

»Nenn mich nicht Poll!«

»Pauline, es tut mir leid, dass ich heute Nachmittag weggegangen bin, aber ich war doch nur bei Eustace, und du weißt doch, dass ich seine Gefühle verletzen würde, wenn ich nicht kurz dableiben würde; was würde er sonst denken –«

»Oh, *Eustaces* Gefühle; ja, sicher, wir nehmen Rücksicht

auf Eustaces Gefühle – auf einen alten Mann, der, ich zitiere, vor Millionen Jahren für dich gearbeitet hat. Egal, dass ich eine ganze Riesenparty am Hals habe und ein dreijähriges Kind im Schlepptau und der arme Daddy sich wundert, dass keiner sich um ihn kümmert!«

»Also, woher soll ich ahnen, dass dein Dad so früh auftaucht?«

»Er gehört zur Familie, Michael! Er kann kommen und gehen, wann er Lust hat! Aber du meinst wohl, dass nur deine Familie zählt, deine eigene griesgrämige Mutter, für die ich ohne ein Dankeswort bis zu ihrem Todestag gesorgt habe, und dabei wolltest du keinen Finger rühren bei der Suche nach meiner Mutter, als sie sich verlaufen hatte und nicht mehr nach Hause fand!«

»Ich habe so oft suchen geholfen! Mein Gott, in den letzten beiden Jahren ihres Lebens war es doch geradezu mein *Freizeitsport*, nach deiner Mutter zu suchen! Nur an einem einzelnen, einzigen, einzigartigen Abend, als keiner da war, um den Laden abzuschließen –«

»Oh, der Laden, der Laden! Immer dein feiner Laden! Was willst *du* denn?«, fuhr Pauline Karen an, die in die Küche kam.

»Nichts«, sagte Karen hastig. »Ich wollte nur Gute Nacht sagen.« Sie verzog sich wieder.

»Nacht, meine Süße«, rief Michael ihr nach, aber Pauline sagte kein Wort. (Diese Frau kannte keine Zwischentöne; wenn sie auf eine Person wütend war, ließ sie ihren Ärger an der ganzen Welt aus.)

»Selbst als deine eigene Tochter von zu Hause weglief«, sagte sie, »wo warst du da? Im Laden! Immer und ewig im Laden!«

»Natürlich. Es war mitten in der Woche. Wo sollte ich sonst sein? Wohingegen du auf dieser Erde nichts anderes zu tun hattest, als auf unsere drei Kinder aufzupassen –«

»Oh, das ist niederträchtig, Michael. Das ist niederträchtig und gemein und ungerecht. Du versuchst, mir Lindys Weglaufen in die Schuhe zu schieben? Und was ist mit dir? Was ist das für ein Vater, der so kalt und distanziert ist, dass seine Kinder nichts Eiligeres zu tun haben, als von ihm wegzukommen und woanders nach Wärme zu suchen? Dass seine Tochter mit dem erstbesten Jungen auf und davon ging und sein Sohn geheiratet hat, bevor er mit dem College fertig war, und die Jüngste nicht mal in den Sommerferien nach Hause kommt?«

Michael kam in seinen Auseinandersetzungen mit Pauline oft an einen Punkt, wo die hilflose Wut ihn so packte, dass er das Zimmer verlassen musste. Pauline nannte das Rückzug – einen weiteren Beweis für seine Kälte. Aber Pauline hatte keine Ahnung. Er stand dann vor der Wahl, zu gehen oder sie mit seinen eigenen Händen ein für alle Mal zum Schweigen zu bringen.

Er machte auf dem Absatz kehrt und ging zur Hintertür hinaus, dass die Fliegentür scheppernd zufiel. Auf der dunklen Veranda standen die Stühle noch in freundlichen Grüppchen, und er griff den entferntesten, drehte ihn um, vom Haus weg. Er warf sich auf den Sitz, ließ den Kopf in den Nacken sinken und schaute in den Himmel.

Hinter ihm gingen, eins nach dem anderen, die Lichter aus; er merkte es, weil der Nachthimmel dunkler wurde und die Sterne kamen. Er hörte nacheinander Türen knallen: Küchentür, Schlafzimmertür, und vielleicht eine Schranktür. Doch er blieb sitzen, zwang sich, ruhig durchzuatmen.

Diese wahnsinnige, unmögliche Frau, bei der man nie wusste, woran man war, selbst wenn sie gute Laune hatte, mit ihrer juchzenden Stimme und ihren aufblitzenden Augen, ihrem gefährlichen Überschwang. Warum, warum, warum hatte er ausgerechnet sie geheiratet? Es hätte doch auch ein deftiges, süßes polnisches Nachbarmädchen sein können, oder eine von den freundlichen jungen Frauen aus der Rot-Kreuz-Kantine in West Virginia! Warum hatte er sich eine Frau genommen, die außer Kontrolle geriet?

Sie hatte kein Recht, seine Beziehung zu den Kindern zu kritisieren. Er hatte ein so viel engeres Verhältnis zu ihnen, als sein Vater je zu ihm gehabt hatte, und er nahm so viel mehr an ihrem Leben teil! Und was den Laden betraf, na, was meinte sie denn, woher das Geld für ihre Kindergärten kam, für die Musikstunden und Studiengebühren und Reisen? Oh, sie hatte nie gewürdigt, wie viel Erfolg er mit seinem Geschäft gehabt hatte. Zuerst hatte sie ihn gedrängt, die alte Gegend im Stich zu lassen, obwohl sein Einkommen dort ausgesprochen annehmbar war. (Und es *war* ein Im-Stich-Lassen gewesen. Er wusste von Anfang an, dass der Käufer aus dem Laden eine Getränkehandlung machen wollte.) Dann wollte sie einen richtigen Supermarkt, einen von diesen neonbeleuchteten Monstern mit Gängen, so lang, dass kein Ende abzusehen war; doch Michael hatte den richtigen Riecher gehabt, denn hier draußen in den Vororten fehlte eine Neuauflage des alten Lebensmittelladens um die Ecke, überschaubar und persönlich, wo noch Wert auf gute Bedienung gelegt wurde. Verkäufer, die ihre Kunden mit Namen begrüßten, die Rechnungen anschrieben und den Kleinkindern Kekse schenkten. Inzwischen hatte er einen Kundenstamm, der nicht im Traum daran dachte, woanders einzukaufen. Aber hatte Pauline das je gewürdigt? Nein, bis heute plädierte sie für eine Erweiterung, und wenn er dagegen sprach, erinnerte sie ihn, wie recht sie schließlich mit dem Umzug damals gehabt habe. Sie machte ihn darauf aufmerksam, was in der Stadt los war – Kriminalität, Verfall und neuerdings diese fürchterlichen Rassenunruhen. »Wenn ich nicht gewesen wäre, dann säßest du immer noch da«, sagte sie. »Und würdest täglich drei Halb-liter-Milchtüten an drei alte Damen verkaufen!«

Manchmal fand er, dass sie eher wie Bruder und Schwester waren als wie Mann und Frau. Dieses ständige Rangeln und Konkurrieren, das Vordrängeln und Hab-ich's-nicht-gesagt. Verhielten sich andere Paare auch so? Anscheinend nicht, zumindest sah es von außen nicht so aus.

Er glaubte, dass sie alle, die Jungverheirateten der Kriegs-jahre, ähnlich ahnungslos angefangen hatten. Deshalb stellte er sich vor, wie sie in der Stadt durch eine Straße marschier-ten, so wie damals an dem Tag, als er sich freiwillig gemeldet hatte. Dann, immer paarweise, scherten sie aus den Reihen aus; weise geworden, reifer, mit ihren Rollen vertraut, bis nur er und Pauline übrig blieben, unerfahren wie eh und je – das letzte Paar in der Parade der Anfänger.

Er schloss die Augen und hätte gern mit jemandem darü-ber gesprochen. Aber mit wem? Zu den meisten Männern aus der alten Gegend hatte er keine Beziehung mehr, und sie redeten sowieso nur über Baseball und das Wetter. Seine sozialen Kontakte beschränkten sich inzwischen auf ver-abredete Zusammenkünfte – Cocktailpartys und Abend-essen, hier in Elmview Acres. Er hatte in der Tat keine Freunde. Mochte er überhaupt jemanden? Mochte ihn je-mand? Stimmte es, war er wirklich kalt und distanziert?

Halt. Quietschend öffnete sich die Fliegentür und schloss sich sacht. Bloße Füße tappten über die Fliesen. Michael empfand ungeheure Erleichterung. Pauline war immer seine Freundin gewesen, das konnte man unum-schränkt sagen. Sie war ihm näher als seine eigene Haut; sie war es, die ihn aus seiner kümmerlichen, erdrückenden Ju-gend befreit hatte.

Doch dieser Ankömmling war jünger, kleiner und leichter. Er gab beim Heranziehen eines Gartenstuhls angestrengte Töne von sich, und das Hineinklettern fiel ihm nicht leicht. Michael machte die Augen auf. Dann streckte er einen Arm aus und legte seine Hand auf Pagans Hand, und die beiden saßen da und schauten in den Himmel.

6

DEN FROSCH GANZ
LANGSAM TÖTEN

Am 26. September 1972 feierten Michael und Pauline mit einem kleinen Essen im Familienkreis ihren dreißigsten Hochzeitstag. Es war ein Dienstag – nicht der beste Abend für einen gesellschaftlichen Anlass, wie George und Karen anmerkten. Aber für Pauline war es sehr wichtig, das genaue Datum einzuhalten. Sie fand es schön, verkünden zu können: »In diesem Augenblick vor genau dreißig Jahren sind euer Vater und ich zu unserer Hochzeitsreise aufgebrochen und in den Zug nach Washington, D. C., gestiegen.« Noch besser hätte es ihr gefallen, wenn sie hätte sagen können, dass der Geistliche sie genau in diesem Moment zu Mann und Frau erklärt hatte, aber da sie die Ehe am Nachmittag geschlossen hatten, ging das nicht. Keines ihrer Kinder war der Typ, der früher von der Arbeit nach Hause ging (George machte irgendetwas Bedeutendes mit Fusionen, was immer Fusionen waren. Karen studierte im letzten Semester Jura). Sieben Personen saßen um den Esstisch: Pauline und Michael an den beiden Enden, Karen neben Pagan am Fenster, George und Sally vor der Anrichte und zwischen ihnen, in einem Hochstuhl, JoJo. In Paulines Augen klaffte dort, wo Lindy hätte sein müssen, eine deutlich sichtbare Lücke, aber sie glaubte, dass sie die Einzige war, die sie bemerkte.

JoJo war der Grund, warum sie schon um sechs Uhr abends speisten. Er war erst zwanzig Monate alt. Er war ein lieber, stillvergnügter Junge mit Grübchen, ein Licht in Paulines Leben, und sie hatte es rundheraus abgelehnt, dass er mit einem Babysitter zu Hause bleiben sollte. »Wenn wir unsere Enkelkinder nicht einbeziehen, was hat es dann für einen Sinn, unsere Eheschließung zu feiern?«, fragte sie, als Sally sich dafür entschuldigte, dass JoJo beim Tischgebet mit dem Löffel hämmerte. Dann streckte sie die Hand aus und streichelte sanft ihr anderes Enkelkind. Pagan war auch das Licht ihres Lebens, obwohl er jetzt, mit sieben, weniger gern liebkost wurde. Er lächelte, wich ihr aber aus, konzentrierte sich auf eine Scheibe Brot, die er mit Butter bestrich.

Das Essen war total langweilig. Sie hatte ihr altes Standardmenü zubereitet: Roastbeef und Backkartoffeln, Eisbergsalat und zum Nachtisch Schokoladenkuchen. Das war ihr Zugeständnis an Michael. »Auf dich, Liebster«, sagte sie und hob ihr Glas. »Keine Experimente. Nichts mit Gourmet. Kein Pilz, nicht eine Anchovis und nicht eine Artischocke zu sehen. Alles ist klar und einfach, genau so, wie du es liebst.«

Michael hörte lange genug auf zu kauen, um sein Glas zu heben und zu sagen: »Gut, danke, Liebes.« In den Gläsern war Champagner, aber er hatte nichts dagegen eingewendet. Man konnte schlecht Bowle servieren, wenn eine Ehe dreißig Jahre lang gehalten hat.

Michaels Haar war jetzt eisengrau, und sein Gesicht war zerfurcht und ledrig geworden, obwohl er schlank war wie immer. Paulines Haarfarbe kannte keiner, vielleicht war sie schlohweiß unter dem Miss-Clairol-Blond. Sie achtete sehr erfolgreich auf ihre Pfunde, wenn man von dem kleinen Bauch absah, gegen den sie offenbar machtlos war. Ja, alles in allem, dachte sie, waren sie immer noch ein sehr gutaussehendes Paar. Und sie war stolz auf das Bild, das sie als Gruppe abgaben: alle in ihrem Sonntagsstaat, gut frisiert, sauber und strahlend. Sogar Karen, die manchmal etwas verwildert wirkte, wenn sie von ihrem Studium absorbiert wurde, hatte sich heute Abend angestrengt. Sie trug Hosen, wie immer, aber gut sitzende, mit passendem Oberteil, und sie hatte die unkleidsame Brille gegen Kontaktlinsen getauscht, obwohl sie immer behauptete, dass sie ihre Augen reizten.

Es war Karen, die das gemeinsame Geschenk überreichte. Erst warf sie George eine Reihe bedeutungsvoller Blicke zu – die Eltern taten so, als merkten sie nichts –, und als George sich entschuldigte und dann mit einem flachen, viereckigen Paket in Seidenpapier wiederkam, sagte sie: »Ähem – darf ich um eure Aufmerksamkeit bitten?«

»Ach du meine Güte! Was ist denn das?«, rief Pauline aus, und Michael sagte: »Ach, ihr Lieben, ihr brauchtet uns doch kein Geschenk zu kaufen.«

»Stimmt«, sagte Karen sarkastisch, und alle lachten, denn es war ein alter Familienwitz, dass Pauline immer so viele günstige Gelegenheiten als Geschenke vorrätig hatte. Pauline machte eine abwehrende Handbewegung (sie hatte das Gefühl, die Leute neigten dazu, ihre Eigenheiten zu überzeichnen), und Karen fuhr fort: »Mom, Dad, das ist von uns allen. Wir wollten euch etwas schenken, das euch an diese vergangenen dreißig Jahre erinnert.« Und sie nahm George das Paket ab und stellte es Pauline auf den Schoß.

Es war ganz eindeutig ein gerahmtes Bild. Pauline konnte das an den hervorstehenden Kanten erkennen und an der

Vertiefung in der Mitte. Sie vermutete, sie hatten einen Hochzeitsschnappschuss vergrößert, oder vielleicht ein Aquarell davon in Auftrag gegeben. Deshalb war sie überrascht, als sie das Papier aufriss und zwei ovale Schwarz-Weiß-Fotos auf einem elfenbeinfarbenen Leinenhintergrund zu sehen bekam. Das erste war das Foto eines ganz jungen Michael in einer groben Wolljacke, der die Augen gegen die Sonne zukniff. Das zweite zeigte die ebenfalls ganz junge Pauline, die lachend ihren Hut festhielt. Beide Fotos kamen ihr bekannt vor – Michaels von einer Schuhschachtel mit Fotos, die ihre Schwiegermutter ihr gegeben hatte, und ihres aus dem Hochzeitsalbum ihrer Schwester Donna – aber sie wirkten als mattierte, goldumrandete Ovale so anders, dass sie eine Weile brauchte, um sie einzuordnen. Sogar dann verstand sie nicht den Zusammenhang mit ihrem Hochzeitstag. »Das ist aber schön!«, sagte Michael, als sie es ihm hinhielt, und das klang so unecht, dass sie merkte, er wusste es auch nicht.

Sally lieferte die Erklärung. »Das seid ihr beide, kurz bevor ihr euch kennengelernt habt«, sagte sie.

»Bevor wir uns kennengelernt haben?«, fragte Pauline.

»Donnas Hochzeit war am 8. November 1941. Und auf Michaels Foto hat irgendjemand hinten draufgeschrieben: Thanksgiving 1941, bei Onkel Bron. Das waren also nur Wochen – eigentlich Tage –, bevor du in den Lebensmittelladen gekommen bist.«

»Ist das wahr!«, sagte Michael.

Aber Pauline war sprachlos. Dass diese beiden Fotos sie durch einen Zufall fast zum letzten Mal in ihrer beider Leben als einander noch Fremde dokumentierten … sieh nur, was sie für Kinder waren, so unschuldig! Selbst die Sonne auf Michaels Gesicht wirkte unschuldig – wässrig und sanft –, und diese kecke Kurve der Feder auf Paulines Hut.

»Wir hatten nicht den Schimmer einer Ahnung«, sagte sie

verwundert. »Wir haben an gar nichts gedacht! Da standen wir; noch war nichts passiert. Kein Pearl Harbor, kein Krieg; wir hatten uns noch nie gesehen. Unsere Kinder gab es nicht. Unsere Enkelkinder waren nicht einmal vorstellbar.«

»Nun. Herzlichen Glückwunsch zum Hochzeitstag!«, unterbrach George sie.

»Erinnerst du dich, wie du das Pflaster auf meine Stirn geklebt hast?«, fragte Pauline Michael. »Du hast so gut ausgesehen. Ich muss immer noch jedes Mal daran denken, wenn ich Klebeband rieche.«

»Du hattest deinen roten Mantel an«, sagte er, »und als wir zur Parade gingen, habe ich dich einen Moment aus den Augen verloren, aber dann habe ich das Rot aufblitzen sehen, und ich hatte das Gefühl, als würde das Blut in meine Adern zurückströmen.«

»Und unsere verrückten Streitereien«, sagte sie. »Einmal bin ich vom Riesenrad abgesprungen, weil ich dachte, dass du ohne mich zu Katie Vilnas Geburtstagsparty gegangen wärst. Erinnerst du dich?«

»Dabei hat es sich noch gedreht!«, erzählte Michael den anderen. »Wir waren noch mindestens anderthalb Meter hoch!«

»Der Aufseher bekam einen Wutanfall«, fügte Pauline lachend hinzu.

»Und einmal, während meiner Rekrutenzeit, habe ich dir alle deine Briefe zurückgeschickt«, sagte Michael.

»Und einmal raste ich vor Wut, weil du Rumkugel zu mir gesagt hast, als ich im achten Monat war.«

»Und dann bist du im Nachthemd zu deinen Eltern gerannt, weißt du noch?«

Dann unterbrach Michael sich, und Pauline folgte seinem Blick und sah, dass niemand ihr Vergnügen zu teilen schien. Nur Sally hatte ein leises, versunkenes Lächeln im Gesicht, mit dem sie JoJo ansah, während sie mit seinem Lätzchen spielte.

»Nun, jedenfalls …«, sagte Michael. »Also, Kinder, das war wirklich sehr nett von euch.«

»Ja, danke«, stimmte Pauline ein.

Und die Erwachsenen setzten sich gerade hin und griffen nach ihren Champagnergläsern.

»In diesem Augenblick vor dreißig Jahren«, sagte Pauline, »haben wir gerade im Präsident-Lincoln-Hotel in Washington, D. C., eingecheckt.«

Sie stieg aus ihrem Kleid, schüttelte es aus und streifte es über einen Bügel. Auf dem Kragen war ein winzig kleiner rosa Puderfleck, aber wenn sie ihn mit einer Brosche oder etwas in der Art verdeckte, konnte sie es noch einmal anziehen, bevor sie es zur Reinigung brachte.

»Eine Menge Soldaten und Matrosen liefen in der Lobby herum, erinnerst du dich?«, fragte sie Michael. Er leerte seine Taschen auf seinem Schreibtisch, betrachtete genau jeden Zettel, jede Quittung, ehe er sie beiseitelegte, und gab keine Antwort. Aber sie redete trotzdem weiter. »Ich setzte mich auf einen Stuhl und wartete, bis du uns beide angemeldet hattest. Ich hielt meine Handtasche mit der linken Hand fest, damit alle sehen konnten, dass wir verheiratet waren.«

Sie war so nervös gewesen, dass sich ihr Mund trocken wie Flanell anfühlte. Dauernd versuchte sie, sich an die Ratschläge in dem Buch zu erinnern, das ihr ihre Mutter geschenkt hatte. *Ratgeber für junge Ehefrauen*. Entspann dich, hatte es da geheißen. Ha! *Vertrau deinem Mann, er wird dich anleiten*. Aus der Entfernung betrachtet, wirkte Michael unbeholfen und ungeschickt, sein bloßer Nacken war spargeldünn, wie der eines Schuljungen.

»Seltsam, wie etwas so lange her sein und doch so frisch

wirken kann, beides auf einmal«, sagte sie. »Meine Güte, ich kann immer noch die Köpfe der Polsternägel an der Armlehne des Stuhls vor mir sehen! Sie waren aus gehämmertem Messing, ich konnte die Erhebungen fühlten, wenn ich mit den Fingern darüber strich.«

Sie gab ihm Zeit, einzustimmen, wenn er wollte, aber offensichtlich wollte er nicht. Er ließ eine Handvoll Münzen in die Untertasse fallen, die sie genau dafür dort hingestellt hatte.

»Und dann ist dieser Soldat zu mir gekommen«, sagte sie, »ein Lieutenant Colonel, erinnere ich mich. Er sagte: ›Miss? Sind Sie allein?‹ Und ich sagte: ›Nein, ich warte auf meinen Mann, der uns gerade anmeldet‹ – es war das allererste Mal, dass ich diese Worte in der Öffentlichkeit sagte – *mein Mann*. Dann bist du plötzlich gekommen und hast dich angriffslustig vor mich gestellt. Ich konnte dich nicht davon überzeugen, dass ich nicht geflirtet hatte! Wir fuhren mit dem Fahrstuhl nach oben, du hast geschmollt, und ich habe geredet, weil der Liftboy nichts merken sollte.«

»Ja«, sagte Michael, »so war das wohl.« Endlich drehte er sich um und sah sie an. »Sogar in unserer Hochzeitsnacht Streit.«

»Oh, kein richtiger Streit. Eher ein Missverständnis! Und wir haben das ganz schnell beigelegt. Meine Güte, es wurde eine schöne Hochzeitsnacht. Erinnerst du dich, Liebster?«, fragte sie und war froh, dass sie sich bereits bis zum Unterrock ausgezogen hatte, dem verführerischen, mit dem durchgefädelten Bändchen im Oberteil.

Aber er bemerkte es offensichtlich nicht. »Vom Riesenrad springen«, sagte er, »zu deiner Familie rennen. Hast du uns heute Abend zugehört, Pauline? Hast du gehört, was wir gesagt haben? All unsere Weißt-du-nochs waren Kräche. Hast du die Gesichter unserer Kinder gesehen?«

»Nicht *alles* ging um die Kräche, Michael. Mein Gott!«, sagte Pauline. (Inzwischen rief sie sich schnell die Gesichter der Kinder in Erinnerung. Es war beängstigend, wenn Michael plötzlich mit einer seiner uncharakteristisch scharfsichtigen Beobachtungen aufwartete.) »Ich habe erzählt, wie du meine Stirn verpflastert hast«, sagte sie. »Du hast von meinem roten Mantel erzählt …«

»Womit wir wieder einmal die einzigen friedlichen Momente zwischen uns beiden hervorgeholt haben«, sagte er.

»Was?«

Er gab keine Antwort. Sein Mund war eine gerade Linie, und seine Augen hatten den dunklen undurchdringlichen Ausdruck, den sie manchmal bekamen, wenn seine Hüfte schmerzte.

Sie ging näher zu ihm, legte eine Hand auf seinen Arm. »Ach, Michael«, sagte sie. »Meine Güte, das ist einfach nicht wahr. Wir hatten jede Menge gute Zeiten. Zeiten, in denen wir verliebt waren, Zeiten, in denen wir uns unsere Ängste und Sorgen erzählt haben, Zeiten, in denen wir lachten. Die komischen Dinge, die die Kinder immer sagten, als sie klein waren – erinnerst du dich? Erinnerst du dich, dass Karen zu Mineralwasser immer ›eiliges Wasser‹ gesagt hat? Und die Sorgen, die wir uns teilten, all der Kummer mit Lindy, und der Trost, der du für mich warst, als meine Mutter langsam den Verstand verlor … Was ist schon dabei, wenn wir uns ein wenig streiten? Ich finde einfach, das beweist, dass wir eine sehr erfüllte Ehe führen, eine Ehe voller Schwung und Leidenschaft. Ich finde, es war auch eine *lustige* Ehe!«

Aber er sagte: »Es war nicht lustig.«

Sie ließ die Hand fallen.

»Es war die Hölle«, sagte er.

In dem Augenblick, als sie diese Worte vernahm, dachte sie, sie hätte sich verhört. Er konnte doch nicht gesagt haben, was sie gehört hatte. Oder doch? Und noch nicht mal in einer hitzigen Auseinandersetzung. Mit vollkommen ruhiger Stimme!

»Das ganze Gezeter und Gejammer, um dann doch so weiterzumachen«, sagte er. »Wegrennen, Türen schlagen, gegen Möbel treten, meine Sachen aus dem Fenster werfen, mich aus dem Haus aussperren …«

»Warum gehst du dann nicht«, sagte Pauline.

Er hielt inne.

»Wenn es dir so schlechtgeht, dann geh doch! Wenn ich dich so unglücklich mache. Wenn dein Leben eine derartige Qual ist. Geh! Worauf wartest du noch?«

Er sah sie noch einen Augenblick an, und dann griff er sich seine Autoschlüssel vom Schreibtisch, drehte sich auf dem Absatz um und ging.

So. Eine unvergessliche Jubiläumsnacht. Pauline zog ihren bebänderten Unterrock aus und rollte ihn zusammen, um sich zu merken, dass sie ihn morgen früh mit der Feinwäsche waschen wollte. Ihre Hände zitterten leicht. Sie fühlte sich schwach und leer, als ob sie zu lange unterwegs gewesen wäre, ohne etwas zu essen, und ihr Herz raste, so wie manchmal, wenn sie Angst hatte.

Sie zog den BH aus, aber nicht die Unterhose, und streifte sich dann ein Nachthemd mit langen Ärmeln über. (Immer wenn sie Angst hatte, schlief sie in Unterhosen und ihrem einfachsten Nachthemd – eine Angewohnheit aus ihrer Mädchenzeit.) Sie wusch sich das Gesicht, putzte die Zähne, nahm ihre Perlenohrstecker heraus und legte sie in den Schmuckkasten. Leise ging sie den Flur entlang in Pagans Zimmer, vergewisserte sich, dass er das Licht ausgemacht hatte, dann ging sie in ihr Zimmer zurück und stieg ins Bett.

Er würde zurückkommen. Keine Frage! Sobald er sich abgeregt hatte, würde er zurückkommen, aber sie würde fest schlafen, als ob sie sich überhaupt keine Sorgen machte. Er würde herumrumoren, eine Schublade zu laut schließen, die Schuhe zu laut auf den Fußboden fallen lassen. So würde er vorgehen, sich nicht entschuldigen, aber deutlich seine Anwesenheit verkünden. *Hier bin ich.* Darauf warten, dass sie den ersten Schritt tat. Er konnte tagelang unnahbar und schweigsam sein, und sie sagte dann: »Michael, bitte, mach das nicht!« Und er würde sagen: »Was soll ich nicht machen? Ich mach doch gar nichts.« Mit zusammengebissenen Zähnen lügen. Er war kein aufrichtiger Mensch. Er kämpfte auf unfaire Weise. Er hatte nicht einen Bruchteil ihrer Direktheit.

Zum Beispiel, wie er sich den Kindern gegenüber verhielt. »Deine Mutter hat dies gesagt« und »deine Mutter hat jenes gesagt«, »deine Mutter möchte nicht, dass du so spät nach Hause kommst«. »Deine Mutter möchte, dass du uns anrufst, wenn du dort angekommen bist. Du weißt, wie sie sich immer aufregt.« Immer hatte er ihr die miese Rolle zugeschoben. Es hieß nie: »*Ich* möchte das-und-das.« Er hielt es mit Pagan bis auf den heutigen Tag so. Gerade noch heute Abend hatte er ihn gefragt: »Hat Grandma nicht gesagt, dass Schlafenszeit ist, Pagan?« Und so wirkte er vergleichsweise locker und nachsichtig, so unbeteiligt.

Sie knipste das Licht aus und legte sich flach auf den Rücken, deckte sich nur mit dem oberen Laken zu. Es war eine warme, feuchte Nacht, mehr Sommer als Herbst, und durch das offene Fenster hörte sie das Zirpen und Summen der Insekten in den Büschen. Ein Auto sauste vorbei, wurde aber nicht langsamer und fuhr auch nicht in die Einfahrt.

Und die Art und Weise, wie er jedes Jahr in den drei Monaten, die sie dann älter war als er, »alte Dame« zu ihr sagte, und sich so witzig fand, obwohl er wusste – sie hatte es ihm ganz bestimmt oft genug gesagt –, dass das Alter ihr wunder Punkt war. »Was?«, fragte er dann, ganz die gekränkte Unschuld. »Was habe ich gesagt? Ich habe doch Spaß gemacht. Verstehst du keinen Spaß?« So war sie die Humorlose, er der unbeschwerte Typ.

Aber in Wahrheit war er so stur wie ein Richter und ebenso gefühllos.

Als sich damals in San Francisco Lindys Spur verlor, wollte Pauline einen Privatdetektiv engagieren und sie suchen lassen. Sie hatte von einem Mann namens Everjohn gehört, empfohlen von der Freundin einer Freundin, und sie schlug Michael vor, ihn anzurufen und einen Termin auszumachen. Aber Michael hatte sich geweigert. »Warum sollen wir uns damit belasten«, so hatte er sich ausgedrückt. »Sie weiß, wo wir wohnen. Sie weiß, dass ihr Sohn bei uns ist. Stell dir vor, der Kerl schafft es, sie zu finden. Was dann? Soll er sie fesseln und sie dann buchstäblich zurück nach Baltimore schleppen? Sie will uns nicht sehen, Poll. Also gut. Ich will sie auch nicht sehen.«

Das war Michael, auf eine Kurzformel gebracht. Gib auf, einfach so. Wasch dir die Hände. Ist sowieso egal.

Einmal hatte er ihr völlig unvermittelt erzählt, dass er von einem Kunden eine neue Redensart gelernt habe: *den Frosch ganz langsam töten.* »Rate mal, woher das kommt«, sagte er.

»Ich weiß noch nicht mal, was das bedeutet«, sagte Pauline.

»Es bedeutet, etwas so nach und nach machen, dass es niemand merkt. Wie die Verkleinerung einer Packung Cornflakes. Dadurch sind wir darauf zu sprechen gekommen. ›Die Preise sind dieselben geblieben, aber die Packungen werden kleiner und kleiner‹, sagte der Kunde. ›Sie töten den Frosch ganz langsam.‹ Ich sagte: ›Wie bitte?‹ Rate mal, woher der Ausdruck kommt.«

»Woher?«

»Man sagt, wenn man einen Frosch in einen Topf mit kaltem Wasser auf kleiner Flamme aufsetzt, erhitzt sich das Wasser langsam, Grad für Grad, und der Frosch spürt nicht, was passiert. Schließlich ist er tot und hat gar nichts gespürt.«

»Warum erzählst du mir das?«, fragte Pauline.

»Hmm?«

»Was hat dich bewogen, mir das zu erzählen?«

»Wieso, ich dachte, es würde dich interessieren, Liebes.«

»Du hast dir etwas dabei gedacht, stimmts?«

»Was?«

»Du hast mir das aus einem bestimmten Grund erzählt, das weiß ich.«

»Ich weiß nicht, wovon du sprichst!«

»Du denkst, dass *wir beide* ganz langsam getötet werden, ja? Unsere Ehe. Und du willst behaupten, dass ich diejenige bin, die das tut.«

»Bist du verrückt?«

Nein, sie war nicht verrückt. Sie nahm an, dass es einem ahnungslosen Zuhörer so vorkommen könnte, aber sie war mit Michael lange genug verheiratet, um zu wissen, was er andeutete, jawohl. Sie konnte ihn wie ein Buch lesen. Sie wusste Bescheid.

Endlich schlief sie ein, obwohl sie so wütend war, dass sie dachte, sie würde nicht schlafen können. Etwas später schreckte sie wieder hoch und sah auf die Uhr. Viertel nach drei. Es war stockdunkel und still. Keine Insektengeräusche mehr, kein Verkehr, und Michaels Bettseite war leer. Vielleicht hatte er einen Unfall gehabt. Ja, so musste es sein! Sie wusste es auf einmal mit einer geradezu telepathischen Gewissheit. Wie sonst erklärte sich seine Abwesenheit? Niemals würde er Geld für ein Hotelzimmer ausgeben. Er hatte keine Freunde, bei denen er übernachten konnte. Nein, er war irgendwo in einen Graben gefahren, mit seinem Champagnerschwips und übermüdet. Und jetzt verblutete er im Auto, und nun musste sie die Polizei anrufen. Nur dass es ihr zu peinlich war, anzurufen. Was sollte sie sagen? »Mein Mann ist im Zorn aus dem Haus gegangen, und ich bin mir sicher, dass er einen Unfall gehabt haben muss; das habe ich im Gespür.« – »Sicher, Verehrteste«, würden sie sagen. Und außerdem hatte sie das irrationale Gefühl, dass sie ihre Quote für Anrufe bei der Polizei seit Lindys Verschwinden ausgeschöpft hatte. »Hey, Kollege, hier ist wieder diese Mrs Anton. Ihr ist mal wieder eine geliebte Person abhandengekommen.«

Michael hatte kein Recht, sie in diese Lage zu bringen. Absolut kein Recht. Sie zwang sich, wieder einzuschlafen.

Als sie morgens Frühstück machte, hatte sie eine plötzliche Eingebung. Er musste die Nacht bei einem der Kinder verbracht haben. Wie gemein von ihm! Er wird ihnen erzählt haben, dass sie ihn rausgeworfen hätte, sie würden ihn bemitleidet haben. Am wahrscheinlichsten bei Karen, denn sie hatte ein Apartment im Zentrum, sehr günstig gelegen, gleich am Jones Falls Expressway. Pauline hörte auf, ihren Toast mit Butter zu bestreichen, und sah zum Telefon. Karen anrufen und fragen? Oder lieber nicht. Sie konnte aus Pagans Zimmer Geräusche hören – das Geratter der Baseballergebnisse von gestern in seinem Radiowecker. Wenn sie anrief, dann ehe er in die Küche kam. Sie überlegte einen Augenblick, hob dann den Hörer ab und wählte.

»Hallo«, sagte Karen.

»Hallo, Süße. Habe ich dich geweckt?«

»Nein, nein. Ich bin schon seit Ewigkeiten auf. Ich versuche, den Bericht fertig zu schreiben, der als Erstes morgen fällig ist.«

»Nun, ich wollte dir einfach danken, dass du dir mitten in der Woche Zeit für das Essen genommen hast.«

»Ach, schon gut.«

»Ich weiß, wie viel du zu tun hast.«

»Ist schon gut.«

Pause.

»Und danke noch mal für euer Geschenk«, sagte Pauline. »Was für eine wunderbare Idee!«

»Das hat alles Sally gemacht.«

»Ja, das habe ich mir schon gedacht. Sally kann gut organisieren. Aber es war lieb von dir, dich daran zu beteiligen.«

»Gern geschehen«, sagte Karen.

»Also«, sagte Pauline. Pagans Radiowecker wurde lauter, was hieß, dass er seine Tür geöffnet haben musste. »Also, ist Daddy gestern Abend bei dir vorbeigekommen?«, fragte sie schnell.

»Dad? Hier vorbeigekommen?«

»Also nicht.«

Pagan kam in die Küche, hielt seinen Rucksack an den Riemen in der Hand.

»Warum sollte er hier vorbeikommen?«, fragte Karen.

»Ach, nur so, wirklich.«

»Ich dachte, er wäre zu Hause, bei dir.«

»Ja, aber wir hatten so einen kleinen … weißt du, so einen ganz und gar aus den Fugen geratenen …«

Pagan ließ den Rucksack mit einem dumpfen Ton, mehr einem Knall, was mochte er wiegen?, auf den Boden fallen, setzte sich auf seinen Stuhl und sah sie erwartungsvoll an.

»Was«, sagte Karen, »ihr habt euch an eurem Hochzeitstag gestritten?«

»Na ja, nicht richtig …«

Sie wollte vor Pagan nicht das Wort *Streit* sagen. »Es war

nichts, wirklich nicht«, sagte sie. »Himmel, die Zeit! Ich muss Pagan zur Schule bringen.«

»Heißt das, dass Dad irgendwo anders ist?«

»Hmm? Ach so. Na ja, im Moment ist er nicht da, aber ...«

»Kann ich Cheerios haben?«, fragte Pagan.

»Nein, Pagan, ich habe schon Toast gemacht. Tut mir leid, Liebes, ich muss weg!«

»Warte«, sagte Karen, aber Pauline legte auf.

»Ich habe keine Lust mehr auf Toast«, sagte Pagan. »Ich hatte gestern welchen. Kann ich nicht Cheerios haben?«

»Na gut. Hier«, sagte Pauline. Sie nahm die Schachtel mit den Cheerios aus dem Regal und stellte sie ihm betont freundlich hin. Dann griff sie wieder nach dem Telefon und wählte Georges Nummer.

»Aber wo ist die Schüssel? Und die Milch?«, fragte Pagan genau in dem Moment, als Sally »Hallo?« sagte.

Hols der Teufel. Na, auch gut. »Guten Morgen, Sally!«, sagte Pauline.

»Oh, hallo, Pauline!«

»Ich wollte euch nur danken, dass ihr gestern Abend gekommen seid, und auch noch für das wunderschöne Bild!«

»Ich bin so froh, dass es dir gefällt. Du findest die Vergoldung nicht zu aufdringlich?«

»Die Vergoldung? Aber nein! Nein, es ist wirklich wunderschön, Sally.«

»George fand, die Ränder hätten auch mattweiß sein sollen. Als ich damit nach Hause kam, sagte er: ›Warum die Goldränder?‹ Und ich sagte: ›*Jetzt* beschwerst du dich. Dabei habe ich dich gefragt, bevor ich mich dafür entschied; ich habe dich gefragt, ob du für die Bilder etwas Bestimmtes im Kopf hast, und du hast gesagt, du würdest dich mit solchen Sachen nicht auskennen und es mir überlassen.‹ Aber wenn du willst, dass ich sie wieder mattieren lasse, Pauline ...«

»Du lieber Gott, nein! Ich liebe das Gold. Ich finde das Gold das Beste daran!«

»Oh. Heißt das … Möchtest du, dass der Rahmen auch vergoldet ist?«

»Ganz und gar nicht«, sagte Pauline bestimmt. »Wir beide mögen es genau so, wie es ist. Michael hat das ausdrücklich gesagt. Er ist im Moment nicht hier, andernfalls, da bin ich mir sicher, würde er es dir selber sagen. Meine Güte, ich bin mir nicht sicher, *wo* er ist! Du hast ihn nicht gesehen, oder?«

»Gesehen … Michael? Muss er nicht arbeiten?«

»Gut, ich werde ihn bitten, dich anzurufen, wenn er nach Hause kommt, und sich selber bei dir zu bedanken.«

»Ach, das ist nicht nötig. Wollte er herkommen? Ich verstehe das nicht.«

»Nein, nicht, dass ich wüsste«, sagte Pauline. »Nochmals vielen Dank. Bye.«

Sie legte auf, blieb aber einen Moment neben dem Telefon stehen und kniff sich mit Daumen und Zeigefinger in die Unterlippe.

»Grandma«, sagte Pagan. »Ich brauche eine Schüssel für meine Cheerios.«

»Herrgott noch mal, Pagan, du bist jetzt alt genug, um dir selber deine Schüssel zu holen!«, sagte Pauline.

Aber trotzdem nahm sie eine und knallte sie so laut auf den Tisch, dass Pagan zusammenzuckte.

Auf der Rückfahrt von Pagans Schule kam sie an dem Lebensmittelgeschäft vorbei. Es lag direkt am Weg, fast direkt. Sie musste nur einen kleinen Schlenker Richtung Süden machen, um daran vorbeizukommen. Es war ein flacher Backsteinbau zwischen einer Apotheke und einem Maklerbüro, mit einem langen schwarzen Schild auf dem Dach, auf dem in goldener Kursivschrift *Antons Lebensmittel & Delika-*

tessen stand. Geschmackvolle Pflanzenkübel nahmen so viel von dem mit Kies bestreuten Parkstreifen vor dem Geschäft weg, dass Michael immer hinten parkte, zwischen Abfallcontainern und Mülltonnen; deshalb konnte sie nicht sehen, ob er da war. Sie parkte auf einem Platz in der Nähe der Apotheke, so weit entfernt vom Geschäft wie möglich, stellte den Motor ab und blieb einen Moment sitzen, mit sich selbst uneins. Dann fasste sie einen Entschluss und stieg aus dem Auto.

Komisch, dass das neue *Antons* – so viel luftiger und heller als der alte Laden – immer noch dieselben Gerüche verbreitete, irgendwie persönlicher als der Geruch in einem Supermarkt. Aber in den Regalen standen teurere Lebensmittel, die sich in St. Cassian niemand leisten konnte, und es gab hier eine Frischfleischtheke und sogar eine Blumenabteilung. In der Lebensmittelabteilung entdeckte Pauline Michaels Geschäftsführer, einen blassen dicken Mann mit feuchtem Haar, der immer ein derart enges Goldkettchen mit einem Kreuz trug, dass es aussah, als wäre es in seinem Hals eingewachsen. Sie ging zu ihm und sagte in einem nachsichtigen Ehefrauen-Ton: »Guten Morgen, Bart! Ich nehme an, er ist in seinem Büro?«

»Ja, Madam«, sagte Bart, »oder irgendwo ganz in der Nähe. Ich habe ihn gerade gesehen.«

Es hatte also keinen Unfall gegeben, kein auf dem Dach liegendes Auto im Straßengraben. Sie hatte sich umsonst gesorgt. Sie empfand eher Wut als Erleichterung. »Gut, danke«, sagte sie zu Bart. »Ich werde ihn aufspüren«, und sie machte sich zum hinteren Teil des Geschäfts auf, wobei sie an zwei jungen Frauen mit völlig gleichen Frisuren vorbeikam, die sich zum Tennisspielen verabredeten.

Sie sah, dass die Bürotür offen stand. Michael lehnte mit dem Rücken zu ihr im Türrahmen, hörte sich an, was ihm das Mädchen berichtete – wie hieß es doch gleich? –, das die Buchführung übernommen hatte, als Mrs Bird in Rente gegangen war. Letitia, genau. Letitia hatte sich mit ihrem Stuhl zu Michael umgedreht und fragte Michael etwas, und Michael nickte langsam und nachdrücklich. Es gab keinen Grund, dass er Paulines Kommen bemerkt haben könnte – sie hatte einen leichten Schritt und trug Turnschuhe –, aber er drehte sich plötzlich um, als ob er sie irgendwie gespürt hätte, und in seinem Gesicht stand mit einem Mal so viel Schuld, so als hätte sie ihn ertappt. Einen Augenblick lang hatte sie das Gefühl, sie wäre in ein Rendezvous geplatzt. Dann begriff sie, dass es viel schlimmer war. Er bedauerte, dass sie ihn gefunden hatte. (Sie hatte ihn *aufgespürt*, um es mit ihren eigenen Worten zu sagen.) Sie hätte nicht sagen können, woher sie das wusste, aber sie wusste, dass es stimmte. Er freute sich nicht, sie zu sehen. Die Gewissheit überfiel sie so grausam, dass sie unvermittelt einen Schritt zurück machte und gegen einen Einkaufswagen stieß.

»Hallo!«, sagte Michael, und Letitia: »Oh, hallo, Mrs Anton.« Sie winkte ihr fröhlich zu und schwang ihren Stuhl zurück zu ihrer Rechenmaschine.

»Ich habe mich gefragt, ob du heute zum Abendessen nach Hause kommst«, sagte Pauline.

Michael warf Letitia einen kurzen Blick zu, und dann kam er näher zu ihr, näher, aber nicht ganz nah. Fast zu leise, um verstanden zu werden, sagte er: »Ich glaube nicht, Pauline.«

Die Art, wie er ihren Namen zum Schluss dranhängte, war erniedrigend – so besorgt und bekümmert, als wollte er versuchen, ihr schonend eine schlechte Nachricht beizubringen. Sie war tief gekränkt. Sie sagte: »Nun, gut!«

Ein Teil seiner Anspannung wich aus seinem Gesicht. Sie hörte sich selbst sagen: »Wunderbar! Einfach wunderbar!

Bleib einfach für immer weg!« Ihre Stimme war die einer anderen Frau, war die Stimme einer wilden, mutigen Verrückten. Sie wirbelte herum, stieß wieder an einen Einkaufswagen – vielleicht denselben – und rannte durch den Gang, an den Kassen vorbei und aus dem Geschäft, zu ihrem Auto.

Sie sagte es niemandem. Sie verbrachte den Tag mit Wegwerfen, Schubladen aufräumen, Schränke säubern. Das Abendessen würfelte sie aus Dosen zusammen, die sie beim Umräumen der Küche ausgegraben hatte, aber nur Pagan aß. Pauline sah ihm von ihrem Tischende zu. »Wo ist Grandpa?«, fragte Pagan.

»Auf einer Versammlung«, sagte sie.

Das schien er zu akzeptieren, obwohl Michael bisher noch nie bei einer Versammlung gewesen war.

Nach dem Abendessen ging Pagan nach unten, um fernzusehen, und Pauline setzte sich auf die Couch im Wohnzimmer mit dem Gesicht zum Panoramafenster. Es wurde langsam dunkel, aber sie machte kein Licht. Wieder und wieder glättete sie den Saum ihres Pullovers zwischen den Fingern und starrte hinaus auf die Bäume an der anderen Straßenseite hinter dem Haus, die immer schwärzer wurden. Von hier aus hörte sich das Fernsehen wie Gebell an – *wuff-wuff-wuff* –, Cowboys, die einander zwischen Schüssen Befehle zuriefen. Sie wusste, dass sie hinuntergehen, nach Pagan sehen und ihn fragen müsste, ob er Hausaufgaben aufhatte, vorschlagen sollte, ihm ein Buch vorzulesen oder ein Brettspiel mit ihm zu spielen, aber sie tat es nicht.

Als die Scheinwerfer in der Einfahrt aufleuchteten, machte ihr Herz einen Satz. Sie dachte an Michaels Beschreibung von gestern Abend: *Mir kam es vor, als ob das ganze Blut wieder in meine Adern zurückströmte.* Sie langte nach einer Zeitschrift und schlug sie blind auf, sodass sie, als er eintrat, im Dunkeln zu lesen schien. Er machte das Deckenlicht an und sah sie an. Sie kniff die Augen gegen die Helligkeit zu.

»Ich komme, um meine Sachen abzuholen«, sagte er.

»Oh.«

»Außerdem komme ich, um mich wegen Pagan mit dir zu arrangieren.«

»Arrangieren?«

»Ich möchte ihn nicht einfach verlassen. Wir sollten besprechen, wann ich ihn sehen kann.«

»Oh«, sagte sie. »Gut, schlag etwas vor. Triff dich mit ihm, sooft du willst! Nimm ihn doch einfach, wenn du das möchtest. Ich werde seine Sachen einpacken.«

»Okay«, sagte Michael und zuckte die Achseln. »Gut.«

»Nein, warte! Nein!«

Sie stand auf und presste die Zeitung an die Brust. »Oh, Michael«, sagte sie. »Warum müssen wir uns so aufführen?«

Er überlegte kurz, ehe er antwortete. Dann sagte er: »Das weiß ich nicht.«

Das war buchstäblich die Wahrheit, erkannte sie. Das galt für sie beide. Sie sank auf die Couch zurück, und er zögerte, schließlich drehte er sich um und ging in den hinteren Teil des Hauses.

Sie konnte jedes seiner Geräusche identifizieren. Sie musste nicht danebenstehen. Die Bodentreppe, die durch die Falltür in der Flurdecke nach unten glitt; sein unsicherer Tritt hinauf und hinunter, zweimal, mit Koffern, die unbeholfen gegen die Holzstufen polterten, und das Zurückgleiten der Treppe. Schubladen wurden auf- und zugezogen, Bügel schabten auf der Kleiderstange im Schrank entlang, im Bad quietschte die Tür des Medizinschränkchens. Dann ging er hinunter ins Fernsehzimmer. Sie hörte seine leise Stimme und das Gebell der Cowboys, aber keine Antwort von Pagan. Wahrscheinlich war Pagans Stimme zu dünn, um bis nach oben zu dringen. Noch mehr Gemurmel, dann Stille. War das eine Abschiedsumarmung? Michael zeigte seinen Enkelkindern sehr viel offener seine Zuneigung als seinen eigenen Kindern. Schritte – schwerer und langsamer – kamen die Treppe hinauf, in ihre Richtung. Als er wieder im Wohnzimmer auftauchte, trug er in der rechten Hand einen Koffer, und ein kleinerer hing an einem Riemen über der linken Schulter. Über seinem linken Arm hing ein Kleidersack.

»Ich möchte Pagan an den Wochenenden zu mir nehmen«, sagte er. »Ich hole ihn samstagmorgens ab und bringe ihn sonntagabends zurück, wenn du damit einverstanden bist.«

»Nehmen? Wohin?«, fragte sie.

»Ich habe ein Apartment in dem neuen Haus gegenüber vom Geschäft gemietet.«

Es war lächerlich, aber sekundenlang überlegte sie, von welchem Gebäude er sprach. Es musste das sandfarbene Haus mit dem Stuck sein.

»Ich werde Freitag einziehen«, sagte er. »Bis dahin bin ich im Colts Road Hilton, für den Fall, dass du mich erreichen musst.«

»Das Hilton!«, sagte sie. »Was das kosten muss!«

»Wieso interessierst du dich dafür, was es kostet?«, fragte er.

Was ihr endlich, endlich klarmachte, dass ihr Mann sie tatsächlich verlassen hatte.

Und wegen so einer belanglosen Geschichte, nach all diesen gemeinsamen Jahren! Sie konnte sich noch nicht mal genau *erinnern*, worum es gegangen war. Warum gerade nach dieser Geschichte? Warum nicht bei hundert anderen?

Noch einmal zögerte Michael, aber dann ging er ins Foyer. Sie hörte die Eingangstür zuschnappen, und einen Augenblick später leuchteten die Scheinwerfer auf, und er fuhr rückwärts aus der Einfahrt. Sie starrte weiter vor sich hin. Sie hatte ein gleitendes, schwereloses Gefühl, wie jemand, der in einem haltenden Zug sitzt, und der Zug auf dem Nebengleis setzt sich in Bewegung, und einen Moment lang ist man sich unsicher, welcher Zug fährt.

Der Donnerstag ging vorbei, und der Freitag. Immer noch hatte sie es niemandem erzählt, noch nicht mal ihren Schwestern. Nicht mal ihren Freundinnen oder den Kindern (die sowieso nicht anriefen – zu beschäftigt mit ihren eigenen Leben, dachte sie). Das erinnerte sie an jene ersten Tage, nachdem Lindy weggegangen war: am besten keine Worte darüber verlieren. Das Aussprechen machte es erst real.

Und ihr Hang, in jedem Fremden Michael zu sehen – auch das hatte sie bei Lindy erlebt. Wenn man nach jemandem sucht, hatte sie erfahren, versucht man, einen anderen Menschen in denjenigen zu verwandeln, den man sucht. Man sieht in der Ferne eine Gestalt und nimmt unbewusst deren Haar dunkler wahr, oder macht ihn fünfzehn Zentimeter größer oder zieht zehn Kilo ab, alles reines Wunschdenken. Einfach klägliches Wunschdenken.

Sie dachte, sie hätte ihn gesehen, als er einen Brief in den Postkasten an der Ecke warf. Als er darauf wartete, über die Kreuzung Beverly Drive, Ecke Candlestick Lane, gehen zu können. Als er mit einer Frau vor dem Almost Unique Beauty Salon redete. Sie erlebte die gleichen widersprüchlichen Gefühle, die sie empfunden hatte, als sie sich einbildete, Lindy zu sehen: Freude und Wut, zu gleichen Teilen. Sie *hasste* ihn! Aber sie floss vor Enttäuschung über, wenn sie merkte, dass es jemand anderes war.

Das Telefon zu Hause schien vor nicht geführten Gesprächen immer mehr anzuschwellen. Das Haus war wie in ein wattegepolstertes Schweigen eingehüllt, das sie mit Häusern einsamer alter Damen in Verbindung brachte. Sie versuchte, so viel wie möglich nicht zu Hause zu sein, füllte den Tag mit Besorgungen aus, bis es Zeit war, Pagan von der Schule abzuholen. Noch nie hatte sie derart gewissenhaft so teuflische kleine Aufgaben erledigt wie das Anbringen eines neuen Duschvorhangs oder das Besorgen von Säcken mit Torf oder die Suche nach einer quadratischen Kachel als Ersatz für die gesprungene über dem Herd. Sie fuhr zu Safeways zum Einkaufen – ein Aha-Erlebnis. (Sie war es gewohnt, dass Michael die Lebensmittel mitbrachte, wenn er von der Arbeit nach Hause kam. Sie hatte nicht gewusst, wie teuer Essen geworden war.)

Dann endlich konnte sie Pagan abholen. Wenn sie zusammen durch die Eingangstür traten, erwachte das Haus glücklicherweise wieder zum Leben. »Ich habe Hunger«, verkündete Pagan. »Ich habe Durst!« Und: »Schau, was ich im Kunstunterricht gemacht habe. Können wir es einrahmen? Wer hat die Brezeln gegessen?«

Ein paar Mal versuchte sie, mit ihm über Michaels Abwesenheit zu reden. »Also«, sagte sie am Freitagabend, »wie du weißt, wirst du morgen Grandpa besuchen.«

»Mmm«, sagte er und suchte eifrig etwas in einer Küchenschublade.

»Du weißt, dass Grandpa sich ein bisschen Urlaub genommen hat. Er wohnt eine Zeit lang für sich allein.«

»Hast du meinen langen gebogenen Strohhalm gesehen?«, fragte er.

»Er ist im Geschirrspüler. Leute machen so etwas, weißt du. Sie machen Ferien voneinander. Das heißt nicht, dass Grandpa dich nicht lieb hat.«

»Wie Beth Anns Daddy«, sagte er.

»Beth Ann?«

»Beth Anns Daddy hat eine neue Mutter.«

»Eine neue … Nun, Grandpa würde nie …«

»Wo in der Geschirrspülmaschine? Ich sehe ihn nicht!«

»Sieh im obersten Gestell nach, Pagan«, sagte Pauline und gab auf.

Er war ein schönes Kind, mit olivbrauner Haut und schwarzen Olivenaugen unter einer glatten schwarzen Pagenfrisur – und sie liebte ihn von Herzen. Aber er war immer eine Spur zu zurückhaltend, er versteckte sich, verschloss sich, was sie frustrierte. Irgendwie wäre es ihr lieber gewesen, wenn er außer sich wäre, in ihren Armen geschluchzt und Trost gesucht hätte.

Obwohl es natürlich schön war, dass er so gut damit fertigwurde.

Als Pagan an diesem Abend zu Bett gegangen war, rief Michael an. »Wie geht es dir?«, fragte er höflich.

»Sehr gut, danke. Wie geht es dir?«, fragte Pauline.

»Gut. Ich überlege, ob ich Pagan gegen acht Uhr morgen früh abholen könnte?«

»Acht Uhr passt mir gut«, sagte sie.

»Nun, gut. Bis dann«, sagte er.

»Bye.«

Sie legte den Hörer auf.

Nachts fiel ihr ein, dass sie es gewesen war, die Michael wieder einmal wortreich aufgefordert hatte, zu gehen. Sie hatte rundheraus, und ohne es zurückzunehmen, verlangt, dass er ging.

Natürlich war er gegangen. Was sollte er sonst tun? Natürlich kam er nicht wieder! Es war alles ihre Schuld. Es lag an ihr, es zu kitten.

Am Samstagmorgen stand sie früh auf und schlüpfte in ein blaues Kleid mit rundem Ausschnitt, das sie bei Hecht im Ausverkauf erstanden hatte. Aber im Spiegel sah es zu neu aus. Es wirkte zu bemüht. Stattdessen zog sie schwarze lange Hosen und eine leuchtend rote Bluse an. Sie kämmte sich, legte Make-up auf, sah wieder prüfend in den Spiegel. Die rote Bluse war eine gute Idee. Sie passte nicht nur zum Lippenstift und brachte Farbe in ihre Wangen, sie war auch eine Erinnerung an den roten Mantel, den sie getragen hatte, als sie sich kennenlernten.

Wie oft hatte sie sich, wenn sie die Auseinandersetzungen mit Michael satthatte, gezwungen, daran zu denken, wie er an jenem ersten Tag ausgesehen hatte? An seine hohen zarten Wangenknochen, daran, wie er den Mund zusammenpresste, als er ihr das Pflaster auf die Stirn klebte. Ihr eigentliches Problem war, dass sie sich inzwischen zu gut kannten. Wenn sie bis zu ihrem ersten Eindruck von ihm zurückging, wusste sie, warum sie sich in ihn verliebt hatte.

Sie eilte durch den Flur zur Küche, blieb vor Pagans Zimmer stehen, steckte den Kopf rein und fragte: »Bist du wach?«

»Ich bin wach«, nuschelte er undeutlich unter einem Durcheinander von Bettdecken.

»Beeil dich, Liebling. Grandpa wird in einer halben Stunde hier sein.«

In der Küche stellte sie hektisch die Kaffeemaschine an, steckte Toast in den Toaster, goss Pagan Orangensaft ein. »Pagan!«, rief sie. »Frühstück!«

»Ich komme.«

Sie ging durch das Esszimmer ins Foyer, wo sie einladend die Eingangstür aufmachte und Kissen auf die Schusterbank legte. Als sie durch das Esszimmer zurückging, fiel ihr das Hochzeitstagsgeschenk ins Auge, das auf der Anrichte stand. Sie nahm es und ging damit wieder ins Foyer und stellte es dort auf den Tisch, drehte es mit dem Gesicht zur Tür, sodass jeder, der hereinkam, es sehen musste. Im Morgenlicht wirkten die Fotos verblasster. Außerdem schien die junge Pauline etwas an sich zu haben, was der junge Michael nicht hatte. Sie sah älter aus als er und härter.

»Grandma? Wo bist du?«, rief Pagan aus der Küche.

»Ich komme schon, Pagan«, sagte sie. Aber stattdessen ging sie wieder in ihr Schlafzimmer. Sie nahm die Haarbürste von ihrer Unterlage auf dem Toilettentisch und bürstete und toupierte ihr Haar so lange, bis es jugendlich ihr Gesicht einrahmte.

»Heute ist Samstag, Grandma! Samstags bekomme ich Kakao!«

»Oh, stimmt. Ich mach dir welchen.«

Aber jetzt nestelte sie an ihren Knöpfen, riss die Bluse runter und griff nach einer anderen, einer weicheren, mit rosaweißem Rosenmuster und Rüschen.

Als Michael kam, siebeneinhalb Minuten später, als er versprochen hatte, war sie wieder in der roten Bluse (die Rosenknospen waren ein Fehler), sie hatte sich an der Eingangstür aufgebaut, lächelte und öffnete ihm die Fliegentür, als er den Weg hinaufkam.

»Hallo«, sagte sie.

»Hallo.«

»Pagan sucht gerade seine Sachen zusammen.«

»Okay«, sagte er und kam herein. Er trug ein Hemd, das sie schon eine Weile nicht mehr an ihm gesehen hatte – ein blaues gestreiftes Button-down, in dem er ebenso frisch wie formell wirkte.

»Braucht er seinen Schlafsack?«, fragte sie.

»Nein, es gibt ein Gästebett.«

»Ist dein Apartment möbliert?«

»Na ja, sozusagen. Gewissermaßen rudimentär. Sozusagen rudimentär.«

Er sah sie nicht an. Er sah irgendwohin, klimperte mit den Schlüsseln, und sie musste sich zusammenreißen, nicht demonstrativ in sein Blickfeld zu treten.

»Wie wäre es mit einer Tasse Kaffee, während du wartest?«, sagte sie.

»Nein danke. Ich dachte, wir könnten das Scheckbuch durchgehen.«

»Das Scheckbuch«, sagte sie.

»Es ist sehr einfach, wirklich. Ich meine, eine Rechnung kommt, du bezahlst sie. Nichts, womit du nicht fertigwirst. Da bin ich mir sicher. Aber ich habe ein paar Schecks ausgestellt, die eingetragen werden müssen – die Anzahlung für das Apartment und so weiter.« Er griff in die Hemdtasche und zog ein Stück Papier heraus. »Hier. Ich habe es aufgeschrieben.«

Sie nahm das Stück Papier, sah ihm dabei aber weiter ins Gesicht.

»Ich habe mit dem Gehaltsscheck vom Freitag ein neues Konto eröffnet, aber es dauert ein paar Tage, bis es freigegeben ist«, sagte er.

»Ich verstehe.«

»Gibt es etwas, was wir noch besprechen müssen?«

Sie sagte: »Es tut mir leid, dass ich gesagt habe, du sollst gehen.«

Nach einer Pause sagte er: »Schon gut.«

»Ich habe es wirklich nicht so gemeint. Wie konntest du glauben, dass ich es so gemeint habe? Es war doch nur, weil du mich verletzt hast. Du hast so geredet, als ob wir nie einen glücklichen Moment zusammen gehabt hätten. Du verstehst doch, warum ich so reagiert habe.«

Es lag etwas Geduldiges und Nachsichtiges in der Art, wie er da stand und ihr zuhörte, ohne zu antworten, das Klimpern der Schlüssel hatte endlich aufgehört. Er vermittelte ihr ein Gefühl der Niederlage. Sie fühlte, wie ihr die Tränen in die Augen stiegen, und sie sagte: »Wir waren dreißig Jahre verheiratet, Michael. Wir haben so viel zusammen durchgemacht! Du kannst das nicht einfach wegwerfen wegen dieser einen Kleinigkeit, die ich gesagt habe!«

»Es geht nicht um das, was du gesagt hast. Es geht darum, was ich gefühlt habe, als du es sagtest.«

Sie wartete.

»Als du ›Geh doch‹ gesagt hast, fühlte ich mich ... befreit«, sagte er. »Ich dachte: Ja, wieso nicht, ich könnte gehen, oder nicht? Das ist eine Idee! Es war, als ob eine Last von mir abfiel.«

»Eine Last«, sagte sie.

Ihr liefen nicht mehr die Tränen hinunter, aber ihre Wangen waren noch feucht. Nicht, dass Michael es bemerkt hätte. Er sah auf einen Punkt etwas links von ihr. Nachdenklich sagte er: »Ich weiß nicht, warum ich genau in jenem bestimmten Augenblick zu diesem Entschluss gekommen bin. In gewisser Weise ist das jetzt auch bedeutungslos. Ich bin zu alt, um ganz neu anzufangen. Aber mir kommt es wie eine große Verschwendung vor, weiter so unglücklich zusammen zu sein. Lieber spät als nie, wie meine Mutter zu sagen pflegte. Es nützt nichts, gutes Geld schlechtem hinterherzuwerfen, oder gute *Jahre* schlechten ...«

»Nun, das will ich auf keinen Fall sein, eine *Last*«, sagte Pauline, wobei sie besondere Betonung auf das letzte Wort legte.

Jetzt sah er sie an.

»Da sei Gott vor, dass du dich *verantwortlich* fühlst oder *verpflichtet* oder *schuldig*. Nein, du solltest endgültig gehen, Michael. Ich denke nicht im Traum daran, dich zurückzuhalten. Geh! Geh! Geh!«

Pagan sagte: »Grandma?«

Er stand in der Tür zum Esszimmer und drückte einen zu vollgestopften Campingbeutel an sich. Michael sagte: »Nun, Sir? Wie geht es meinem Jungen?«

»Was hat Grandma?«

»Nichts, Junge. Fertig zum Abmarsch?«

Pagan sah Pauline an. Sie zwang sich, zu lächeln.

»Wiedersehen, Liebling«, sagte sie.

Als sie weg waren, tastete sie nach der Schusterbank hinter sich und setzte sich langsam. Ihr zitterten die Knie, und ihr Gesicht brannte.

An diesem Wochenende erzählte sie es allen. Das Telefon war ihre Nabelschnur, ihre einzige Sauerstoffleitung. Sie hatte das Gefühl, wenn sie zwei Minuten ohne Verbindung zu einem anderen Menschen wäre, bekäme sie keine Luft mehr und geriete in Panik. Sie begann, die Wäsche zusammenzulegen, und merkte, dass sie plötzlich unwillkürlich vom Nebenanschluss im Schlafzimmer ihre älteste Schwester anrief. »Ich weiß nicht, was ich machen soll, Donna. Wie soll ich weiterleben? Wie soll ich den Tag durchstehen? Er ist der Mittelpunkt meines Lebens!«

Donna meinte, das würde vorbeigehen: »Pauline, ich werde vergessen, dass du es mir je erzählt hast, denn morgen früh werdet ihr beide wieder zusammen sein, so wie immer.«

»Glaubst du?«, fragte Pauline. Ihr wurde leichter, und nachdem sie aufgelegt hatte, ging sie hinaus, um die Geschirrspülmaschine leer zu räumen, und vergaß die Wäsche. Aber dann rief sie von der Küche aus Katie Vilna an und erzählte die ganze Geschichte noch einmal.

Katie sagte: »O Poll. Wie konnte er nur? Was für eine Ratte! Ihr beide seid seit einer Ewigkeit verheiratet!«

»Dreißig Jahre«, sagte Pauline und wischte sich die Augen mit dem Ärmel ab.

»Dreißig Jahre! Stell dir vor! Und wegen so einem – nun, ich sollte das nicht sagen, aber er war immer schon päpstlicher als der Papst. Du weißt schon, was ich meine. So ruhig und kühl und tugendhaft. Neben Michael konnte niemand gut abschneiden! Ich weiß nicht, warum du dich so lange mit ihm abgegeben hast. Meine Güte, meine längste Ehe hat vier Jahre gedauert, meine zweite, mit Harold, und davon hingen die letzten dreieinhalb Jahre am seidenen Faden.«

»Na ja, aber … *Harold*«, sagte Pauline. Harold und Michael gehörten zwei unterschiedlichen Spezies an, hätte sie einwenden können.

Wanda wollte wissen, worüber sie sich gestritten hatten. Pauline sagte: »Tja …« Dann sagte sie. »Das hatte sehr wenig damit zu tun. Ich kann es dir wirklich nicht sagen. Ist es nicht seltsam, wie ein Streit sich aus einem Nichts heraus entwickeln kann? Einmal, erinnere ich mich, haben wir uns darüber gestritten, ob es zu kalt sein kann, um zu schneien. Michael sagte, natürlich könne es das; wenn ich nur ein einziges Mal richtig hinsehen würde, müsste mir klar sein, dass man an wirklich kalten Abenden nie Schnee fallen sieht. Ich behauptete, das sei ein Ammenmärchen. Wie ließe sich sonst der Schnee an Nord- und Südpol erklären, fragte ich. Er sagte, ich wüsste nicht, wovon ich redete. Ich sagte, er hätte kein Recht, so herablassend zu sein. Wir haben uns schließlich beinahe gehauen. Wir haben tagelang nicht mehr miteinander geredet!«

»Mom hat immer gesagt, Ehen sind wie Obstbäume«, sagte ihre mittlere Schwester. »Erinnerst du dich? Wie die Obstbäume, die mit Zweigen anderer Sorten an den Stämmen veredelt werden. Nach einiger Zeit vermischen sie sich, wachsen zusammen, und es ist egal, wie verrückt die Mischung ist – Pfirsich auf einem Apfelbaum, oder Kirsche auf einem Pflaumenbaum –, doch würdest du sie trennen, würdest du ihnen eine tödliche Wunde zufügen.«

»Warum erzählst du *mir* das, Megan? Warum nicht ihm? Glaubst du, die Trennung ist meine Idee? An mir hat es nicht gelegen! Er ist derjenige, der gegangen ist. Er hat eine richtige neue Wohnung! Ihn kümmert es nicht die Bohne, ob er eine tödliche Wunde verursacht!«

Aber nachdem sie aufgelegt hatte, stellte sie sich das Bild eines veredelten Baums vor. Sie fühlte sich in der Tat verwundet. Eine wunde Stelle schien sich in der Vertiefung zwischen ihren Brüsten gebildet zu haben.

Und sie empfand es als treffendes Bild, ihre Ehe als einen Baum zu sehen. Sie stellte sich einen jener knorrigen, trockenen, bemoosten Bäume vor, die man auf windumtosten Klippen sieht, wo es weder Erde noch genug Wasser gibt.

Mimi Drew sagte: »Entschuldige, Pauline, wenn ich das anspreche, aber ich kann nicht umhin, dich daran zu erinnern, dass du in gewisser Weise … temperamentvoll bist, um es mal so zu sagen. Manche Menschen könnten das als Bedrohung empfinden. Vielleicht braucht Michael einfach eine kleine Verschnaufpause.«

»Verschnaufpause! Und was ist mit mir? Mit einem Haus, um das ich mich kümmern muss, und einem Enkelkind, das ich großziehe. Wie wäre es mit einer Verschnaufpause für mich?«

»Nun, natürlich brauchtest du eine. Das weiß ich. Glaub nicht, dass ich das nicht weiß, Pauline.«

Pauline knallte den Hörer des Küchentelefons auf und ging in ihr Zimmer zurück, wo sie sich aufs Bett werfen wollte, aber da lag noch die erst halb sortierte Wäsche, und sie legte sie weiter zusammen. »Was weiß *sie* schon«, fragte sie Pagans Jeans. »Mrs Vollkommene Ehefrau, mit ihren Sprüchen wie: Lass die Sonne über deinem Zorn nicht untergehen, oder: Hast du ihm heute schon gesagt, wie sehr du ihn liebst. Das ist ja alles schön und gut, wenn man einen Mann wie den birnenförmigen, schnaufenden, triefäugigen Bradley Drew hat, der so dumm ist, alles zu glauben, was man ihm erzählt.«

Ihre Schwiegertochter sagte: »Das verstehe ich nicht. Wo wohnt er? Wie hat er so schnell ein Apartment gefunden? Weißt du, wie lange mein Bruder und seine Frau nach einer erschwinglichen Mietwohnung in dieser Gegend gesucht haben?«

»Nein, und es ist mir auch egal!«, rief Pauline. »Seine Immobilientransaktionen sind meine geringste Sorge!«

»Oh. Stimmt. Das tut mir leid, Pauline; das war nicht sehr mitfühlend von mir. Ich habe nur gedacht … Weißt du, das muss etwas Vorübergehendes sein. Es ist ja nicht das erste Mal, dass ich euch beide … nun, also George ist losgegangen, um etwas zu erledigen, aber soll ich rüberkommen und dir ein bisschen Gesellschaft leisten?«

»Nein, das geht schon. Aber vielen Dank«, sagte Pauline. Sie wollte jetzt nicht gesehen werden, so verweint und mit geschwollenen Augen, besonders nicht von ihrer immer wie aus dem Ei gepellten Schwiegertochter.

»Ich könnte den kleinen JoJo zu dir bringen. Klein JoJo würde seine Granny *sehr gern* aufheitern!«

»Vielleicht später«, sagte Pauline und legte schnell auf.

Alle jungen Eltern glaubten, dass ihre Kinder die einzigen Kinder im Universum sind, überlegte sie. Sie glaubten, dass vor ihren noch nie eines geboren worden wäre, glaubten, dass die Welt all die Jahrhunderte mit angehaltenem Atem nur auf ihre Kinder gewartet hätte.

Dann musste Sally Karen angerufen haben, die fünf Minuten später Pauline anrief. Pauline hatte es hinausgeschoben, Karen anzurufen, weil sie sich ausmalte, dass Karen vielleicht für Michael Partei ergreifen würde, obwohl es hier eigentlich keine Parteien gab. Karen begann ohne Umschweife: »Sally sagt, dass du und Daddy wieder eine eurer Auseinandersetzungen hattet.«

»Nicht einfach *wieder* eine, Karen. Wir haben uns getrennt. Die Ehe ist beendet.«

Diese nüchterne Feststellung ließ Paulines Tränen wieder fließen, obwohl sie sich vorgenommen hatte, gelassen zu wirken. Sie schnüffelte, und Karen seufzte und sagte: »Okay, Mom, wie du willst«, und wechselte dann mit der für sie typischen Herzlosigkeit das Thema. Sie fragte Pauline nach ihrem Garnelenrezept. Pauline hatte den Eindruck, dass sie irgendeinen jungen Mann beeindrucken wollte. »Ich rechne es dann für zwei aus«, hatte sie gesagt. Sie hätte genug Takt haben können, den romantischen Grund ihrer Frage nicht anzudeuten.

»Hat euer Vater es nicht von sich aus angesprochen?«, fragte Pauline. »Lässt er euch Kinder völlig im Dunkeln tappen?«

»*Mir* hat er nichts gesagt«, sagte Karen. »Er hat vor einer Stunde angerufen und wollte wissen, ob ich mit ihm und Pagan ins Kino gehen möchte, aber ich dachte, er ruft von zu Hause an. Nun, jedenfalls, wenn ich diese speziellen Muschelschalen zum Backen nicht habe, kann ich auch eine feuerfeste Form nehmen?«

Sherry rief an – Paulines jüngste Schwester, das Baby der Familie, die deshalb unbeirrbar davon überzeugt war, dass sie immer von allem ausgeschlossen wurde. Ihre ersten Worte waren: »Ich habe es gehört. Ich musste es von Megan erfahren; du hast es Donna erzählt, du hast es Megan erzählt, und ich?«

»Bei dir war besetzt«, sagte Pauline auf gut Glück.

»Oh, na gut. Weißt du, was das Problem ist«, sagte Sherry,

»wir haben keine Brüder. Wir können gar nicht kapieren, was Männer wollen. Wir haben nie in sie hineinsehen können.«

»Wir hatten Daddy«, gab Pauline zu bedenken.

Bei der Erwähnung ihres Vaters bekam sie stechende Angst. Sie fürchtete sich davor, ihm diese Neuigkeit zu erzählen. Er hatte Michael immer allen anderen Schwiegersöhnen vorgezogen.

»Aber Daddy hat den ganzen Tag gearbeitet«, sagte Sherry. »Wir haben ihn nie so aus der Nähe kennengelernt, wie es bei Brüdern möglich gewesen wäre.«

»Vielleicht hast du recht«, sagte Pauline. »Ich verstehe Männer überhaupt nicht. Vielleicht mag ich sie noch nicht mal. Kannst *du* mir verraten, warum Michael das gemacht hat? Und warum jetzt? Warum nicht schon vor Jahren, wenn er so unzufrieden war? Damals, als ich noch jung und hübsch war und einen anderen hätte finden können!«

»Also, unser Handicap war die glückliche Ehe unserer Eltern«, sagte Sherry. »Bei ihnen sah es so einfach aus. Damit haben sie uns keinen Gefallen getan, glaub mir! Sie haben uns nicht darauf vorbereitet, wie schwierig die Ehe sein würde.«

»O Sherry, ist deine Ehe auch schwierig?«

»Sie ist unmöglich! Eine Folter!«

»Wenn ich es mir so überlege«, sagte Pauline, »staune ich selber, dass ich so lange durchgehalten habe.«

»Und jetzt ist es vorbei. Du hast Glück.«

»Ich habe Glück«, sagte Pauline und lachte unter Tränen.

Als dann George anrief und sagte: »Was höre ich da?«, hatte sie keine Probleme, es herunterzuspielen. »Es geht mir gut. Wirklich«, sagte sie. »Ich glaube, ich war etwas erregt, als ich mit Sally geredet habe, aber ich gewöhne mich gerade erst daran. Vielleicht ist es für uns alle das Beste.«

»Das ist doch nicht euer Ernst, Mom. Das ist eine eurer kleinen Streitereien.«

»Das ist keine kleine Streiterei. Dein Vater hat eine Wohnung gemietet und ein eigenes Konto eröffnet, und er will jedes Wochenende das Besuchsrecht für Pagan.«

»Also, das ist das Absurdeste … Ich glaube, ich muss ein Wörtchen mit ihm reden«, sagte George.

»Oh George, wirklich? Könntest du das tun? Ich weiß, dass er denkt, ich hätte ihn rausgeworfen – na ja, also ich habe ihn rausgeworfen, aber das war nur in der Hitze des Gefechts.«

»Man sollte meinen, dass er das nach dreißig Jahren wissen müsste«, sagte George in einem ernsten, ältlichen Ton, bei dem sie immer kichern musste.

Erst nachdem sie sich verabschiedet hatten, fiel ihr ein, dass Michael es gewusst *hatte*. George würde Michael nicht umstimmen. Und Michael würde es widerlich finden, dass sie allen ihre Probleme erzählte.

Jetzt fand sie, dass es falsch war, sich ihre Ehe als einen Baum vorzustellen. Jetzt hatte sie das Gefühl, dass etwas überlief – etwas, das kaputtgegangen war und blutete und über den Rand floss, wie bei einem schlecht gebratenen Ei.

Am Sonntag rief sie niemanden an. Sie ging zur Kirche, in die Michael sie sowieso nicht begleitet hätte. Sie kam nach Hause und aß mittags einen Thunfischsalat. Dann zog sie sich lange Hosen an und arbeitete eine Weile im Garten und breitete Torfmull unter den Azaleen aus. Marnie Smith, ihre Nachbarin, winkte ihr zu, als sie ins Auto einstieg. »Wie gehts?«

»Gut gehts«, rief Pauline mit munterer Stimme.

Dann machte sie Ordnung im Haus. Sie füllte einen Karton mit allem, was Michael nicht mitgenommen hatte – Kleidungsstücke, die in der Wäsche gewesen waren, als er wegging, Kleinigkeiten aus den verschiedenen Schränken, seine Sweatshirts, seine Schneestiefel, die Notizzettel, die er an jenem Abend auf seinem Schreibtisch auf einen Haufen gestapelt hatte. *Während du weg warst*, stand auf den Zetteln, und *Masthühnchen* und *Eier* und *Zitronen, Erdnussbutter, Schinkensteak* … Die Münzen auf der Untertasse sackte sie schadenfroh ein, so als hätte sie einen erfolgreichen Coup gelandet. Sich heimlich etwas geschnappt.

Der Karton war nicht sehr groß. Männerleben waren einfacher einzupacken als Frauenleben. Wenn sie sich vorstellte, was sie alles einpacken müsste, wenn sie diejenige gewesen wäre, die auszog! Sie wurde neidisch, als sie sich Michaels Wohnung mit der »rudimentären« Einrichtung vorstellte und einer Garderobe, die er mit einem einzigen Gang zum Auto bringen konnte.

Nun. Genug.

Sie rief sich seine Fehler ins Gedächtnis. Zum Beispiel, dass er eine Stunde später als versprochen von der Arbeit kam und auf ihren völlig berechtigten Protest hin herablassende Sätze sagte wie: »Du bist nur gereizt, weil du eine Diät machst, und das hat nichts mit mir zu tun.« Oder seine Tendenz, sie leise anzutreiben, wenn sie sich zum Ausgehen umzogen, um dann im Badezimmer oder sonst wo zu verschwinden, wenn sie schließlich fertig war. Und die Art, wie er demonstrativ immer ruhiger wurde, wenn sie sich stritten – wie *narkotisiert*, könnte man sagen, als ob er damit ihre *Erregbarkeit*, ihre *Emotionalität* betonen wollte, ihre Pflicht, sich zu *beruhigen*, all diese Worte, die er so liebte.

Das Telefon klingelte, und sie rannte hin, aber es war nur Sarah Vine, die den Plan für den Behindertenfahrdienst ändern wollte. »Klar, ich bin flexibel«, sagte Pauline. Aber nachdem sie aufgelegt hatte, fragte sie sich, ob sie jetzt ihre ehrenamtliche Arbeit aufgeben und sich eine bezahlte Arbeit suchen müsste. Wie sah ihre finanzielle Situation genau aus? Würde Michael noch Unterhalt zahlen? Würde er ihr … mein Gott, würde er *Alimente* zahlen? Dieses Wort hatte einen spröden, hochgestochenen Klang, der gar keine Verbindung zu ihrem Leben zu haben schien.

Als sie aus dem Panaromafenster blickte, sah sie ihren Vater vorfahren. Sein glänzender schwarzer Buick glitt am Bordstein entlang, und dann fuhr er langsam, Zentimeter für Zentimeter, in die Einfahrt, wie mit einer riesigen, schwer steuerbaren Barke. Er parkte und stieg aus, blieb stehen und klopfte einen Moment seine Anzugtaschen ab, ehe er mühsam die Autotür schloss und sich den Weg hochschleppte. Er ging schon seit einigen Jahren so (er war über achtzig, krumm, eingefallen und arthritisch), aber unwillkürlich dachte sie, das, was sie mit ihrer Ehe machen ließ, wäre der Grund dafür, und dass die Enttäuschung ihn niederdrückte.

Er musste die Neuigkeit von einer ihrer Schwestern gehört haben. Er würde niemals ohne triftigen Grund unangemeldet vorbeikommen.

Aber als sie ihm die Tür aufmachte, sagte er lediglich: »Nun, hallo, Liebes«, als wäre sie es, die *ihn* überraschte. Er schleppte sich mit hängenden Armen an ihr vorbei, steuerte das Wohnzimmer an.

»Was führt dich her, Daddy?«, fragte sie und lief ihm nach. Sie konnte es genauso gut gleich hinter sich bringen.

Er machte es sich in einem Sessel bequem und zog die Bügelfalten seiner Hose zurecht. Dann sah er mit seinen milden treuherzigen blauen Augen zu ihr hoch und sagte: »Oh, ich habe einfach gedacht, ich sollte meiner zweitjüngsten Tochter mal einen Besuch abstatten. Reicht das nicht?«

»Doch«, sagte sie. »Möchtest du einen Kaffee?«

»Nein danke. Ich versuche seit Kurzem, weniger Kaffee zu trinken. Ich schlafe nicht sehr gut.«

Das empfand sie als Vorwurf. Sie tat so, als würde sie ihn nicht verstehen. »Dann einen Saft«, sagte sie. »Oder Limonade.«

»Ich glaube, ich möchte im Moment gar nichts.«

Resigniert setzte sie sich ihm gegenüber hin und wartete, dass er anfing.

»Wo ist Pagan?«, fragte er.

»Er ist mit Michael ins Kino gegangen.«

»Was sehen sie sich an?«

»Ach, weißt du, ich habe nicht daran gedacht, sie zu fragen«, sagte sie.

Sie würde, verflixt noch mal, nicht die Erste sein, die das Thema anschnitt.

»Ich wette, ich habe heute Nacht keine zwei Stunden geschlafen«, sagte ihr Vater.

»Das tut mir leid.«

»Die Nacht davor vielleicht drei. *Einschlafen* kann ich schon, aber dann wache ich wieder auf.«

»Nun, es ist nicht so, dass *ich* viel schlafen würde«, sagte sie scharf. Ein verständnisvoller Vater, überlegte sie, würde Unterstützung und Mitgefühl äußern.

»Was machst du dann?«, wollte er wissen. »Stehst du auf, oder bleibst du einfach liegen?«

»Also … ich bleibe liegen.«

»Ich auch. Ich liege da, und dann denke ich nach.«

»O ja. Denken«, sagte Pauline mit einiger Bitterkeit.

»Denken ist das Schlimmste«, sagte er.

Sie streckte das Kinn vor. Jetzt kam es.

»Ich denke an jedes böse Wort, das ich je zu deiner Mutter gesagt habe. An jedes Mal, wenn ich mich aufregte, weil sie sich wiederholte oder durcheinander war.«

»Es ist *töricht* zu glauben, dass Menschen eine lange Ehe durchhalten ohne jedes böse Wort«, sagte Pauline zu laut.

Er sah verletzt aus.

»Was ist«, sagte sie. »Erwartest du, dass ich eine Heilige bin? Die Medaille hat zwei Seiten, wie du weißt. Leute werden nicht wütend, wenn sie nicht provoziert wurden.«

»Ja, aber sie konnte nichts dafür. Es war die Krankheit«, sagte er.

Pauline zögerte. »Die Krankheit«, sagte sie.

»Weißt du, sie ging immer los, so wie sie das eben tat, und ich machte mir so große Sorgen um sie. Dann brachten die Nachbarn sie wieder zurück, und ich sagte: ›Doris, wo bist du gewesen? Was, um Himmels willen, ist in dich gefahren?‹ Und dann sah ich ihren Gesichtsausdruck. Sie sah so beschämt aus, wie ein kleines Kind, das ausgeschimpft wird, und ihre Augen füllten sich mit Tränen, und sie sagte: ›Es tut mir leid, es tut mir leid‹, und ich kam mir furchtbar vor. Es war nicht *ihre* Schuld. Oder wenn ich betont geduldig war. Sie stellte mir fünfzehnmal hintereinander dieselbe Frage, und schließlich sagte ich mit dieser betont geduldigen Stimme: ›Wie ich dir schon gesagt habe, meine Liebe ...‹ Aber natürlich war das keine wahre Geduld. Es bedeutete: ›Siehst du, wie ich mich beherrsche.‹ Es bedeutete: ›Siehst du, wie gut ich mich benehme.‹ Ich wusste, dass ich sie damit traurig machte.«

»Du warst so gut, wie du konntest«, sagte Pauline.

»Gestern Nacht ist mir eingefallen, wie sie einmal ihre Milch umgestoßen hat«, sagte er. »Es war ein anstrengender Tag, und dann ließ ich unsere Suppe anbrennen und musste aus Resten etwas zusammenstellen. Ich stellte alles auf den Tisch, setzte mich, griff nach meiner Gabel ... und sie stieß ihr Milchglas um. Überall war Milch. Auf den Tellern, auf dem Tisch, auf ihrem Schoß und auf dem Fußboden, und ich biss die Zähne zusammen und ging in die Küche, um einen Lappen zu holen, kam laut seufzend zurück, und als ich ihren Rock abwischte, streckte sie die Hand aus, fuhr mir übers Haar und sagte: ›Du bist so ein Lieber.‹«

Er unterbrach sich. Er wandte den Blick ab, sah zum Fenster und schluckte.

Pauline sagte: »Ach, Daddy.«

»Ich habe Angst, dass ich dafür in die Hölle komme«, sagte er so leise, dass sie ihn fast nicht verstehen konnte.

»Du würdest nie in die Hölle kommen!«

Sie beugte sich vor, wollte aufstehen, ihn umarmen, aber eine leise Bewegung, die er machte, hielt sie davon ab. Er sah immer noch zum Fenster. Er sagte: »Ich habe Angst, in den Himmel zu kommen, und dass deine Mutter dann sagen wird: ›Du! Was machst *du* hier, nachdem du so hart zu mir gewesen bist?‹«

»Das wird nie geschehen«, sagte Pauline. »Nie. Das kann ich versprechen. Weißt du, wie es sein wird?«

»Wie?«, fragte er unbeteiligt, als würde es ihn nicht besonders interessieren.

Sie sagte: »Du bist da, steigst die Treppe zum Himmel hoch, blickst nach oben und bist überrascht, dass die Tore bereits offen stehen, und Mom steht schon da und wartet darauf, dich zu begrüßen. Sie ist nicht alt und krank; sie ist so wie das Mädchen, das du einmal kennengelernt hast, und sie wird sich sehr freuen. Sie wird lachend sagen: ›Du bist da! Du bist gekommen! Komm schnell rein!‹ Du wirst sagen: ›Muss ich mich nicht bei jemandem anmelden? Eine Prüfung ablegen?‹ Und sie wird sagen: ›Du liebe Güte, nein, du hast die schwerste Prüfung, die es gibt, schon bestanden‹, und sie wird deine Hand nehmen und dich durch das Tor führen. Das verspreche ich.«

Ihr Vater sah ihr in die Augen. »Du bist eine gute Frau, Pauline.«

In diesem Augenblick glaubte sie ihm.

Zum Abendessen machte sie ihm Haferbrei mit Rosinen – eine barclaysche Familientradition –, und als er gegessen hatte, stand er auf und ging; immer noch schien er nicht zu bemerken, dass in ihrem Haushalt etwas fehlte. Sie brachte ihn zu seinem Auto und winkte, während er langsam, fast unmerklich, rückwärts auf die Straße fuhr. Dann ging sie ins Haus zurück.

Der Karton mit Michaels Habseligkeiten stand auf der Schusterbank im Foyer. Jetzt kam es ihr ungastlich vor, dass sie ihn so dicht an die Eingangstür gestellt hatte, so als sollte er ihn einfach nehmen und verschwinden. Sie stellte ihn ins Wohnzimmer. Dann ging sie in die Küche und räumte auf, summte bei der Arbeit vor sich hin. Sie schaffte es, merkte sie. Sie goss die Pflanzen auf dem Fensterbrett. Sie legte das Geschirrtuch über den Wasserhahn und drehte das Licht in der Küche aus.

Als die Klingel schellte, wollte sie gerade ins Wohnzimmer gehen. Gab es einen stureren Mann als Michael? Er hatte die Schlüssel in der Tasche. Er wollte nur etwas demonstrieren. Sie ließ sich Zeit, ging dann zur Tür und öffnete sie.

Aber Pagan stand allein vor der Tür, den Campingbeutel in beiden Armen.

»Stell dir vor!«, sagte er. »Grandpa hat einen Swimmingpool!«

Während er hereinkam, sah Pauline über ihn hinweg. Michaels Auto fuhr schon weg, war nicht mehr als eine farblose Masse in der Dunkelheit.

»Man muss über eine Extratreppe aufs Dach klettern, und da ist ein richtig großer Pool mit Sprungbrett und allem Drum und Dran«, sagte Pagan. »Wenn es am nächsten Wochenende noch warm ist, werde ich meine Badehose mitnehmen.«

Sie machte die Tür hinter ihm zu.

»Und ich habe einen Fernseher in meinem Zimmer. Grandpa erlaubt mir, noch eine Sendung zu sehen, wenn ich schon im Bett bin.«

»Das ist nett«, sagte sie schwach.

»Haben wir Eis?«

»Hat Grandpa dir nicht gleich eine Großpackung hingestellt, als du bei ihm warst?«

»Hä?«

»Klar haben wir Eis«, sagte sie zu ihm. »Kleckere aber nicht, hörst du?«

Er ließ seinen Campingbeutel auf den Boden fallen und marschierte zur Küche, aber statt mit ihm zu gehen, ging Pauline ins Wohnzimmer. Sie drehte kein Licht an. Sie setzte sich im Dunkeln auf die Couch, presste die Hände an die Wangen und starrte vor sich hin.

Bilder schossen ihr durch den Kopf, klein, aber unheimlich scharf. Sie sah Michael, wie er an seiner karierten Jacke zupfte, an dem Nachmittag, an dem sie sich kennenlernten. Sie sah ihn, wie er sich am ersten Morgen nach ihrer Hochzeit im Hotelbadezimmer rasierte – seine Methode, die Nasenspitze anzufassen und sie zur Seite zu drehen, während er die Haut darunter schabte. Sie hatte laut aufgelacht. Sie sah ihn, wie er nach Lindys Geburt mit Blumen in ihr Krankenhauszimmer marschiert kam, mit mehr Blumen, als sie je gesehen hatte, und bestimmt mehr, als sie sich leisten konnten, ein ganzer Berg Blumen, der fast sein schüchternes, junges, dünnes, eifriges Gesicht verdeckte.

In ihrer Erinnerung strahlten diese Bilder alle im hellen Sonnenlicht, und sie brachen ihr das Herz. Aber sie weinte nicht. Diesmal wollten die Tränen nicht kommen. Sie merkte, dass Michael vielleicht recht gehabt hatte. Es konnte zu kalt sein für Schnee.

7

DAVON WIRD DIE WELT
NICHT UNTERGEHEN

Ursprünglich war geplant, Pagan in ein Sommerlager zu schicken. Schließlich war er dafür längst alt genug – dreizehneinhalb. Im September würde er in die achte Klasse kommen. Er mochte die meisten Sportarten und hätte beispielsweise auch in das Fußball-Camp in Virginia gehen können, in das der Nachbarjunge fuhr. Aber nein, plötzlich verkündete er, dass er lieber Gitarre lernen wolle. Und da es kein Gitarren-Camp mit Übernachtung gab – jedenfalls kannte niemand eins im näheren Umkreis –, wurde beschlossen, ihn für den Sommerkurs an der Maestro School der Künste in der Falls Road anzumelden.

Hier kam Michael ins Spiel. Der Sommerkurs fing täglich um zehn Uhr morgens an, aber Pauline musste um neun im Büro sein. (Sie arbeitete halbtags als Empfangsdame bei einem Team von Kardiologen.) Sie rief Michael an und fragte, ob er einspringen könne. »Nachmittags kann ich ihn abholen«, sagte sie, »aber ich brauche dich morgens fürs Hinbringen.

Ich würde ihn jeden Morgen vor der Arbeit an deiner Wohnung absetzen.«

»Oder im Geschäft, das wäre besser«, sagte Michael. »Ich gehe meistens gegen acht rüber.«

»Okay, dann am Geschäft. Danke«, sagte sie energisch und beendete das Gespräch.

Unterhaltungen mit Pauline waren inzwischen wie Geschäftsbesprechungen, sehr förmlich und effizient. Dies zog er natürlich den früheren Gesprächen vor (die Tränen und Anschuldigungen, das Klacken des aufgeknallten Hörers), aber danach fühlte sich Michael immer seltsam zurückgestoßen. Er legte auf, blieb jedoch noch einen Moment mit der Hand auf dem Telefon stehen.

Der Sommerkurs fing am Montag an, was die Sache vereinfachte. Pagan würde eben Sonntagnacht bei Michael schlafen, statt nach Hause zu gehen wie sonst nach dem Wochenende. Michael ging morgens zur Arbeit, und um neun Uhr dreißig lief er über die Straße zum Parkplatz hinter seinem Apartmenthaus. Dort wartete schon Pagan. Er stand an der Beifahrerseite des Autos und zupfte versuchsweise ein paar Akkorde auf seiner nagelneuen, glänzenden, vielversprechend aussehenden Gitarre. Im Winter war er plötzlich in die Höhe geschossen. Er hielt sich krumm, als versuchte er, zu seiner früheren Größe zurückzukehren, ein schwarzer dicker Haarschopf verdeckte fast völlig sein Gesicht, und als er Michael sah, schien es, als müsste er erst seine Gliedmaßen entwirren, ehe er sich aufrichten konnte.

»Was läuft«, sagte er – dies war seine neue Lieblingsbegrüßung, wo immer er sie herhaben mochte. Seine Stimme befand sich in diesem Zwischenstadium, sie war belegt und unbestimmbar. Er trug Bluejeans und ein T-Shirt in Übergröße, XXL, mit mehr Löchern als Stoff. Michael hoffte, dass es an der Musikschule keine Kleidervorschriften gab.

Das Auto war schon unangenehm heiß, es stank nach sonnengekochtem Vinyl; deshalb fuhren sie bei geöffneten Seitenfenstern und voll aufgedrehtem Gebläse der Klimaanlage. Michael musste schreien, um sich verständlich zu machen. »Weißt du, wo genau die Schule ist?«

»Nö.«

»Muss ich die Falls Road Richtung Süden oder Richtung Norden abbiegen?«

Pagan zuckte die Achseln und klimperte einen Gitarrenakkord.

»Habt ihr euch dort nicht umgesehen? Eine Führung mitgemacht?«

»Nö.«

»Na, wie habt ihr denn überhaupt davon erfahren?«

»Durch eine Freundin von Grandma, glaube ich.«

Michael riskierte es, Richtung Norden einzubiegen, fuhr schnell an mehreren schäbigen Steinhäusern vorbei, dann durch ein grünes Wäldchen.

Viel eher, als er erwartet hatte, kamen sie an einem weißen Schild vorbei, auf dem in Rot, Blau und Orange, wie mit Buntstiftfarben, *MAESTRO SCHOOL OF THE ARTS* geschrieben stand. Klassen 9–12. Gegründet 1974. »Verdammt«, sagte Michael, bremste scharf und bog nach links in eine Einfahrt. Er wendete, fuhr zurück zur Abzweigung. Kein Wunder, dass er kein Haus gesehen hatte. Nur Bäume, soweit das Auge reichte, nirgendwo Gebäude. Aber nach mehreren Hundert kurvigen Metern auf einem holprigen, ungepflasterten Weg kamen sie zu einem riesigen alten Fachwerkhaus mit einem vom Verandadach baumelnden Schild, auf dem *MAESTRO SCHOOL! WILLKOMMEN!* stand. Mehrere Autos und ein Pick-up parkten auf dem unbefestigten Parkplatz. Ein Mädchen, das aussah wie aus den Sechzigern übrig geblieben, saß auf der Verandaschaukel und spielte Flöte. Trotz ihrer einstudierten Pose – der Vorhang aus glattem blonden Haar, das seitlich wie eine Kaskade herunterfiel, der durchsichtige Rock, der dramatisch bis zu ihren nackten Fußspitzen floss – war Michael von dem süßen Klang ihrer Flöte angetan. Als sie die Verandatreppe erklommen hatten, fragte er sie nicht nach dem Weg, weil er die Musik nicht unterbrechen wollte. »Wir schauen einfach mal, ob wir einen Verantwortlichen finden«, sagte er zu Pagan. Er machte die Fliegengittertür auf und ging hinein, hinter ihm Pagan, die Gitarre zwischen Daumen und zwei Fingern. In der dunklen und unmöblierten Eingangshalle, die mit einer Zentifolia-Rosentapete tapeziert war und nach Terpentin roch, blieben sie stehen und sahen sich um. Ganz hinten an der Wand lehnte ein bärtiger, ganz in Schwarz gekleideter Mann, der mit einem Bündel Papiere raschelte. »Entschuldigen Sie«, sagte Michael, und der Mann blickte auf. Er trug einen goldenen Ohrring – so etwas konnte Michael immer noch in Erstaunen versetzen. »Können Sie uns sagen, wo die Musikschüler sich anmelden sollen?«, fragte Michael.

»Einfach den Flur hinunter. Der große Raum ganz hinten.«

»Danke.«

Michael konnte sich nicht enthalten, in jede offene Tür zu sehen, an der sie vorbeikamen. Er sah viele kleine Staffeleien und Wäldchen von Notenständern. Eine Frau in Joggingshorts – noch ein Elternteil, schätzte er – und ein Mädchen im Teenageralter unterhielten sich mit einer alten Dame in einem lebhaft gemusterten Kleid, das südamerikanisch angehaucht war.

Er und Pagan gingen offenbar zu einem Versammlungsraum, wenn er die Klappstuhlreihen, die er durch die Flügeltür sah, richtig deutete. Doch vorher kamen sie an einem kleinen Zimmer vorbei, in dem Klavier gespielt wurde. Die Melodie klang sanft und gemessen, zart wie kleine Wasserspritzer, sodass Michael unwillkürlich leiser auftrat, um jeden Ton genau fallen zu hören. Dann blieb er stehen. Pagan ging weiter. Durch die Tür zu seiner Linken sah Michael eine Frau, die kerzengerade am Piano saß und die Hände perfekt auf die Tasten setzte. Ihr Gesicht konnte er nicht sehen, nur ihr Haar. Weiches braunes Haar, das ihr bis auf den weißen Kragen fiel, wo es sich auf einer Länge nach innen bog. Pagenfrisur hieß das, glaubte er.

Pagenfrisur. Das Wort weckte in ihm eine Erinnerung – das Bild einer jungen Frau, die ein Taschentuch auf Paulines Stirn drückte –, und er sagte: »Anna?«

Sie hörte auf zu spielen, drehte sich um und lächelte dann, nicht einmal überrascht.

»Hallo, Michael«, sagte sie.

»Anna, was machst *du* hier?«

Sie lachte. Sie nahm die Hände von den Tasten. Jetzt sah er, dass sie älter geworden war, aber sie gehörte zu diesen Frauen, die nicht wesentlich anders aussehen, wenn sie älter werden, und nur hier und da eine zarte Linie oder ein graues Haar bekommen, ohne sich grundlegend zu verändern. »Ich bin hier die Klavierlehrerin«, sagte sie.

»Was für ein Zufall!«

»Eigentlich weniger«, sagte sie. »Wer, glaubst du wohl, hat Pauline von unserem Sommerkurs erzählt?«

»Sie hat es nie erwähnt«, sagte Michael. »Mein Gott, ich … was für eine Überraschung! Ich dachte, du lebst in Colorado oder so.«

»Arizona«, sagte Anna. »Aber nach dem Tod meines Mannes bin ich hierhergekommen.«

»Oh. Das tut mir leid.«

»Und mir tut leid, dass ihr geschieden seid«, sagte Anna.

»Ach, schon okay. Ich meine … Also, es ist schön, dich wiederzusehen!«

»Geht mir auch so. Ich hoffe, eurem Enkel wird es hier gefallen.«

»Da bin ich mir sicher«, sagte Michael. »Also – gut. Okay. Auf Wiedersehen!«

Sie saß da, lächelte ihn an, die Körperhaltung perfekt, mit im Schoß gekreuzten Händen, Handflächen nach oben, während er ihr zuwinkte und rückwärts aus der Tür ging und in die Halle stolperte, um Pagan zu suchen.

Anna Grant. Nun, sie hieß natürlich nicht mehr Grant. Der Name des Mannes, den sie geheiratet hatte, fiel ihm nicht ein – er hatte ihn noch nicht mal kennengelernt, und er erinnerte sich auch nicht, von seinem Tod gehört zu haben, obwohl Pauline es erzählt haben musste. Paulines Freundschaft mit Anna war zu einer jener fernen, jährlichen Weihnachtskarten-Beziehungen zusammengeschrumpft, und wenn sie mal sagte: »Ach! Das ist von Anna! Schau, wie groß ihre Tochter geworden ist!«, hatte Michael immer nur geknurrt und weiter seine Rechnungen geöffnet.

Und doch …

Und doch, in einem Teil seines Bewusstseins bedeutete Anna immer, dass die Dinge auch anders hätten laufen können, wenn er sich anders entschieden hätte. Nicht, dass er tatsächlich Anna hätte wählen können. Sie hatte ihn nie beachtet; er kannte sie kaum; sie hatten im Leben vielleicht ein halbes Dutzend Sätze miteinander geredet. Aber mehr als einmal in seiner Ehe, immer dann, wenn Pauline besonders unausstehlich war, war Anna die Frau, die ihm als Wunschbild vor Augen stand. Anna würde niemals vor Wut eine Tasse zerschmettern! Anna würde nicht seine Zeitung zerreißen, wenn sie dachte, dass er nicht zuhörte! Würde nie in der Öffentlichkeit in Tränen ausbrechen oder sein Geld für Kinkerlitzchen ausgeben oder ihn aus dem Tiefschlaf reißen und ihn fragen, ob er sie liebe!

Manchmal fantasierte er, dass er in der Stunde seines Todes, wie in einem Amateurfilm, all die Wege gezeigt bekäme, die er nicht eingeschlagen hatte, und wohin sie ihn geführt hätten. Angenommen zum Beispiel, er hätte in der neunten Klasse in Naturwissenschaften auf Schwester Ursula gehört und wäre Arzt geworden. Wenn er irgendwie Geld aufgetrieben, ein Stipendium fürs College bekommen hätte ... und dann würde der Film zeigen, dass er im zweiten Semester Medizin freiwillig an einem Drogenexperiment teilnahm, um etwas dazuzuverdienen, und das Experiment schlug fehl, und er starb mit vierundzwanzig. Oder er hatte sich nicht freiwillig gemeldet und schließlich ein Heilmittel gegen Krebs entdeckt. Oder er hatte sich an einer ärztlichen Mission ins tiefste Afrika beteiligt, wo ... Oh, all diese Gabelungen, die sich immer weiter verästelten!

Angenommen, er hätte sich an jenem Tag 1941, als die drei Mädchen Pauline in den Laden brachten, nicht in Pauline verliebt, sondern in Anna. Angenommen, er wäre so klug gewesen, so weise, das ruhigere, friedlichere, weniger aufregende Mädchen zu wählen, und sie hätten einmal angefangen, sich vernünftig über den Krieg und den Zustand der Welt zu unterhalten ...

Dann hätte er sich vielleicht nicht einmal freiwillig zur Armee gemeldet. Es war Pauline, die ihn dazu gebracht hatte, sich zu melden. Pauline mit ihrem patriotischen Enthusiasmus, den er jetzt als ungesunde Begeisterung ansah. Gut, früher oder später hätte man ihn sowieso eingezogen. Aber er und Anna hätten eine wohldurchdachte, erwachsene Verlobungszeit erlebt, wären in einer würdigen Zeremonie getraut worden und hätten Kinder hervorgebracht, die … ach, die ihm einfach näherstehen würden.

Er musste selber über diese Vorstellungen lachen. Ganz allein in einem Zimmer hatte er einen kleinen Lachanfall bekommen. Und doch, hin und wieder überließ er sich solchen Gedanken.

Pagan legte sich eine ganz neue Art zu sprechen zu. »Na also!«, sagte er bei jeder denkbaren Gelegenheit und: »Persönlich, nein«, oder »persönlich, ja.«

»Möchtest du noch einen Maiskolben, Pagan?«

»Persönlich, nein.«

Michael merkte, dass die Typen an der Maestro School so sprachen. »Manche von uns machen es; manche von uns machen es nicht«, oder: »Manche von uns ja; manche von uns nein.«

»Willst du Sonntag bei mir übernachten, Pagan?«

»Manche von uns wollen; manche von uns wollen nicht.«

»Was soll *das* denn heißen?«, sagte Michael wütend.

Pagan hob einfach eine Augenbraue – noch eine neue Errungenschaft.

Und seine Kleidung: Du lieber Himmel. Ledersandalen ohne Socken – und das bei einem Jungen! Und ausgebeulte Hosen zum Zuziehen ohne Eingriff, gütiger Himmel, und eine Menge neuer T-Shirts (obwohl sie irgendwie schon alt aussahen), die Namen anpriesen wie The Band und James Taylor. James Taylor war sein Held. Pagan saß für gewöhnlich auf Michaels Couch, nicht auf dem Polster, sondern auf der Lehne, die nackten Füße unter den Kissen, stimmte leise ein paar Akkorde an und sang im Tonfall der Südstaaten von sich und seiner Gitarre, immer im Einklang. Oder dass man ihn heute Nacht nicht einsam sein lassen sollte. Oder dass er noch nie in Mexiko war, aber hinwill. Er hatte jetzt einen schwarzen Gitarrenkoffer mit Chromscharnieren (offenbar galt es als uncool, ein nacktes Instrument zu transportieren, selbst wenn das einzige Transportmittel ein Buick Regal-Sedan war). Auch der Gitarrenkoffer sah alt aus, trotz seines atemberaubenden Preises, denn Pagan hatte ihn mit Autoaufklebern versehen und ihm sogar (Michael hegte den Verdacht) ein paar vorsätzliche Tritte und Püffe verpasst. So wie der Kasten aussah, könnte man denken, dass er seit Jahrzehnten damit durchs das Land trampte und in unerfreulichen Bars für Gratisdrinks spielte.

Anna sagte, er habe Talent. Sie sagte, dass Mr Britt, Pagans Lehrer, bemerkt habe, wie schnell er alles begriff.

»Na, ich weiß nicht, woher er das hat«, sagte Michael. »Die Antons waren nie sehr musikalisch.«

Sie saßen auf der vorderen Veranda der Schule. Michael hatte sie auf der Schaukel gesehen, als er auf den Parkplatz fuhr, und zu Pagan gesagt: »Ich denke, ich werde Mrs Stuart begrüßen.« Er sprach so offiziell von ihr, weil er in der letzten Woche, genau in der davor, Gründe erfunden hatte, um mit hineinzukommen, wenn er Pagan absetzte, und nicht wollte, dass Pagan auf irgendwelche Gedanken kam. »Warum spreche ich nicht mal mit deinem Mr Britt«, hatte er das erste Mal zu ihm gesagt, und das zweite Mal: »Wollen wir uns doch mal deinen Übungsraum ansehen.« Beide Male schien Anna erfreut, ihn zu sehen; sie hatte ihn sehr nett begrüßt und schien keine Mühe zu haben, Gesprächsthemen zu finden. Das erste Mal fragte sie nach seinem alten Laden, ob er noch existiere, sie fragte, wo er jetzt wohne und ob es ihm gefiele, und beschrieb, wie sie wohnte (ein Haus gleich an der Falls Road, das sie mit einer Kaufoption gemietet hatte). Die zweite Begegnung fand statt, als sie schon wusste, dass ihre Tochter zu Besuch kommen würde, was viel Gesprächsstoff über das Thema Kinder im Allgemeinen lieferte.

»Natürlich«, hatte Michael gesagt, »was nun Lindy betrifft, unsere Älteste …«, und er machte eine Pause, weil er nicht sicher war, wie viel Anna wusste.

Anna sagte: »Es muss schwer sein, überhaupt nicht zu wissen, wo sie ist.«

»Ja«, sagte er. »Man gewöhnt sich nie daran. Man denkt, man könnte es, aber man kann es nicht.«

Sie hatte genickt, aber keine Fragen gestellt. Sie war kein neugieriger Mensch, stellte er fest.

Jetzt stieß Michael mit den Zehenspitzen die Verandaschaukel an, während sie zusahen, wie die Schüler ankamen – langhaarige Teenager in zerlumpten Shorts oder in diesen absurden Hosen zum Zuziehen und die Tänzer (eine Spezies für sich), nur Ecken und Kanten in ihren schwarzen engen Leggings, die in der Hitze fürchterlich sein mussten. Anna selbst trug so etwas wie ihre ständige Uniform – ein weißes Baumwollhemd mit kurzen Ärmeln, das ihre sonnengebräunten, leicht mit Sommersprossen übersäten Arme zeigte, und gutsitzende lange Hosen, heute graue, und schwarze flache Schuhe. »Elizabeth kommt morgen«, sagte sie, »und mir ist erst heute Morgen eingefallen, dass ich irgendein Essen ohne Fleisch machen muss. Sie ist Vegetarierin.«

»Das hatten wir auch eine Zeit lang«, sagte Michael. »Karen. Unsere Jüngste.«

»Hat Karen Meeresfrüchte gegessen?«

»Nein. Aber Milchprodukte.«

»Elizabeth isst immerhin Meeresfrüchte. Es wird also nicht so schwierig werden. Ich könnte eigentlich heute nach der Arbeit Krebsfleisch kaufen.«

»Warum bringe ich dir nicht welches«, sagte Michael.

Sie zögerte.

»Wir haben sehr gutes Krebsfleisch im Laden«, sagte er.

»Es wird täglich frisch geliefert. Ich könnte dir ein Pfund auf zerstoßenem Eis einpacken und es bei dir vorbeibringen.«

»Nun, das ist schrecklich nett von dir, aber …«

»Und dann könntest du mich vielleicht zu einem Drink einladen.«

Sie sah ihn einen Moment aufmerksam an, lange genug, dass er sich genötigt fühlte, zurückzurudern. »Ich meine, du *musst* nicht«, sagte er. »Ich würde es dir trotzdem bringen, auch ohne Drink.«

»Ich würde dir gern einen Drink servieren«, sagte sie, »aber du musst mir erlauben, das Krebsfleisch zu bezahlen.«

»Das ist unmöglich.«

»Dann kann ich es unmöglich annehmen.«

Sie sahen sich an.

»Was hältst du denn davon«, sagte Michael, »wenn ich dich nicht für das Krebsfleisch bezahlen lasse und du mir dafür ein Abendessen machst.«

Sie lächelte noch mehr, fast so, als wollte sie ein Auflachen verbergen.

»Was ist?«, sagte er.

»Wenn ich für dich Essen mache, muss ich erst einkaufen gehen«, sagte sie. »Also könnte ich gleich ein Pfund Krebsfleisch kaufen, wenn ich schon dabei bin.«

»Nein, warte. Okay, ich nehme es zurück«, sagte er. »Wie wäre es mit *zwei* Drinks? Kein Abendessen, aber zwei Drinks. Drei?«

Jetzt lachten sie beide. »Drei Drinks«, sagte sie. »Und wie würdest du nach Hause fahren? Gut. Ich biete dir kein Geld an, und ich werde beim Chinesen etwas bestellen.«

»Abgemacht«, sagte er.

Hinter ihnen wurde die Fliegengittertür aufgemacht, und Pagan sagte: »Du bist ja immer noch hier!«

»Musst du nicht im Unterricht sein?«, fragte Michael.

»Manche von uns ja, manche von uns nein«, sagte Pagan und ließ die Fliegengittertür wieder ins Schloss fallen.

Anna wohnte in einer winzigen Straße, etwa zwei Kilometer von der Schule entfernt. Ihr Haus, ein einfaches, mit weiß gestrichenen Holzbrettern verkleidetes Gebäude, sah genauso schmal, hoch und rechteckig aus wie ein Monopoly-Hotel, mit einem kleinen Vorgarten und zu hoch gewordenen Büschen. Als Michael klingelte, machte sie sofort auf, sie sah etwas fein gemacht aus – irgendwie erfrischt –, obwohl sie dieselben Sachen trug, in denen er sie vormittags gesehen hatte. »Der Fischmann!«, rief er singend wie ein Straßenjunge und hielt ihr die vom Eis ausgebeulte Plastiktüte hin.

Sie nahm sie ihm ab und sagte: »Ja, vielen Dank«, und dann spähte sie hinein und sagte: »So eine Riesenmenge! Das wäre nicht nötig gewesen.«

»Nur das Beste für erwachsene Töchter«, sagte er.

Aber was er wirklich meinte, war: »Nur das Beste für Anna.«

Er ging hinter ihr durch das mit guten, wenn auch älteren Möbeln eingerichtete Wohnzimmer in eine Küche, wie er seit Jahren keine mehr gesehen hatte – eine große Fläche abgetretenes blaues Linoleum, ein Abwaschbecken auf Porzellanbeinen, ein Kühlschrank mit abgerundeten Ecken und ein gewaltiger Elektroherd, der aus den Vierzigerjahren stammen musste. In dieser Küche konnte man Rollschuh fahren, so groß und geräumig war sie. »Schön«, sagte er zu Anna, die das Krebsfleisch verstaute.

Sie musste gedacht haben, er machte sich lustig, weil sie lachte. Er sagte: »Nein, im Ernst. Diese Anrichte! Kein Mixer, keine Rührmaschine, kein Toaster …«

»Ich bin so oft umgezogen«, sagte sie, »ich hatte nicht die

Möglichkeit, viele Besitztümer anzuhäufen.« Sie machte die Kühlschranktür zu, drehte sich um und sah ihn an. »Was kann ich dir zu trinken holen?«

»Ein Bier wäre schön, wenn du eins dahast.«

»Selbstverständlich«, sagte sie und machte den Kühlschrank wieder auf. Das Bier, das sie herausnahm, war ein Importbier, edler als das, was er gewohnt war. Er fragte sich, ob sie es für sich selbst vorrätig hatte oder für jemand anderen. Gab es einen Mann in ihrem Leben? In den letzten Wochen hatte er sie sich als alleinstehende Frau vorgestellt, ganz und gar selbstständig, aber wie wahrscheinlich war das bei einer so attraktiven Frau wie Anna? Jetzt goss sie sich für sich selbst einen Sherry ein, sie bewegte sich auf eine langsame, gleitende Weise, die ihn an die Tanzeleven der Maestro School erinnerte.

Sie machten es sich auf der Wohnzimmercouch bequem, jeder an einem Ende, und dann sagte sie: »Oh, ich habe gar nicht gefragt, ob du ein Glas möchtest.«

»Ich bin ein alter Polacke, erinnerst du dich?«, sagte er. »Ich trinke das Bier aus der Flasche.«

Er hatte sich noch nie als Polacke bezeichnet. Das musste der Einfluss dieses Hauses sein – seine gemütliche Atmosphäre, in der nichts zu sehr betont wurde, nichts betont zu werden brauchte, in der Gediegenheit selbstverständlich war. Die Zierdeckchen seiner Mutter, ihre Kruzifixe, und selbst Paulines »moderne« Möbel wirkten im Vergleich dazu bemüht. Er trank einen Schluck Bier, es schmeckte kräftiger als seine gewohnte Marke. »Wo bist du oft umgezogen?«, fragte er. »Nur hier, in Baltimore? Oder woanders?«

»Meistens im Westen«, erklärte sie. »Als Paul starb, war Elizabeth erst zehn, und mir war klar, ich musste Arbeit finden, also zog ich nach Idaho, wo meine Schwiegereltern lebten. Dann habe ich an einer Schule in Cleveland unterrichtet, bis die geschlossen wurde, und dann in Albuquerque. Und jetzt bin ich hier! Und ich habe großes Glück. Feste Stellen an einer Musikakademie sind nicht leicht zu finden.«

Michael räusperte sich. Er sagte: »Ist der Tod deines Mannes sehr plötzlich gekommen?«

»Nein, er hatte Leukämie.«

Das beantwortete zwar Michaels Frage, aber jetzt wurde ihm klar, dass es nicht das war, was er hatte wissen wollen. Was er wissen wollte, war: Hatte sie ihren Mann geliebt? Fehlte er ihr noch? Er räusperte sich wieder und zog einen schmalen Strich auf seiner beschlagenen Flasche.

»Wir haben uns während des Krieges kennengelernt«, sagte sie. »Ich glaube, kurz nachdem du und Pauline geheiratet habt. Ich erinnere mich, dass ihr nicht zur Hochzeit kommen konntet, weil Pauline für eine Reise zu schwanger war.«

»Ach ja, richtig«, sagte Michael, obwohl er sich nicht daran erinnern konnte.

»Du und Pauline, seid ihr euch noch sehr nahe?«

Diese Frage war dem so ähnlich, was er gern gefragt hätte, dass Hoffnung in ihm aufflackerte. Er beugte sich vor und konzentrierte sich. »Nein, sind wir nicht«, sagte er. »Natürlich haben wir Kontakt. Das müssen wir. Wir haben unsere Kinder mit ihren verschiedenen Feiertagen, du weißt schon, gar nicht zu reden von Pagan. Aber manchmal sehe ich sie an und denke: Unglaublich. *Diese Frau und ich waren mal verheiratet.* Das kommt mir so merkwürdig vor, als ob … als ob ich damals ein anderer Mensch war. Ein entfernter Bekannter von mir, von dem ich wusste, dass er vor langer, langer Zeit eine Frau namens Pauline geheiratet hat.«

Was er gesagt hatte, entsprach der Wahrheit, es war so genau, wie er es ausdrücken konnte. Warum also musste er ganz plötzlich an etwas anderes denken? An einen Tag im letzten

Frühling, als er bei Pauline im Büro war – es hatte etwas mit einem Scheck zu tun oder einer Unterschrift, die sie sofort brauchte. Da saß sie hinter dem kleinen Fenster des Warte-zimmers, unterhielt sich freundschaftlich mit den zwei an-deren Empfangsdamen und ordnete dabei einen Stapel Ak-ten. »Das ist typisch für dich«, hatte sie mit einem leisen Lachen in der Stimme gesagt. Und genau in dem Augen-blick, bevor sie den Kopf hob und ihn bemerkte, hatte er Zeit gehabt, sich zu fragen, wieso er mal geglaubt hatte, er-sticken zu müssen, wenn er diese Frau nicht verließ. Sie war doch keine schlechte Frau. Sie hatte ihn weder betrogen noch die Kinder vernachlässigt, hatte weder zu viel getrun-ken noch gespielt. Tatsächlich war sie in gewisser Weise bes-ser als er – freundlicher, offener; sie hatte Freundinnen und Freunde. Waren ihre Schwierigkeiten allein *seine* Schwierig-keiten gewesen?

Als ob sie seine Gedanken gelesen hätte, sagte Anna: »Ich habe Pauline immer bewundert.«

Er dachte über das Wort »bewundern« nach, seine mög-lichen Untertöne.

Sie sagte: »Ich habe sie nicht so gut gekannt, obwohl wir auf dieselbe Highschool gingen. Sie war in einer anderen Clique. Aber ich mochte ihre spritzige Art, und sie hat uns nie geschnitten, so wie die anderen in ihrer Clique.«

»Du warst aber mit ihr an dem Tag zusammen, an dem wir uns kennenlernten«, erinnerte Michael sie.

»O ja, das war wegen Pearl Harbor. Was für eine Zeit! Wir waren alle betroffen. Wir hingen alle mit drin. Was wir alles noch nicht wussten! Ich habe in diesem Krieg meinen Bruder verloren.«

»Das tut mir leid«, sagte Michael. »Ich fürchte, das habe ich nicht mitgekriegt.«

Sie sah in ihr Sherryglas. Ihr Gesicht bestand aus mehreren Ovalen, fiel Michael auf – in einem Oval waren ihre länglichen braunen ovalen Augen und ihr ovaler Mund, bei dem in der Oberlippe die Mittelkerbe fehlte, die die meisten Menschen hatten, dann gab es das Oval ihres Kopfes mit dem nach innen gebogenen Haar, das so akkurat rundherum ging. Er hatte nie darüber nachgedacht, was für eine in sich ruhende Form ein Oval ist.

Anna sagte: »Pauline und Wanda Bryk und ... wer war das andere Mädchen an dem Tag?«

»Katie Vilna.«

»Katie. Ja. Sie und Wanda blieben stehen, um zu helfen, als Pauline sich die Stirn aufschlug.«

»Es gibt sie noch«, erzählte Michael ihr. »Ich glaube, Pauline trifft sie immer noch häufig.«

»Und du?«, fragte Anna.

»Ich?«

»Hast du Kontakt zu deinen alten Nachbarn?«

»Ach, nicht viel. Manchmal treffe ich meinen Freund Leo, und hin und wieder sehe ich nach Mrs Serge, die mal neben uns gewohnt hat. Aber ich bin nicht sehr gesellig.«

»Ich auch nicht«, sagte Anna.

»Nicht?«

»Du bist mein erster Gast, seit ich hierhergezogen bin.«

»Wirklich?«, sagte er. Er sah sich im Zimmer um. Er fand plötzlich, dass er ihr ein Kompliment machen könnte. »Du hast dich sehr gut eingerichtet«, sagte er. »Ich bin seit sechs Jahren in meiner Wohnung und habe noch nicht mal Bilder aufgehängt.«

»Willst du keine Bilder?«

»Oh, doch. Ich weiß nur nicht, was ich aufhängen soll.«

Sie drehte den Kopf und sah ihn an, und er konnte erraten, was sie dachte. Sie dachte, *sie* wüsste, was sie sich hinhängen wollte. Das hätte Pauline in dieser Situation ausgesprochen. Pauline war sich immer so sicher, dass sie das Leben anderer ordnen könnte. Aber Anna behielt ihren Rat für sich. Schließlich war es Michael, der sagte: »Vielleicht könntest du mich beraten.«

»Tja«, sagte sie. »Vielleicht.«

Und einen Augenblick später: »Ich bin mir aber nicht sicher, ob es hinhaut.«

Sie wusste wahrscheinlich überhaupt nicht, warum er sie so herzlich anlächelte.

Am nächsten Samstagnachmittag, ihre Tochter war wieder weg, kam Anna in Michaels Wohnung, und sie gingen zusammen durch die Zimmer und zählten die Wände, die nach einem Bild schrien. Dann fuhren sie nach Towson zu einem Geschäft, in dem preiswerte gerahmte Reproduktionen verkauft wurden. Pagan kam mit, weil es einer seiner Michael-Tage war. Er fand es offensichtlich nicht komisch, dass ein Mitglied der Maestro School seinem Grandpa half, Kunst auszusuchen. Anna sagte: »Und du, Pagan? Was möchtest du in deinem Zimmer haben?«

Er sagte: »Ein James-Taylor-Poster? Ich habe eben ein ganz tolles in dem Plattenladen in der Mall gesehen. Darf ich es haben, Grandpa?«

»Warum nicht«, sagte Michael.

Er wünschte, er wäre sich auch so im Klaren über seine Wünsche. Er hatte Angst, ungebildet zu wirken, irgendetwas auszuwählen, was nach Massengeschmack aussah. Während er verschiedene Bilder erwog, ließ er Anna nicht aus den Augen, aber sie sah ihn nur aufmerksam und mit einem neutralen Gesichtsausdruck an, aus dem er nichts schließen konnte. »Warum suchst du sie nicht aus«, fragte er schließlich. »Ich weiß nicht, was ich schön finde. Ich habe keine Kriterien.«

»Du musst dich ja nicht heute Nachmittag entscheiden«, sagte sie. »Wir haben es nicht eilig.«

Als er beim Verlassen des Geschäfts die Tür für sie aufhielt, legte er ihr dort, wo das Hemd in die Hose gesteckt war, leicht die Hand auf den Rücken. Und später, als sie auf seinen Parkplatz fuhren, fragte er, ob sie noch auf einen Drink mit zu ihm kommen wolle. Aber sie sagte Nein, danke schön, sie müsse noch etwas erledigen.

Am Montagnachmittag fuhr er zu dem Geschäft und sah sich wieder die Bilder an. Hinter dem Tresen stand eine Frau mit frischem Gesicht und rosa Haaren, die am Samstag nicht da gewesen war, und er fragte sie: »Welches von denen hier finden Sie am besten? Zum Beispiel um es über eine Couch zu hängen. Das hier? Das?«

»Der Chagall ist schön«, sagte sie.

Er folgte ihrem Blick und sah, dass das Bild wirklich schön war – rätselhaft und träumerisch, mit Menschen, die ganz selbstverständlich am Himmel flogen. Er kaufte es, zusammen mit van Goghs Sonnenblumen und einem anderen van Gogh, auf dem ein Schlafzimmer zu sehen war, sowie eine alte französische Likörreklame und eine Grant-Wood-Landschaft, die er aussuchte, weil er die beruhigende Wirkung der Bäume mochte, die wie Lollipops die grünen Hügel betupften. Sobald er zu Hause war, hängte er seine Einkäufe an den Wänden auf – was mehr Arbeit war, als er gedacht hatte –, und dann, immer noch vor Anstrengung schwitzend, rief er Anna an und lud sie ein, ihn am nächsten Abend zu besuchen. »Ich glaube, dass es ein Schultag ist«, sagte er. (Er wusste es genau. Es war ein Abend, an dem Pagan nicht da sein würde.) »Aber ich könnte ein Abendessen für dich zubereiten, sodass du nach der Arbeit nicht kochen müsstest. Ein sehr frühes Abendessen, das verspreche ich.«

»Das wäre nett«, sagte sie.

Am nächsten Tag verließ er am frühen Nachmittag lebensmittelbeladen das Geschäft. Er kam nach Hause und grillte ein Hühnchen, kochte Kartoffeln und machte einen Salat. Es war das einfachste aller Menüs (die Salatsoße kam aus der Flasche, das Dessert war ein Kuchen aus der Bäckerei in seinem Laden), aber er schien jeden nur erdenklichen Fehler gemacht zu haben, und als er mit seinen Vorbereitungen fertig war, sah die Küche wie ein Schlachtfeld aus. Pauline hätte das gleiche Essen gekocht, ohne überhaupt darüber nachzudenken. Wie sicherlich die meisten Frauen. Er warf einen hilflosen Blick auf die Berge benutzter Töpfe im Abwasch, und dann ging er sich duschen und rasieren.

Seine Couch (die Couch seines Vermieters) war mit beigebraunem Vinyl bezogen. Sein Couchtisch (gehörte auch dem Vermieter) hatte eine holzgemaserte Resopalplatte. Er hätte auch Möbel kaufen sollen. Er hätte Teppiche kaufen sollen, um den beigebraunen Textilboden zu verstecken und Uhren und Vasen und was sonst noch alles, um der Wohnung etwas Charakter zu verleihen.

Das war alles zu viel für ihn. Einfach zu viel. Er sank auf die Couch, vergewisserte sich, dass er keine Falten in seine betont »legeren« Kakis machte, legte den Kopf zurück und sah verzweifelt zur Decke. Eine einzelne lange Spinnwebe hing ihm bis auf die Nase hinunter. Was für eine lächerliche Idee, Anna hierher einzuladen.

Aber er musste zugeben, dass es Jahre her war, seit er sich so gefühlt hatte wie in den letzten Tagen – so lebendig und voller Energie. Anna war sein erster Gedanke am Morgen und sein letzter Gedanke am Abend. Selbst im Schlaf schien sie im dunklen Hintergrund seines Bewusstseins zu schweben, strahlte ein sanftes, warmes Leuchten aus und ein Gefühl stiller Zufriedenheit. Hatte er in der Tat überhaupt schon *jemals* so gefühlt? Selbst in seiner Jugend? Vielleicht hatte er es vergessen, aber ihm kam alles neu vor. Sein Leben fing gerade erst an, und die schwere Sommerluft war voller Versprechungen.

Wenn es sich herausstellte, dass sie seine Liebe nicht erwiderte, würde er immer noch die Gewissheit hegen und pflegen, dass er solcher Gefühle fähig war.

Sie kam sehr pünktlich und trug einen pflaumenfarbenen Rock statt der langen Hosen, was ihn glücklich machte, weil es zeigte, dass das Abendessen für sie etwas Besonderes war. Sie brachte eine Flasche Wein mit und ein rundes Krustenbrot. »Hast du das Brot selber gebacken?«, fragte er, als er es entgegennahm, aber sie lachte und sagte: »Du lieber Gott, nein. Es ist von einer kleinen Bäckerei in der Falls Road.« Dann warf sie einen Blick auf das Bild über der Couch. »Du hast also den Chagall gekauft!«, sagte sie. »Da hängt er sehr gut. Und es gefällt mir, wie der Druck von den Sonnenblumen das Gelb deiner Vorhänge aufnimmt.«

»Lass mich dir die anderen zeigen«, sagte er.

Er ging mit ihr durch die Essnische (die französische Likörreklame) in sein Schlafzimmer (der zweite van Gogh und die Landschaft). »Findest du die Landschaft zu abgedroschen?«, fragte er. »Ich weiß, sie ist nicht … abstrakt oder so was.«

»Nein, nein, es ist eine ausgezeichnete Wahl.«

Es klang, als meinte sie es. Und sie ließ sich nicht anmerken, ob sie bemerkt hatte, dass auf dem Bett kein Überwurf war und auf dem Schreibtisch kein Nippes stand, nur ein Mayonnaiseglas voller Pennies.

Im Wohnzimmer bot er ihr Sherry an, den er extra für diesen Anlass gekauft hatte, und er schenkte sich selbst einen ein, obwohl er es noch nie gemocht hatte, wie Sherry auf der Zunge klebte. Er setzte sich etwas weiter weg von ihr in den Lehnstuhl; er wollte nicht aufdringlich erscheinen. Da in der Nähe seines Stuhls kein Tisch stand, behielt er das Glas in der Hand, drehte es zwischen den Handflächen, beugte sich vor, die Ellenbogen auf den Knien. Anna, ein Abziehbild guter Haltung, saß genau in der Mitte der Couch, hatte ihr Glas fürsorglich auf eine gefaltete Papierserviette gestellt, als ob der Tisch aus echtem Holz wäre.

»Ich habe heute Nachmittag zufällig Pauline getroffen, als sie Pagan abholte«, erzählte sie ihm. »Sie sagt, dass er bettelt, mit der neunten Klasse ganz auf die Maestro School wechseln zu dürfen.«

»Darüber hat er mit mir auch gesprochen«, sagte Michael. »Aber … nun, nichts gegen die Maestro School, aber welchen Schulabschluss könnte er da machen?«

»Oh, sie haben Englisch und Mathe und das alles während des Schuljahres«, sagte Anna.

»Und außerdem, weißt du, Musik ist kein richtiger Beruf«, sagte Michael. »Für einen Jungen, meine ich. Ich meine, Gitarrenmusik. Nun, es sei denn, du bist so etwas wie ein Genie. Ich meine, ich weiß, dass die Musik für *dich* das Richtige ist, aber …«

Er schien sich immer weiter zu verrennen. »Na, jedenfalls«, sagte er, »hast du Pauline zufällig gesagt, dass du heute eine Verabredung mit mir hast?«

»Nein«, sagte Anna, »es hat sich nicht ergeben.« Dann wurde sie rot und sagte: »Außerdem wusste ich nicht, ob es ihr etwas ausmacht.«

Zum ersten Mal kam Michael der Gedanke, dass Anna vielleicht auch an die Möglichkeit dachte, dass sie mehr als Freunde werden könnten. Vielleicht war das nicht allein seine einsame, trügerische Fantasie. Sie sah ihn unverwandt an, die Wangen noch leicht gerötet, das Kinn auf eine Weise hoch erhoben, die auf ihn fast trotzig wirkte. Das brachte jetzt ihn aus der Fassung. »Hoppla«, sagte er, »das Essen«, und er sprang so schnell auf die Füße, als hätte er etwas im Ofen, obwohl das nicht stimmte.

Seine Küche war nur ein schmaler Streifen mit Geräten, vom Wohnzimmer gut einzusehen, sodass er keine Entschuldigung hatte, die Unterhaltung nicht fortzusetzen. Aber glücklicherweise ergriff Anna die Initiative, stellte von der Couch aus einfache Fragen. War Kochen ein Hobby von ihm? Kochte er jeden Abend für sich? Ging er in Restaurants?

»Ich bin ein furchtbarer Koch«, sagte Michael. »Ich habe das Essen nur fertig bekommen, weil ich schon um vier Uhr nachmittags damit angefangen habe, um es in den Griff zu kriegen. Oder zu versuchen, es in den Griff zu kriegen. Ja, ich esse schon zu Hause, meistens aber nur ein Erdnussbuttersandwich oder Thunfisch gleich aus der Dose. Ich gehe nicht oft in Restaurants, weil ich mir albern vorkomme, allein am Tisch zu sitzen.«

Er stellte die Schüssel mit den Kartoffeln auf den Tresen, der die Küche vom Wohnzimmer trennte. Dann sah er zu Anna hinüber, nahm all seinen Mut zusammen und sagte: »Ich könnte aber vielleicht anfangen, in Restaurants zu essen, wenn du mich begleiten würdest.«

Sie hielt ihr Kinn immer noch so hoch und sagte: »Ich würde dich sehr gern begleiten.«

Und so hatte es angefangen.

Sie gingen zu Martick und zu Marconi und zu einem Restaurant in der St. Paul Street, das gute Suppen machte. Das Lokal in der St. Paul Street wurde ihr Lieblingsrestaurant, und sie versuchten immer, denselben Tisch zu bekommen, einen kleinen runden in Fensternähe, und wenn einer von ihnen die Pansensuppe bestellte, musste der andere sie auch nehmen, weil sie so viel Knoblauch enthielt. Sie gaben sich jetzt abends einen Abschiedskuss – bis jetzt nur zögernde, vorsichtige, zurückhaltende Küsse –; Knoblauch war also ein Thema.

Sie gingen ins Kino und hielten Händchen; ihre Hand war muskulös und fest, zweifellos vom Klavierspielen. Ihr Haar duftete nach Sahnebonbons. Sie hatte die Angewohnheit, bei spannenden Momenten in einem Film den Atem anzuhalten, und Michael ertappte sich dabei, dass er aus Solidarität ebenfalls den Atem anhielt.

Sie gingen in Konzerte, aber sich dort an den Händen zu halten, erschien ihm unpassend, weil Anna so konzentriert und verzaubert war. Michael sah sie immer von der Seite an, um herauszufinden, wann er applaudieren musste. Eine Art Schleier hob sich von ihren Augen, wenn ein Stück richtig zu Ende war, und dann beugte sie sich vor und applaudierte großzügig.

Manchmal aßen sie in seiner Wohnung (Fertiggerichte aus seinem Geschäft, kaltes Fleisch und Salat aus der Delikatessenabteilung) und manchmal bei ihr (Chinesisch oder Pizza vom Lieferservice). Sie war keine gute Köchin. Nicht mal die allernotwendigsten Geräte hatte sie – kein Sieb, keinen Messbecher –, und sie machte keine Anstalten, welche zu erwerben. Das fand Michael erfrischend. Er war auch von ihrer bescheidenen Art begeistert. Wenn sie sich mehr in der Nähe seiner als ihrer Wohnung verabredeten, schlug sie immer vor, sich dort mit ihm zu treffen, statt abgeholt zu werden, oder sie bot ihm sogar an, ihn abzuholen. Sie klingelte nie mit leeren Händen an seiner Tür, brachte ihm immer Wein oder Blumen mit. Sie rief ihn nie im Geschäft an, obwohl ihm das gefallen hätte. Und es lag etwas ausgesprochen Erwachsenes in der Art, wie sie mit ihrer Tochter umging. Keine Szenen, kein Schmollen, keine stummen

Vorwürfe, jedenfalls erwähnte sie nichts dergleichen; eine heitere, höfliche Beziehung voller Respekt füreinander.

Es machte ihr nichts aus, allein zu sein – einen Abend allein zu Hause zu verbringen oder alleine zu einer Veranstaltung zu gehen –, und sie war in der Lage, den turnusmäßigen Wechsel der Autoreifen zu bewerkstelligen, die Reparatur ihrer Waschmaschine oder das Vertreiben der Waschbären aus ihrem Dachboden. Michael (der immer noch Paulines Chevy alle dreitausend Meilen zum Ölwechsel brachte) fand das bemerkenswert. Anna fand es nicht der Rede wert.

Anders als die meisten Paare sahen sie sich häufiger an Wochentagen als an Wochenenden. Am Wochenende war Pagan da, und Michael war es unangenehm, diese beiden Seiten seines Lebens zu kombinieren. Doch allmählich, der Juni war in den Juli übergegangen und der Juli in den August, war er so daran gewöhnt, Anna bei sich zu haben – eigentlich davon abhängig –, dass er anfing, sie an Samstagen und Sonntagen zu diversen Unternehmungen einzuladen. Sie ging mit ihnen Hamburger oder Eis essen, schwamm mit ihnen im Pool auf dem Dachgarten, wobei sie einen gediegenen einteiligen schwarzen Badeanzug aus Strickstoff trug, der es irgendwie schaffte, zum betörendsten Kleidungsstück zu werden, das Michael je unter die Augen gekommen war. Der obere Teil ihrer Brüste war gebräunt und sommersprossig wie ihre Arme, wurde aber an der Stoffkante blasser, und er stellte sich mondweiße, gurkenkühle Kugeln vor. Die leise Schwellung ihrer Schenkel, da wo die Beine aus dem Badeanzug zum Vorschein kamen, schrie nach der Berührung seiner Finger, und ihm blieb nichts weiter übrig, als wegzusehen, hin zu Pagans Rückwärtssalto.

Und hatte Pagan Pauline etwas von Anna erzählt? Klar, das hatte er wohl. An irgendeinem Punkt musste ihr Name aufgetaucht sein (»Als ich und Großvater bei Anna zum Lunch eingeladen waren …«), aber Pauline sagte kein Wort, und Michael sah sie ziemlich häufig, sodass sich ihr viele Gelegenheiten dazu geboten hätten. Vielleicht wusste sie es, und es war ihr egal. Vielleicht freute sie sich sogar für ihn. Vielleicht benahm sie sich ein Mal erwachsen.

Anna sagte, sie hätte nur sehr wenig Kontakt mit Pauline – kurze Plaudereien von Bekannten, die sich im Vorbeigehen trafen. »Als ich damals wieder hierherkam, wollten wir uns verabreden«, sagte sie. »Sie rief mich wegen der Maestro School an; Belle Adams aus unserer alten Kirchengemeinde hatte ihr meine Nummer gegeben. Wir sagten, dass wir uns zum Lunch treffen wollten, aber du weißt ja, wie das ist. Und jetzt ist es gut so, denn ich glaube, es könnte peinlich werden.«

Könnte? Sie wusste nicht mal die Hälfte. Sie schien anzunehmen, dass jeder so vernünftig wäre wie sie.

Einmal, als sie auf der Route I-83 fuhren, erzählte Michael ihr von einem Unfall, den er genau an dieser Stelle gehabt hatte. Seine Bremsen hatten versagt, und er war in ein Wäschereiauto geknallt. »Das Komische an der ganzen Sache war der Gedanke, der mir durch den Kopf schoss, als ich merkte, was los war«, sagte er. »Keine Kontrolle mehr, das Pedal glitt bis auf den Boden durch, ohne die leiseste Wirkung, und alles, was ich dachte, war: *Huii!* Nicht, dass ich es laut gesagt hätte oder Zeit dazu gehabt hätte. Aber, *Huii!,* dachte ich. *Ich habe einen Zusammenstoß! Schepper! Die Hölle wird losbrechen!* Und ein großes Gefühl der Erleichterung durchströmte mich.«

»Erleichterung?«, sagte Anna. »Willst du damit sagen, du wolltest sterben?«

»Nein, nein …«

»Warst du da mal irgendwie depressiv?«

»Nein, nicht im Mindesten. Ich habe einfach …«

Er spürte eine unerwartete stechende Ungeduld und zwang sich, tief einzuatmen. »Ich genoss es einfach einen Augenblick lang, mal nicht … verantwortlich zu sein«, sagte er.

Anna sagte: »O Gott.«

Er begriff, dass es hoffnungslos war, es ihr erklären zu wollen.

Aber bewies das nicht ihre Vorzüge? Sie war einfach eine Frau mit Verstand. Sie war alles, wonach er sich gesehnt hatte, als er mit Pauline verheiratet gewesen war. Es war ein Wunder, dass er diese zweite Chance bekommen hatte.

Die Maestro School kündigte für den letzten Freitagabend der Sommersaison ein Programm für die Eltern an. Es sollte ein Streichquartett geben, ein Klaviersolo, ein Tanz aus *Giselle,* eine Lesung aus *Troilus und Cressida* … und das Lied »Wayfaring Stranger«, gesungen von einem Mädchen, begleitet von Pagan auf der Gitarre.

Pagan murrte über die Wahl des Lieds – warum musste es eins sein, das die Welt bis zum Überdruss gehört hatte –, und er sagte, dass die Sängerin eine weinerliche Stimme habe. Aber es war ganz klar eine Ehre. (Der einzige andere Gitarrenschüler war in eine Schrammelgruppe verbannt worden, die zu *Troilus und Cressida* im Hintergrund die Musik spielen sollte.) Das Wochenende vor dem Konzert übte er fast ununterbrochen, wie ein C gekrümmt, saß er auf Michaels Couch und hatte den Kopf so tief unten, dass sein Gesicht völlig verschwunden war. »I'm going *theere* …«, sang er mit beim höchsten Ton kieksender Stimme. Michael bekam die verlorene, wehmütige Melodie nicht mehr aus seinem Kopf, und die ganze Woche danach glaubte er, sie zu hören, während er über seinen Rechnungen saß oder die Bestellung eines Kunden aufnahm.

Die ganze Familie Anton wollte kommen – nicht nur Michael und Pauline, sondern auch George und Sally mit den beiden Kleinen, und Karen, wenn sie nicht noch spät arbeiten musste. Das machte Michael nervös. Es würde das erste Mal sein, dass seine Familie ihn und Anna als Paar sahen. Aber er *wollte*, dass sie es sahen; er wollte sie wissen lassen, dass Anna ihm wichtig war. Als Anna fragte, ob ihm lieber wäre, wenn sie allein in ihrem Auto käme, sagte er: »Auf keinen Fall. Ich hole dich um sieben ab.« Und als sie in der Schule ankamen, fast eine halbe Stunde zu früh, ging er mit ihr ganz nach vorn, in die erste Reihe.

Der Versammlungsraum musste mal ein Salon gewesen sein. Die winzige Bühne sah zusammengezimmert aus, und die wenigen Scheinwerfer klemmten wackelig an einer Bilderleiste aus Mahagoni. Rundum waren die Bilder der Schüler auf Staffeleien ausgestellt – Variante über Variante des Wäldchens hinter der Schule und mehrere Stillleben von Sommerkürbissen und Melonen.

Anna erzählte Michael von dem Schüler, der das Pianosolo spielen sollte – dass er vor Angst wie gelähmt sei, dass er seiner Familie verboten habe, zu kommen, dass er gestern gedroht habe, nicht aufzutreten. Sie trug ein feines schwarzes Kleid und hohe Absätze. Es war nett von ihr, fand Michael, dass sie sich so viel Mühe gab.

Nach und nach kamen alle – Eltern, Großeltern, kleine Kinder. Ein Mädchen in Strumpfhosen guckte durch eine Tür links von der Bühne. Eine Frau in einem Hula-Hula-Röckchen eilte mit einem Armvoll Bändern vorbei.

Dann sagte Pauline: »Da bist du ja!«

Sie blieb vor Michael stehen, Karen war genau hinter ihr. Sie trug eine weiße Bluse und einen geblümten Rock, ihr Haar war frisch getönt und gestylt, und der leuchtende rote Lippenstift passte zu den roten Ohrsteckern. Karen dagegen sah aus wie immer, ohne jeden Chic, in verschossenen Jeans und einem Greenpeace-T-Shirt. Sie wartete teilnahmslos, ihr rundes bebrilltes Gesicht war gelangweilt, während Pauline weiter schnatterte: »Ich kann nur sagen, wie froh ich bin, dass es heute Abend endlich so weit ist. Noch einen Refrain von ›Wayfaring Stranger‹, schrumm-schrumm-schrumm, und ich schwöre, ich … hallo, Anna! Ich habe dich nicht gesehen! Karen, kennst du schon meine Freundin Anna Grant, ich meine, Stuart? Ich wollte dich anrufen und dir danken, Anna. Die Maestro School war …«

Sie unterbrach sich. Sie sah von Anna zurück zu Michael. Ihre Augen wurden größer und blickten erschrocken.

Aber was hatte sie gesehen? Sie hielten mit Sicherheit nicht Händchen oder so. Sie saßen nicht ungewöhnlich eng beieinander, ihre Schultern berührten sich nicht einmal. Aber plötzlich sah Pauline aus, als hätte sie eine Ohrfeige bekommen, sie machte den Mund zu und rannte weg – sie stürzte davon, sodass ihre Umhängetasche hinter ihr herflog, tauchte hinten im Saal unter. Karen sagte: »Mom?«, und warf Michael einen verblüfften Blick zu, ehe sie ihr nachging.

Anna sah Michael mit fragend hochgezogenen Augenbrauen an, aber genau in diesem Moment flötete die Frau mit dem Hula-Hula-Rock: »Ein herzliches Willkommen Ihnen allen«, ihre Stimme schallte fröhlich und tragend von der Bühne, und die beiden mussten nach vorn sehen. Michael hörte nicht mehr, was die Frau weiter sagte. Er war sich nur bewusst, dass Pauline ihn von irgendwo in den hinteren Reihen beobachtete. Er spürte, wie sein Nacken stocksteif wurde vor Anstrengung, ruhig sitzen zu bleiben, sich weder zu Anna hinzulehnen noch von ihr wegzurücken und die Augen nicht von der Bühne zu nehmen.

Das Programm rauschte an ihm vorbei in einem Nebel

aus weiß bestrumpften Beinen und Spitzenschuhen, quiet-
schenden Klarinetten, Knaben mit angeklebten Bärten und,
ja, zwischen alldem, Pagans schwarzem, über die Gitarre
gebeugten Haarschopf. Pagans flinke Finger zupften die Sai-
ten unfallfrei, während ein Mädchen mit einer Stimme, die
nicht im Mindesten weinerlich klang, »Wayfaring Stranger«
sang. Aber alles, woran Michael denken konnte, war, dass er
sich zusammenreißen musste, um sich nicht umzusehen und
Pauline im Publikum zu suchen.

Er hätte sie sowieso nicht gefunden. Sie war offensichtlich direkt nach Hause gefahren. Oder *irgendwohin*, nur raus
aus diesem Haus; denn als die Hula-Hula-Frau wieder auf
die Bühne kam, nur mit den Fingerspitzen applaudierte und
bekanntgab, dass in der Vorhalle Erfrischungen serviert
würden, war Pauline nirgends zu sehen. Karen auch nicht.
Die einzigen Antons waren George und Sally, die sich ganz
hinten hingesetzt hatten, für den Fall, dass eines der Kinder
stören würde. JoJo klammerte sich an Sallys Arm, und Samantha schlief in ihrem Schoß. »Gut gemacht, Junge!«, sagte
George, stand auf und fuhr Pagan durchs Haar, und dann
fragte er Michael: »Wo ist Mom?«

»Hat sie nicht bei euch gesessen?«

»Wir haben sie nicht mal gesehen.«

»Nun, ich denke … sie muss wohl früher gegangen sein«,
sagte Michael. »Karen wird sie nach Hause gefahren haben.«
Er ließ eine angemessene Pause verstreichen, und dann sagte
er: »George, Sally, ich möchte euch Anna Stuart vorstellen.«

»Wie geht es Ihnen, Anna?«, sagte George freundlich.

Aber Sally sah Anna richtig an, und dann sah sie wieder
zu Michael, ehe sie sagte: »Schön, Sie kennenzulernen.«

»Ich glaube, George und ich haben uns schon mal getroffen«, sagte Anna. »Aber das ist gut dreißig Jahre her; deshalb
wundert es mich nicht, dass er es vergessen hat.«

»Oh, sind Sie eine Freundin der Familie?«, fragte Sally.

»Das ist *lange* her. Ich bin mit Pauline zur Highschool gegangen.«

Michael konnte sehen, dass Sally sich bemühte, das Geheimnis zu enträtseln, aber sie fragte nicht weiter.

Natürlich konnten sie die Erfrischungen nicht ausschlagen. Und natürlich mussten sie Mr Britt danken, lächelnd von verschiedenen Eltern Komplimente entgegennehmen und dann versuchen herauszukriegen, *wessen* Eltern das gewesen waren, um die Komplimente zu erwidern. Michaels Gesicht tat langsam weh. Er fragte sich, ob das ewig so weiterginge.

Endlich aber konnten sie sich verabschieden. Er und Anna und Pagan traten in eine wundersam ruhige Nacht hinaus und gingen zu Michaels Auto. Sie waren so weit vom Stadtzentrum entfernt, dass Millionen leuchtender Sterne zu sehen waren. Michael wünschte sich, Anna mit zu sich nach Hause nehmen zu können, aber da es Freitagabend war, würde er sie erst vor ihrer Tür absetzen müssen und dann mit Pagan zu seiner Wohnung fahren.

Pagan war ungewöhnlich redselig, zweifellos vor Erleichterung. Er fragte Anna: »Haben Sie gemerkt, dass ich nervös war, als ich anfing?« Und: »Haben Sie gemerkt, dass ich beim zweiten Refrain ein bisschen zu spät eingesetzt habe?«

»Du hast es wunderbar gemacht«, sagte Anna zu ihm. »Es war wirklich ein sehr guter Auftritt.«

Michael fuhr schweigend durch die Schwärze der Falls Road. Er war ein Idiot gewesen sich einzubilden, dass Pauline es gewusst und nichts gesagt hätte.

Auf einmal schienen es *alle* zu wissen. Jeder hatte eine Meinung dazu. Wanda Lipska fragte, warum er immer noch auf Protestantinnen hereinfiele, und Karen sagte, das Mindeste, was er hätte tun können, wäre gewesen, Pauline eine kleine Warnung zukommen zu lassen, und Pagan (der plötzlich offenbar die Verwicklungen kapierte) reagierte einsilbig und ausweichend, sobald Anna sich bei Michael blicken ließ. George versicherte ungefragt, dass Anna einen netten Eindruck mache, aber Paulines Schwester Sherry nannte sie Jezebel. »Es ist ein ungeschriebenes Gesetz, dass Freundinnen sich nicht gegenseitig die Ehemänner ausspannen«, sagte sie. Sally überlegte, ob Michael nicht irgendwann mit Anna zu ihnen zum Abendessen kommen könnte, natürlich nicht, wenn die Kinder noch wach waren, denn sie könnten Pauline etwas erzählen; vielleicht sollte man stattdessen einfach in ein Restaurant gehen. Leo Kazmerow sagte, er sei verdammt froh, dass Michael aufgehört habe, wie ein Mönch zu leben. Dann bekamen die Angestellten im Geschäft Wind von der Sache – wie, wusste Michael nicht – und lächelten verschwörerisch, wenn er einmal früher ging, und fragten vielsagend, wie sein Wochenende gewesen war oder wer sein neues Hemd ausgesucht habe.

Aber was gab es da wirklich zu wissen? Er und Anna hatten nicht über ihre Gefühle gesprochen. Sie schliefen jedenfalls nicht miteinander – weit gefehlt. Vielleicht waren sie nur gute Freunde, die zufällig gern eng beieinandersaßen und sich küssten, wenn sie sich verabschiedeten. Ob Anna das so sah? Er übte vor dem Rasierspiegel: »Anna, unsere Beziehung bedeutet mir inzwischen sehr viel.« Nein: »*Du* bedeutest mir inzwischen …« Was für eine gestelzte Phrase. *Viel bedeuten.* War er zu einem *Ich liebe dich* fähig?

Immer wenn sie zu ihm kam, wechselte er die Bettlaken und räumte das Schlafzimmer auf, obwohl sie nicht mehr drin gewesen war, seit sie sich die Bilder angesehen hatte. Und ob er *das* überhaupt konnte? Die einzige Frau, mit der er je Sex gehabt hatte, war Pauline – in den letzten Jahren ihrer Ehe immer seltener. Er wusste nicht, wie andere diese Dinge einleiteten. Rundheraus fragen? Einfach machen, bis man gestoppt wurde? Wenn er und Anna sich küssten, war ihr Mund weich und nachgiebig, aber ihre Lippen blieben geschlossen. Er ließ seine Hand auf ihren Rippen, hoch genug unter ihren Armen, um die Naht am Rand ihres BHs zu fühlen, aber sie machte nie diese eine winzige Bewegung, die seine Finger näher an ihre Brust gebracht hätte. Sie ließ nie erkennen, dass sie mehr von ihm wollte, und er glaubte, das bedeutete etwas bei einem Menschen, der sonst so direkt und vertrauensvoll war wie sie.

Vielleicht sollte er einfach aufgeben, ehe er sich zum Narren machte.

Anfang Oktober rief Mrs Brunek aus seiner alten Gegend an, um ihm zu sagen, dass Mrs Serge gestorben sei. »Ich weiß, dass Sie sie immer noch besucht haben«, sagte sie. »Deshalb dachte ich, dass Sie es doch wissen sollten. Wir glauben, dass sie friedlich im Schlaf hinübergegangen ist. Die Schwiegertochter hat sie gefunden, als sie mit den täglichen Besorgungen kam. Sie können sie heute zwischen drei und fünf noch einmal ansehen, und die Beerdigung ist dann morgen Vormittag um zehn.«

»Nun, ich danke Ihnen«, sagte Michael. »Ich komme bestimmt zur Beerdigung.«

»Fragen Sie Pauline, ob sie auch kommen möchte«, sagte Mrs Brunek.

Aber als er sie anrief, sagte Pauline Nein. Sie habe einen Beruf, sagte sie. Sie könne nicht fröhlich aus dem Büro hüpfen, wann immer irgendjemand starb. Mrs Serge war nicht irgendjemand. Sie hatten die ersten sieben Jahre ihrer Ehe Tür an Tür mit ihr gewohnt. Michael hatte den Verdacht, dass es mehr mit Anna zu tun hatte. Pauline hatte kaum mehr ein privates Wort mit ihm gesprochen, seit sie sie beide an jenem Abend zusammen gesehen hatte. Sie war in den bitteren, vorwurfsvollen Ton der ersten Tage nach ihrer Trennung zurückgefallen. Seine Taktik war dieselbe wie damals. Er tat, als merkte er nichts. »Ist gut«, sagte er. »Ich werde ihnen dein Beileid übermitteln.«

»Ich bin vollkommen in der Lage, selber mein Beileid zu übermitteln«, sagte Pauline eisig.

»Auch gut. Bis bald.«

Er legte auf. Dann, ohne sich damit aufzuhalten, seine Motive zu überdenken, rief er Anna an und fragte sie.

Anna hatte Mrs Serge kaum gekannt. Er war wirklich beeindruckt, dass der Name ihr etwas sagte. »Ich glaube nicht, dass ich sie seit deiner Hochzeit noch mal gesehen habe«, sagte sie. »Aber sie war ein lieber Mensch. Ich erinnere mich, dass sie mit einem Geschenk ankam, das größer war als sie selbst.«

»Eine Epergne!«

»Ein was, bitte?«

»Ein Tafelaufsatz. Ein Gipssklave, einen halben Meter hoch, der zwei Schalen für Gebäck in den Händen hielt.«

»Ach du meine Güte«, sagte Anna.

»Ich glaube, ich möchte einfach, dass du bei mir bist. Es ist immer so deprimierend, in meine alte Gegend zurückzukommen. Alles zerfällt oder ist schon abgerissen, und es gibt nur noch eine Handvoll Leute, die ich mal gekannt habe. Aber mir fällt ein, dass morgen Schule ist. Ich dachte, vielleicht besteht eine schwache Möglichkeit …«

»Das ist genau der Tag, an dem ich vormittags keinen Unterricht habe«, sagte Anna. »Könnte ich um eins zurück sein?«

»Garantiert.«

»Dann werde ich mitkommen.«

Als er aufgelegt hatte, sagte er sich, dass er für sie mehr als nur ein Freund sein musste; denn warum sollte sie sonst einwilligen? Dann schämte er sich, weil er den Tod der armen Mrs Serge als Gelegenheit für eine Verabredung nahm.

Er trug Schwarz bei der Beerdigung, und Anna auch, wie er erfreut sah. Die Leute von St. Cassians legten Wert auf derartige Dinge. Es war ein schöner Herbsttag, frisch und sehr sonnig, und Michael hatte sich ausreichend Zeit genommen, um auf dem Weg dorthin noch an dem alten Geschäft vorbeizufahren. Das war ein Fehler, erkannte er in dem Moment, als er um die Ecke bog. Dass der Laden von einem Lebensmittelgeschäft zu einem Schnapsladen und dann zu einem Secondhandladen geworden war, wusste er schon; er hatte sich gegen den Anblick von bleichmittelfleckigen Hauskleidern und steifen zerdrückten Arbeitsstiefeln im Schaufenster gewappnet. Aber heute war das Schaufenster mit braunem Papier abgedeckt, und ein mit der Hand geschriebenes ZU VERKAUFEN-Schild hing an der Tür. Er hielt am Bürgersteig und sah genauer hin. Im ersten Stock – inzwischen seit Jahren unbewohnt und wahrscheinlich als Lagerraum genutzt – machten vergilbte Papierjalousien die Fenster blind.

»Oh, wie traurig«, meinte Anna.

»Ich bin nur froh, dass meine Mutter das nicht mehr sehen muss«, sagte er.

»Es wirkt kleiner als früher, oder?«, fragte sie. »Ich weiß, alle behaupten das von Orten, die sie wiedersehen, aber es kommt mir winzig vor. Es ist kaum vorstellbar, dass die Leute hier früher mal alle Lebensmittel bekommen haben, die sie brauchten.«

»Tja, damals haben sie nicht so viel gebraucht«, sagte Michael. »Oder zumindest nicht so viel Auswahl.«

Als er zur Kirche weiterfuhr, dachte er an sein Geschäft in dem Vorort, wo er Licht und Raum bewusst einsetzte.

Manchmal betrachtete er die Waren – Englischen Löffelbiskuit, Spanische Oliven, Französischen Senf in niedlichen blau-weißen Tontöpfen – und hatte dabei ein Gefühl, als gehörte das Geschäft nicht wirklich ihm. Er kam sich wie ein angeberischer Betrüger vor. Obwohl natürlich alles seine Idee gewesen war. Pauline war vielleicht diejenige gewesen, die auf den Umzug drängte, aber er war es, der diese Vision von etwas Erstklassigem gehabt hatte, das dem Stil der neuen Gegend entsprach.

Er parkte den Wagen hinter der Grundschule, blieb dann aber mit den Händen am Steuer sitzen. Anna warf ihm einen fragenden Blick zu, und er sagte: »Letzte Weihnachten bin ich ins Zentrum gefahren, um Eustace seinen üblichen Weihnachtsumschlag zu bringen. Erinnerst du dich an Eustace? Nein, wahrscheinlich nicht – ein Farbiger, der in dem alten Laden bei mir gearbeitet hat. Er ist in Rente gegangen, als ich verkaufte, aber wir sind immer noch in Verbindung. Ich klopfte also an seine Tür, und ein junger Kerl machte mir auf – mit einer riesigen Afro-Frisur und einem afrikanisch gemusterten Kittel oder was da über seinen Jeans hing. Ich sagte: ›Ist Eustace da?‹ Er sagte: ›Wer will das wissen?‹ Ich sagte: ›Sein alter Arbeitgeber will ihm nur seinen Weihnachtsumschlag geben.‹ Er sagte: ›Er will Ihren Umschlag nicht!‹ Ich sagte: ›Verzeihung?‹ Er sagte: ›Hauen Sie bloß ab mit Ihrem Umschlag!‹ Dann hörte ich Eustace von irgendwo hinten im Haus. Er rief: ›Wer ist da, Jimmy? Jimmy, wer ist da?‹ Aber der junge Kerl sagte zu mir: ›Wer glauben Sie denn, wer Sie sind? Kommen mit einem Briefumschlag her!‹ Und er schlug mir die Tür vor der Nase zu. Ich weiß nicht, ob nur er so dachte oder auch Eustace. Aber ich wollte bestimmt niemanden verletzen! Ich habe diesen Umschlag jahrelang hingebracht. Eustace hat sich einfach höflich bedankt.«

Anna sagte: »Tja. Die Zeiten ändern sich wohl.«

»Ganz sicher tun sie das«, sagte er.

Dann seufzte er und öffnete seine Tür.

Auch in der Kirche hatten sich wohl die Zeiten geändert. Das sah er, sobald sie drinnen waren. Der Innenraum war wie immer – dämmrig und schimmernd, nach Wachskerzen duftend –, aber nur die ältesten Trauergäste trugen Schwarz. Die anderen waren in allen Farben des Regenbogens erschienen, in Kleidern, die er in seiner Jugend nicht mal im Traum zur Kirche getragen hätte. T-Shirts, Polohemden, Kakihosen, Turnschuhe. Wanda Lipska kam in einem Aufzug wie für eine Segelpartie den Gang entlang, marineblauer Blazer und weiße lange Hosen. Leo Kazmerow in der Reihe vor ihm trug eine knallblaue Nylonwindjacke, und als er sich umdrehte und Hallo sagte, sah Michael, dass das Logo eines Benzinadditivs auf seiner Brusttasche prangte. »Mann, Mikey«, sagte Leo. »Schau, wer hier ist, Liebe«, sagte er und stupste seine Frau an, die Michael zuerst nicht erkannte, weil sie so zugenommen hatte. Ihr Rücken war inzwischen so breit und fleischig wie bei einem Lastwagenfahrer geworden, und ihr Haar – in einem harten, künstlichen Braun – sah aus wie Zuckerwatte und war so aufgeplustert, dass er zwischen den einzelnen Strähnen hindurchsehen konnte.

Er hätte Anna vorgestellt, oder sie wieder vorgestellt, aber gerade da fing der Gottesdienst an. Ein Priester, den er noch nie gesehen hatte, trat zum Altar, und die Orgel änderte die Tonart, woraufhin sechs schmächtige junge Burschen einen glänzenden Sarg nach vorn rollten. Das mussten Mrs Serges Enkelsöhne sein. Michael glaubte sich zu erinnern, dass Joey einen ganzen Schwarm Kinder hatte.

Anna saß gerade nahe genug, dass er die Wärme ihres Armes und die leichte Bewegung ihres Atmens fühlen konnte.

Irgendwann legte sie ihre Hand neben seine, und er nahm sie dankbar und hielt sie fest. Seine Gedanken wanderten zu einem Abend in der letzten Woche, als sie gehen wollte und er gesagt hatte: »Geh nicht«, und sie hatte gesagt: »Bleiben?« Und er sagte: »Bleiben.« Und einen Augenblick lang sah es so aus, als ob sie bleiben wollte, weil sie ihn so ernsthaft anlächelte. Aber dann beugte sie sich vor und küsste ihn auf die Wange – nicht auf die Lippen, sondern auf die Wange – und sagte Gute Nacht und ging. Jetzt wünschte er, er wäre nicht so direkt gewesen. Er hoffte, er hatte nichts kaputt gemacht.

Als der Gottesdienst zu Ende war und Leos Frau sich umdrehte, um ihr Gespräch wiederaufzunehmen, musste er dem Impuls widerstehen, Annas Hand wie eine heiße Kartoffel fallen zu lassen. In dieser Gegend war er immer noch der schuldige böse Junge. Und als Mrs Brunek sagte: »Grüßen Sie Pauline, hören Sie? Diese arme, arme Frau, die ihren Enkelsohn ganz alleine erziehen muss«, zog er stoisch die Schultern hoch und unternahm keinen Versuch, sich zu verteidigen.

Es war nicht viel später als elf Uhr. Der Gottesdienst war kurz gewesen. »Habe ich dir nicht versprochen, dass du rechtzeitig zurück sein wirst?«, fragte er Anna, als sie die Treppe hinuntergingen. Sie gingen nicht mit auf den Friedhof. »Wir könnten sogar noch etwas essen. Kann ich dich zum Lunch einladen?«

»Nein danke, ich esse schnell irgendetwas zu Hause«, sagte sie. »Ich habe noch viel zu erledigen, ehe ich zur Schule muss.«

Das waren die Dinge, die ihn aus dem Gleichgewicht brachten. Hatte er denn nicht viel zu tun? Aber für Anna würde er gern alles aufschieben. Anna sah das offensichtlich nicht so.

Er schwieg, als er sie nach Hause fuhr. Anna sah ihn hin und wieder an, aber sie sagte nichts.

Auf der Ausfahrt der Route I-83, die in den Northern Parkway mündete, wurden sie von einem beschleunigenden Sportwagen nach rechts abgedrängt. Michael hatte den Wagen bereits mehrere Minuten vorher gesehen. Er wusste schon, dass der Fahrer wie ein Verrückter fuhr. Deshalb hielt er sich ohne Hast einfach mehr rechts. Aber Anna war nicht darauf vorbereitet. Sie zuckte zusammen und lachte dann über sich selbst. »Tut mir leid«, sagte sie zu Michael.

»Schon gut«, sagte er.

Sie kamen zur Falls Road, und er bog nach links ab. Er spielte sich ihre Reaktion im Kopf noch einmal vor – ihr scharfes Luftholen und ihr unwillkürliches Zusammenzucken. Sonst saß sie immer so ruhig da, sie war die entspannteste und unbeteiligtste Beifahrerin. Sie hatte noch nie mitgebremst.

Er blinkte und bog noch einmal nach links in die Wickridge Street, dann nach rechts in Annas Einfahrt, wo er anhielt.

»Danke, Michael«, sagte sie. »Sehen wir uns morgen noch zum Essen?« Ihre Hand lag auf dem Türgriff.

»Ich glaube, du magst mich«, sagte Michael.

Schockierte kurze Pause. Er war selbst schockiert.

Dann sagte sie: »Ich glaube, ich liebe dich.«

Seitdem verbrachten sie die Nächte zusammen, außer am Wochenende. Meistens bei ihr, da es bei ihr gemütlicher war. Wenn er im Dunkeln auf dem Rücken lag, im linken Arm tausend Stecknadeln vom Gewicht ihres Kopfes auf seiner Schulter, wunderte Michael sich, wie natürlich sich das anfühlte. Sie hätten ein lange verheiratetes Paar sein können. Wenn sie schlief, hatte sie die Angewohnheit, seine freie

Hand zu nehmen und an ihren Bauch zu pressen, als ob sie ihr gehörte, was er hinreißend fand. Wenn sie wach war, war sie nicht so mutig. Im Bett trug sie Baumwollpyjamas, immer weiße. Sie wachte gutgelaunt, aber schweigsam auf. Sie redete nicht gern am frühen Morgen. Sie war fast zu sittsam und drehte sich weg, wenn sie sich anzog.

Sie erzählten einander ihre dunkelsten Geheimnisse. Anna hatte ihren Mann schon einige Zeit vor seinem Tod nicht mehr geliebt; Michael machte sich Sorgen, dass er an Lindys Schicksal schuld war. »Ich glaube, ich war ihr kein liebevoller Vater«, sagte er. »Ich erinnere mich an meine Erleichterung, als es ein Mädchen war, weil ein Mädchen mich nicht so fordern würde.«

Anna hörte sich immer eine Geschichte bis zu Ende an, ehe sie einen Kommentar abgab. Das schätzte er. Dann stellte sie Fragen, manchmal unerwartete. Zum Beispiel: »Was, wenn Lindy nicht wirklich Pagans Mutter ist?«

»Was?«

»Wie kannst du sicher sein, dass sie nicht nur für eine Freundin auf ihn aufgepasst hat? Du weißt doch, wie das damals war, das Wohnen in Kommunen, diese jungen Leute, die sich wie eine einzige große Familie benahmen.«

»Nun, tatsächlich *können* wir sicher sein«, sagte Michael. »Bevor er eingeschult wurde, haben wir seine Geburtsurkunde aufgetrieben. Lindy ist die Mutter, aber der Vater war nicht angegeben.«

»Jemand Spanisches«, sagte Anna nachdenklich. »Bei seinen Haaren und diesen großen braunen Augen.«

Ein anderes Mal fragte sie, warum er und Pauline nicht zu einer Eheberatung gegangen wären. »Wozu? Wie hätten wir sagen sollen, was falsch lief?«

»Einfach, dass ihr unglücklich wart, finde ich.«

»Ich glaube, man muss ihnen schon einen besseren Grund

angeben«, sagte Michael »Etwa: ›Sie hat dies getan‹, und: ›Er hat das getan.‹ Es klappt nicht, wenn man einfach nicht zusammenpasst.«

»Aber ihr habt doch zusammengepasst, als ihr euch zuerst kennengelernt habt.«

»Weißt du, ich kann mich noch nicht mal daran erinnern, was ich damals gedacht habe«, sagte Michael. »Vielleicht wollte ich einfach eine Freundin haben. Ich war jung und wollte ein Mädchen, und da kam Pauline.«

Anna sah ihn aufmerksam an. Er konnte ihr alles sagen. Sie reagierte nie zu heftig, so wie Pauline immer. Sie nahm die Dinge nicht persönlich; sie sagte zum Beispiel nicht: »Aber ich war *auch* da!« Obwohl sie das natürlich hätte sagen können. Und sie speicherte seine Bekenntnisse nie, um sie später gegen ihn zu verwenden.

An den Wochenenden verbrachten sie die Nächte getrennt, wegen Pagan. Michael fand das richtig so, aber unwillkürlich ärgerte er sich darüber, wenn sich die Samstage und Sonntage dahinschleppten. Pagan hatte jetzt das Alter erreicht, in dem Freunde wichtiger waren als die Familie – eine kleine Clique von Jungen, die er noch von der Grundschule her kannte, und seit Neuestem auch ein paar Mädchen. Häufig war er bis zehn oder elf Uhr abends weg, und Michael saß allein zu Hause, und Anna saß allein bei sich zu Hause, ohne richtigen Grund. »Das ist doch absurd«, sagte Michael am Telefon zu ihr. »Ich bin nur der Türsteher! Meine einzige Aufgabe besteht darin, dem Bengel die Tür aufzumachen, wenn Zapfenstreich ist.«

»Das ist sehr nobel von dir«, zog sie ihn auf, und er musste dann lachen.

Pagan kam mit Anna gut aus, wenn sie sich sahen. Zumindest war er sehr liebenswürdig, wenn sie an den Wochenenden auftauchte. Aber wenn sie nicht da war, zog er gegen sie zu Felde, oder möglicherweise weniger gegen sie als für Pauline. »Ich verstehe nicht, warum du und Grandma euch nicht wieder zusammentut«, sagte er zum Beispiel. »Das ist so dumm! Ihr seid verheiratet.«

»Sind wir eben nicht.«

»Meine Freunde wissen nie, wo ich bin, wenn sie mich erreichen wollen.«

»Ach, *das* ist also das Problem«, sagte Michael.

Junge Leute waren erstaunlich egozentrisch. Selbst seine erwachsenen Kinder, die nun auch nicht mehr so jung waren, hatten wie Zweijährige geschmollt, als er die Scheidung einreichte. »Das ist nicht normal«, hatte George gesagt. »Normal ist, dass ihr zwei seid.«

»Wir *sind* zwei«, hatte Michael ihn darauf hingewiesen.

»Zwei zusammen. Ein Elternpaar.«

»Herrgott noch mal, George, du bist jetzt selber Vater, was kümmert es dich? Außerdem kann ich sowieso nichts daran ändern. Deine Mutter hat gesagt, dass ich gehen soll, erinnerst du dich?«

»Sie hat dir seit Jahren gesagt, dass du gehen sollst. Das bedeutete nicht, dass du wirklich gehen musstest.«

Eine unlogische Bande, alle zusammen. Gegen sie war Anna wie kühles, klares Wasser.

In jenem Jahr war Weihnachten kahl und braun, keine Schneeflocke ließ sich blicken, aber im Januar fielen in einer einzigen Nacht gut dreißig Zentimeter Schnee. Michael wachte am Sonntag ungewöhnlich spät auf, und sein Schlafzimmer war von einem gespenstisch weißen Leuchten erfüllt, und als er aufstand und aus dem Fenster blickte, sah er, dass sich die Zweige der Bäume in weiße Pfeifenreiniger verwandelt hatten, und die Autos auf dem Parkplatz waren Iglus.

Er ging zu Pagans Zimmer, klopfte und steckte den Kopf rein. Die Vorhänge waren zugezogen, sodass es dämmrig war, und die Luft roch abgestanden und muffig. Pagan war nur ein Hügel unter den Decken, er atmete schnaufend. Michael sagte: »He, weißt du was? Es hat geschneit.«

Pagan bewegte sich und stöhnte.

»Ich werde bei Grandma Schnee schaufeln gehen«, sagte Michael zu ihm.

Keine Antwort.

»Du musst also allein aufstehen und dich anziehen, damit wir rechtzeitig zu Anna kommen. Erinnerst du dich, dass sie uns zu Waffeln eingeladen hat? Ich erwarte, dass du fertig bist, wenn ich wieder da bin, also sagen wir, Viertel vor zehn.«

»Mmf«, sagte Pagan.

»Hast du mich gehört?«

»Mmf.«

Michael hoffte das Beste und schloss die Tür.

Als er sich geduscht, rasiert und angezogen und die Handschuhe und Stiefel gefunden hatte, die er seit dem letzten Winter nicht mehr getragen hatte, war es fast neun Uhr. Der Weg hinter dem Haus war schon geräumt, aber der Parkplatz war noch zugeschneit, und er musste mühsam zu seinem Wagen stapfen und dann die Verwehungen wegtreten, die sich vor der Tür auftürmten, ehe er sie aufmachen konnte. Dann ließ er den Motor an und drehte Heizung und Gebläse auf. Anschließend fegte er Armladungen Schnee vom Dach und von der Windschutzscheibe. Sein Eiskratzer war zu mickrig dafür. Der Schnee lag zwar hoch, aber er war so watteweich, dass er sich unter den Rädern leicht zusammendrücken ließ, als er anfuhr. Problemlos kam er zur Straße und über die kurze Strecke nach Elmview Acres.

Der Gehweg vor Paulines Haus war eine unberührte

weiße Fläche. Es war schade, dass er nicht gleich vom Bordstein aus losschippen konnte, denn seine Stiefel hinterließen gerippte Abdrücke, die später schwerer zu entfernen sein würden. Er machte so wenige Schritte wie möglich, bahnte sich einen Weg zur Tür und drückte auf die Klingel. Pauline kam sofort, sie trug eine rote Skijacke und eine weiße Strickmütze mit einer Bommel. »Ich habe dich gerade angerufen!«, sagte sie. »Niemand ging ran.«

»Mist, das heißt, dass Pagan wieder eingeschlafen sein muss.«

»Ich dachte schon, ich müsste jetzt selber Schnee schippen.«

Andere Frauen machten das ständig, aber Michael sprach es nicht aus. In gewisser Weise machte es ihm Spaß, diese Pflichten zu erfüllen, eheliche Aufgaben, die sie noch von ihm erwartete, ob verheiratet oder nicht. Er fühlte sich verantwortlich und kompetent, merkte, dass er eine Spur gewichtiger auftrat, als er sich auf den Weg zum Autostellplatz machte, wo sie den Schneeschieber aufbewahrte.

Der Schnee hatte fast kein Gewicht, es war, als würde man Wolken wegschaufeln. Er schippte schnell vom Haus zum Bordstein, dann arbeitete er sich zum Bordstein vor, wo er den Weg zu Paulines Auto frei schob. Pauline kam mit einem Besen hinter ihm her und fegte den letzten dünnen Schleier Weiß vom Asphalt. »Das war ein Schock!«, rief sie. »Ich wachte auf, sah aus dem Fenster und traute meinen Augen nicht!« Ihre Stimme klang in der klaren Luft glockenhell, und ihr Gesicht war rosa und fröhlich. Der Schnee hatte sie offensichtlich ihren Groll vergessen lassen. Michael vergaß ihn auch; als er fertig war, stand er da und lächelte sie an, und sah zu, wie sie den Weg bis zu ihm fegte. Sie trug rote Handschuhe, und die Strickmütze versteckte ihre geradezu gemeißelte ältliche Frisur. Nur ein paar blonde Locken guckten am Rand hervor und erinnerten ihn daran, wie sie als junges Mädchen ausgesehen hatte.

»Was ist mit deinen Wasserleitungen?«, fragte er. »Hast du daran gedacht, den Hahn im Keller etwas aufzudrehen?«

»Nun, bis jetzt noch nicht, aber das sollte ich wohl gleich machen.«

»Spätestens heute Abend«, sagte er. »Achte auf das Thermometer. Ich würde sagen, sobald es richtig unter null fällt, solltest du den Hahn offen lassen.«

»Möchtest du einen Kaffee, Michael? Ich habe gerade eine frische Kanne gekocht. Ich habe beschlossen, die Kirche heute ausfallen zu lassen.«

»Oh!« Er schob den Jackenärmel von seiner Uhr. »Nein danke. Ich muss gehen«, sagte er. Er ging wieder zum Autostellplatz und stellte den Schneeschieber in die Ecke. Dort standen andere Werkzeuge kunterbunt durcheinander, eine Hacke, eine Harke, ein Kantenschneider, und er lehnte sie der Reihe nach gegen die Wand, ehe er wieder zur Auffahrt zurückkehrte. »Ich muss Pagan abholen«, sagte er.

»Er wird begeistert sein von dem Schnee«, sagte Pauline.

»Das wäre er, wenn er aufwachen würde.«

»Er ist wie George in dem Alter. Erinnerst du dich? George hätte geschlafen, bis es wieder dunkel wurde, wenn wir ihn gelassen hätten.«

»Muss etwas mit Adoleszenz zu tun haben«, sagte Michael.

Er ging jetzt zum Bordstein, Pauline war dicht hinter ihm. Als er an seinem Auto war, drehte er sich um, und sie blieb stehen und sah zu ihm hoch, schlang die Arme um sich, gegen die Kälte. »Danke, Michael, dass du gekommen bist«, sagte sie. »Ich weiß nicht, ob ich das alles schaffen würde, wenn ich allein damit fertigwerden müsste − mit dem Schnee, den Leitungen …«

»Schon gut.«

Als er wegfuhr, sah er sie im Rückspiegel, sie winkte mit einem dicken roten Handschuh wie ein Kind.

Es war zehn vor zehn, als er wieder in seiner Wohnung war, aber Pagan war noch nicht einmal wach, geschweige denn fertig für den Besuch bei Anna. Michael sagte: »He, was ist hier los?« Und er riss die Vorhänge auf. Jetzt fand er den muffigen Geruch deprimierend und auch die Kleider, die auf dem Fußboden herumlagen. »Pagan? Hörst du mich? Auf und los! Anna wartet auf uns.«

Pagan bewegte sich und setzte sich stöhnend auf. Eine Wange war vom Kissen zerdrückt, und seine Augen schmale Schlitze. »Weißt du, dass es geschneit hat?«, sagte Michael.

»Mmf.«

»Sieh mal aus dem Fenster.«

Pagan sah hin, aber dann ließ er sich rückwärts auf das Bett fallen.

»Anna macht Waffeln, Pagan. Wir hätten vor fünf Minuten losfahren müssen.«

»Muss ich mit?«

»Ja, du musst«, sagte Michael fest. Dann ging er ins Wohnzimmer, um Anna anzurufen, dass sie später kämen. Aber bei ihr war besetzt. Er nahm an, dass sie mit ihrer Tochter sprach. Sie telefonierten meistens sonntags.

Als Pagan erst einmal aufgestanden und angezogen war, fand er den Schnee schon interessanter. »Das ist toll!«, sagte er zu Michael, als sie zum Auto gingen. »Glaubst du, dass morgen schulfrei ist?«

»Wer weiß?«, sagte Michael. »Könnte sein.«

»Mist, ich habe meinen Schlitten nicht dabei! Lass uns bei Grandma vorbeifahren und ihn holen.«

»Wir sind schon so spät dran, Pagan. Wir holen ihn, wenn wir von Anna kommen.«

»Muss ich wirklich mit zu Anna? Ich verpasse den ganzen Spaß! Ich wette, Keith und alle sind schon draußen.«

»Ich wette, dass sie noch tief und fest schlafen«, sagte Michael, »wenn sie dir auch nur ein bisschen ähnlich sind.« Er schloss die Beifahrertür auf und ging dann auf die Fahrerseite.

Die meisten Hauptstraßen waren inzwischen geräumt, und die Sonne stand so hoch, dass sie schwarz glänzten. »Siehst du das?«, jammerte Pagan. »Es taut.«

»Gar nicht. Es wird alles noch da sein, wenn du die Waffeln verspeist und deiner Gastgeberin höflich für die Einladung gedankt hast.«

Michael hatte Anna zu Weihnachten ein Waffeleisen geschenkt; daher die Einladung. Er hatte ihr auch eine elektrische Kaffeemaschine geschenkt, einen Toaster und einen Mixer. »Damit du zu viele Habseligkeiten hast, um noch mal wegzuziehen«, hatte er gesagt. Sie lachte, aber er hatte es ernst gemeint.

Als er in ihrer Einfahrt parkte, war es fünf vor halb elf. Sie erschien auf der Veranda, wischte sich die Hände an der Schürze ab, und Michael rief: »Entschuldige, dass wir zu spät kommen«, als er aus dem Auto stieg.

»Du brauchst dich nicht zu entschuldigen. Ich habe mir nur Sorgen gemacht, ob ihr im Schnee stecken geblieben seid.«

»Pagan ist stecken geblieben. Im Bett.«

»Klar, gib mir die Schuld«, sagte Pagan grollend. Er knallte die Autotür zu und rief Anna zu: »Als ob ich mich *selber* wecken könnte an einem Sonntag! Grandpa hat bei Grandma Schnee geschippt, und ich hatte keine Ahnung, für mich war es mitten in der Nacht!«

Michael hatte nicht vorgehabt zuzugeben, dass er bei Pauline gewesen war. Nicht, dass es ein Geheimnis wäre, aber freiwillig hätte er Anna nichts gesagt. Er sah schnell zu ihr hinüber, versuchte, in ihrem Gesicht zu lesen, doch es verriet nichts. Annas Gehweg war gefegt und trocken. Sie musste sehr früh Schnee geschippt haben, selbst die Einfahrt war frei, und auf ihrem Auto lag kein bisschen Schnee mehr. Als Michael die Verandatreppen hochstieg, sagte er: »Ich wünschte, ich wäre früher gekommen, dann hätte ich auch bei dir Schnee schippen können.«

»Na ja«, sagte sie und hielt ihm die Wange zum Kuss hin, »ich glaube, ich schaffe es gerade noch, meinen Schnee selber zu schippen, vielen Dank!«

Das klang nüchtern, aber er fragte sich, warum sie ihm die Wange hingehalten hatte, nicht die Lippen.

Drinnen brannte das Feuer im Kamin, und es duftete nach heißem Ahornsirup. »Ihr beide setzt euch, und ich fange mit den Waffeln an«, sagte sie. »Kaffee? Orangensaft? Pagan, ich habe Kakao gekocht.« Sie ging zwischen Küche und Esszimmer hin und her und wirkte ungewöhnlich häuslich in ihrer weißen Latzschürze über dem Pullover und den langen Hosen. Derweil war Pagan immer noch beim Thema Schlittenfahren. »Inzwischen werden alle schon auf dem Knochenbrecherhügel sein«, sagte er. »Bis ich hinkomme, haben sie den ganzen Schnee aufgebraucht.«

»Schnee kann man nicht *aufbrauchen,* Pagan«, sagte Michael.

»Klar kann man! Du brauchst nur hinzusehen! Keith und Rick und alle werden lauter Schlittenspuren reinfahren, und bald wird nur noch blanke Erde da sein.«

Michael sah ihn einen Augenblick aufmerksam an. Es stimmte, Pagan war zurzeit im Nachteil – er war zwischen zwei Haushalten eingeklemmt und gehörte nirgendwo ganz richtig hin. Tatsächlich konnte man Michaels Viertel überhaupt nicht als Wohngegend bezeichnen. Sein Apartmenthaus wurde von ältlichen Witwen und jung verheirateten Paaren, die am Anfang standen, bewohnt, und rundherum waren nur Betriebe.

»Weißt du was«, sagte er. »Sobald wir fertig sind mit Essen, fahre ich dich bei deiner Großmutter vorbei, du holst deinen Schlitten, und dann setzte ich dich am Knochenbrecherhügel ab.«

»Wirklich? Toll! Ich bin schon *fertig*.«

»Nun, ich noch nicht«, sagte Michael und griff demonstrativ nach dem Sirupkännchen. »Deshalb schlage ich vor, dass du dich mit einer weiteren Waffel stärkst.«

Zu seiner Überraschung folgte Pagan seinem Rat. Die Aussicht, zu seinen Freunden zu kommen, hatte ihn offensichtlich in bessere Laune versetzt, denn er verspeiste noch zwei Waffeln und trank einen zweiten Becher Kakao, und als Anna sich nach seinem Schlitten erkundigte, holte er zu einem längeren Monolog über verschiedene Arten von Wintersportausrüstung aus. »Rick, zum Beispiel, hat so eine coole Nummer 1 aus Schweden, der eine völlig andere Form hat – schmaler –, und du solltest mal sehen, wie schnell der ist! Aber er kostet eine Stange, wette ich.« Anna hörte zu, lächelte, trank hin und wieder einen Schluck Kaffee. Sie konnte sich gut mit jungen Menschen unterhalten. Sie schien sie wie interessante Fremde wahrzunehmen, fragte sie über ihre Gewohnheiten, ihre Musik, ihre Freizeitaktivitäten aus, als wollte sie einen Reiseführer schreiben, und selbst Pagan – inzwischen ein in Gesellschaft unbeholfener Vierzehnjähriger – taute auf und wurde mitteilsam, als die Unterhaltung erst einmal in Gang gekommen war. Er gestikulierte ausholend mit den Händen, als er die Formen der verschiedenen Schlitten umriss, und verpasste oft haarscharf das Sirupkännchen oder seinen Kakaobecher.

Aber Michael fand, dass Anna nur Pagan ansah und ihn nicht, und er befürchtete, dass sie böse auf ihn war.

Als er ihr dann nach dem Frühstück vorschlug, mit zum Knochenbrecherhügel zu kommen, sagte sie, sie könne nicht. »Heute ist Eds Konzert, erinnerst du dich?«, sagte sie.

Michael erinnerte sich nicht. Er hatte den Verdacht, dass sie es erfunden hatte. Er sagte: »Ein Konzert, zu dieser Stunde?«

»Um eins. Er gibt ein Cellokonzert. Aber können wir uns nicht einfach danach treffen, was meinst du? Du setzt Pagan ab, dann wird es ungefähr zwölf sein, und da du ihn in ein oder zwei Stunden dann wieder abholen musst, ist es vernünftig, wenn jeder seins macht und wir uns später treffen.«

»Schön«, sagte Michael. »Gut. Das wird das Vernünftigste sein.«

Sie holte Luft, wollte etwas sagen, aber er wandte sich schnell ab und ging seine Jacke holen.

Vor Paulines Haus war der Gehweg jetzt trocken – eine Befriedigung. Pagan ging zur Tür und verschwand im Haus, während Michael am Steuer sitzen blieb und wartete. Wenige Minuten später kam Pagan wieder heraus, er trug schwarze Nylonhandschuhe und hohe Gummistiefel mit offenen Schnallen. Klimpernd ging er zum Autostellplatz, und Pauline öffnete die Windfangtür und rief hinter ihm her: »Vergiss deinen Schal nicht!«

»Ich kann beim Schlittenfahren keinen Schal brauchen!«

Er verschwand gerade so lange im Autostellplatz, dass Pauline Zeit hatte, hilflos in Michaels Richtung mit den Schultern zu zucken, und dann kam er mit seinem Schlitten wieder heraus, einem robusten alten Flexible Flyer, der mal George gehört hatte. »Du wirst dir eine Lungenentzündung holen!«, rief Pauline. Sie war auf Strümpfen, trat aber trotzdem auf die erste Stufe und legte die Hände über die Augen, als sie zu Pagan blickte.

»Ein Schal kann sich in den Kufen verfangen, und ich würde einen grausamen Tod durch Erwürgen erleiden«, sagte Pagan und ging einfach weiter.

Pauline sah wieder zu Michael. Michael grinste nur.

Als der Schlitten sicher im Kofferraum verstaut war und sie Richtung Knochenbrecherhügel unterwegs waren, fragte Michael: »Wie lange, denkst du, wirst du rodeln?«

»Solange es geht, denke ich.«

»Ich muss wissen, wann ich dich abholen soll, Pagan.«

Pagan überlegte. Dann sagte er: »Warum gehe ich nicht einfach zu Fuß zu Grandma zurück, wenn ich genug habe. Vielleicht gehen ich und die anderen Jungs später noch zu Keith nach Hause, und dann müsstest du mich heute Abend noch mal zu Grandma fahren. Warum sagen wir nicht, dass du mich jetzt für diese Woche absetzt.«

»Was ist mit deinen Sachen?«, fragte Michael.

»Alles, was ich brauche, ist bei Grandma. Bei dir sind nur Klamotten und so Zeugs.«

»Okay.«

Michael hielt am Fuß des Hügels. Es war ein langer, sanfter Abhang – absolut nicht knochenbrecherisch –, der sich von einem bewaldeten Bergrücken bis zur nördlichen Grenze von Elmview Acres erstreckte. Bunte kleine Figuren betupften die weiße Weite, stiegen hinauf oder sausten auf Schlitten und Plastikschalen und Pappstücken hinunter. Es sah aus wie eine Szene auf einer Weihnachtskarte, und nachdem Pagan mit seinem Schlitten losmarschiert war, blieb Michael noch eine Weile sitzen und nahm sie in sich auf.

Jetzt wohin?

Anna würde sich gerade für das Konzert fertig machen. Er hätte noch Zeit, zu ihrem Haus zurückzufahren und ihr anzubieten, mitzukommen, wenn er wollte. Aber er wollte nicht. Sollte sie allein gehen, wenn sie ihm etwas übelnahm. Sollte sie so unabhängig sein, wie es ihr gefiel!

Er legte den Gang ein, bog zur Straße ab und fuhr direkt nach Hause.

Manchmal konnte sie einen aus der Fassung bringen. Sie konnte fast zu aufrichtig sein; nicht, dass Ehrlichkeit ein Fehler war. »Was hast du von mir gedacht, damals, als wir jung waren?«, hatte er sie einmal gefragt, und sie hatte gesagt: »Wieso? Ich habe überhaupt nichts gedacht, wirklich nicht.« Er war beleidigt gewesen, obwohl er wusste, dass das unvernünftig war. Natürlich hatte sie überhaupt nichts gedacht! Er war lediglich ein flüchtiger Bekannter, der Freund einer entfernten Freundin. Aber er wünschte fast, sie hätte gelogen; oder nicht direkt gelogen, sondern sich etwas vorgemacht. *Ich habe immer gespürt, dass du etwas Besonderes bist.* Doch Anna Grant war keine Frau, die sich etwas vormachte.

Er bog in seinen Parkplatz ein und parkte auf dem schneefreien Rechteck, auf dem sein Auto die Nacht über gestanden hatte. Die meisten anderen Autos waren noch unter dem Schnee begraben. Schließlich war Sonntag, die Leute mussten nicht aus dem Haus gehen. Er stellte sich vor, dass die frisch verheirateten jungen Paare lange schliefen, zu Hause aßen, sich auf dem Sofa aneinanderkuschelten, wo sie lasen oder Fernsehen schauten. Aber er selbst hatte mehr mit den verwitweten Damen gemeinsam, dachte er, als er allein durch den Schnee zu seiner leeren, hallenden Wohnung stapfte.

Als er durch die Tür trat, hatte sich Pagans Schlafmief in der ganzen Wohnung verbreitet. Und Pagans Hausaufgaben in Geschichte lagen noch auf dem Couchtisch. Es war also nicht wahr, dass er alles, was er brauchte, bei Pauline hatte. Jetzt würde man von Michael erwarten, die Hefte zusam-

menzusuchen und vor der Schule extra bei Pauline vorbei-
zubringen. Verdammt, das würde er nicht. Sollte Pagan selber damit klarkommen! Es war nicht Michaels Problem.

Er blieb eine Weile im Lehnstuhl sitzen, blickte aus dem
Wohnzimmerfenster, obwohl er nichts als Himmel sehen
konnte. Ihm wurde bewusst, dass er keine Hobbys hatte.
Keine Interessen. Er hatte nichts zu tun. Wie hatte er die
Zeit verbracht, ehe er Anna kennenlernte?

Denk nicht an Anna.

Er war es gewohnt, die Zeitung vom Geschäft mit nach
Hause zu nehmen, und da das Geschäft heute geschlossen
war, hatte er keine. Und die Anstrengung aufzustehen, um
den Fernseher anzustellen, schien unüberwindlich.

Um halb drei, als das Telefon klingelte, saß er immer noch
untätig im Lehnstuhl. Er fuhr auf und starrte das Telefon an,
ließ es klingeln, sechsmal, ohne einen Finger zu rühren. Geschah ihr recht. Aber als das Telefon schwieg, dachte er:
Warte! Er beugte sich abrupt vor. Er hatte einen schrecklichen Fehler gemacht. Er stand auf, war schon am Telefon,
um die Nummer zu wählen. »Hast du angerufen? Ich war
im Badezimmer«, wollte er sagen – als es wieder klingelte.
Er nahm schnell ab. »Hallo?«

»Michael?«

»Oh, hallo Anna.«

»Wo bist du?«

»Na, offensichtlich zu Hause.«

»Ich meine … ich hatte erwartet, dass wir uns nach dem
Konzert treffen.«

»Ich hatte etwas zu tun.«

»Oh.«

Kleine Pause.

»Soll ich zu dir kommen?«, fragte sie. »Hast du Pagan schon
abgeholt?«

»Nein, das brauche ich nicht. Er wird nach dem Rodeln zu Fuß zu Pauline gehen«, sagte Michael.

So war Anna gezwungen, wieder zu fragen: »Also, soll ich einfach … zu dir kommen?«

»Ich muss schrecklich viel aufarbeiten«, sagte er. »Warum lassen wir es nicht ausfallen?«

»Oh. Einverstanden.«

»Davon wird die Welt nicht untergehen, wenn wir es einen Abend mal nicht schaffen, uns zu sehen!«

»Das stimmt«, sagte sie nach einer kleinen Pause.

»Okay, dann. Bye«, sagte er und legte den Hörer auf.

Dann ging er in sein Zimmer, setzte sich an den Schreibtisch und erledigte seine Rechnungen. Verschloss Umschläge. Klebte Briefmarken darauf. Zog alle Schubladen auf und machte Ordnung, warf alte Formulare, Büroklammern, Gummibänder und Visitenkarten weg.

Danach ging er in die Küche und machte sich ein richtig aufwendiges Essen. Er kochte Reis und mischte mehrere Dosensuppen und Eintöpfe zu einer Art Gulasch zusammen, den er über den Reis gab. Er schnitt Gemüse und machte sich einen Salat – unglücklicherweise viel mehr, als er brauchte, nachdem er alles, was er geschnitten hatte, zusammengeworfen hatte, aber er aß trotzdem jeden Bissen auf. Er aß im Stehen am Tresen, den Salat gleich aus der Schüssel und das Gulasch aus dem Topf. Dann putzte er die Küche. Dann ging er zurück ins Wohnzimmer und machte den Fernseher an.

Kurz nach elf, er sah gerade die Spätnachrichten, klingelte es an der Tür. Er stand auf, um durch den Spion zu gucken. Annas Gesicht war klein und deutlich und, wie er dachte, ausdruckslos, aber als er die Tür öffnete, sah er, dass sich glänzende Tränenspuren ihre Wange hinunterzogen. Er sagte: »Anna?«

»Ich weiß nicht, warum du so bist«, sagte sie. »Ich weiß nicht, was dich wütend gemacht hat.« Sie kam herein, in einer roten Steppjacke, die er noch nicht kannte, die Arme über der Brust gekreuzt. »Ich dachte, wir würden uns zusammen einen ganz schönen Sonntag machen, und jetzt willst du nicht mit mir zusammen sein!«

Er sagte: »Das ist nicht wahr, Anna. Natürlich möchte ich mit dir zusammen sein.« Plötzlich war er entsetzt. »Mein Gott«, sagte er. »Was habe ich angerichtet? Ich wollte dich nicht verletzen! Anna, nicht weinen. Bitte«, sagte er. Er hatte sie noch nie weinen sehen. Er schlang die Arme um sie und führte sie ins Wohnzimmer. »Bitte, Anna ... hier, setz dich. O Gott, wo ist das Kleenex? Bitte, weine nicht!«

Er setzte sie auf die Couch und ließ sich neben ihr nieder, versuchte, ihre Hände zu nehmen, aber sie drückte sich die Handwurzeln in die Augen. »Bitte. Bitte«, sagte er immer wieder. Er nahm sie in den Arm. »Hör mir doch zu. Ich weiß nicht, was mit mir los ist. Ich war heute den ganzen Tag irgendwie verrückt. Ich bin zu allen möglichen verrückten Schlussfolgerungen gekommen. Ich glaube, vielleicht bin ich mir deiner nicht sicher. Unsere Beziehung ist so unsicher. Immer müssen wir mit der Zeit jonglieren, die Nächte getrennt verbringen, wenn Pagan hier ist ... ich denke, wir sollten heiraten.«

Anna lachte schnüffelnd auf, als würde sie ihn nicht ernst nehmen, aber er sagte: »Nein, ich meine es.« Und er meinte es so. »Einfach, damit so etwas nicht wieder vorkommt!«, sagte er. »Diese Verrenkungen, diese Missverständnisse, jeder von uns ist sich des anderen nicht sicher ... Bitte, Anna. Heirate mich.«

Sie ließ die Hände sinken, entzog sich ihm und sah ihn an. Ihr Gesicht war nass, ihre Wimpern feucht, und das Weiß ihrer Augen rosa. Sie atmete zitternd ein und sagte: »Nun, vielleicht hast du recht.«

»Ist das ein Ja?«

»Ich glaube schon.«

»Du willst mich heiraten?«

»Ich nehme an.«

»Oh Anna, du wirst es nicht bereuen! Ich werde so gut für dich sorgen!«

Und er zog sie wieder eng an sich.

Er hätte in diesem Moment der glücklichste Mann der Welt sein können. Aber selbst, als sie sich in seinen Armen entspannte, spürte er so etwas wie den Rest eines bleibenden Schmerzes. So als ob dieser Tag Schaden angerichtet hätte, nicht in ihr, sondern in ihm, oder vielleicht in ihnen beiden.

8

EINE KÜHLERE STELLE AUF
DEM KOPFKISSEN

Es war ein Witz, dass Pauline verschlief, obwohl sie sich die ganze Nacht lang nach dem Morgen gesehnt hatte. Als sie irgendwann aus einem deutlichen Traum von einer unbezahlten Rechnung auftauchte, sah sie erleichtert, dass ihr Wecker auf 6.10 Uhr stand – eine annehmbare Zeit, um aufzustehen. Aber das Zimmer war merkwürdig dunkel, und als sie wieder prüfend zur Uhr sah, war es erst 2.30 Uhr. Sie hatte gestöhnt, die Decke abgeworfen, sich auf den Rücken gelegt, laut gegähnt, die Decke wieder hochgezogen (es war April, diese unentschiedene Zeit des Jahres), sich auf die Seite gedreht … Und plötzlich war es fast neun, und die Welt hatte ohne sie begonnen. Sie konnte die Bennettkinder nebenan auf ihrem Trampolin springen hören und in der Ferne das Klappern der Müllmänner mit den Mülltonnen und … O Gott, sie hatte vergessen, den Müll für die Samstagabholung auf die Straße zu stellen. Sie schwang sich aus dem Bett und ging zum Fenster, schob zwei Streifen der

Jalousie auseinander und sah gerade noch das Müllauto von hinten, das in der Kurve verschwand. Carrie Bennett pflanzte Stiefmütterchen auf dem Streifen zwischen ihren Gärten hinter dem Haus, und die Sonne stand viel zu hoch am Himmel, strahlte in einem warmen Gelb.

Dann hatte sie kein warmes Wasser. Was war das? Sie stand nackt auf der Bademacke, eine Hand hinter dem Duschvorhang, um die Temperatur zu testen, eine Minute, zwei Minuten. Eiskalt. Es gab Tage, an denen sie das Gefühl hatte, dass das Haus es darauf anlegte, sie zu ärgern. Sie drehte den Hahn zu und überlegte eine Weile. Sie wusste nur, dass das warme Wasser aus einem Kessel im Keller kam. Und es wurde mit Gas erhitzt, dieser angsteinflößenden, unsichtbaren Substanz. Was wäre, wenn Gas in diesem Augenblick schon den Keller füllte?

Pagan war auf dem College, und sie wollte Michael nicht anrufen, falls seine Frau antwortete. Also musste es George sein. Sie sah noch einmal prüfend zur Uhr, während sie den Bademantel zuband, und dann setzte sie sich aufs Bett und wählte Georges Nummer.

»Hallo?«, sagte Samantha.

Oh, wie schön. Pauline verspürte schon beim Klang von Samanthas Stimme ein kleines Glücksgefühl. Sie sagte: »Hallo, mein Herz! Hier ist Grandma.«

»Hallo, Grandma«, sagte Samantha. Samantha gehörte zu diesen ulkigen altklugen Kindern – Elfjährige, die auf die vierzig zugingen –, die selbstsicher und mitteilsam waren. »Weißt du was, wir bekommen einen jungen Hund«, sagte sie.

»Einen jungen Hund! Ich dachte, JoJo ist allergisch.«

»Ja, ist er, aber Mom hat in der Zeitung gelesen, dass sogar allergische Kinder Pudel halten können, weil Pudel keine Schuppen haben.«

»Ich wusste gar nicht, dass Hunde *überhaupt* Schuppen haben«, sagte Pauline. »Ob das stimmt? Und Pudel: Sind sie nicht irgendwie neurotisch?«

»Nicht die große Sorte. Mom hat sich erkundigt. Außerdem gehören Pudel zu den intelligentesten Rassen ...«

»Pauline?« Sie wurden von Sally unterbrochen.

»Oh, hallo, Sally. Ich habe gerade ...«

»Ich unterbreche euer Gespräch nur sehr ungern, aber wir haben einen Termin bei dieser Hundezüchterin in Phoenix ...«

»Ja, Samantha hat mir gerade erzählt, dass ihr einen Pudel holt! Wie aufregend!«

»Können wir dich heute Nachmittag zurückrufen?«

»Also, eigentlich wollte ich George sprechen, wegen eines Notfalls in meinem Haus.«

»George ist zum Eisenwarenladen gefahren. Weißt du was? Ich lege ihm einen Zettel neben das Telefon, dass er dich anrufen soll, wenn er wieder da ist. Okay? Bye.«

Klick. Pauline blieb mit dem toten Hörer in der Hand sitzen. Unwillkürlich war sie ein wenig verletzt, obwohl sie wusste, dass Sally es nur eilig gehabt hatte.

Sie rief Karen an. »Karen?«

»Oh. Hallo, Mom.«

»Etwas sehr Ärgerliches: Ich habe kein warmes Wasser.«

»Nein?«

»Ich wollte duschen, aber das Wasser war kalt, wurde nicht mal lauwarm.«

»Nun. Oje. Vielleicht solltest du die Elektrizitätsgesellschaft anrufen.«

»Es ist aber kein Strom, sondern Gas. Das weiß ich ziemlich sicher.«

»Und? Gas *und* Strom kommen von derselben Gesellschaft. Hör mal, Mom. Ich muss mich beeilen. Ich bin spät

dran für eine Arbeitssitzung, und ich habe noch nicht gefrühstückt.«

»Es ist Samstag! Du arbeitest doch samstags nicht!«

»Gewöhnlich nicht, nein, aber wenn wir diesen Fall nicht
übernehmen, wird eine ganze Familie am Montagvormittag
an die Luft gesetzt, deshalb …«

»Oh. Gut. Na dann, nichts wie los«, sagte Pauline und
legte auf.

Es lag ihr fern, Karen von ihren geliebten armen Leuten
abzuhalten.

Ungeduscht, mit ungewaschenen Haaren, gereizt und
hungrig, kramte Pauline in der Schublade ihrer Kommode
nach Wäsche. In solchen Zeiten fehlte ihr Lindy besonders.
Lindy war immer das mitfühlendste ihrer drei Kinder gewesen, das sich am aufmerksamsten auf sie einstellte, während Karen zu sehr damit beschäftigt war, die Menschheit zu
retten, und George, sehen wir der Sache ins Auge, stand unter Sallys Pantoffel (unvernünftigerweise, Pauline wusste es,
warf sie George vor, dass er nicht zu Hause war, als sie anrief). Diese beiden, was für eine Enttäuschung sie waren!

Wann immer irgendjemand Pauline vor etwas war-
nen wollte, das angeblich unangenehm, kompliziert oder
schmerzlich sein würde oder viel Geduld erforderte, war
ihre Antwort: »Soll das ein Witz sein? Ich hatte *Kinder*!«

Sie zog lange Hosen an und streifte sich ein T-Shirt über
den Kopf. In den letzten Jahren trug sie ihr Haar sehr kurz
und flauschig, aber da sie es heute Morgen nicht hatte waschen können, lag es zu dicht an und verlieh ihr das Aussehen eines Mönchs. Sie bürstete es mit schnellen, energi-
schen Strichen, schnitt sich im Spiegel eine Grimasse. Die
Unterseite ihrer Oberarme erinnerte sie an das Faltdach ihres alten Dodge, das sich vom Dach gelöst hatte und in losen
Girlanden hinunterhing.

Sie staunte immer wieder, dass sie jetzt schon vierundsechzig Jahre alt war. Vierundsechzig hörte sich nach dem Alter eines anderen Menschen an.

Barfuß ging sie in die Küche und stellte den Ofen an, war auf eine Katastrophe gefasst, aber der Brenner ging sofort; das Problem mit dem Boiler konnte also kein Fehler in der Gasleitung sein. Was dann? Sie überlegte, nach unten zu gehen, in den Keller, entschied sich aber dagegen. Stattdessen setzte sie den Kaffee auf, goss sich ein Glas Orangensaft ein und steckte zwei Scheiben Brot in den Toaster. Eigentlich, überlegte sie (und setzte sich mit ihrem Orangensaft an den sonnigen Küchentisch, die Füße unter die Stuhlbeinsprossen geklemmt), standen die Dinge gar nicht so schlecht. Es würde heute ein warmer Sommertag werden, und an den Bäumen sprossen die grünen Sterne junger Blätter, und das Gezwitscher der Vögel vor dem Fenster ließ sie hoffen, dass sie in ihrem kleinen Hartriegelstrauch in diesem Frühling vielleicht ein Nest bauen würden. Sie liebte ihr Haus. Die Kinder hatten sie nach der Scheidung gedrängt, in ein Apartment zu ziehen, aber sie lebte hier seit so vielen Jahren – kommenden September wurden es sechsunddreißig –, sie konnte sich nicht vorstellen, sich irgendwo anders wohlzufühlen. Selbst die inzwischen unmodernen Möbel trösteten sie: der nierenförmige Couchtisch im Wohnzimmer, die aus der Mode gekommene Schusterbank aus Ahornholz im »Kolonialstil« im Foyer, die lächerliche Ziegelsteinnische im Fernsehzimmer, die zu flach für ein Farbgerät war. Sie könnte sich neu einrichten, wenn sie wollte, aber warum sollte sie? Sie erinnerte sich noch an die Zeit, als jedes Stück der Einrichtung ein Traumstück gewesen war, das sie sich Monate vorher schon sehnsüchtig in einer Zeitschrift angesehen und wofür sie geknapst und geknausert hatte. Es würde ihr das Herz brechen, alles draußen auf der Straße auf den Sperrmüllwagen warten zu sehen.

Sie gehörte nicht zu den Menschen, die sich der Vergangenheit ohne einen Blick zurück entledigten.

Ihre Schwester Sherry rief an. Mit ihren sechsundfünfzig Jahren war sie immer noch das Baby der Familie, das immer über dieses und jenes einen Wutanfall bekam, und diesmal war es die chemische Reinigung. »Ich gehe rein, ich sage dem Mann, dass ich sechs Pullover gebracht hätte. Er fragt mich, wo die Abschnitte sind. Ich sage: ›Wieso, welche Abschnitte? Ich bringe sie doch gerade!‹ Er sagt: ›*Sie haben sechs Pullover gebracht,* haben Sie gesagt. Was musste ich daraus schließen?‹ Ausgesprochen ungeduldig und mürrisch, als ob ich einen Fehler gemacht hätte.«

Pauline machte: »Tsts.« Sie sagte: »Du rätst nie, was …«

»Das war derselbe Typ, der mir beim letzten Mal das falsche Kleid wiedergegeben hat, ein hässliches, unvorteilhaftes Magentarotes, Größe vierundfünfzig. Vierundfünfzig! Ich bitte dich! Ich glaube fast, das war Absicht.«

»Ich habe kein warmes Wasser«, sagte Pauline.

»Hä?«

»Ich stand heute Morgen auf, wollte mich duschen, und es kam nur kaltes.«

»Das ist mir auch schon mal passiert.«

»Was hast du da gemacht?«

»Ich weiß nicht, Pete hat sich darum gekümmert.«

»Aha.«

»Oder vielleicht auch der Klempner«, fuhr Sherry munter fort. »Aber Pete hat ihn angerufen.«

»Wie *schön* für dich«, sagte Pauline.

»Hä? Oh, Liebe, entschuldige. Ich war gedankenlos. Wie schrecklich, du musst jetzt alle diese Dinge selber organisieren. Das ist nicht fair. Soll ich versuchen, Pete zu wecken?«

»Nein, schon gut. George wird mich anrufen, gleich wenn er vom Eisenwarengeschäft zurück ist.«

»Ich weiß nicht, wie du das aushältst«, sagte Sherry. »Ich würde verrückt werden! Ich würde Michael anrufen und sagen: ›Komm sofort hierher, du Ratte.‹«

»Aber, aber«, sagte Pauline. Sie kam sich wunderbar tolerant vor, wenn Sherry so ausfallend wurde. »Ich bin wirklich darüber hinweg«, sagte sie. »Na, sonst würde es mir ja auch sehr schlechtgehen. Ich habe mich weiterentwickelt. Ich werde keine Energie daran verschwenden, Groll zu pflegen.«

»Du bist erstaunlich«, sagte Sherry.

»Es ist nicht so schwer«, sagte Pauline, und sie meinte es so. Im Lauf der Jahre hatte sie ihre Verbitterung wegen Michael abgelegt. Oder sie war inzwischen längst verschlissen, weil sie sich zu sehr damit beschäftigt hatte. Jetzt konnte sie sich sagen, dass sie ohne ihn wahrscheinlich viel besser dran war. Denn welcher Mann warf wegen eines kleinen Streits seine ganze Ehe weg? Sein Problem war, dass er nicht verzeihen konnte. Bei Michael hatte alles Bestand. Einmal gesagte Worte konnten nicht zurückgenommen, Taten nicht ungeschehen gemacht werden. Und so lebte er nun, für immer festgefahren, bei dieser Anna mit ihrem strengen, unbewegten Gesicht.

Pauline musste zugeben, dass sie in der Tat immer noch einen Groll gegen Anna hegte.

Als es an der Tür klingelte, dachte sie einen Augenblick, dass George vielleicht gekommen wäre, aber es war einer der Wanderarbeiter, die regelmäßig im Frühjahr und im Herbst vorsprachen. »Wollen Sie, dass ich Ihre Regenrinnen frei mache? Sie sind voll«, sagte er. Aber Pauline sagte: »Nein danke. Theoretisch habe ich einen Dachdecker, der das macht.«

»Theoretisch?«, sagte er. Er lachte. Er drehte sich zu einem jungen Burschen um, der am Straßenrand lungerte, und rief: »Die Dame wird ihre Dachrinnen *theoretisch* reinigen lassen. Auch gut.«

Deswegen fragte Pauline ihn nicht, ob er etwas von Boilern verstand, was sie schon halb vorgehabt hatte. »Trotzdem, vielen Dank«, sagte sie mit so viel Würde wie möglich und machte ihm die Tür vor der Nase zu.

Seit wann entsprach sie der populären Witzblattvorstellung einer einfältigen, Plätzchen backenden ältlichen Frau?

Und *wo* war überhaupt der Dachdecker? Er hätte letzten Dezember hier sein sollen! Heutzutage konnte man sich auf keinen mehr verlassen!

Sie rief wieder bei George an, aber niemand antwortete. Sie rief Mary Kay Bart an, das war eine Krankenschwester in Paulines Arztpraxis, deren Mann etwas mit Küchenumbau zu tun hatte (was nicht ganz weit weg von Boilern war, oder?), aber auch dort nahm niemand ab. Jeder ging seinen fröhlichen, eiligen, familiären Samstagvormittagsbesorgungen nach. Also gut. Sie legte auf und ging zurück ins Schlafzimmer, um ihre Schuhe zu holen. Es war zwecklos, zu Hause Trübsal zu blasen.

Beim Giant Supermarkt in der York Road kaufte sie die paar Lebensmittel, mit denen sie durch die ganze Woche kommen würde – Obst für ihr Mittagessen am Arbeitsplatz und kalorienarme Tiefkühlgerichte für den Abend. Dann brachte sie eine Bluse zu Stewarts zurück. Der Verkäuferin sagte sie, dass ihr Mann sie nicht mochte. Selbst als sie noch einen Mann hatte, hatte er nie etwas gegen ihren Kleidergeschmack gesagt, aber sie wollte nicht den wahren Grund sagen, nämlich, dass der tiefe Ausschnitt, der in der Umkleidekabine so verführerisch gewirkt hatte, zu Hause plötzlich nur noch erbarmungswürdig war. Ihr Dekolleté hatte eine wellige Struktur bekommen, offenbar über Nacht.

Kein Wunder, dass sie heutzutage weniger Geld ausgab. Nichts sah mehr gut an ihr aus. Das machte es sehr viel leichter, innerhalb ihres Budgets zu bleiben.

An einem der Kosmetikstände wurde kostenlos Make-up aufgetragen. Eine Frau ließ sich schminken, andere Frauen sahen zu. Pauline ging langsamer und sah auch zu, aber nur kurz. Dann verließ sie das Warenhaus und ging zu ihrem Auto. Sie fuhr einen längeren, schöneren Weg nach Hause, nun, zum Teil, weil er schöner war, aber sie hatte auch die falsche Abzweigung genommen. Im Radio liefen Oldies, in denen der Frühling besungen wurde, und sie hatte mit Pat Boone »April Love« gesungen und dabei nicht aufgepasst.

Sobald sie zu Hause war, rief sie wieder George an. Diesmal nahm er ab. »Oh, Mom! Hallo«, ganz die überraschte Unschuld.

»Hat Sally dir nicht von meinem Boiler erzählt?«, fragte sie ihn.

»Boiler? N-Nein. Sie hat mir einen Zettel hingelegt, dass ich dich anrufen soll, und das wollte ich gleich. Wenn ich fertig …«

»Ich habe überhaupt kein warmes Wasser. Es bleibt kalt, wie lange ich es auch laufen lasse.«

»Ach.«

Sie wartete einen Moment. »Was soll ich machen?«, fragte sie schließlich.

»Na ja. Wahrscheinlich brauchst du einen Klempner, Mom.«

»Einen Klempner! Ach du lieber Gott. Ein Klempner an einem Samstag. Du weißt, was der sagen wird. Er wird sagen, dass er nicht vor Montag kommen kann, und das bedeutet ein ganzes Wochenende ohne …«

»Natürlich könnte es auch die Zündflamme sein«, sagte George.

»Zündflamme?«

»Wie sieht es denn im Keller aus, weißt du das? Ist Wasser auf dem Fußboden? Denn wenn ja, dann brauchst du vielleicht ein neues Gerät; aber wenn nicht, könnte es nur an der Zündflamme liegen, und das ist eine ganz einfache Sache.«

»Ja, vielleicht ist es die Zündflamme«, sagte Pauline.

»Ist Wasser auf dem Fußboden?«

»Ich weiß es nicht genau.«

»Du weißt es nicht genau«, sagte George.

»Ich fürchte mich davor, nachzusehen.«

»Mom«, sagte George zu geduldig.

»Gut! Gut! Aber du bleibst am Telefon, okay?«

Sie legte den Hörer auf die Anrichte und ging über den Flur zur Kellertreppe. Nach drei Stufen blieb sie stehen, hielt den Atem an und horchte, aber sie hörte kein beunruhigendes Geräusch. Der Teppich im Fernsehzimmer – in einem dünnen samtigen Grün wie bei einem Billardtisch – sah von dort, wo sie stand, trocken aus. Sie fasste sich ein Herz und ging weiter. Sie lief auf Zehenspitzen durchs Fernsehzimmer und spähte durch die Tür links von der Bar. Dort standen die Haushaltsmaschinen, der Heizkessel, der Boiler, die Waschmaschine und der Trockner in dem spärlichen Licht, das von oben durch das einzige Fenster fiel. Der Betonfußboden war noch nicht einmal feucht. Sie konnte keinen Gasgeruch ausmachen. Vielleicht war es doch nicht so schlimm.

»Es muss die Zündflamme sein«, sagte sie zu George, als sie wieder am Telefon war.

»Nun, gut. In dem Fall brauchst du sie nur wieder anzuzünden.«

»Ich?«

»Du weißt doch, wie man ein Zündholz anstreicht, Mom.«

»Ich habe Angst, dass es explodieren könnte.«

George ließ sie schweigend mehrere Sekunden warten. Dann sagte er: »Gut. Ich komme und mache es selbst.«

»Oh danke, du bist lieb!«

»Aber erst möchte ich hier fertig werden. Ich versuche, eine Hundehütte zusammenzubasteln, bevor sie mit dem Hundewelpen zurückkommen.«

»Wie lange wird das dauern?«

»Ein paar Stunden? Ich weiß nicht.«

»Der Grund, warum ich frage, ist, ich habe eine Lunchverabredung mit meinen Freundinnen in …«, sie warf einen Blick auf ihre Uhr. »In etwas über einer Stunde.«

»Schön. Dann komme ich, wenn du wieder da bist.«

»Nein, warte! Wie soll ich mich denn duschen und anziehen für meinen Lunch? Kannst du nicht jetzt kommen?«

»Nein, kann ich nicht«, sagte er.

»Ach, George.«

»Ich habe es Sally versprochen, dass ich es fertig habe«, sagte er. »Ruf mich an, wenn du wieder zu Hause bist, und ich komme gleich rüber, das verspreche ich dir.«

»Gut. Das geht dann wohl nicht anders«, sagte sie.

Betont langsam und traurig legte sie auf, als ob er sie sehen könnte.

Katie Vilna war als Gastgeberin an der Reihe, und wie immer übertrieb sie maßlos: Cocktails mit Regenschirmchen und gigantische Blumenarrangements, wo immer man hinsah. (Katie hatte die Angewohnheit, reich zu heiraten. Sie lebte jetzt in Ruxton, und ihr Haus war die reinste Ausstellung.)

Sie hatten vor langer Zeit den Vorwand, Karten zu spielen, aufgegeben. Erst tranken sie ihre Drinks im Wohnzimmer (ein Flügel, Perserteppiche, unbequeme viktorianische Stühle mit Polsternägelköpfen aus Glas, die sich einem in den Rücken bohrten), und dann gingen sie ins Esszimmer. Das Blumenarrangement dort war turmhoch, sodass Katie es wegnehmen musste, damit sie einander sehen konnten. Katie selbst saß am Kopfende des Tischs, sie trug einen wallenden Kaftan, der vielleicht etwas zu sehr Abendkleid für einen Damenlunch war. Wanda, die sich schon lange aufgegeben hatte, saß mit krummem Rücken an ihrer rechten Seite und trug einen ausgebeulten Jeansrock und eine weite grüne Strickjacke, und ihr gegenüber saß Marilyn, ein Schatten ihres früheren Selbst, nachdem sie eine Chemotherapie wegen Brustkrebs hinter sich hatte. Ihr Haar stand wie Kükenflaum vom Kopf ab, und statt ihrer eleganten langen Hosen hatte sie einen Trainingsanzug an. Pauline saß am Tischende, sie hatte die langen Hosen anbehalten, aber das T-Shirt gegen ein elegant wirkendes rotes Polyesteroberteil getauscht und sich ein Paisley-Seidentuch wie ein modisches Stirnband um den Kopf geschlungen in der Hoffnung, so ihr ungewaschenes Haar zu kaschieren.

Zunächst drehte sich das Gespräch nur um Marilyns Gesundheit; *das* Thema musste erst aus dem Weg geschafft werden. War sie jetzt weniger müde? Was schmeckte ihr? Sie sollte wirklich mehr essen. »Ich kann nicht«, sagte sie. »Ich versuche es, aber schon beim Gedanken an Essen könnte ich mich übergeben. Entschuldige, Katie«, denn sie hatte Katies berühmten Krabbensalat auf Avocadoschiffchen nicht angerührt.

Pauline konnte sehen, dass alle dachten, wie schön es wäre, keinen Appetit zu haben, aber beschlossen, diesen Gedanken nicht auszusprechen. Oh, sie kannte diese Frauen inzwischen so gut! Aber es war schon komisch, dass ihre engsten Freundinnen aus ihrer Zeit in St. Cassian stammten. Sie hatte die Polen immer so sattgehabt – ihre unbuchstabierbaren, unaussprechlichen Namen, ihre Humpa-Humpa-Musik, ihr schweres Essen, ihre Trachtenkleider an Feiertagen –, aber jetzt wurde sie ganz weinerlich und sentimental, sobald sie die hüpfenden Töne eines Akkordeons hörte.

Und Wanda mit ihrem: »Du musst anfangen, Joghurt zu essen, Marilyn. Ich empfehle dir eine wirklich gesunde, besonders bekömmliche Marke, die extra Bakterien enthält.« Zugegeben, Wanda war herrisch, Katie immer leicht geschmacklos, und Marilyn prahlte gern zu viel mit ihren Kindern, aber Pauline hatte die Lust verloren, ein Urteil über diese Frauen zu fällen. Sie wusste eigentlich noch nicht einmal, ob sie sie mochte. Und vielleicht mochte sie sie *nicht*, aber das spielte inzwischen kaum eine Rolle; denn wie sollte sie jetzt noch mit neuen Menschen von vorn anfangen?

Katie fragte, ob ihnen aufgefallen sei, wie verschieden die Erfahrungen seien, die sie alle vier im Leben durchgemacht hätten. »Wir haben eine Witwe unter uns« – sie nickte in Richtung Wanda –, »zwei Geschiedene, davon eine wieder verheiratet und eine nicht, ein Kind, das gestorben ist, ein Kind, das verschwunden ist, eine Gebärmutterentfernung, und jetzt einen Krebsfall.«

»Eines Tages«, sagte Marilyn, »wird es eine von *uns* sein, die stirbt.«

Nur sie war tapfer genug, es auszusprechen.

Und da Pauline wieder wusste, was alle dachten (dass es Marilyn sehr wahrscheinlich selber sein würde, die starb), wechselte sie schnell das Thema. »Hört mal! Stellt euch vor! Ich habe heute Abend eine Verabredung!«

»Mit wem?«, wollten alle wissen.

»Also. In meiner Kirchengemeinde ist ein Mann. Dun Osgood. Er und seine Frau sind vor ein paar Jahren von Minnesota hierhergezogen. Und seine Frau ist letzte Weihnachten gestorben – aus heiterem Himmel. Herzinfarkt, nach einem guten Weihnachtsessen. Seitdem habe ich versucht, mit ihm ins Gespräch zu kommen, ich habe ihm mein Beileid ausgesprochen, ihn gefragt, wie er zurechtkommt, und letzten Sonntag ist er nach dem Gottesdienst gekommen und hat mich in ein Restaurant zum Essen eingeladen.«

»So. Wollen wir doch mal sehen«, sagte Wanda und zählte an den Fingern ab: »Januar, Februar, März … April, vier Monate. Das ist eine schrecklich kurze Trauerzeit, wenn du meine ehrliche Meinung wissen willst.«

»Ach, vielleicht sucht er einfach Gesellschaft. Das ist doch in Ordnung! Das macht mir nichts! Wir können ganz gemütlich Freundschaft schließen und dann, irgendwann …«

»Du hast immer erstaunliches Glück, Männer zu finden, Poll«, sagte Katie. »Und ich kratze auf dem Boden des Fasses herum – beim letzten Mal hatte ich sechs Jahre lang keinen ernstzunehmenden Mann, bis ich Gary traf –, und du lernst sie dutzendweise kennen!«

»Dutzendweise wohl kaum«, sagte Pauline. »Und die meisten waren Katastrophen, glaub mir.«

»Trotzdem. Hast du ein Geheimnis? Erinnerst du dich an den Tag, als sie Michael kennenlernte?«, sagte sie zu Wanda. »Sie kam zur Tür herein und – rumms! *Uns* hat er nie so angesehen.«

»Pauline hatte sich die Stirn aufgeschlagen«, sagte Wanda zu Marilyn, »und wir brachten sie in das Lebensmittelgeschäft von Michaels Mutter, weil wir ein Pflaster brauchten.«

Marilyn, die die Geschichte mit Sicherheit schon x-mal gehört hatte, blickte pflichtschuldig auf die fadendünne weiße Narbe, die Pauline an der Schläfe freilegte.

»Sie blutete wie ein abgestochenes Schwein! Ich meine, sie sah damals nicht gerade sehr liebreizend aus. Aber Michael war wie in Trance, muss man schon sagen. Bestand darauf, das Pflaster selbst aufzukleben, verließ mit ihr zusammen das Geschäft und blieb für immer und ewig bei ihr.«

»Nicht *ganz* für immer und ewig«, sagte Pauline trocken.

»Wir haben alle gedacht, dass sie ihm einen Zaubertrank eingeflößt hat! Wir studierten ihre Kleider, ihre Frisur, ihr Lachen – erinnerst du dich, Katie? Eine Zeit lang malten wir uns kleine freche Punkte auf die Oberlippen, wir dachten, vielleicht ist *das* ihr Geheimnis. Nur dass ihre echt waren und dran blieben und unsere immer abgingen. Und dann, Richard. Erinnert ihr euch an Richard?«

»Richard war der Zahnarzt«, sagte Marilyn.

»Nein. Norm war der Zahnarzt. Seht ihr, was ich meine? Wir können sie nicht mal mehr zählen! Norm war der Zahnarzt, mit dem sie sich traf, als sie noch getrennt lebte, und danach kam Richard. Er war der Augenarzt.«

»Er war Optiker«, sagte Pauline.

»Er hat sich am längsten gehalten; er wollte heiraten. Oder es klang so, einmal, wie er so geredet hat.«

»Er war zu kritisch und wusste immer alles besser«, sagte Pauline.

»Hör sich einer das an!«, rief Katie. »Weißt du, wie viele Frauen deines Alters die Chance beim Schopf ergreifen würden, einen Mann wie Richard zu heiraten?«

»Sollen sie zugreifen, kann ich da nur sagen.«

Katie warf die Hände in die Luft, sah die anderen an und verdrehte die Augen, sodass Pauline sich waghalsig und flott vorkam.

Aber auf der Heimfahrt war ihr Gesicht bitter, und als »April in Paris« anfing, schaltete sie das Radio aus. Die Dinge waren nie so, wie sie von außen zu sein schienen. All diese Männer, die angeblich hinter ihr her waren; nun ja, es hatte einige wenige gegeben. Aber Norm, der Zahnarzt, trug goldene Halsketten und hatte gelblich braun verfärbte Fingernägel – beides konnte Pauline nicht ausstehen. Und sein Nachfolger (Bruce, der wirklich infrage kam) rief eines Tages nicht mehr an. Sie wusste nicht, warum. Sie hatte den Verdacht, dass es mit dem Streit zu tun hatte, den sie eines Abends ausfochten, als er zu spät zum Essen kam. Manche Männer wollten, dass Menschen ihre Gefühle fest verschlossen und daran erstickten.

Und was Richard betraf: Zunächst war er gar nicht so besserwisserisch gewesen. Er hatte ihr Komplimente gemacht über Eigenschaften, die alle für selbstverständlich hielten. Was für einen grünen Daumen sie hatte! Was für eine einfallsreiche Köchin sie war! Er liebte ihr Lachen und ihren Enthusiasmus. Natürlich war ihr klar, dass dieser Zustand nicht ewig anhalten würde. Letzten Endes würde das Neue sich abnutzen. Doch eines Tages fragte er, ob sie statt Essig Zitrone an den Salat machen könnte, damit er sich nicht mit den Weinen biss, die er mitbrachte, und obwohl sie wusste, dass er es nicht böse meinte, war sie ein bisschen beleidigt gewesen. Essig biss sich mit Wein? Hatte er die ganze Zeit ihre Salate nicht gemocht, sich aber auf die Zunge gebissen? Plötzlich kam sie sich weniger begehrenswert vor, ihrer Stärken weniger sicher.

Dann lud ihn seine Tochter in Ohio zu Weihnachten ein. Er sagte Pauline, er würde absagen, weil er lieber mit ihr feiern wollte. »Obwohl es so ist«, sagte er, »dass meine Tochter Eheprobleme hat, und ich weiß, dass sie wahrscheinlich hofft, von mir in dieser schwierigen Zeit Unterstützung zu bekommen …«

Pauline hatte natürlich gesagt, dann müsse er hinfahren. Kinder kämen zuerst. Sie verstehe das. Und dann rutschte es ihm raus, dass er schon das Flugticket gekauft hatte. Er hatte sowieso damit gerechnet, dass sie ihn drängen würde, hinzufahren!

Pauline konnte nicht verhehlen, dass sie verletzt war. »Ich verstehe«, sagte sie. »*So* ist es also. Okay. Ich bin im Bilde!«

Und er sagte: »Na, na, na, du legst da zu viel hinein.«

Was sehr nach einem von Michaels Lieblingssätzen klang: Zu viel hineinlegen. Überemotional. Reiß dich zusammen, Pauline.

Sie ließ Richard eiskalt fallen. Sie hatte keine Zeit mehr für ihn, als er aus Ohio zurückkam. Sie ging nicht ans Telefon, und sie wimmelte ihn höflich und freundlich ab, wenn er vor der Tür stand. Er dachte, es wäre wegen der Reise, aber darum ging es nicht. Es war sein »Na, na, na …«.

Sie erlaubte der Geschichte nicht, sich zu wiederholen, selbst wenn das hieß, dass sie den Rest ihres Lebens allein leben, allein mit Boilern klarkommen und allein im Auto Straßen entlangfahren müsste, die mysteriöserweise aufhörten, wo sie es am wenigsten erwartete, oder in andere Straßen übergingen, falsche, völlig unbekannte Straßen … O Gott, es war wie durch Nebel schwimmen! Die Erde war ein so großer Planet, und sie irrte darauf herum – völlig schutzlos!

Sie kam zu einer Ampel und fuhr nach links, und dann, Gott sei Dank, wusste sie auf einmal wieder, wo sie war. Noch ein paar Ecken weiter, und sie war bei Stewarts, dem lieben alten schäbigen Kaufhaus. Sie war so erleichtert, dass sie in den Parkplatz einbog, das Auto abstellte und hineinging.

Am Kosmetikstand schminkten sie immer noch Kundinnen. Ein junges Mädchen begutachtete das Resultat im Spiegel. Schwarze Wimpern, leuchtende Wangen, der Mund wie Erdbeermarmelade. Pauline ging langsamer, betrachtete sie ebenfalls, und die Frau hinter dem Tresen sagte: »Wie wäre es mit Ihnen? Möchten Sie unsere Produkte ausprobieren?«

Paulines Schubladen waren voller Kosmetik – Rouge, Lipgloss, Puder und Lotionen, vieles davon hatte sie nur einmal benutzt. Dennoch hörte sie sich sagen: »Na gut, warum nicht?« Schließlich hatte sie heute Abend eine Verabredung. Es konnte nicht schaden, sich ein bisschen aufzupeppen.

Es lag etwas ausgesprochen Beruhigendes in den klopfenden Fingerspitzen der Verkäuferin, die Creme auf die müde, erhitzte Haut unter Paulines Augen tupften. Die Creme duftete nach Rosenblättern. Die Finger der Verkäuferin waren kühl und weich, und sie summte bei der Arbeit friedlich und selbstvergessen vor sich hin, ihr weicher Busen unter dem Pullover nur wenige Zentimeter von Paulines Gesicht entfernt. Hin und wieder machte sie ihr ein Kompliment. »Haben Sie einen schönen Augenbrauenschwung!« Und: »Ich glaube, ich werde diese hübschen blauen Augen einfach mit etwas blauem Lidschatten betonen.« Das Ergebnis war nicht gerade ein Wunder – dieselbe alte Pauline, nur etwas leuchtender –, aber es hob ihre Stimmung, und die drei oder vier anderen Kundinnen, die stehen geblieben waren und zuschauten, murmelten anerkennend. Es endete damit, dass sie das gesamte Hautpflegesortiment kaufte sowie »ihre« persönlichen Farben in einer ausgeklügelten Verpackung, die aussah wie der Malkasten eines Künstlers. Die Verkäuferin legte noch gratis ein Reisepflegeset dazu, auf dem seitlich das Logo der Firma prangte. Pauline brauchte zwei Einkaufstaschen, um alles nach Hause zu tragen.

Es sei die Zündflamme, genau wie er vermutet habe, sagte George. Er zündete sie wieder an, und in einer halben Stunde sollte sie wieder warmes Wasser haben. Er schloss die Kellertür hinter sich, sein Gesicht rund vor Selbstzufriedenheit, und steckte mit zwei Fingern das Streichholzbriefchen in die Hemdtasche. »Das hättest du auch selber machen können«, sagte er.

»Ich weiß, mein Herz, das war sehr dumm von mir«, sagte sie. »Ich dürfte nicht so unselbstständig sein.« Sie wartete einen Augenblick, ob er die Freundlichkeit hatte, ihr zu widersprechen. Dann sagte sie: »Aber *warum* war es die Zündflamme?«

»Warum?«

»Ich meine, warum ist sie ausgegangen? Können wir denn sicher sein, dass sie nicht gleich wieder ausgeht?«

»Wenn das passiert, dann brauchst du einen Installateur.«

»Willst du damit sagen, dass das passieren könnte?«, fragte sie. Sie hatte am Küchentresen gelehnt und richtete sich jetzt auf.

»Ich will damit gar nichts sagen, Mom. Die Zündflamme war aus; ich habe sie wieder angezündet, damit müsste jetzt alles in Ordnung sein. Du bist diejenige, die davon redet, dass es wieder passieren könnte.«

»Doch nur, weil es für das erste Mal auch keinen Grund gab, also kann man auch ein zweites Mal nicht verhindern. Wenn du mir folgen kannst.«

Er seufzte. Er sagte: »Warum den Teufel an die Wand malen, Mom?«

»Na gut. Du hast recht. Wirklich! Ich bin einfach eine Pessimistin, das ist alles. Ich habe die Verantwortung für dieses Haus. Du kannst mir keine Vorwürfe machen, wenn ich mir Sorgen mache.«

»Wir haben dir schon vor Jahren gesagt, dass du in ein Apartment umziehen sollst.«

»Ach, George, hier habe ich euch großgezogen! Es ist mein Zuhause! Ich würde sterben, wenn ich in irgendeinem kleinen niedlichen Apartment wohnen müsste!«

»Dad hat es eine ganze Weile gekonnt«, sagte George.

»Nun, das war seine Entscheidung«, sagte sie ungehalten. »Außerdem ist er ein Mann. Männer empfinden nicht dasselbe für ein Haus.«

George vergewisserte sich, dass er seine Brieftasche hatte, so wie immer, wenn er gehen wollte. Sie konnte ihn wie ein Buch lesen. Sie sagte: »Möchtest du einen Kaffee?«

»Nein danke.«

»Ich kann ihn dir im Handumdrehen machen. Oder etwas anderes? Saft? Ein Bier?«

»Die Kinder warten«, sagte George. Er schmunzelte. »Das Hundebaby ist niedlich.«

»Sag mal, wie ist es da, wo dein Vater jetzt wohnt«, fragte sie schnell. »Annas Haus. Ist es heimelig?«

»Hmm?«

»Ist es ein richtiges Zuhause, warm und gemütlich und wohnlich?«

»Es ist nicht schlecht«, sagte er und blickte zum Küchenfenster.

»Weil ich immer gedacht habe – korrigiere mich, wenn ich falschliege –, dass Anna nicht sehr häuslich ist. Ich kann mir nicht vorstellen, wie sie ein Haus einrichtet. Gibt es Nippes und Fotos und Teppiche? Oder ist es eher, wie soll ich es ausdrücken, steril? Bevorzugt sie Möbel aus einer bestimmten Stilperiode?«

»Ach, Mom, das weiß ich nicht«, sagte George. Er ging jetzt zum Esszimmer und eilte zum Foyer. »Ich kann eine Stilperiode nicht von der anderen unterscheiden, Mom. Es ist einfach ein Haus, mehr nicht.«

»Aber du musst doch einen Eindruck haben«, sagte sie, während sie ihm dicht auf den Fersen blieb. »Du musst doch etwas empfinden, wenn du eintrittst – fühlst du dich fremd oder fehl am Platz oder unbehaglich oder …

was? Du kannst doch nicht einfach gar keine Meinung haben?«

An der Eingangstür drehte er sich zu ihr um, streifte mit den Lippen ihre Wange. »Ich werde dich so gegen, sagen wir mal, Viertel nach fünf wieder anrufen«, sagte er, »sieh nach, ob du warmes Wasser hast.«

Er öffnete die Tür und ging.

Manchmal hätte sie George einfach treten können.

Endlich hatte sie heißes Wasser. Sie duschte ausgiebig, bis sie ganz durchweicht war, dann föhnte sie sich das Haar und zog ein hellblaues Kleid und blaue Pumps an. (Sie wusste nicht genau, wohin Dun mit ihr essen gehen würde. Ein Kleid wäre das Sicherste, dachte sie.) Zum Schluss legte sie ihre neue Kosmetik auf: Elfenbeingrundierung, ein Hauch rosa Rouge, rosa Lippenstift und hellblauen Lidschatten, der fast genau die Farbe des Kleides hatte. Die Frau, die ihr aus dem Spiegel entgegensah, leuchtete in Rosa und Gold, ihr Haar umrahmte wie eine blonde flauschige Kappe ihr Gesicht. Pauline hatte die Hoffnung aufgegeben, noch schön zu sein. Stattdessen versuchte sie, akzeptabel auszusehen, einwandfrei, *liebenswert*. Als junges Mädchen, erinnerte sie sich, hatte sie der Anblick einer älteren Frau, die sich die Mühe machte, die Lippen zu schminken und das Haar in Wellen zu legen, dankbar und zufrieden gestimmt. Für Mitleid sah sie damals keinen Anlass.

Sie zog gerade ihren Blazer an, als es an der Tür klingelte. Es war Punkt sechs, was sie ermutigend fand. Pünktlichkeit signalisierte Eifer. (Oder war es nur *mangelnde* Pünktlichkeit, die *mangelnden* Eifer signalisierte?) Als sie die Tür öffnete, lächelte Dun schon, als hätte er gerade geübt, mit bebenden Mundwinkeln ein breites, steifes, entschlossenes Lächeln. Er war ein hochgewachsener Mann mit wie zur Entschuldigung hängenden Schultern und einem ansprechenden zerfurchten Gesicht, das von glatten kurzen grauen Haaren gekrönt wurde. »Hallo«, sagte er. »Wie geht es Ihnen?«

»Mir geht es gut, Dun. Und Ihnen?«

»Wir haben einen sehr schönen Abend erwischt. Wird Ihnen warm genug sein?«

»Bestimmt.« Sie nahm ihre Tasche von der Schusterbank, trat vor die Tür und zog sie hinter sich zu. Dun, sah sie, war in etwa ebenso gut angezogen wie sie – Sportjackett über einem weißen Hemd mit offenem Kragen und eine gute graue Hose.

Als sie den Weg hinuntergingen, nahm er leicht ihren Arm, gerade über dem Ellenbogen, und er hielt ihr die Autotür auf, vergewisserte sich, dass der Saum ihres Kleides nicht eingeklemmt wurde, bevor er sie schloss.

»Ich glaube, es wird Ihnen da gefallen, wo wir hingehen«, sagte er, als er anfuhr. »Zu Pincer. Waren Sie da schon?«

Sie schüttelte den Kopf.

»Ich habe da oft mit Mattie gegessen. Mittwochs ist immer Dessertabend. Wenn man ein Dessert bestellt, bekommt man eines, das ebenso viel oder weniger kostet, gratis dazu. Mattie hat sich immer Bostoner Sahnetorte bestellt und ich einen Schokoladennusskuchen.«

»Das hört sich gut an«, sagte Pauline.

»Aber natürlich ist heute nicht Mittwoch.«

»Das ist gut«, sagte Pauline, »ich habe mir nie viel aus Dessert gemacht.«

»Was Sie nicht sagen«, rief Dun mit für Paulines Geschmack stark übertriebenem Erstaunen aus. Er hielt an einer Stoppstraße und veranstaltete eine lange Nach-Ihnen-Zeremonie mit dem anderen Fahrer, ehe er wieder anfuhr. »Dann hätten Sie und Mattie wenig gemeinsam«, sagte er. »Mattie war ein solcher Süßschnabel! Zu Hause hat sie immer Dessert zubereitet, selbst wenn nur wir beide zu Abend aßen. Kuchen mit der einfach unvorstellbar knusprigsten Kruste der Welt.«

Pauline beschwor innerlich das Bild von Mattie Osgood herauf, die wirklich unübersehbar ein Kuchentyp gewesen war – weich, aber nicht dick, mit einem sommersprossigen, lieben Gesicht. »Sie muss Ihnen sehr fehlen«, sagte sie.

»Ooh ja. Ooh ja.«

Er sprach das »Oh« in dem weichen, runden Dialekt von Minnesota aus, es klang nett, naiv und aufrichtig.

»Manchmal vergesse ich, dass sie nicht mehr bei mir ist«, sagte er. »Ich denke, *das muss ich Mattie erzählen!*, oder: *Wenn Mattie das erfährt!* Und dann fällt mir alles wieder ein.«

»Oder das Gefühl, das man hat, wenn man auf der Straße ist, und der Mensch, den man verloren hat, geht direkt neben einem. Dieses warme Gefühl auf einer Seite des Körpers, und dann fällt es einem wieder ein, und die ganze Seite wird kalt, und es zieht.«

»Das kenne ich!«, sagte Dun. Er warf ihr einen blitzschnellen Blick zu. Schweigend fuhren sie weiter, Pauline erlaubte ihm, sich seinen Gedanken zu überlassen. Es dämmerte jetzt, und die Landschaft verlor die Farben. Die rosa Blüten der Bäume waren ein ausgebleichtes Weiß und die weißen Häuser perlmuttgrau.

Nachdem eine, wie Pauline fand, angemessene Zeit verstrichen war, fragte sie ihn: »Sagen Sie, Dun, woher kommt Ihr Name? *Dun* klingt so ungewöhnlich.«

»Der stammt von der Familie meiner Mutter«, sagte er. »Sie hießen Dunniston. Aber ich heiße einfach Dun.«

»Ich finde den Namen sehr schön.«

»Also, *Ihr* Name gefällt mir auch«, sagte er.

Zufrieden machte sie es sich in ihrem Sitz noch bequemer. Sie bogen Richtung Osten ab und reihten sich in einen

Strom anderer Autos ein. Es war ein gutes Gefühl, zu denen zu gehören, die den Samstagabend zelebrierten. Sie liebte diese Ausgehrituale – das Ankleiden, das leise erwartungsvolle Zittern, die Kunst, jemanden vom Small Talk zu einem richtigen Gespräch zu führen. Dun Osgoods Unbeholfenheit war für sie eine zusätzliche Herausforderung. Und außerdem hatte sie für allzu glatte Männer nie viel übriggehabt.

Sie sagte: »Ich weiß nicht, ob ich Sie schon mal danach gefragt habe, Dun. Haben Sie Kinder?«

»Nein. Ooh nein.« Wieder dieses »Oh«. Jetzt klang es traurig. »Wir wollten welche«, sagte er. »Aber in dieser Welt bekommt man nicht immer alles, was man will.«

»*Das* ist wirklich wahr!«, sagte sie.

»Für mich war das nicht so schlimm, aber ich weiß, dass Mattie enttäuscht war. Sie liebte ihre Neffen einfach abgöttisch. Abgöttisch.«

»Und leben Ihre Neffen in der Nähe, sodass sie Ihnen jetzt manchmal Gesellschaft leisten können?«

»Ooh, nein.«

Sie wartete.

»Nun, ich habe einen Sohn und zwei Töchter«, warf sie schließlich ein.

»Ist das wahr!« Er fuhr auf den Parkplatz neben einem Restaurant, auf dem ein Neonkrebs über der Tür leuchtete. »Töchter hätten Mattie gefallen, das weiß ich«, sagte er. »Sie glaubte, dass Töchter sich mehr um die Mutter kümmern als Söhne.«

»Wirklich?«, sagte Pauline. Sie überlegte, ob sie mit ihm darüber diskutieren sollte, beschloss dann aber, auf ein Thema zu warten, über das er besser informiert war.

Das Restaurant war gespenstisch, unnatürlich ruhig – nicht mal Musik – und so dunkel, dass die Empfangsdame sie mit einer Taschenlampe an ihren Tisch führen musste. Sie kamen nur an wenigen anderen Abendgästen vorbei, manche saßen allein, die meisten tranken Cocktails, die mit Maraschinokirschen oder Obstscheiben garniert waren. Ein Alte-Leute-Restaurant also. Damit kannte Pauline sich aus. Das hier war schon die Spitzenzeit. Zwischen fünf und halb sieben. Sie machte es sich auf der Sitzbank gemütlich und nahm eine enorme laminierte Speisekarte entgegen. Die Tischplatte war aus rauem dunklem Holz, mit Platzdecken aus Papier. In der Mitte flackerte eine Kerze unter einem kleinen Blechhut. Sie kippte den Hut leicht an, um sehen zu können, was auf der Speisekarte stand. Caesar's Salat, Krabbenpastete, Steak ohne Knochen, Gemüseallerlei. Sie lächelte Dun an. »Na, das ist doch gut«, sagte sie. Sie flüsterte fast, aber trotzdem war ihre Stimme das lauteste Geräusch im Raum.

»Glauben Sie, dass Sie etwas finden, das Sie essen können?«, fragte Dun.

»Aber natürlich.«

»Mattie, wissen Sie, konnte keine Meeresfrüchte vertragen. Es war geradezu Verschwendung, an die Ostküste zu ziehen und dann nichts von den frischen Meeresfrüchten zu haben. Aber sie hatte solche Verdauungsprobleme. Doch das Steak ohne Knochen schmeckte ihr. Möchten Sie das bestellen?«

»Nein, ich denke, ich nehme eine Krabbenpastete«, sagte Pauline fest.

»Und was trinken Sie?«, fragte die Kellnerin, die sich mit einem Stift und einem Block vor ihnen aufgebaut hatte.

Pauline hatte gar nicht gemerkt, dass sie bereits eine Bestellung aufgab. Sie hatte mit einem etwas langsameren Tempo gerechnet. »Hmmm, also ... ein Glas Weißwein?«, sagte sie. Sie blickte Dun an, und als er sich nicht rührte, sagte sie: »Die Hausmarke wird gut sein.«

»Für mich nur Tomatensaft«, sagte Dun.

Pauline sagte: »Oh. Sie nehmen keinen Cocktail?«

»Da würde ich gleich einschlafen«, sagte Dun. »Aber bestellen Sie sich einen. Nehmen Sie keine Rücksicht auf mich. Und das Steak«, sagte er zur Kellnerin. »Gut durchgebraten, mit Pommes frites und Salat. French Dressing.«

»Welches Gemüse für Sie, meine Liebe?«, fragte die Kellnerin Pauline. Sie war ein noch sehr junges Mädchen, staksig, mit einem Pferdeschwanz, aber sie hatte bereits diesen mütterlichen Kellnerinnenton.

Pauline sagte: »Oh ...«, sie sah wieder in die Karte. »Kohlsalat und Grüne Bohnen.«

Sie wartete, bis das Mädchen außer Hörweite war, ehe sie sagte: »Ich hätte keinen Wein zu bestellen *brauchen*. Saft hätte es ebenso getan.«

»Also ich möchte, dass Sie es genießen«, sagte Dun. »Und was ich vorhin über die Desserts gesagt habe: Ich hoffe, Sie lassen sich nicht davon abhalten, eines zu bestellen, nur weil nicht Mittwoch ist. Also ich werde eines bestellen. Egal, ob für die Hälfte vom Preis oder nicht! Man muss das Beste aus dem Leben machen, solange es noch geht, sage ich immer!«

»Mal sehen, ob ich dann nicht zu satt bin«, sagte Pauline.

»Wissen Sie, was wir oft gemacht haben? Mattie und ich? Wir haben über die Stränge geschlagen und uns noch ein drittes Dessert geteilt. Mattie hat immer gesagt, dass wir sowieso nicht *drei* bezahlen, jedenfalls nicht an einem Mittwoch. Aber wir könnten es heute auch so machen. Zu diesem besonderen Anlass!«

Pauline sah ihm in die Augen und sagte: »Ja, es *ist* ein besonderer Anlass, nicht wahr?«

»Jawohl«, sagte er.

»Es ist das erste Mal, dass wir beide ganz allein zusammen ausgehen.«

Sein Blick glitt zur Kellnerin, die sich mit den Geträn-
ken näherte. Er sah genau hin, als sie Pauline das stämmige
Weinglas hinstellte. Er sah genau hin, als ihm das kleine Be-
cherglas Tomatensaft, das mit einem Selleriestrunk am Rand
dekoriert war, serviert wurde.

»Prost«, sagte Pauline und hob ihr Glas.

»Ja, prost«, sagte er.

Sie nippten und stellten die Gläser wieder hin.

»Wissen Sie, was ich die Leute gern frage?«, sagte Pauline.
Sie beugte sich vertraulich zu ihm hinüber, eine Hand am
Stiel ihres Weinglases (Das konnte sie gut. Das musste sie
können. Andere Frauen – seit Jahren verheiratete, die zu
vieles für selbstverständlich hielten – konnten es sich leisten,
einfach passiv dazusitzen und die Unterhaltung treiben zu
lassen, aber Pauline hatte lernen müssen, unterhaltsam und
anregend zu sein.). »Es ist ein kleiner Persönlichkeitstest«,
sagte sie. »Wenn ich versuche, jemanden besser kennenzulernen, frage ich ihn nach seinem Haustraum.«

»Nach seinem Traumhaus?«

»Nein. Nach seinem … Sehen Sie, ich glaube, dass jeder
Mensch hin und wieder von dem Haus träumt, in dem er
gerade wohnt. Man träumt davon, dass man eines Tages eine
Treppe hochsteigt, die man vorher noch nie gesehen hat,
und eine Tür öffnet, die vorher auch nicht da war, und –
presto! Man entdeckt ein ganz neues Zimmer! Ein unbekanntes Zimmer, von dessen Vorhandensein man keine Ahnung gehabt hat. Haben Sie jemals einen derartigen Traum
geträumt?«

»Tja«, sagte Dun. »Es klingt irgendwie vertraut, jetzt wo
Sie es sagen.«

»Und jetzt kommt, was ich beobachtet habe: Die Hälfte
der Leute denkt: *Ist das nicht wunderbar. Ein Raum, den ich neu
entdecken kann.* Und die andere Hälfte denkt: *Das hat mir ge-*

rade noch gefehlt. Noch ein Instandhaltungsproblem. Um dieses
Zimmer hat sich jahrelang niemand gekümmert, und jetzt kann ich
den Himmel durch die Decke sehen.«

Dun zog die Stirn kraus.

»Und was sagen *Sie*?«, fragte Pauline.

»Ooh, wieso …«

»Würden Sie das Zimmer als Geschenk oder als Last betrachten? Ich finde, das sagt sehr viel aus, Sie nicht?«

Die Kellnerin servierte das Essen. »Kann ich Ihnen noch
etwas bringen?«, fragte sie.

»Nein, nichts«, sagte Dun. »Es sei denn, Sie, Pauline …«

»Nein danke«, sagte sie. »Keine Angst, es gibt keine richtige oder falsche Antwort. Es ist nur ein … Test, verstehen
Sie? Ein Test, welche Art von Mensch Sie sind.«

»Eigentlich«, sagte Dun, »bin ich mir nicht sicher, ob ich
diesen Traum schon mal geträumt habe.«

»Oh«, sagte Pauline.

»Aber die Frage ist interessant.«

Er schnitt prüfend in sein Steak. Zuvorkommend hielt
Pauline die Kerze schräg, damit er besseres Licht hatte. »Ich«,
sagte sie, »bekomme ein Gefühl für neue Möglichkeiten.
Ein ganz neues Zimmer. Ein neues Abenteuer! Aber mein
Mann … seine Version des Traums war, dass er eine zweite
Geschichte entdeckte, wo unser Haus ein Bauernhaus war,
wissen Sie, mit Fußböden voller Pfützen, in denen Schlan-
gen herumschwammen.«

»Wie konnte denn das passieren?«, fragte Dun.

»Was? Ach so. Es war nur ein Traum.«

»Ihr Verlust. Ist er vor Kurzem eingetreten?«

»Mein …?«

»Ihr Mann. Wann ist er gestorben?«

»Er ist nicht gestorben. Wir sind geschieden«, sagte
Pauline.

»Oh, das war mir nicht klar.«

»Wir haben uns vor dreizehn Jahren getrennt«, sagte Pauline.

»Das tut mir leid«, sagte Dun.

»Das braucht Ihnen nicht leidzutun! Ich bin darüber hinweg!« Sie aß ein wenig von ihrer Krabbenpastete. Ihre Worte schienen einen Augenblick in der Luft zu hängen; sie vernahm darin einen Unterton falscher Tapferkeit, den sie nicht beabsichtigt hatte. »Es ging alles sehr friedlich und zivilisiert vonstatten«, sagte sie weicher. »Keine endlos vor Gericht ausgefochtenen Kämpfe, nichts dergleichen.«

»Nun, trotzdem«, sagte Dun. »Ich kann mir vorstellen, dass es schmerzlich gewesen sein muss. Ich weiß nicht, was ich getan hätte, wenn Mattie mich um eine Scheidung gebeten hätte! Können Sie sich vorstellen, dass wir uns nicht ein einziges Mal ernsthaft gestritten haben? Ich meine nicht, dass wir keine Meinungsverschiedenheiten hatten – sie wollte den Thermostat höher stellen, und ich schwitzte schon, sie wollte auf irgendeinen Rummel, ich wollte lieber zu Hause bleiben. Aber wir haben uns nie richtig gestritten, wir haben nie bedauert, dass wir geheiratet haben. In dieser Hinsicht empfinde ich mich als Glückspilz. Ich habe das Gefühl, dass ich sehr viel Glück gehabt habe.«

»Ja«, sagte Pauline, »Sie *haben* Glück. Ja, das können nicht viele von sich behaupten.«

Plötzlich überkam sie ein Gefühl lähmender Langeweile, wie ein dichter grauer Nebel, der langsam in den Raum sickerte.

So kam es, dass sie den Krach – es war ein Knall, bei dem einem fast das Herz stehenblieb, gefolgt von einem vielfachen Scheppern – geradezu als Ablenkung begrüßte. Sie richtete sich auf und sah hoffnungsvoll über Duns Schulter. Auf dem leeren gefliesten Platz, direkt vor dem Pult der

Empfangsdame, schlug die Kellnerin die Hände vors Gesicht und starrte auf zerbrochenes Geschirr. »Heiliger Strohsack!«, sagte Dun, aber Pauline sagte: »Nicht hinsehen!«

»Bitte?«

»Das hat mir meine Tochter gesagt. Karen. Sie hatte mal einen Job als Kellnerin, um ihr Jurastudium mitzufinanzieren, und bis auf den heutigen Tag sagt sie, wenn wir in einem Restaurant sind und jemand etwas fallen lässt: ›Nur nicht hinsehen! Mach, was du willst, aber tu so, als hättest du es nicht bemerkt.‹ Die arme Kellnerin, sie wird sich zu Tode schämen.«

»Ich dachte, es wäre etwas explodiert«, sagte Dun und widmete sich gehorsam wieder seinem Steak. Er schnitt ein Stückchen ab, während hinter ihm die Kellnerin den Rock hochzog, sich hinkniete und Teller-Halbmonde und Tassen ohne Henkel aufsammelte. *Klirr-klirr*, machten sie, wenn sie auf dem Tablett landeten. Die anderen Gäste sahen interessiert zu. Aber Pauline blickte taktvoll nach links, wo sie plötzlich eine weiße Kaffeetasse sah, die ganz allein mitten im Gang stand. Dun sagte gerade: »Sie haben eine Tochter, die Juristin ist?«

»Ja. Sie arbeitet mit einer Gruppe von Anwälten, die Sozialhilfeempfängern helfen«, erklärte Pauline. Die Tasse stand richtig herum und leuchtete wie ein heller weißer Blitz in dem Dämmerlicht, und soweit sie sehen konnte, war sie noch nicht mal angeschlagen. Deshalb wirkte es, als stünde sie absichtlich dort. Sollte sie die Kellnerin auf die Tasse aufmerksam machen? Oder wäre das aufdringlich? Sie zwang sich, wieder zu Dun zu sehen, der sagte: »Ich wette, Sie sind sehr stolz auf sie.«

»Stolz?«

»Dass Sie eine Anwältin in der Familie haben.«

»Nun, ja, aber Sie würden *nie* darauf kommen, dass sie zur

Familie gehört, weil sie ihren Namen in Antonczyk geändert hat.«

Dun hörte auf zu kauen und fragte: »Und warum hat sie das gemacht?«

»Ist das nicht der Gipfel?«, sagte sie. Na schön, sie würde sich zusammennehmen und es noch einmal erklären. Sie lachte und schüttelte den Kopf. »Das war der Nachname meines Mannes vor drei Generationen. Sie haben ihn in Anton geändert. Wann genau, weiß ich nicht, und jetzt ist er wieder da, Antonczyk, zurück zu den Wurzeln und so weiter. Wir haben alle ›wieso, weshalb und warum‹ gefragt. Aber das ist Karen. Sie hat ihren eigenen Kopf.«

»Einer von Matties Neffen hat genau das Gleiche gemacht«, sagte Dun.

»Tatsächlich?«

»Nur dass er seinen Vornamen änderte. Von Peter zu Rock.«

Pauline dachte darüber nach.

»Er meinte, das sei dasselbe. Und es würde moderner klingen. Aber ich weiß nicht, die Familie hat sich ziemlich aufgeregt. Mattie meinte, dass er seinen alten Namen vielleicht irgendwann wieder zurückhaben will. Das hat er mir bei der Beerdigung erzählt. Er sagte: ›Der Gedanke kommt mir jetzt auch schon. Tante Mattie hatte recht.‹ Er hielt sehr viel von ihr, alle hielten viel von ihr. Sie vergaß nie einen Geburtstag, und sie schickte zu jeder Gelegenheit Glückwunschkarten. Weihnachten und Ostern, und am Valentinstag, zu Thanksgiving und sogar zum Labor Day.«

Pauline bemerkte über Duns linke Schulter hinweg, dass ein sehr altes Paar ins Restaurant kam. Die beiden blieben vor dem Pult der Empfangsdame stehen, die aber nirgends zu sehen war. Sie blickten sich an. Der Mann ging ein paar Schritte vor und drehte sich zu seiner Frau um. Sie schien

Bedenken zu haben. Der Mann hatte einen Filzhut in der Hand und drehte ihn nervös am Rand, als er einen Schritt weiterging, und dann noch einen, während seine Frau hinter ihm sich auch einen oder zwei Schritte nach vorn wagte. Der Mann legte einen Schritt zu, er schien sich auf einen bestimmten Tisch irgendwo in Paulines Rücken zu konzentrieren, den er mit den Augen fixierte, und deshalb marschierte er direkt in die weiße Tasse. *Klirr!* Sie schepperte auf den Fliesen und rutschte davon, trudelte, machte mehrmals ein metallisches Geräusch, das die Empfangsdame wie aus dem Nichts auftauchen ließ. Das Paar erstarrte und drehte sich im Gleichschritt um und stolperte in Richtung Tür. Der Gesichtsausdruck des Mannes, kurz bevor er sich umdrehte – die pure Verwirrung – wie um Himmels willen ließ sich dieser seltsame Fauxpas erklären –, kitzelte Paulines Sinn für Komik, und sie bekam einen Lachanfall. Natürlich versuchte sie, sich zu bremsen. Sie senkte das Kinn, presste die Hand vor den Mund. Aber sie konnte sich nicht helfen, sie musste so lachen, dass sie quietschende Geräusche von sich gab, und die Tränen liefen ihr die Wange hinunter. Dun, der bei dem ersten Scheppern leicht zusammengezuckt war, aber (vielleicht in Erinnerung an ihre Ermahnung) weiter vor sich hin sah, schien ihr Benehmen nicht zu registrieren. Vielleicht war er auch diplomatisch. Jedenfalls redete er weiter. »Sogar am Maifeiertag. Erinnern Sie sich noch an den 1. Mai? Die meisten Leute nicht, ich weiß auch nicht, was mit dem Maifeiertag passiert. Früher haben sich die Leute gegenseitig Blumenkörbe an die Türen gehängt, und Mattie hielt es immer noch so, sie hat die hübschesten kleinen Körbe gleich dutzendweise im Bastelgeschäft gekauft und sie dann mit Schleifen verziert. Der diesjährige Maifeiertag wird mich so traurig machen. Ich weiß nicht, was ich machen werde.«

Endlich fasste sich Pauline wieder. »Ja«, sagte sie. »Das wird schwer. Es tut mir so leid, dass sie nicht mehr ist.« Und sie murmelte noch mehr tröstende und teilnahmsvolle Sätze. Aber ihre Gedanken waren wie ein boshaftes Tier, das ganz woandershin und wieder zurück sprang, während sie sich die Augen wischte, das Taschentuch wegsteckte und sich durch Krabbenpastete, Weißkohlsalat und grüne Bohnen kämpfte.

Trotz allem bat sie ihn herein, als er sie nach Hause gebracht hatte. Sie konnte es nicht ausstehen, allein in das leere Haus zurückzukehren. Sie konnte die Abruptheit, den plötzlichen Kontrast nicht ausstehen. Deshalb sagte sie: »Möchten Sie noch reinkommen? Ich habe Kakao ...« Sie hatte das Gefühl, Kakao war das Getränk seiner Wahl.

»Kakao. Echten?«

»Natürlich.«

Sie hatte Nestlé-Quick, aber das würde er nie merken.

Sie setzte ihn im Wohnzimmer auf die Couch, brachte ihn dazu, das Jackett abzulegen, und als sie mit seinem Becher Kakao kam, setzte sie sich auch auf die Couch, obwohl sie kein Interesse an ihm hatte und es sie wirklich abgestoßen hätte, wenn er näher an sie rangerutscht wäre. (Nicht, dass er es im Entferntesten versucht hätte.) Sein zerklüftetes Gesicht wirkte jetzt ausgetrocknet. Sein mittelwestlicher Akzent aufgesetzt. Aber sie sagte: »Ich habe mich sehr amüsiert. Ich kann mich nicht erinnern, wann ich das letzte Mal einen so netten Abend erlebt habe.« Und als er ihr den Becher zurückgab und sagte, er könne gar nicht glauben, dass er so lange geblieben sei, sagte sie: »Es ist wie in dem Lied, nicht wahr? Wie ›Zwei müde Menschen‹. Ich musste immer an das Lied denken, als mein Mann und ich verlobt waren. Wir kamen von einer Verabredung, fielen fast um vor Müdigkeit, aber Sie wissen ja, wie das ist, es gab immer noch so viel zu bereden, so viel, was wir einander erzählen wollten … und immer fiel mir dann dieses Lied über das Paar ein, das es nicht ertragen konnte, sich voneinander zu verabschieden. Kennen Sie das Lied noch?«

»Ooh, ja«, sagte Dun. »Ich erinnere mich sehr gut daran.« Aber er griff dabei nach seinem Jackett.

Sie rief Pagan in seinem Studentenwohnheim an. Es war erst neun Uhr, für ihn hatte der Abend gerade angefangen. Ein anderer Junge war am Telefon und rief dann mit rauer Stimmer: »Anton! Pay Anton?«, rief er bellend. Aber schließlich sagte er: »Tut mir leid. Glaube, er ist weggegangen.«

»Gut«, sagte Pauline, »richten Sie ihm bitte aus, dass seine Grandma angerufen hat. Ohne besonderen Anlass. Ich wollte nur mit ihm quatschen.« Sie glaubte aber nicht, dass Pagan die Botschaft erhalten würde. Er lebte ein Leben, das sie sich nicht vorstellen konnte. Jungen und Mädchen, alles bunt durcheinander, und schreckliche Musik, die durch die Gänge dröhnte. Aber er schien sich wohlzufühlen.

Sie rief Katie unter dem Vorwand an, sich für den Lunch bedanken zu wollen. Aber Katie sagte: »Oh, das ist nicht nötig – wie bitte, Liebster? Das ist Pauline«, und Pauline merkte schon, dass sie sich schnell verabschieden sollte. Katie hatte sie nicht einmal gefragt, wie ihre Verabredung gewesen war, so erpicht war sie darauf, sich wieder ihrem Mann zuzuwenden.

Sie rief Wanda an. Sie könnten über Marilyn reden. Darüber, wie es Marilyn *wirklich* ging. Warum wurde ihr immer noch übel? Müsste das jetzt nicht schon vorbei sein? Aber Wandas Telefon klingelte zehnmal, ohne dass abgehoben wurde. Sie musste bei einer ihrer Töchter sein. Wanda verstand sich sehr gut mit ihren Töchtern.

Vor vielen Jahren, es war so lange her, dass Michael noch seine Gymnastik für das Bein machte, die ihm der Physiotherapeut gezeigt hatte, sagte Michael zu Pauline, wenn er je eine tödliche Krankheit bekäme, würde ein Teil von ihm jubeln, weil er dann wenigstens keine Übungen mehr zu machen brauchte. Pauline war empört. »Was für eine Idee!«, hatte sie gesagt. Aber er hatte noch hinzugefügt: »Und keine Cocktailpartys und Dinnerpartys mehr und keine Besuche machen und empfangen müssen und mit unwichtigen Leuten über Politik und das Wetter reden – auf all das könnte ich verzichten. Ich könnte mich zurückziehen und es seinlassen, und niemand würde mir einen Vorwurf machen.«

»Ich kanns nicht glauben«, hatte Pauline gesagt. »Ich würde genau das Gegenteil machen. Ich würde versuchen, so viel wie möglich in die Zeit zu stopfen, die mir noch bleibt. Ich würde bis zum Morgengrauen tanzen! Ich wäre *gierig* nach Menschen!«

Nun, das also unterschied sie. Es war ungerecht, dass sie jetzt diejenige war, die alleine lebte, während er glücklich in einen anderen Haushalt eingebettet war.

(»Du müsstest die beiden mal sehen«, hatte Karen einmal in dem amüsierten und gönnerhaften Ton, mit dem sie oft von Michael sprach, erzählt. »Sitzen da an ihrem Küchentisch, teilen das Haushaltsgeld ein, schreiben Benzinkosten und Kilometerstände auf, sortieren die Coupons für Gratisautowäschen und die Rabattmarken für die Teppichreinigung. Wie zwei Erbsen in der Schote.«)

Pauline ging durch das Haus und machte überall das Licht aus. Im Schlafzimmer ließ sie die Jalousien runter und zog das Nachthemd an. Das Wasser im Badezimmer lief sehr heiß ins Waschbecken, wie sie erfreut feststellte. Sie sollte ihre neue Nachtcreme auftragen, aber das war ihr zu mühsam.

Sie rutschte unter die Decken und griff nach der Zeitschrift, die sie gestern Abend gelesen hatte. Ein Artikel über … worüber? Über Zeitorganisation. Kein Wunder, dass sie darüber eingeschlafen war. Ihr Problem war eher, womit sie ihre Zeit ausfüllen könnte. Sie blätterte die Seiten um. Überschlug Werbung für Kölnischwasser, Damenrasierer, Miederhöschen. Ihre Augenlider wurden schwer wie Samtvorhänge. Ein Mann im Smoking legte eine Perlenkette um den bloßen Hals einer schönen Frau. Eine angesehene Ernährungswissenschaftlerin schrieb über die versteckten Kalorien in unserem Essen. Versteckte Kalorien in Salatsoßen, in angeblich so gesunden Müsliriegeln … angeblich gesunde Müsliriegel …

Sie wachte mit einem Ruck auf, und siehe da! Es war schon hell! Doch nein, es war nur die Lampe. Sie seufzte und machte sie aus. Dann lag sie flach im Bett, aber jetzt konnte sie nicht mehr einschlafen, das war ja klar. Sie war wie eine Schlafpuppe, deren Augen zugingen, wenn man sie hinlegte, nur dass es bei ihr genau andersrum war. Sie legte sich hin, und die Augen gingen auf. Früher hatte sie es mit Schlaftabletten versucht, aber danach war sie immer so matt, dass sie sich hilflos vorkam und ängstlich wurde. Lieber versuchen, von selbst einzuschlafen. Dreh dich auf die Seite. Dreh dich auf den Rücken. Finde eine kühlere Stelle auf dem Kopfkissen.

Das Nachdenken ließ ihr die Nächte so lang werden. All die alten schlimmen Gedanken kamen ihr wieder hoch. Sie hatte ihr Leben falsch gelebt. Sie hatte den falschen Mann geheiratet, nur weil das in die Linie passte, die sie gerade verfolgte, und sie hatte nicht gewusst, wie sie da wieder rauskommen konnte; so hatte sie weitergemacht und sich seitdem wie die Frau verhalten, die sie eigentlich gar nicht war. Wie jemand, der zänkisch und schwierig war. Sie hatte zugelassen, dass die Menschen, die sie liebte, ihr entglitten – selbst Michael, den sie, wie sich herausstellte, doch geliebt hatte, egal, ob er der falsche Mann gewesen war oder nicht: seine Geduld, seine Beständigkeit, und seinen liebenswert ernsten Charakter. Wie war es möglich, dass Michael sie wirklich verlassen hatte?

Und Lindy. Manchmal glaubte sie, dass Lindy diejenige war, die sie am meisten geliebt hatte, obwohl eine Mutter natürlich alle ihre Kinder gleich liebt. Manchmal, wenn das Radio einen dieser alten Songs spielte (»If You're Going To San Francisco ...« war das traurigste Lied von allen, es klang so verloren und weit weg), musste sie die Tränen wegzwinkern, um noch die Straße sehen zu können. Trotzdem hatte sie dabei versagt, Lindy vor Unheil zu bewahren. Sie hatte sie nicht beschützt, sie hatte sie nicht festgehalten, sie war nicht mal aufgeblieben und hatte auf sie gewartet, wenn Lindy abends ausging. Sie hatte sich ohnmächtig gefühlt, deshalb. Sie hatte nicht gewusst, wie sie damit umgehen sollte. Ihre eigene Jungmädchenzeit war so unschuldig und sicher gewesen.

Andere Eltern hatten es doch geschafft. Die Kinder anderer Eltern waren nicht verschwunden.

Und sie hätte ihrem Vater mehr helfen sollen, als ihre Mutter krank war. Sie hätte ihn öfter einladen sollen nach dem Tod ihrer Mutter. Was hätte dringender sein können?

Sie dachte an ihre alte und zittrige Schwiegermutter, mit der sie wegen ihres Tatterichs und ihres Hamsterns von Sachen immer geschimpft hatte. »Schubs mich nicht so rum«, hatte Mutter Anton zu ihr gesagt, »sonst trifft mich noch der Schlag.« Und Pauline hatte scharf geantwortet: »Fein. Sagen wir, du hast ihn jetzt schon gehabt und liegst auf der Erde. Sag mir jetzt einfach von da unten, welche Zeitschrift ich wegwerfen kann.« Dieser jahrealte Dialog kam ihr jetzt wortwörtlich wieder in den Sinn, und Pauline stöhnte auf und hielt sich die Hand vor die Augen.

Jetzt fiel ihr endlich wieder ein, dass es nicht Michael gewesen war, der bis spät in die Nacht mit ihr geredet hatte. Oder doch? Nein, es war jemand anders, irgendein Junge vor ihm, an dessen Namen sie sich nicht mehr erinnerte. Sein Gesicht fiel ihr auch nicht mehr ein, und sie hätte nicht sagen können, worüber sie gesprochen hatten. Pauline wusste nur ganz genau, dass sie beide redeten und redeten und dass sie nicht allein gewesen war.

9

SEIT LANGEM KIND

An einem kalten, grauen Februarmorgen 1990 – so kalt, dass es über Nacht gefroren hatte – hörte George, als er seine Windschutzscheibe frei kratzte, wie in der Nähe ein Motor angelassen wurde. Er warf einen Blick über die Straße mit den stattlichen Häusern im Kolonialstil, vor denen jeweils zwei oder drei Fahrzeuge parkten, aber der Wagen, dessen Auspuff die Rauchwolken ausspuckte, gehörte niemandem, den er kannte. Es war ein weißer Ford Falcon, uralt, mit stumpfem Lack, verrostet, zerbeult, und er schepperte im Leerlauf. George drehte sich um und kratzte weiter seine Windschutzscheibe. Dann warf er den Schaber auf den Rücksitz, setzte sich ans Steuer und ließ seinen Wagen an, der kaum hörbar vom Straßenrand glitt. Er fuhr einen Cadillac Eldorado – den letzten *anständig* großen Wagen, wie er fand.

Er bremste auf North Charles, weil ein Bus kam, schaute in den Rückspiegel und stellte fest, dass der Falcon direkt hinter ihm fuhr. Dessen Windschutzscheibe war vollkommen frei, nicht frei gekratzt, sondern von einer Seite zur anderen schimmernd warm; was bedeutete, dass der Wagen schon eine Weile gefahren war. Vielleicht kam er von außerhalb und hatte in der Nachbarschaft eine Putzfrau abgesetzt. Inzwischen war der Bus weitergerumpelt. George sah wieder nach vorn und bog rechts ab in die Charles Street.

Sein Büro war in Towson. Er war stellvertretender Direktor bei Jennings, Jensen und hatte seinen eigenen Parkplatz, mit einem weißen Holzschild, RESERVIERT *Geo. Anton.* Nachdem er seinen Wagen abgeschlossen hatte und gerade seine Aktentasche aus dem Kofferraum holen wollte, sah er den Falcon rückwärts vom Parkplatz fahren. Er hatte sich offensichtlich verfahren, denn hier war nur ein Parkplatz für Firmenangestellte. Er sah, wie der Wagen in die York Road knatterte, das Heck unmodern hoch über dem Boden. Dann vergaß er den Zwischenfall.

Mehrere Tage vergingen, bevor er den Falcon wiedersah. Der Wagen parkte auf der Allegheny Road, anderthalb Block weit von seinem Büro entfernt. Er fiel ihm auf, während er sich gerade von einem Kunden verabschiedete, mit dem er zu Mittag gegessen hatte, und er stockte mitten im Satz beim Anblick der unverwechselbaren Rückansicht, den Roststellen und den Beulen am Kofferraum. Reste eines CARTER/MONDALE-Stickers klebten an der Stoßstange. Aber drinnen saß niemand. Er nahm sich zusammen und widmete sich wieder seinem Kunden.

Spät am nächsten Montag auf dem Nachhauseweg von der Arbeit sah er den Falcon auf dem Greenway parken, nicht weit von seiner Straße. Diesmal saß jemand darin. Er drosselte sein Tempo und schaute ins Wageninnere, aber hinter ihm hupte es, und er musste weiterfahren. Dennoch hatte er alles gesehen, was er sehen wollte. Am Steuer saß eine Frau, Mitte vierzig, sie wirkte harmlos, und war mit ziemlicher Sicherheit eine Fremde, obwohl er das bei der Beleuchtung nicht beschwören konnte. Außerdem hatte sie ihr Gesicht weggedreht, als er hineinsah. Doch das war nur natürlich. Niemand wird gern beobachtet.

Er parkte vor seinem Haus, schloss den Wagen ab, holte seine Aktentasche aus dem Kofferraum und winkte Julia Matthews zu, die zwei Türen weiter gerade in ihren Buick stieg. Dann, auf dem Weg zum Haus, hörte er einen Wagen bremsen und zurücksetzen, und aus irgendeinem Grund drehte er sich um. Es war der Falcon, der hinter seinem Eldorado einparkte. Die Lücke war reichlich, doch die Fahrerin musste dreimal Anlauf nehmen, bis sie es schaffte, und landete immer noch einen guten Meter von der Bordsteinkante. Die ganze Zeit stand George abwartend da, Aktentasche an der Hand, und betrachtete den Falcon ungerührt.

Die Frau stieg aus, schloss die Wagentür und kam auf ihn zu. Sie wirkte farblos und schäbig, gehörte offenbar zu denen, die bei Kälte alle möglichen Sachen schichtenweise übereinanderziehen – keinen ordentlichen Mantel, sondern eine Reihe dicker Pullover, unterschiedlich lang, über einem bedruckten Baumwollkleid. Die Wollkniestrümpfe und Lederclogs gaben ihr etwas Alternatives. Ihr dunkles, glattes Haar hing bis auf die Schultern (ältere Frauen sahen so wie Hexen aus, fand George schon immer), und ihre Augen waren braun und klein und leuchteten auffallend, selbst bei der Entfernung.

Einen guten Meter vor ihm blieb sie stehen. Sie sagte nur: »George?«

Er hatte das Gefühl, dass er einer Erkenntnis aus dem Weg ging.

»George Anton«, sagte sie.

Er holte Luft und sagte: »Lindy?«

»Du bist es!«, rief sie, schien aber genauso ungläubig wie er. Sie wollte näher kommen, besann sich dann aber.

Er hatte sich diesen Augenblick eine Million Mal vorgestellt. Doch jetzt, als er Wirklichkeit wurde, fühlte er sich mit seinen fünfundvierzig Jahren gar nicht wohl in seiner Haut. Dass Lindy älter geworden war, hatte er sich in all den Jahrzehnten immer wieder vorgestellt, zumindest schemenhaft, theoretisch, aber er hatte sich nie ausgemalt, wie es wäre, wenn er so vor ihr stünde, in seinem weiten beigen Kamelhaarmantel, ein stämmiger graublonder Geschäftsmann mit einer Aktentasche in der Hand.

»Ich verfolge dich seit Tagen«, sagte sie zu ihm. »Hoffentlich habe ich dich nicht vergrault. Ich musste mir erst einmal Mut machen.«

»Mut!«, sagte er. »Wozu brauchst du *meinetwegen* Mut?«

»Ich habe deinen Namen im Telefonbuch gefunden. Als Einzigen.«

Sie hielt ihre Handtasche mit beiden Händen – einen indianisch aussehenden gewebten Stoffbeutel. Ja, sie war wirklich nervös. »Ich habe Mom und Dad gesucht«, sagte sie, »Karen … kein einziger Eintrag. Nicht mal Antons Lebensmittel. Wo sind alle geblieben? Was ist passiert?«

Jetzt machte er einen Schritt auf sie zu, endlich. Er überlegte, ob er sie umarmen oder ihre Wange küssen solle, aber angesichts dieser ihm nicht mehr bekannten Frau fand er das zu vertraulich. Stattdessen nahm er ihren Arm und sagte: »Komm doch rein.«

Sie hätte auf ihren Fragen beharren können, ließ es aber. Vielleicht hatte sie vor den Antworten Angst. Um das unbeholfene Schweigen zu überspielen, führte George sie umständlich zum Haus, dirigierte sie ungeschickt über eine unbedeutende Unebenheit, wo eine Baumwurzel eine Bodenplatte hochgedrückt hatte. Ihre Clogs tappten wie Pfoten. Etwas, das sie trug, klimperte. Offensichtlich mochte sie schweren, unechten Schmuck, dessen Erlös unterprivilegierten Ethno-Künstlern zugutekam.

Er war erleichtert, als beim Türöffnen die Alarmanlage piepte. Sally und Samantha waren also ausgegangen. Dieses eine Mal wollte er lieber ein Gespräch unter vier Augen führen. Er legte seine Schlüssel auf die Flurkommode und ging, um den Code einzutippen. »Komm«, sagte er und zog seinen Mantel aus. »Soll ich was von deinen … Sachen nehmen?«

Sie antwortete nicht. Sie sah sich im Zimmer um, betrachtete den Gobelin, den er und Sally aus Florenz mitgebracht hatten, das kleine bleiverglaste Bogenfenster, die Flügeltür, durch die man weiter ins Haus ging. Der Kristallkronleuchter, unter dem sie stand, beleuchtete von oben ihren Kopf mit den störrischen grauen Haaren, die ihr etwas Hektisches gaben. Ihr Gesicht war eine Spur weicher geworden, wie von einer zusätzlichen Schicht überzogen, und alle ihre Ecken und Kanten waren abgerundet. (Als hätte man sie in eine Fondantschicht gewickelt, stellte George sich vor.) Aber ihre Stimme hatte immer noch die gleiche Tonlage, diesen Mir-egal-wie-ich-mich-anhöre-Klang, den er aus ihrer Kindheit kannte. »Ist das ein Haus«, sagte sie, und der brüchige Ton bei »Haus« kam ihm erschreckend bekannt vor.

Er sagte: »Komm, wir setzen uns irgendwo gemütlich hin.«

Er ging vor, knipste Lichter an, und Lindy folgte. Im Wohnzimmer ließ sie sich auf das Sofa plumpsen. George setzte sich in den Ohrensessel ihr gegenüber, zwischen ihnen ein niedriger Tisch mit Glasplatte. Er hielt sich angestrengt gerade, zog den Bauch ein.

Dennoch sagte sie: »Du siehst sehr anders aus.«

»Na ja, eigentlich wollte ich eine —«

»Gibt es nur noch dich?«, fragte sie ihn. »Sag. Ich muss das wissen.«

Er sagte: »Nein, natürlich nicht.«

»Im Telefonbuch —«

»Oh, das Telefonbuch«, sagte er. »Karen nennt sich wieder Antonczyk; deshalb hast du sie nicht gefunden. Und Dad hat nach seiner Scheidung von Mom —«

»Scheidung!«, rief Lindy.

»Nach der Scheidung hat er wieder geheiratet und ist zu seiner Frau gezogen, deshalb steht im Telefonbuch —«

»Aber was ist mit Pagan?«, unterbrach Lindy ihn.

»Pagan gehts prima.«

Erst als sie sich in die Sofakissen sinken ließ, begriff George, wie angespannt sie dagesessen hatte. Sie sagte: »War seine Kindheit in Ordnung? Ist er glücklich? Geht es ihm gut?«

»Es geht ihm prima, habe ich doch gesagt. Aber was ich sagen wollte —«

»Ist er bei Mom groß geworden oder bei Dad? Sind sie so lange zusammengeblieben?«

»O ja. Oder, nein … ich meine, sie sind nicht so lange zusammengeblieben, aber sie hatten beide das Sorgerecht; also ist alles gutgegangen. Aber jedenfalls steht Dad unter Annas Namen, Anna Stuart, und —«

»Anna *Grant* Stuart? Moms Schulfreundin?«

»Ich wusste nicht, dass du sie kennst?«

»Sie hat uns einmal besucht, als wir noch in der St. Cassian Street wohnten. Sie hat uns eine Schachtel Schoko-Schildkröten mitgebracht.«

»Daran erinnere ich mich nicht«, sagte George.

»War Anna der Scheidungsgrund?«

»Nein, nein. Großer Gott, nein; die Scheidung war sechs,

sieben Jahre früher«, sagte George. Er hielt inne, um nicht den Faden zu verlieren. »So, und Antons Lebensmittel – erst ist Dad mit dem Laden in den Vorort gezogen, dort hieß er dann anders, und dann hat er ihn an World O'Food verkauft, das ist inzwischen schon ein paar Jahre her ...«

»Dad hat World O'Food doch gehasst! Er hat immer gesagt, dass Lebensmittelketten unser Ruin seien!«

»... und deshalb gibts kein Antons Lebensmittel im Telefonbuch.« George blieb bei seinem Thema. »Und Mom, also ...«

Er schluckte.

»Mom, hm, die ist ... tot«, sagte er.

Er spürte den Blitzschlag in der Luft zwischen ihnen. Er hätte es nicht so drastisch sagen sollen, dachte er, sondern irgendwie umschreiben, dass Lindy es nicht sofort verstanden hätte.

»Sie hatte einen Autounfall«, sagte er. »Sie ist als Geisterfahrer in eine Ausfahrt geraten. 1987. März '87.«

Lindy sagte: »Mom ist tot?« Ihre Pupillen waren ganz groß.

»Die Polizei dachte zuerst, sie wäre betrunken gewesen oder bewusstlos geworden oder habe unter Drogen gestanden. Für sie war unvorstellbar, dass ein vernünftiger Mensch einen solchen Fehler macht, bis wir ihnen erklärt haben, was für eine Autofahrerin Mom war.«

Er versuchte zu lachen, aber Lindy stimmte nicht ein.

»Aber Pagan«, flüsterte sie schließlich. »Pagan geht es gut, sagst du.«

»Pagan gehts prima, Lindy.«

Der Hauch von Ungeduld in seiner Stimme überraschte ihn selbst. Sie warf ihm einen schnellen, scharfen Blick zu, und er senkte den Kopf, murmelte, fast entschuldigend: »Obwohl es ein bisschen spät ist, dass du dich darum kümmerst.«

Sie sah ihn unbewegt an.

»*Meiner* Ansicht nach«, fügte er noch hinzu.

Lindy öffnete ihre Indianertasche und kramte darin herum. Ein abgenutztes Portemonnaie kam zum Vorschein, eine Reihe Schlüssel an einem roten Band, und ein auf die Größe einer Kreditkarte zusammengefalteter Zeitungsausschnitt.

Ich sitze in meinem Wohnzimmer mit Lindy, dachte George. *Der wirklichen Lindy, persönlich, nach all diesen Jahren. Sie trägt normale hellbraune Wildleder-Clogs, und an einer Sohle klebt ein braunes Blatt. Sie fährt einen Ford Falcon aus den Sechzigerjahren, und ein Knopf an ihrer Strickjacke ist lose.*

Lindy faltete den Zeitungsausschnitt auseinander und betrachtete ihn. Georges Ohren brummten leicht, sonderbar.

»Hier«, sagte Lindy. Sie reichte ihm den Ausschnitt.

George sah ein stark gerastertes Schwarz-Weiß-Foto mit zwei Männern – einem älteren mit Schnurrbart, und einem jungen. Er brauchte einen Moment, bis er begriff, dass der Jüngere Pagan war. Es sah so undefinierbar aus, mit dem dichten schwarzen Haar und dem üblichen grauen Patentstrickpullover. Darunter stand:

Dr. William Gamble, Entwicklungspsychologe, und Pagan Anton, seit Langem Kinder- und Familientherapeut, diskutieren die Verdienste und Mängel des Gesetzentwurfs.

»Hast du den Text gelesen?«, fragte Lindy.

»Den Text«, wiederholte George.

Lindy nickte, lächelte aufmunternd, wollte ihr Vergnügen mit ihm teilen. »Also«, sagte er, »ja, ich meine … wenn man berücksichtigt, dass Pagan erst fünfundzwanzig ist …«

»Ich meine, wie sie es formuliert haben. Oder vielleicht sollte man das mit Bindestrich schreiben – im ersten Augenblick habe ich es auf uns bezogen: seit Langem Kinder.«

Sie kicherte rau und langte nach dem Zeitungsausschnitt. George hatte ihn noch nicht ganz zu Ende gelesen, spürte aber, wie dringend sie ihn zurückhaben wollte, und reichte ihn ihr.

»Ich fand ihn auf einem Schreibtisch«, sagte sie. »Ist die Welt nicht unglaublich? All die Jahre habe ich an ihn gedacht und versucht, *nicht* an ihn zu denken, versucht, ihn aus meinen Gedanken zu verscheuchen … Zuerst nicht, natürlich. Nicht, als ich völlig fertig und so übel dran war. Da konnte ich an gar nichts denken. Aber weißt du, als ich geheiratet habe … ich habe einen Mann mit zwei Kindern geheiratet. Wir haben uns kennengelernt, als ich noch in der Kommune war. Von der Kommune weißt du sicher nichts, aber da bin ich endlich mit mir ins Reine gekommen. Und Henry gab dort einen Lyrik-Workshop; er war damals Lehrer an einer Highschool in Berkeley, aber jetzt wohnen wir in Loudoun County –«

»Loudoun County, *Virginia*?«, fragte George.

Lindy nickte. »Da sind wir im vorigen Jahr hingezogen«, sagte sie. »Oh, ich weiß, wie das aussieht! Es sieht aus wie geplant; absichtlich immer ein Stückchen näher. Aber ehrlich, es war Zufall. Ein Stellenangebot, rein zufällig, und jetzt, wo Henrys Kinder groß sind … Aber was ich sagen wollte, ich habe ihn also geheiratet, und er hatte die zwei Kinder, sechs und neun. Und zuerst waren sie nur, wie soll man sagen, Ballast, aber nach und nach habe ich sie richtig lieb gewonnen. Ich habe angefangen, sie zu lieben. Und das Komische war: Während das passierte, während sich die enge Bindung zu diesen Kindern entwickelte, dachte ich immer öfter an Pagan. Ich habe ihn entsetzlich vermisst! Es war die Hölle! Als ob die anderen Kinder mich ständig an ihn erinnerten. Ich weiß, ich hatte kein Recht dazu. Er hatte ja ein Zuhause; für ihn war das Leben weitergegangen. Ich schwor mir, dass ich mich von ihm fernhalten würde. Aber dann …«

Sie drehte abrupt den Kopf nach links zur Porzellanlampe.

Einen Augenblick dachte George, dass etwas sie abgelenkt habe, bis er merkte, wie sie mit den Tränen kämpfte. Nach langem schmerzlichem Schweigen sah sie ihn wieder an und sagte: »Dann habe ich den Zeitungsausschnitt gefunden.«

George sagte: »Aha.«

»Ich habe Henrys Schreibtisch aufgeräumt, um Solitaire zu spielen, und da lag dieser Stapel Artikel über Erziehungsthemen. Ich packte alles zusammen und wollte es in die Schublade stopfen, da sah ich seinen Namen. Pagan Anton.«

Zögernd sprach sie den Namen, jede Silbe langsam und überdeutlich. George räusperte sich.

»Im ersten Moment dachte ich, es sei Einbildung. Ich dachte, ich spinne. Aber als ich das Foto sah, wusste ich, dass es mein Pagan sein musste – Haare wie sein mexikanischer Vater. Ich fragte Henry: ›Woher hast du den Ausschnitt? Aus welcher Zeitung?‹ Er wusste es nicht. Der Schulleiter hatte ihm eine Mappe gegeben. Und am Zeitungsausschnitt war auch nichts zu erkennen. Auf der Rückseite war eine Anzeige für Mail-Order-Steaks. Ich sagte: ›Aber er ist Kinder- und Familientherapeut! Steht er womöglich, ich weiß nicht, im Branchenbuch?‹ Denn im Telefonbuch von Baltimore hatte ich irgendwann nachgesehen. Wie ein Spitzel. Als sei ich nicht ganz richtig im Kopf. Aber ich habe nur dich gefunden. Weder Karen noch Mom noch Dad …«

Die Tränen traten ihr wieder in die Augen, aber diesmal sah sie George ins Gesicht. »Jetzt begreife ich, dass ich mir euch alle immer so vorgestellt habe, wie ich euch verlassen habe«, sagte sie. »Mom in ihrem Minirock. Dad, der sich mit dem alten Rasenmäher abmüht. Du und Karen noch als Kinder.«

»Pagan ist hier in Baltimore«, platzte George heraus. Er schämte sich für seine Ungeduld, vorhin.

Lindy ließ ihren Blick nicht von ihm.

»Aber er wohnt in der Schule, in der er arbeitet. Deshalb steht er nicht im Telefonbuch. Er unterrichtet Musiktherapie für autistische Kinder. Er hat seine Freundin aus dem College geheiratet, und sie haben einen kleinen Jungen.«

»Ich bin Großmutter«, sagte Lindy. Und dann: »Hasst er mich?« Einen Augenblick schien es, als frage sie, ob ihr Enkel sie hasste.

»Er redet nie von dir«, sagte George.

Doch das klang so hart, dass er sofort hinzufügte: »Aber keine Ahnung. Wer weiß? Er war damals so klein, ich bin mir nicht sicher, ob er sich an dich erinnert. Oder …« Auch das klang hart. Er versuchte es noch einmal. »Als er zu Mom und Dad kam«, erklärte er, »hat er *nichts* gesagt. Er war … fast stumm. Taub und stumm.«

Fast autistisch, eigentlich – der Gedanke kam George zum ersten Mal. Erklärte das nicht Pagans Berufswahl, die George immer hoffnungslos, wenn nicht sinnlos gefunden hatte?

»Doch mit der Zeit taute er auf«, sagte er. »Bei Mom, zum Beispiel – ich weiß noch, wie er zuerst so tat, als existiere sie gar nicht, aber immer wenn sie aus dem Zimmer ging, erstarrte er geradezu, und entspannte sich erst, wenn sie wiederkam.«

»Dann hat er sich mit der Zeit eingewöhnt?«

»Oh, ja! Mit der Zeit hat er sich eingelebt und wurde ein ganz normales Kind.«

Doch dabei konnte George es offenbar nicht belassen. Er musste noch etwas loswerden. Er sagte: »Das Einzige, dessen ich mir nicht sicher bin, ist, ob er dich wirklich vergessen hat. Oder erinnert er sich und lässt nichts raus? Denn manchmal habe ich das Gefühl …, entschuldige, wenn ich das so sage, aber …«

Warum *sagte* er das alles? Aber nun gab es kein Zurück

mehr. »Ich habe das Gefühl, er signalisiert uns, dass wir deinen Namen nicht erwähnen dürfen«, sagte er. »Wie ein wortloses Verbot. Aber vielleicht ist alles auch nur Einbildung.«

Er sah ihr verstohlen ins Gesicht. Immerhin weinte sie nicht mehr; sie hörte ihm ruhig zu. »Vielleicht irre ich mich auch«, sagte er zu ihr.

Sie sagte: »Ich weiß nicht, was ich mir mehr wünschen soll: dass er sich erinnert oder dass er es vergessen hat. Wir waren uns damals so nah. Wir haben alles zusammen gemacht! Wir hatten ja nur uns. Aber einmal –«

Sie sah wieder die Lampe an. Diesmal war die Pause länger.

»Einmal habe ich ihn die Treppe heruntergeworfen«, sagte sie.

»Ach, du. Ach, komm!«, sagte George. Er rutschte auf seinem Sitz. »Oje. Ich weiß doch, dass du – so was kann schon mal passieren! Oje. Jedenfalls. Also –«

»Und wie geht es dir, George?«, fragte Lindy.

»Mir?«

»Bist du verheiratet? Hast du Kinder?«

»Wieso, ja, Sally muss eigentlich jede Minute kommen.« Er wünschte sich, dass sie sich beeilen würde. Er und Lindy hatten inzwischen reichlich Zeit allein verbracht, fand er. »Wir haben einen Sohn in Princeton, und unsere Tochter ist noch in der Highschool. Ich bin der stellvertretende Direktor einer Firma, die Geschäftspartner für kleinere Unternehmen vermittelt.«

»Geschäftspartner für kleinere Unternehmen«, wiederholte Lindy. George sah sie verunsichert an, aber offenbar ließ sie sich den Satz einfach durch den Kopf gehen. »Früher hast du Modellflugzeuge gebastelt und mit Seidenpapier überzogen«, sagte sie zu ihm.

Er musste lachen: »Nicht mehr.«

»Und Karen? Ist die auch verheiratet?«

»Nein. Sie ist eine Top-Anwältin, vertritt auch Obdach-lose.«

Er hatte erwartet, dass Lindy beeindruckt wäre, hatte es vielleicht sogar darauf abgesehen (denn so top war Karen gar nicht). Aber sie hörte nicht richtig zu, so als warte sie darauf, dass er aufhörte, weil sie etwas Dringendes loswerden wollte; und kaum war George fertig, sagte sie es: »Bitte, George, rufst du ihn für mich an?«

Er fragte nicht, wen sie meinte.

»Bitte?«, wiederholte sie. »Und wenn er will – wenn er nicht Nein sagt –, dann könnte ich mit ihm reden.«

»Also«, sagte er.

»Wenn ich ihn anrufe, und er hängt ein, das halte ich nicht aus.«

Ihm fiel keine stichhaltige Ausrede ein. Er wusste nicht einmal selbst, warum er so zögerte. Schließlich blieb ihm nichts anderes übrig, er sagte: »Also gut, Lindy.«

Er stand auf und wartete, dass sie ebenfalls aufstand. »Das Telefon ist im Kämmerchen«, erklärte er ihr.

»Oh«, sagte sie, blieb aber sitzen. Dann nahm sie langsam, wie eine viel schwerere Frau, ihre Handtasche und hievte sich hoch, zog ihre vielen Jacken enger um sich. »Ich habe panische Angst«, sagte sie zu ihm. »Ist das nicht lächerlich?«

Ohne zu antworten, führte er sie vorn in den Flur.

Im Kämmerchen machte er Licht und bot ihr eine Leder-liege zum Sitzen an. Dann nahm er an seinem Schreibtisch Platz und holte das Telefon. Es war ein funkelnagelneues Te-lefon mit Automatikwahl – ein Rätsel, aber Sally kannte sich damit gut aus, und sie hatte es für ihn programmiert. Ledig-lich einen einzigen Knopf musste er drücken. In Lindys Ge-genwart hatte das etwas Angeberisches. *Sieh nur, wie mühelos ich deinen Sohn erreichen kann.* Und es vermittelte auch einen falschen Eindruck, denn eigentlich pflegte meistens Sally den Kontakt zur Familie. Aber als Pagan antwortete, gab George sich besondere Mühe und sagte familiär und herzlich: »Pagan. Hallo. George am Apparat.«

»George? Was gibts?«

Irgendwie hatten die Antons das Stadium erreicht, wo ein Anruf selten etwas Gutes verhieß; man konnte die Abwehr in Pagans Stimme hören. Wahrscheinlich hatte Paulines Tod bei ihnen allen diese negative Erwartung ausgelöst. Deshalb antwortete George bewusst umständlich, langsam und beiläufig. »Oh, nicht viel. Eigentlich nichts. Bei uns gibts eigentlich nichts Nennenswertes, aber …«

Sonderbarerweise hörte er sein Herz laut pochen. Und Lindy, am äußersten Rand der Liege, hielt ihre Tasche so fest, dass ihre Fingerknöchel unter der Haut weiß wie Wachs waren.

»… aber ich habe eine Überraschung für dich«, sagte er. »Du wirst nie erraten, wer hier bei mir sitzt.«

»Meine Mutter«, sagte Pagan prompt.

George sagte: »Wusstest du das?«

Lindy hob den Kopf und sah ihn an.

»Nein«, sagte Pagan, »aber wer sonst?«

»Stimmt. Du hast recht. Möchtest du ihr Hallo sagen?«

»Warum nicht«, sagte Pagan.

George reichte Lindy den Hörer und stand dann (wenn auch ungern) auf und ging. Er war fast draußen, als sie zu sprechen begann.

»Hallo.«

Im Flur konnte er sie noch sagen hören: »Oh, mir gehts gut. Und dir?«

Im Wohnzimmer setzte er sich wieder auf seinen Sessel und starrte in die Luft. Er fühlte immer noch das unwirkliche Schwirren im Kopf. In Gedanken suchte er nach

Bildern der Lindy, die er gekannt hatte – ein knochiges Mädchen, nur Knie und Ellenbogen, das immerzu über ihn kletterte oder ihn beiseiteschubste oder ihm irgendetwas wegnahm. Lindys Schienbeine waren voll blauer Flecke gewesen vom Rollschuhlaufen und vom Treppenball-Spielen. Ihr Haar war verheddert und verfilzt, egal, wie oft ihre Mutter es kämmte.

Er erinnerte sich, wie sie miteinander konkurrierten, wie sie um jeden Schokoriegel und jedes Comicheft stritten. »Erster!«, hatte Lindy zu ihm gesagt, und er hatte geantwortet: »Unfair!«, und ihre Mutter hatte gerufen: »Aufhören, ihr beiden!« Er sah Lindy auf dem Gehweg vor dem Laden mit dem kleinen Ball spielen, mit solchem Schwung die Neuner- und die Zehnerprobe machen, dass ihre Fingerknöchel ewig aufgeschürft waren. Er malte sich das Schlafzimmer in St. Cassian Street aus, das er mit seinen Schwestern geteilt hatte, früher das Elternschlafzimmer und davor das seiner Großmutter – er und Lindy im Ehebett und Karen im Kinderbett. Nachts hatte Lindy ihm Geschichten ins Ohr geflüstert. »Es war einmal ein Mann, der hatte keine Augen und ist in diesem Haus gestorben, wusstest du das?« Er hielt sich die Ohren zu, aber dann nahm er die Hände wieder weg, vor Grusel und Begeisterung. »Und was dann?«, wollte er wissen.

Vielleicht war die Frau im Kämmerchen eine Schwindlerin.

Die Haustür knallte, und Sally rief: »George?« Er hörte ihre Absätze über das Parkett klappern. Als sie in der Wohnzimmertür auftauchte, wirkte sie wie von einem anderen Planeten, ihr aschblondes Haar glatt, wie gebürstetes Aluminium, die vor Kälte rosigen Wangen, der hochgeschlagene Kragen ihres Kaschmirmantels, wie ein Rahmen um ihr Gesicht. »George, ist Sam schon zu Hause? Ich habe vergessen, ihr zu sagen – was ist?«

»Was soll sein?«, sagte er.

»Warum guckst du so?«

»Ich gucke doch gar nicht.«

»Was ist los, George?«

»Nichts ist los!« Er stand übertrieben langsam auf und lockerte seine Krawatte. »Obwohl, damit du's weißt«, sagte er. »Lindy ist hier.«

»Lindy wer?«, fragte Sally.

»Lindy, meine Schwester.«

Sie starrte ihn an. Sie sagte: »Hier in diesem Haus?«

»Sie telefoniert gerade mit Pagan.«

In diesem Augenblick trat Lindy hinter ihr in den Flur. Sally wirbelte herum.

»Wie wars?«, fragte George.

Aber Lindy schien nichts zu hören. Sie betrachtete Sally mit sonderbar leerem Blick. Als George überlegte, dass er die beiden einander vorstellen sollte, lief Sally schon auf sie zu und griff sie an beiden Händen: »Lindy. Wie aufregend! So eine Überraschung! Ich bin Sally – Georges Frau. Wie schön, dich kennenzulernen!«

Lindy mochte früher nie, wenn Leute so viel Theater machten (wie ihre Mutter, zum Beispiel). Aber jetzt ließ sie alles über sich ergehen, oder vielleicht nahm sie gar nichts davon wahr. Sie ließ sich von Sally zum Sofa führen.

»Bist du schon lange hier? Woher kommst du denn? Wie hast du uns gefunden?«, fragte Sally. Sie hockte neben ihr, immer noch im Mantel, als wäre sie es, die zu Besuch war. »Wie findest du deinen Bruder? Hast du ihn wiedererkannt? Du gleichst ihm kein bisschen, oder? Ich glaube, du gleichst deinem Vater.«

George sagte: »Sally, können wir erst hören, wie es mit Pagan am Telefon war?«

»Entschuldigt! Und ich rede und rede!«, rief Sally. Dann

setzte sie sich in Positur, faltete die Hände und wartete über-höflich, dass Lindy sprach.

Lindy sagte: »Oh, na ja.«

»War es sehr emotional?«, fragte Sally. »Wenn ich mir das vorstelle! Nach all den Jahren, also, ihr hattet euch sicher so viel zu sagen.«

»Eigentlich nicht«, sagte Lindy.

»War er einfach sprachlos vor Aufregung?«

George sagte: »Sally, um Himmels willen, lass sie doch ausreden, bitte.«

Sally traten die Tränen in die Augen. Lindy sagte: »Schon gut.«

Sie redete, ohne ihre Lippen zu bewegen, ihr Gesicht sah ganz steif und starr aus. »Seine Stimme war so anders«, sagte sie. »Darauf ist man nie gefasst – dass er nicht mehr die nied-liche Kinderstimme hat.«

»Aber was hat er gesagt?«, fragte Sally und sah hastig zu George.

»Er war ausgesprochen höflich. Er fragte mich, wie's mir geht; er sagte, dass er sich freue, von mir zu hören; er sagte, ja, er habe inzwischen Familie … Ich fragte ihn: ›Meinst du, wir können uns treffen?‹ Er sagte: ›Treffen.‹ Er sagte: ›Oh.‹ Er sagte: ›Oh, ich weiß nicht. Ich sehe eigentlich keinen Sinn darin, du vielleicht?‹«

Sally sagte: »Sinn?!«

»Also, ich finde das verständlich«, sagte George.

Beide Frauen sahen ihn an.

Er sagte: »Ich finde, in Anbetracht … der Tatsachen.«

»Nein, das finden wir *nicht*«, sagte Sally zu ihm, und dann zu Lindy gewandt: »Ich hoffe, du hast darauf bestanden.«

»Nein, ich sagte nur: ›Gut‹«, sagte Lindy. »Ich sagte: ›Falls du mit mir Kontakt aufnehmen möchtest, lasse ich meine Telefonnummer bei George.‹«

»Er war nur völlig überrumpelt«, entschied Sally. »Er ist sonst ausgesprochen herzlich; glaub mir, wirklich. Er hatte nur nicht damit gerechnet. Er ruft gleich zurück! Garantiert. Pass auf, gleich klingelt das Telefon.«

»Nein, das glaube ich nicht«, sagte Lindy. Sie zog ihre Stricksachen enger um sich. Sie sagte: »Ich fahre jetzt wohl nach Hause.«

»Jetzt? Aber wir haben uns doch kaum kennengelernt!«, rief Sally.

»Mein Mann wartet.«

»Du bist verheiratet? Wo wohnst du? Ich weiß ja gar nichts von dir.«

»George erzählt dir alles«, sagte Lindy. »Ich bin einfach todmüde. Ich möchte gehen.«

Sie stand auf und ging in Richtung Flur, hielt ihre Handtasche mit beiden Händen. Sie ging, als schmerzten ihre Füße.

George sagte: »Warte.«

Sie blieb stehen und sah ihn nicht einmal an.

»Was ist mit Karen und Dad?«, fragte er. »Willst du die nicht sehen?«

»Vielleicht irgendwann anders«, sagte sie.

Eine Mischung aus Enttäuschung und Ratlosigkeit überkam ihn, quälend, vertraut, und er sagte: »Wie du willst.«

Aber Sally sagte: »Lindy, bitte. Überleg es dir noch einmal. Sie wollen dich doch *unbedingt* sehen! Können wir sie nicht wenigstens anrufen, damit sie hierherkommen? Ein kurzer Besuch. Nur ein paar Minuten, vielleicht.«

»Weißt du«, sagte Lindy, »ich bin wirklich zum Umfallen müde. Tut mir leid. Du bist, glaube ich, richtig nett. Aber ich möchte nur noch nach Hause ins Bett. George, ich habe meine Telefonnummer auf deinem Schreibtisch gelassen, falls Pagan sie wissen möchte. Was nicht der Fall sein wird.«

Das Komische – und Ungerechte – an der Sache war, dass alle George die Schuld gaben. Sally sagte, er habe sich so passiv verhalten, er habe so schnell aufgegeben, es hätte fast so ausgesehen, als wäre er froh, dass Pagan Lindy eine Absage erteilte. »Froh!«, sagte George. »Entschuldigt mal, aber wer hat ihn denn angerufen, wenn ich bitten darf? Wer hat ihm gesagt, dass sie ihn sprechen möchte?«

»Ich schwörs, du sahst richtig zufrieden aus, als du erfuhrst, dass er sie nicht persönlich sehen will. Du sagtest: ›Also, ich finde das verständlich.‹« (Sally klang dabei polterig und schwülstig, gar nicht wie George.) »Gib es zu: Du warst auf seiner Seite. Du fandest auch, dass er sie nicht zu treffen brauchte. Du bist ein nachtragender Mensch, George Anton.«

»Ich fand nur«, sagte er zu ihr, »dass es kein Wunder ist, wenn ein Dreijähriger, der von seiner Mutter den Wölfen zum Fraß vorgeworfen wurde, ihr Jahrzehnte später nicht viel zu sagen hat.«

»Er ist kein Dreijähriger mehr; er ist fünfundzwanzig. Und natürlich hat er ihr was zu sagen, und seien es Vorwürfe! Du hättest ihn sofort zurückrufen sollen, George, ihn sofort herbestellen sollen. Du hättest auch nicht das Kämmerchen verlassen dürfen. Lindy hat vor Nervosität sicher völlig falsch reagiert.«

»Ich wollte nicht in ihre Privatsphäre hineinfunken, Sally.«

»Privatsphäre nennst du *das*«, sagte Sally. »Du bist wirklich genau wie dein Vater. Du hältst Teilnahmslosigkeit für eine Tugend.«

Und sein Vater? Sein Vater, der wirklich ein Recht darauf hatte, nachtragend zu sein, verhielt sich, als wäre Lindy in all den Jahren nur mal eben einkaufen gewesen. »Wann kommt sie wieder? Hat sie das gesagt?«, fragte er, als George anrief. »Warum hast du mir nicht Bescheid gegeben? War dir nicht klar, dass ich sie gern sehen würde?« Dieser Mann, der in puncto Kummer und Sorgen Unbeschreibliches durchgemacht hatte; ganz abgesehen davon, dass er für dieses Kind, das nicht seins war, das ganze Erziehungs-Theater – Fahrdienste, Fußballspiele, Elternabende – noch einmal durchexerzieren durfte; er wollte nur eines wissen: »Hat sie wenigstens nach mir gefragt? Wollte sie wissen, was ich mache?«

»Natürlich«, sagte George. (Hatte sie ja sozusagen auch.)

»War sie traurig wegen Mom?«

»O ja.«

Sein Vater seufzte schwer. »Die arme, arme Pauline«, sagte er. »Es bringt mich um, dass sie das nicht mehr erleben konnte.«

»Ich weiß, Dad.«

»Sie hat nie die Hoffnung aufgegeben, das war mir klar. Sie hat immer fest daran geglaubt, dass eines Tages, früher oder später … Weißt du noch, als sie die Kreuzfahrt machen sollte? Sie hätte mit einer Gruppe von der Kirche fahren können, aber sie sagte, oh, da wäre sie ja so lange weg, sie fände, das ginge nicht. Und ich habe ihr gut zugeredet, mach doch! Wir kommen schon zurecht! Du warst schon im College, und Karen war, was – also, wenn du, sagen wir, achtzehn warst, dann müsste Karen wahrscheinlich …«

Seit Georges Vater im Ruhestand war, erforderte er manchmal viel Geduld. Seine Gespräche waren ungeheuer umständlich geworden, so formlos, verwickelt und pedantisch, voller Wiederholungen, Ergänzungen, Korrekturen, Pausen, in denen er nach einem Datum, einer Straße oder einem Namen suchte, auch wenn das für seine Geschichte gar keine Rolle spielte. Sicher lag es daran, dass er viel allein war. Der Laden war sein soziales Umfeld gewesen. Für gewöhnlich sorgte Anna dafür, dass er nicht den Faden verlor. »Also, Juni oder Juli, eins von beidem. Jedenfalls …«, schlug sie in solchen Fällen behutsam vor. Aber am Telefon war das nicht möglich; also musste George ihn schließlich unterbrechen: »Stimmt, Mom hat im Grunde immer … nach Lindy Ausschau gehalten.«

»Sie hat Lindys sämtliche Sachen verwahrt, für den Fall, dass sie doch zurückkäme, erinnerst du dich? Ihre Kleider, Bücher, Schreibsachen, Kosmetik und Schallplatten.«

Natürlich erinnerte George sich. Er und Karen hatten ja alles entdeckt, als sie den plötzlichen Tod noch nicht fassen konnten. (Marilyn Bryk, Mutters alte Freundin, hatte George an einem regnerischen Märzabend angerufen – Marilyn, die Krebs hatte, und eigentlich, genau genommen, als Erste hätte sterben müssen. Sie war benachrichtigt worden, weil die Polizei eine Geburtstagskarte von ihr in Paulines Handtasche gefunden hatte.) Man muss sich das vorstellen, plötzlich einen alten scharzen Rollkragenpullover in Händen zu halten, eine schwarze Jeans mit silbernen Nieten von der Hüfte bis zu den Hosenaufschlägen, einen großen, zerknitterten schwarzen Regenmantel mit Schnallen und Schulterstücken – eine traurige kleine Zeitkapsel, angefüllt mit einer Garderobe, die sich Georges Tochter Samantha sofort unter den Nagel riss. Für Samantha war Lindy ein Idol, vermutete George jedenfalls. Sie war, als Lindy weglief, nicht einmal geboren gewesen, aber sie wollte immer alles über sie wissen; sie machte sie zum Mythos, zur magischen Figur.

Als Samantha hörte, dass sie Lindys Besuch verpasst hatte, war sie untröstlich. »Lindy war hier? In diesem Haus? Die Person, die ich, seit ich auf dieser Erde bin, kennenlernen möchte? Ich kanns nicht fassen, du hast sie gehen lassen, bevor ich sie treffen konnte!«

»Ist es meine Schuld, dass du erst bei Dunkelheit aus der Schule gekommen bist?«, konterte George.

»Also, *meine* Schuld ist es bestimmt nicht! Ich habe auf

meinen Tennislehrer gewartet! Mom hatte mir nicht gesagt, dass er die Stunde abgesagt hat! Und außerdem – wie lange war Lindy denn hier – dreieinhalb Minuten? Warum ist sie so schnell wieder weg? Warum ist sie denn gegangen? Hast du es ihr gemütlich gemacht?«

Gina hatte noch mehr Vorwürfe auf Lager – Pagans durchsetzungsfreudige Frau, Gina Meredith, eine feministisch angehauchte Person, die ihren Nachnamen behalten hatte, sich nicht die Beine rasierte und in aller Öffentlichkeit ihr Baby stillte. »Pagan hat mir erzählt, dass seine Mutter aufgetaucht ist«, sagte sie am Telefon. »Ist sie noch da?«

»Nein, hm, sie ist weg, Gina.«

»Also, das nehme ich dir übel, George. Ich finde, ich hätte sie sehen müssen. Ich finde, wir hätten sie beide sehen müssen. Alle, die ganze Familie.«

»Aber Pagan hat selbst gesagt –«

»Zuerst möchte ich unbedingt von ihr wissen, ob sie im ersten Drittel ihrer Schwangerschaft Drogen genommen hat.«

»Aha.«

»So was hat lebenslange Folgen. Das müssen wir wissen.«

»Tut mir leid, Gina, aber Pagan hat ihr gesagt, er sähe keinen Sinn darin, sie zu sehen.«

»Du hättest wenigstens mit ihm reden sollen«, sagte Gina.

»Ich finde, dazu habe ich kein Recht. Und du auch nicht, wenn du meine Meinung hören willst«, erwiderte George, in dem langsam die Wut aufstieg. »Pagan ist schließlich der Leidtragende. Er sollte selbst entscheiden dürfen, ob er sie sehen möchte.«

»Also, ich finde das unannehmbar.«

George sagte: »Vieles ist unannehmbar. Was nicht heißt, dass es nicht passiert.«

Wobei er den starken Verdacht hatte, dass Gina zu jung war, um ihm zu glauben.

Nur Karen stellte sich hinter George. Zuerst wollte sie alle Einzelheiten wissen. Lindys Aussehen war ihr extrem wichtig. (Würden ihr die alten Jeans noch passen, falls sie die wollte?) Dann, warum sie nicht wenigstens gewartet hatte, bis sie, Karen, kommen konnte, und worüber Pagan und sie sich denn eigentlich unterhalten hätten. »Wenigstens hat er nicht eingehängt, oder? *Hat* er doch nicht? Glaubst du, er hat sie nach seinem Vater gefragt?«

»Ich habe keine Ahnung«, antwortete George.

»Also, wenn du die Wahrheit wissen willst, ihn trifft keine Schuld. Sie lässt ihn ohne ein Wort allein, verschwindet, überlässt ihn seinem Schicksal, und dann meint sie plötzlich: ›Oje, oje, hatte ich nicht irgendwo noch ein Kind? Was aus dem wohl geworden ist?‹ Es ist sein gutes Recht, wenn er sie nicht treffen will.«

George redete nicht oft mit Karen. Oh, sie mochten sich schon, davon ging er aus, aber ihr Leben war so verschieden. Außerdem ahnte er, dass sie Sally nicht besonders leiden konnte, obwohl sie nie etwas Dementsprechendes geäußert hatte. Doch jetzt empfand er ihr gegenüber eine Woge der Zuneigung. Er sagte: »Das solltest du Gina mal klarmachen.«

»Gina?«

»Sie hat mir gerade am Telefon den Kopf gewaschen. Findet, dass ich, ich weiß nicht, Lindy in Verwahrung hätte nehmen müssen, bis Gina deren Genmaterial in Augenschein nehmen konnte. Ich glaube, sie will einen richtigen Familien-Showdown.«

»Na, dann«, sagte Karen. »Was *Gina* will, das passiert garantiert.«

Gina war ein anderes Thema, bei dem George und Karen sich einig waren. George hatte das fast vergessen.

Als habe Lindys Besuch einen Vorhang oder eine Trennwand entfernt, erlebte George in den kommenden Tagen eine Abfolge von, sagen wir, Rückblenden. Sie waren lebhafter als Erinnerungen, und kürzer – eigentlich nur einzelne Bilder vor seinem inneren Auge. Der hölzerne Spazierstock seines Vaters, der am Türknauf in der Küche in St. Cassian Street hing, mit dem abgenutzten, samtglatten Griff, bei dessen Anblick George jedes Mal nur Liebe und Leid empfand. Eine Geranie, die seine Mutter aus dem Mülleimer eines Nachbarn gerettet hatte und die bei ihrer Pflege monströs wucherte und ihre fiedrigen, schuppigen Tentakel über die Fensterbank breitete. Im Laden Wechselgeld aus der großen Messingkasse nehmen. Die Schuhverkäuferin, die seine Zehen befühlte, wenn seine Mutter mit ihnen allen zu Beginn jedes Schuljahrs Schuhe kaufen ging.

Andere Einkauf-Aktionen fielen ihm ein, bei denen er hinter seiner Mutter hergezockelt war, wenn sie unermüdlich nach Sonderangeboten fahndete – zum Gähnen langweilig. Er erinnerte sich, wie sie einmal in einer Kabine ein graues Baumwollkleid anprobierte und ein paar Minuten später vor Lachen prustete: »Kinder? Wollt ihr eure Mutter mal als arme Irrenhaus-Insassin sehen?« Lindy hatte sich vor Kichern nicht mehr eingekriegt, aber George war gar nicht zum Lachen zumute gewesen; so echt hatte seine Mutter in dem Anstaltsgrau ausgesehen.

Und dann jenes Weihnachtsfest, an dem Vater ihr das Nachthemd schenkte – schwarz, mit fast durchsichtigen BH-Körbchen aus schwarzer Spitze. »Aber Michael!«, hatte sie gesagt, und Vater hatte verschämt weggeguckt und gegrinst. Sie war sofort zum Anprobieren im Schlafzimmer verschwunden. Da wohnten sie schon in Elmview Acres, wo das Elternschlafzimmer direkt gegenüber dem Wohnzimmer lag, und anstatt das Geschenk vorzuführen, hatte Mut-

ter leise gerufen: »Michael? Kannst du mal kurz kommen?«
Vater hatte ein Paket mit Socken beiseitegestellt, in dem er
mit gesenktem Kopf herumgekramt hatte, und dann wurde
die Schlafzimmertür abgeschlossen, und man hörte endlos
keinen Mucks mehr. Damals waren die Kinder, oh, vielleicht zwölf, elf und sieben gewesen – jedenfalls alt genug,
um sich verlegene Blicke zuzuwerfen, worüber George jetzt
lächeln musste.

Ach ja, so viel an ihren Eltern war peinlich gewesen. Oder
ging es allen Kindern so? Denn George schien es, als wären die Antons extremer gewesen als andere Leute. Dasselbe
Nachthemd zum Beispiel hatte Stunden später zu einem Rie-
senkrach geführt, als Mutter auf die Idee kam, Vater zu fragen,
woher er ihre Größe gewusst habe. Er habe Katie Vilna zum
Einkaufen mitgenommen, erklärte Vater, weil er dachte, dass
Pauline und Katie mehr oder weniger ähnlich gebaut wären.
Und dann war der Teufel los gewesen. Weil Vater heimlich
mit einer anderen Frau unterwegs gewesen war, oder weil Katie nach Paulines Ansicht weniger Busen hatte, das wusste
George nicht mehr genau; jedenfalls war Mutter explodiert,
und Vater hatte gesagt, sie sei ja verrückt, und Mutter hatte
das Nachthemd in den Papierkorb gestopft …

Bei den Antons gab es kein Mittelmaß. Familienmitglie-
der taten extreme Dinge, sie warfen ihre Kleider fort oder
liefen von zu Hause weg oder starben bei spektakulären Au-
tounfällen.

Oder tauchten nach neunundzwanzig Jahren wieder auf
und wunderten sich, wo alle geblieben waren.

Aber schließlich fanden sie doch alle zueinander, wie Karen
es vorausgesagt hatte. Wenn Gina sich etwas in den Kopf
setzte, gab es wirklich kein Pardon. Sie rief Anna an, sie rief
Karen an, sie rief George wegen Lindys Telefonnummer an,

und dann – wie, wusste keiner – stimmte sie Pagan um. Oder sie hatte Pagan schon vorher überredet. Jedenfalls traf sich die Familie an einem Märzsonntag bei Anna zum Lunch. Alle kamen, außer JoJo, der im College war. Pagan kam mit Gina und dem Baby; Lindy mit ihrem Mann. Es gab Schweinebraten, und Auberginen-Lasagne für Gina, die kein Fleisch aß. Sonst keine besonderen Vorkommnisse. Niemand machte eine Szene oder verschwand oder brach in Tränen aus. Lindy kriegte ein bisschen feuchte Augen angesichts ihres Enkels – einem sechs Monate alten Durchschnittsbaby, das sie an Pagan erinnerte, als der genauso alt war –, doch sonst hielt sie sich zurück, was auch Pagan tat. Eigentlich hatten sie nicht viel miteinander zu tun. Lindy hatte anscheinend all ihre Gefühle auf das Baby übertragen. Sie vermied, wenn möglich, Pagan anzusprechen oder sogar anzuschauen, und Pagan war höflich und zurückhaltend wie immer. Am Ende des Nachmittags wurden die üblichen Freundlichkeiten ausgetauscht: Das müssen wir wiederholen, wie schön, dass wir uns gesehen haben, das nächste Mal müsst ihr zu uns kommen … und dann gingen alle nach Hause. Es war ein Anlass, bei dem niemand aus der Rolle fiel.

Warum fühlte sich George dabei so jämmerlich?

Vor dem Essen hockte er trübsinnig auf Annas Klavierbank, mit verschränkten Armen, Kinn auf der Brust, betrachtete das Geschehen mit unverhohlenem Zynismus. Jede Bemerkung löste bei ihm ein stummes, bissiges *Hört, hört!* aus. Als Lindy sagte: »Für mich nur Kräutertee, wenn's geht. Ich meide alle künstlichen Aufputschmittel«, verdrehte er die Augen und holte zu laut Luft. (Sie klang wie dieses zimperliche Mädchen in *Die Schöne und das Biest*: »Nur eine einzige, vollkommene Rose für mich, bitte, Vater.«) Und Michaels Reaktion – »Na klar! Schon in Arbeit!« – war so jämmerlich, er buhlte um ihre Gunst, und sein erwartungsvolles Gesicht leuchtete hochrot unter dem dünnen weißen Haar.

Ja, selbst das Aussehen der Leute nervte ihn. Lindys Ehemann entpuppte sich geradezu als die Karikatur eines Englischlehrers, mit gestutztem, grau meliertem Bart, unter dem sich sein Kinn versteckte; sanftem, grauäugigem Blick und den typischen wildledernen Ellenbogenflicken. Annas glatter, immer noch beinah brauner Pagenkopf wirkte wie ein Sinnbild der Selbstbeherrschung. (George vertrat nämlich die These, dass Frisuren viel über die Persönlichkeit ihrer Träger aussagten – dass, zum Beispiel, Leute mit glattem, ordentlichem Haar eher sanftmütig seien, mit krausem Haar unkontrolliert und chaotisch.) Gina war viel zu üppig und raumgreifend, die feuchten Flecke über ihren Brustwarzen unverzeihlich. Und Samantha, ganz in verwaschenem Schwarz, behangen mit Schnüren aus Kernen und Perlen und den Sternzeichen – wie erging es ihr? Ihre Aufmachung stammte direkt aus Lindys alter Kommode; doch ob Lindy ihre Sachen wiedererkannte, blieb fraglich. Lindy sah in ihrem ländlichen, gewebten Kleid mit dem Fransenschal vergleichsweise bieder aus und hatte nur Augen für das Baby. Samantha, neben ihr, war für sie Luft.

Die lange verloren geglaubte Lindy saß also da; das zentrale Rätsel ihres Lebens, das der Familie das Herz gebrochen hatte; und was taten alle? Sie diskutierten, wann Babys eine andere Augenfarbe bekamen. Bestellten Sherry, Selters, Ginger Ale und erwogen, JoJo anzurufen, und ob er wohl schon wach sei.

»Die ganze Zeit denke ich, dass hier eigentlich nur eine ganz normale Party stattfindet«, flüsterte Karen George ins Ohr. »Und unter den Gästen sitzt eine ganz normale Frau, die rein zufällig Lindy ist.« Was sie sagte, drückte am ehesten aus, was auch George dachte. War das alles nicht zu einfach?

Konnte Lindy sich so ohne Weiteres nahtlos wieder einfügen?

Jetzt nahm Gina sie aufs Korn. »Lindy, ich muss etwas fragen. Hatte Pagans Vater medizinisch auffälliges Erbgut?«

Lindy sagte: »Also, ehrlich, nicht dass ich … Erbgut?« Sie schaute in die Runde. »Er war nur ein Schlagzeuger aus einer mexikanischen Kleinstadt. Wir waren nie ein Paar, wenigstens nicht nach außen.«

Es schien, als habe Pagan nicht mitgehört, jedenfalls reagierte er nicht. Er saß gemütlich neben Gina und sah zu, wie sie, du meine Güte, ihren Stillbüstenhalter aufknöpfte und ihre Brust für das Baby zutage förderte. »Ein Schlagzeuger!«, sagte Gina zu Pagan und vergaß für den Augenblick ihre medizinischen Anliegen. »Daher hast du dein musikalisches Talent!«

Pagan sagte: »Kann sein«, ohne besonderes Interesse.

Sally – die zu offensichtlich das Thema wechselte – fragte, warum eigentlich überall noch Weihnachtskränze hingen. Sie sagte: »Ich wüsste gern, wie viel Umstände es macht, einen Kranz von der Tür zu entfernen?«

»Ich glaube, den sieht man irgendwann gar nicht mehr«, mutmaßte Lindys Mann.

»Aber Weihnachtsbäume sieht man doch? Den Weihnachtsschmuck im Garten sieht man auch! Warum dann die Kränze nicht, simple, federleichte Kränze –«

»Oh, Mom. Lass ihnen doch ihre blöden Kränze, meinetwegen bis Juni«, sagte Sam. »Rede dich doch deswegen nicht in Rage.«

»Ich bin nur neugierig, Samantha. Ich rede mich überhaupt nicht in Rage. Ich bin nur neugierig, warum Leute etwas tun, mehr nicht.«

George dachte, wenn er die Augen zumachte, könnte er schwören, dass seine Mutter redete.

Was das betraf: Beim Essen wurden, wie George das nannte, »Pauline-Geschichten« zum Besten gegeben. Er wusste nicht mehr, wann diese Tradition sich entwickelt hatte – Erinnerungen an die kurioseren Episoden aus dem Leben der Mutter, bei denen sein Vater leutselig lachte und Anna nachsichtig lächelte. Für gewöhnlich trug auch George seinen Teil dazu bei, aber heute saß er stumm da, während Karen den Anfang mit der Geschichte von Mimi Drews Geburtstagsdinner bei Haussners machte – dem großen alten Restaurant Haussner mit seiner unendlichen Fülle von Tischen. »Die Gastgeberin war eine Frau, die Mom nicht kannte«, erzählte Karen Lindy, »und als sie kam, stellte sie fest, dass sie komischerweise niemanden kannte. Aber sie nahm trotzdem Platz und fing an, sich zu unterhalten, und es dauerte eine ganze Weile, bis es ihr dämmerte, dass nicht mal Mimi da war. *Huch, dachte sie, ich bin auf der falschen Party,* und da sichtete sie Mimi auch schon am anderen Ende des Saals, aber inzwischen amüsierte sie sich so gut, dass sie einfach blieb, wo sie war.«

»Sie machte immer solche Sachen«, sagte Sally und reichte Lindy die Lasagne. (Lindy aß auch kein Fleisch, wie sich herausstellte.) »Einmal, als wir in der Stadt waren, gab sie einem Obdachlosen einen Dollar, nur dass es gar kein Obdachloser war, sondern ein richtiger Professor. ›Madame‹, sagte er, ›ich bin ordentlicher Professor‹, aber Pauline winkte ab: ›Ach, behalten Sie ihn ruhig‹, und ich sagte: ›*Pauline …!*‹«

Lindys Mann lachte in seinen Bart hinein: »Hehe.«

Und dann die Geschichten über ihre Fahrkünste. Wie Pauline ihre eigene Straße nicht wiedererkannte, und wie sie die Bremse mit dem Gashebel verwechselte, und wie sie beim Zurücksetzen einen Fußgänger umfuhr und den Kopf aus dem Fenster steckte und »Entschuldigung« rief, und wieder den Rückwärtsgang einlegte und ihn noch mal umfuhr. Sam erzählte diese letzte Geschichte, aber George hatte sie erlebt, als zu Tode erschrockener Vierzehnjähriger, und obwohl es mehr oder minder so geschehen war, klang es irgendwie unecht. Seine Mutter war kein hohlköpfiges Dummchen aus *I Love Lucy* gewesen; sie konnte – je nachdem – verängstigt und furchteinflößend, böse, bitter, reumütig, unglücklich, eifersüchtig, verletzt, durcheinander und ratlos sein. Deshalb sagte er: »So war es gar nicht!« Aber Sam flötete: »Oh, aber ziemlich so«, und die anderen lachten weiter.

Nur Lindy sah ihn an, einen Augenblick lang. Offenbar hatte nur Lindy verstanden, was er meinte. Lindy lachte nicht.

Also gut: Wir müssen gehen, müssen das öfter tun, ihr müsst mal zu uns kommen, bla, bla …

War das alles?

George stand vor Annas Haustür und küsste Lindy auf die Wange und gab ihrem Mann die Hand. Gemeinsam mit den anderen stand er da und schaute zu, wie der Falcon die Straße hinunterruckelte, mit hohem Heck, schnittig und zerbeult. Die anderen sagten: »War das nicht nett?«, und: »Findet ihr nicht, das ist doch gutgegangen?« Bla, bla, bla.

George wusste jetzt, was er hätte fragen sollen: *Warum hast du das getan, Lindy? War es das wert? Wie schrecklich war denn unsere Familie? Was war so wichtig, dass du unsere ganze Welt auseinanderreißen musstest? Machst du dir deswegen keine Vorwürfe? Bedauerst du das? Hast du in all den Jahren keinen Gedanken an uns verschwendet? Dich nie gefragt, wie es uns geht? Hast du uns vermisst? Hast du des Nachts von uns geträumt? Hast du niemals überlegt, ob du nicht unrecht hattest, ob du nicht egoistisch warst, grausam, oder sogar … böse?*

War ich nicht Grund genug, dazubleiben?

Konntest du mich so einfach vergessen?

Wie konntest du mich verlassen, Lindy?

10

DER MANN, DER EINE
NACHSPEISE WAR

Michael erwachte aus einem Traum, dessen Landschaft wie im Märchen war – sanfte grüne Hügel und Täler, eine kleine Straße, die sich wie ein Faden zum Horizont schlängelte. Die Atmosphäre des Traums färbte auf seinen frühen Morgen ab. Beim Duschen, Rasieren, Anziehen und Frühstücken mit Anna bildete er sich ein, dass die Nebelfetzchen noch in seinem Haar hingen. Annas ruhige Stimme erreichte ihn aus großer Entfernung: Vielleicht käme sie heute Abend erst spät nach Hause. Sie sollten Pläne für Weihnachten machen. Sie durfte nicht vergessen, am Wochenende Mollie Piciotto anzurufen.

Um 8.45 Uhr fuhr er sie zur Arbeit – eine tägliche Routine, seit er im Ruhestand war. So kam er aus dem Bett und aus dem Haus, und sein Tag erhielt Konturen. Danach erledigte er meist ein paar Besorgungen. An diesem Morgen wollte er Dichtungsmasse für die Fenster kaufen. An dieser Besorgung hatte er mehr Spaß als an manchen anderen. Als

Anna gestern Abend feststellte, dass es vom Wohnzimmer-fenster her ziehe, hatte er tatendurstig aufgehorcht. Jetzt ließ er sich die verschiedenen Möglichkeiten durch den Kopf gehen. Eine Rolle Kitt? Filzstreifen? Oder sollte er sich, ganz professionell, eine Dichtungspistole kaufen? »Ich gehe mal davon aus, dass ich bei Schneiders das Richtige finden werde«, sagte er zu Anna. »Ich würde höchst ungern zum Baumarkt fahren.«

Anna sagte: »Wie bitte?«, und dann sagte sie: »Ich glaube, du hast kein Wort von dem mitbekommen, was ich gerade gesagt habe.«

Hastig rief sich Michael die letzten Sätze ins Gedächtnis. Calvin hatte sie erwähnt. Das war der Schuldirektor. »Pro-bleme in der Schule«, riskierte er einen Versuch. »Der alte Cal spielt sich wieder auf.«

»Von neun bis drei arbeiten wir nonstop. Sogar das Mit-tagessen ist Arbeit, weil wir mit den Studenten essen sollen. Aber dann erwartet er noch, dass wir anschließend an end-losen Besprechungen teilnehmen! Und das an einem Frei-tag, wenn wir alle nur noch nach Hause wollen – alle viere von uns strecken.«

Er schaltete den Blinker ein, um links in den Maestro School Driveway einzubiegen. »Anna«, sagte er, während er durch kahle, blass beleuchtete Wälder fuhr. »Das lässt sich ganz einfach lösen. Kündige. Du bist achtzig Jahre alt. Es ist absurd, dass du immer noch unterrichtest.«

»Ich will nicht kündigen«, sagte sie zu ihm.

»Du und ich könnten auf Reisen gehen«, sagte er. Er lenkte den Wagen auf den unbefestigten Parkplatz und sah sie an. »Wir könnten mehr Zeit mit den Enkeln verbringen. Du würdest deine Tochter öfter sehen.«

Anna zog ihr Du-kriegst-mich-nicht-rum-Gesicht. Sie war noch immer eine schöne Frau, trotz der grauen Haare und der Falten, aber wenn sie so stur war, erinnerte ihn ihr Kinn an einen Nussknacker. Sie sagte: »Unterrichten ist mir sehr wichtig. Ich würde nie freiwillig gehen.«

»Du hast es doch eben selbst gesagt«, erwiderte er. »Hast du nicht gesagt, dass du nur noch nach Hause willst, um alle viere von dir zu strecken? Und ich sage nur, dagegen lässt sich was tun.«

»Ich will aber nichts dagegen tun.«

»Na gut«, sagte er. »Ich passe.«

»Ich rufe an, wenn die Besprechung so lange dauert, dass ich nicht mehr zu Fuß nach Hause gehen kann«, sagte sie beim Aussteigen. »Ich wünsche dir einen schönen Tag, mein Lieber.«

»Ich dir auch«, sagte er. »Bye.«

Doch als er wendete, den Parkplatz verließ und wieder über den Driveway fuhr, ging ihm ihr Gespräch noch einmal durch den Kopf. Wenn ein Mensch etwas problematisch fand, war es dann nicht selbstverständlich, dass sein Gegenüber ihm einen guten Rat gab? Besonders wenn es sich dabei um die eigene Ehefrau handelte! Eheleute sollten sich eigentlich unterstützen. Aber nicht, wenn es nach Anna ging. Anna brauchte niemanden. Für sie war Michael lediglich eine schöne Zugabe. Ein Luxus. Eine Nachspeise.

Vielleicht sollte er das als Befreiung empfinden. Er unterlag keinerlei Zwang. Er musste nichts in Ordnung bringen. Welch eine Erleichterung, nicht wahr?

Er bog in die Falls Road ein und sagte, ganz laut: »Dann ist sie auch meine Nachspeise.«

Das war nicht so befriedigend, wie es klang.

Er und Anna würden im kommenden Juni zweiundzwanzig Jahre verheiratet sein. Erstaunlich; es fühlte sich immer noch so sehr wie eine zweite Ehe an. So friedlich es bei ihnen zuging, es fühlte sich wie eine *extra* Ehe an, nicht ganz das Wahre – eigentlich, vielleicht, nur eine extreme, ausgedehnte Reaktion auf seine Kräche mit Pauline. Obwohl er, wenn er noch acht Jahre weiterleben würde, am Ende mit Anna tatsächlich länger verheiratet wäre. Und die Chancen, dass er noch acht Jahre lebte, standen gut. Sein Arzt hatte zu ihm gesagt, er besäße das Herz eines Sechzigjährigen. Zunächst hatte Michael darin kein Kompliment gesehen. »Sechzig!«, hatte er gesagt. »Das ist ja uralt!« Er empfand sich nicht als alt. Er hatte einen krummen Rücken, seine Hände zitterten, und im Gesicht sah er aus wie ein strenger alter Kauz, dass er sich im Spiegel nicht wiedererkannte; aber innerlich war er noch zwanzig, zog in den Krieg, und ein Mädchen im roten Mantel winkte zum Abschied.

Heute war Pearl Harbor Day, und es wurde mehr Aufhebens als üblich gemacht, denn es war nicht nur der sechzigste Jahrestag (des Angriffs der Japaner auf die amerikanische Flotte im Zweiten Weltkrieg), sondern auch der erste nach dem Angriff auf das World Trade Center. Im Fernsehen liefen die ganze Woche über patriotische Filme. Veteranen wurden interviewt – alte Männer mit brüchigen Stimmen und so faltigen Augenlidern, dass man sich wunderte, was sie wohl noch sahen. Im Autoradio wurde Roosevelts Rede wiederholt. *Tag der Niedertracht*, sagte er. Michael bog links in den Northern Parkway ein und geriet hinter einen Rushhour-Strom von Bremslichtern. Verdammt, hätte er doch die Harvest Road genommen. Als er anhalten musste, zog er sich umständlich seine Strickjacke aus und legte sie auf den Beifahrersitz.

Es überraschte ihn immer, dass die Meinungsverschiedenheiten mit Anna ihr restliches gemeinsames Leben nicht beeinträchtigten. Anna verband sie nie in einem Rundumschlag mit anderen Unstimmigkeiten, rührte nie alte Streitigkeiten auf und hegte auch hinterher keinen Groll. Zwei

Minuten später tat sie, als sei nichts gewesen. Und selbst wenn sie sich so richtig in die Haare kriegten, konnte sie sich offenbar nicht vorstellen, dass dies das Ende der Ehe bedeuten könnte. Oh, ein-, zweimal am Anfang hatte er selbst die Möglichkeit zur Sprache gebracht, wie aus einem Reflex. »Du kannst dich immer scheiden lassen, wenn dir deine Meinung so wichtig ist.« Aber Annas klarer Blick hatte Unverständnis signalisiert. »Scheiden?«, hatte sie erstaunt gesagt.

In jenem Traum in der vergangenen Nacht ging er durch ein Nebeltal und suchte seinen Nachhauseweg. Jemand half ihm dabei, eine schöne, goldgelockte Fee mit Zauberstab. Natürlich, das war die Gute Hexe aus dem *Zauberer von Oz* gewesen, jetzt erkannte er sie. Sie riet ihm, er solle sich nicht hinter dem linken Ohr küssen lassen; er solle die Sonne nicht hinter seine linke Schulter scheinen lassen; und er solle auf der Straße nicht nach den Schritten hinter sich horchen. »Kurz und gut«, sagte sie mit ihrer honigsüßen Stimme, »schau nie zurück, wenn du dein Zuhause wiedersehen willst.« Und dann war er aufgewacht.

Bei Schneiders entschied er sich für eine Rolle Kitt, die beste Lösung – preisgünstig, praktisch und leicht zu handhaben. (Er war nicht mehr so geschickt wie früher.) Nachdem er seine Wahl getroffen hatte, sah er sich im restlichen Laden um, der kaum größer als ein begehbarer Schrank war, in dem es aber alles gab, was das Herz begehrte. Er betrachtete eine Reihe selbstklebender Haken. Hatte er nicht vor ein paar Tagen solche Haken gesucht? Er las das Kleingedruckte auf einem Sack Tausalz. Das Problem war, dass Gras und Asphalt bei den meisten Sorten litten.

Die einzigen anderen Kunden waren eine kleine dreiköpfige Familie – ein großer junger Vater mit Brille und eine winzige dunkelhaarige Mutter, etwa halb so groß wie der

Vater, und ein ganz kleiner Junge mit einem Igelhaarschnitt. Sie bezahlten einen Schlitten, wie er bei Schneiders draußen auf dem Gehweg ausgestellt war, ein altmodisches Holzmodell mit Metallkufen, und der kleine Junge war außer sich vor Begeisterung. Michael musste über ihn lächeln. »Meinst du, dass du wirklich damit fährst?«, fragte er, und das Kind hielt in seinem Freudentanz kurz inne, um sich die Frage durch den Kopf gehen zu lassen.

Heutzutage kam Michael mit so wenigen Kindern in Kontakt, dass er fast vergessen hatte, wie man mit ihnen redete. Georges Sohn und Tochter waren sicher inzwischen so alt, dass sie selbst Kinder haben konnten; dennoch lebte JoJo mit dreißig eher wie ein Teenager, ging mit einer Rockband auf Tour, die *Dark at the End of the Tunnel* hieß, und Samantha konzentrierte sich vollkommen auf ihr Medizinstudium und dachte offenbar nicht ans Heiraten. Keiner von beiden würde in absehbarer Zeit Nachwuchs in die Welt setzen. Pagans zwei Kinder waren mittlerweile weit über das Kleinkindalter hinaus – zwölf und zehn, zwar interessantere Gesprächspartner, aber dafür plapperten, kicherten und alberten sie auch nicht mehr so unbekümmert. Bobby trug eine blitzende Zahnspange mit vielen Plättchen, die seinen Mund verunstalteten. Polly hatte eine ausgesprochen unvorteilhafte Frisur: zwei dicke, runde Rattenschwänze wie Teddybärohren, was durch ihre Zopfbänder aus braunem Kunstpelz noch betont wurde.

Polly hieß eigentlich Pauline.

Warum hatte niemand ein Kind nach Michael genannt?

Manchmal, bei Familientreffen, wenn wieder lustige »Pauline-Geschichten« zum Besten gegeben wurden, wurde er ein bisschen eifersüchtig. Wusste denn keiner mehr, wie schwierig Pauline gewesen war? Wie fordernd? Wie nervtötend? (»Ich musste meinem Obdachlosen heute fünf Dollar geben, weil ich keinen Einer hatte«, hatte sie bei ihrem allerletzten Treffen gesagt, und schon das Wörtchen »meinem«, diese selbstzufriedene Anmaßung, reichte, um ihn daran zu erinnern, warum sie geschieden waren.)

Er ging zur Kasse und bezahlte seinen Kauf, reichte das Geld abgezählt, wollte keine Tüte. Draußen begutachtete er die aufgereihten Schneeschaufeln, bevor er zögernd zum Auto ging. Eisenwarengeschäfte hatten etwas Beruhigendes. *Wir haben für jedes Ihrer Probleme eine Lösung*, lautete die tröstliche Botschaft. *Zugige Fenster, vereiste Gehwege, Schimmel, Motten, Unkraut … Wir wissen Bescheid! Keine Sorge!*

Wenn er ein engeres Verhältnis zu Lindy hätte, würde er auch diese Kinder kennenlernen – ihre Enkelinnen, oder Stiefenkelinnen, besser gesagt: dreijährige Zwillinge und einen Säugling. Aber seine Beziehung zu Lindy war kaum mehr als höflich, sicher besser als früher, aber nicht weltbewegend. Sie sahen sich ein-, zweimal im Jahr, meist bei Pagan, wenn sich die ganze Familie traf. Ihre Gespräche hatten die Angewohnheit, eine Weile oberflächlich dahinzuplätschern, bis sie krachend in dunkle Zonen einbrachen. Zum Beispiel im vergangenen Sommer, da hatte Lindy verkündet, dass ihre Familie sie immer an ein Tier in der Falle erinnere. Aus heiterem Himmel hatte sie das gesagt! Nicht im Streit! Sie hatten über Bobbys und Pollys letzten Zirkusbesuch geredet, und Michael hatte, um seinen Teil beizusteuern, gefragt, ob Lindy sich noch an die Zirkusbesuche ihrer Kindheit erinnere. »Mein Gott, und ob«, sagte sie da. »Großer Gott, die ewigen Familienausflüge! ›Nur wir allein‹, sagte Mom immer, ›nur wir fünf‹, als wäre das etwas Erstrebenswertes, und ich werde nie vergessen, wie eingezingelt ich mich dabei gefühlt habe. Nur wir fünf, auf Gedeih und Verderb miteinander verbunden, als gäbe es keine Außenwelt, so jämmerlich wie ein Fuchs in der Falle, der sein eigenes Bein abfrisst.«

Er fuhr gen Osten auf dem Northern Parkway, ziellos, der blassen Wintersonne entgegen, nur einen Finger am Lenkrad. Das Radio spielte »The White Cliffs of Dover«. Warum gab es heute keine solche Musik mehr? Es gefiel ihm, wie einfach und normal die Stimme der Sängerin klang, nur darauf bedacht, ihre Traurigkeit auszudrücken, ohne jede Effekthascherei.

Erst auf der Rock Road begriff er, dass er zum alten Laden fuhr. Wie dumm von ihm. Sicher, heute stand ein Liter Milch auf der Einkaufsliste, das hatte er sich gemerkt, aber es gab doch auch Lebensmittelläden in der Nähe. Warum dann Antons? Oder besser gesagt, World O'Food. Er hasste den Namen. Er hasste das ganze Konzept der Supermarktketten, und er fühlte sich erbärmlich, sobald er einen Fuß in den Laden setzte, aber irgendwie kannte sein Auto immer noch den alten Weg. Deshalb ergab er sich in sein Schicksal, hörte mit einem Ohr im Autoradio das Interview eines Mannes, der in Frankreich gedient hatte. Er habe in jenem Krieg beide Brüder verloren, drei Cousins, und seinen besten Freund, sagte der Mann rückblickend, ohne jeden Zorn. Wie wohl die Jugend von heute auf einen solchen Sachverhalt reagieren würde? Sie würden nach einem Schuldigen suchen, den sie verklagen könnten. (Lindy bestimmt.) Irgendwann hatten die Leute in diesem Land sich die Überzeugung zugelegt, dass es im Leben immer nur logisch und gerecht zugehen dürfe. Unglück oder schlichtes Pech wurden als Ursache nicht mehr anerkannt, Tragödien, davon ging man aus, ließen sich durch die Einnahme von Spurenelementen verhindern, durch zusätzliche Airbags oder Sicherheitssitze mit Gütesiegel.

Er fuhr an einer Reihe von Geschäften vorbei, die, das hätte er schwören können, vor einem Monat noch nicht da gewesen waren. Vorbei an der Reinigung, zu der er, als er noch in der alten Wohnung wohnte, immer seine Sachen gebracht hatte; inzwischen war dort eine Videothek. Dann kam das Lebensmittelgeschäft, das nun auf beiden Seiten bis auf die Grundstücke der einstigen Nachbarläden reichte; blau und grün war der alte Name überstrichen, jetzt stand da World O'Food, mit einem kleinen Globus im großen O. Der Schotterparkplatz war geteert worden, zugegeben, ein Fortschritt. Die Reifen glitten ungewohnt über den Asphalt. Er parkte zwischen zwei Geländewagen, stieg unbeholfen aus, Gewicht auf der heilen Hüfte, und zog seine Jacke wieder an. Der Anblick der vielen Autos war deprimierend – viel mehr Autos als früher bei ihm.

Drinnen hatte sich der gesamte Grundriss verändert. Die Blumenabteilung war jetzt vorn. Die Kassen besaßen Scanner, und hinten gab es eine Theke aus hellem Holz, über der in kursiver Neonschrift stand: O'Cuisine. Sushi, Pasta, Couscous, Alf-alfa-Wraps … Wozu das alles? An der Fleischtheke stand eine orientalisch aussehende junge Frau mit Jeans und Plateausohlen, die sie um einiges größer machten, und verglich verschiedene Kaviarbüchsen; ihr junger Begleiter – mit leuchtend blauen Augen und irischem Akzent – fragte, ob die Importware wirklich so viel besser sei als die einheimische. Ein Kleinkind in komplettem Skidress wollte von seiner Mutter ein Tofu-Würstchen.

Selbst bei den Milchprodukten gab es Veränderungen. Michael entdeckte eine neue Milch- und Sahnesorte, nostalgisch in Gläsern; doch er wählte, wie immer, eine Packung Cloverland, ganz normal, und ging zur Kasse.

Die Verkäuferin trug einen Nasenring und einen Ring an der Augenbraue. Michael konnte kaum hinsehen.

Die kühle Luft draußen tat unendlich gut. World O'Food war überheizt gewesen. Nachdem er die Milch in den Kofferraum gestellt hatte, stand er einen Augenblick da, wägte die Autoschlüssel in einer Hand und schob den Moment seiner Abfahrt hinaus. Eigentlich, überlegte er, war es Zeit für seinen Spaziergang. Warum nicht die Rock Road entlang statt wie üblich durch die schon langweiligen Straßen seiner Gegend? Er ließ die Schlüssel in seine Tasche fallen und machte sich auf den Weg.

Eine halbe Stunde jeden Morgen, hatte der Doktor befohlen. Michael sah auf die Uhr. Nach fünfzehn Minuten würde er kehrtmachen. Mehr ging er nie, denn Gehen machte ihm gar keinen Spaß. Es war zu hirnlos und zu langsam, besonders seit sich mit zunehmendem Alter sein Hinken verschlimmert hatte. Der schiefe Rhythmus seines Gangs löste in seinem Kopf den immer gleichen Refrain aus: *Ich DENKE schon, aber ich WEISS nicht, ich DENKE schon, aber ich WEISS nicht*, das gute Bein setzte immer bei *DENKE* und *WEISS* auf, das schlechte Bein zog er bei den nebensächlichen Worten nach.

Seine Kriegsverletzung, hatte Pauline immer gesagt. Er hatte sich so an den Begriff gewöhnt, dass er sich fast einbildete, er habe wirklich an Kampfhandlungen teilgenommen, was doch gar nicht stimmte. Würde er je aufhören, sich deswegen schuldig zu fühlen? Früher hatte er Pauline dafür die Schuld gegeben. (Wäre er nicht so entsetzt über ihren Leichtsinn gewesen – ihre Briefe, in denen sie schrieb, dass sie in die Kantine zum Tanzen gegangen war, und wie hübsch ihre Jitterbug-Partner seien –, dann hätte er nie diesen verrückten Krach mit seinem Zimmerkameraden angefangen.) Mittlerweile dachte er allerdings, dass nur sein ureigenstes Wesen Schuld daran hatte. Er war einer, der sich abseits hielt, wenn andere zur Sache gingen. Er machte sich keinerlei Illusionen, dass er womöglich doch ein guter Soldat gewesen wäre. In Wirklichkeit wäre er höchstwahrscheinlich beim ersten richtigen Kampf getötet worden. Also wünschte er sich nicht, dass er an die Front gekommen wäre, sondern – dass er der Typ dazu gewesen wäre. Er wünschte sich, dass er sein Leben mehr gelebt hätte, besser, vollständiger.

… Ich DENKE schon, aber ich WEISS nicht, ich DENKE schon, aber ich … und der Rest ging im Hupen eines Kleinlastwagens unter. Vermutlich machte er die Autofahrer nervös – ein alter Mann, der unsicher am Straßenrand entlanghinkte. Alter Mann! Immer wieder ein Schock.

Seit Kurzem neigte er dazu, einen Satz anzufangen und dann, während er an etwas anderes dachte, automatisch weiterlaufen zu lassen, oft mit kuriosem Endergebnis. Zum Beispiel wollte er Anna gestern beim Abendessen sagen: »Es schmeckt köstlich«, aber stattdessen hörte er sich sagen: »Es schmeckt lächerlich.« Und kurz darauf: »Warum bleibst du nicht sitzen, und ich stelle das Geschirr in den Computer?« Waren dies Anzeichen, dass sein Verstand aussetzte – Albtraum jedes alten Menschen. Oder kam es nur, weil er die gleichen Sätze so viele Hundert und Tausend Mal gesagt hatte, dass seine Zunge gegen die Langeweile rebellierte?

Wieder hupte es, diesmal so laut, dass er zusammenschrak. Er ging weiter innen und sah sich suchend nach einem sichereren Weg um, als auf der gegenüberliegenden Straßenseite das Tor zu Elmview Acres in Sicht kam.

Komisch, wie heruntergekommen es aussah – das Schmiedeeisen rostfleckig, die Backsteinsäulen porös und grünlich. Est. 1947 – ein Datum, das einmal ganz modern war, aber jetzt klang es so altmodisch. Und als er die Rock Road überquerte und den Elmview Drive betrat, staunte er, wie sehr die Bäume gewachsen waren. Selbst jetzt im Dezember wirkte die Siedlung nicht mehr kahl. Die Häuser (»Ranch«-Häuser, auch aus der Mode gekommen) hatten dichte, grüne Ränder, wo früher bloß Erde und kümmerliche Stauden gewesen waren.

Er entschied sich für die rechte Schleife, die in Richtung Berkeley Drive führte. *Ich DENKE schon, aber ich ...* Eine Frau im karierten Mantel führte ihren Hund aus. Eine Frau im Bademantel holte die Zeitung von der Stufe vor ihrem Haus.

Immerhin war es noch der gleiche Ort, mehr oder weniger, wenn auch die meisten Leute, die jetzt hier wohnten, noch nicht geboren waren, als er mit Pauline hier einzog. St. Cassian dagegen ... Da war er im vergangenen Herbst gewesen, mit Anna, an einem Sonntag, zu Besuch bei den Kazmerows. Sie wohnten immer noch in ihrem alten Reihenhaus (obwohl ihre Tochter ein großes Haus in Guildford besaß und einer ihrer Enkel einen finanzträchtigen Job hatte), dabei war ein Großteil der Häuser in der St. Cassian Street mit Brettern vernagelt, verödet oder heruntergekommen. An der Tür des ursprünglichen Lebensmittelgeschäfts der Antons war ein Vorhängeschloss, und über die Vorderfront waren Graffiti gesprüht, und als er mit Leo nach dem Essen daran vorbeiging, glaubte er drinnen etwas rascheln zu hören – eine Ratte, einen Drogenabhängigen oder ein Gespenst. Dagegen waren die Nachbarstraßen alle schick renoviert – sie hatten ihr altes Aussehen ebenfalls verloren. Jetzt gab es dort Ateliers, teure Antiquitätenläden und Studentenkneipen mit ausgefallenen Namen, berichtete Leo. Oh, und ob er wüsste, fragte Leo, dass Ernie Moskowicz inzwischen im Altersheim sei und der letzte der Szapp-Jungen einen tödlichen Schlaganfall erlitten habe, und dass die Golka-Zwillinge innnerhalb eines Monats nacheinander auch gestorben seien, einer an Krebs und der andere an Lungenentzündung? Aber die beiden waren auch schon lange aus der Nachbarschaft weggezogen.

Auf dem Weg durch die St. Cassian Street hatte Michael sich wie der Überlebende einer Naturkatastrophe gefühlt. Wanda Lipska war 1998 gestorben (Herzanfall), und eine ihrer Töchter war auch tot – die älteste, etwas älter als George –, und Katie Vilna war an Lungenkrebs und Johnny Dymski an Leberkrebs gestorben. Und wenn Michael in der Erinnerung ganz weit zurückging, tauchten seine Eltern auf, verblichen wie alte Fotos, und sein Bruder Danny, für immer und ewig ein neunzehnjähriger Junge, der – wäre er nicht krank geworden – jetzt, so oder so, bestimmt nicht mehr leben würde. Am Ende verschwand einer nach dem anderen, und eines Tages war auch Michael an der Reihe, obwohl er sich gern weismachte, dass er ewig leben würde.

Als man ihn wegen Pauline anrief, konnte er es zuerst nicht fassen. *Dies ist der erste ganze Tag, an dem ich auf diesem Planeten ohne sie lebe,* hatte er am nächsten Morgen beim Erwachen gedacht. Trotzdem war es ihm unwirklich vorgekommen. Er konnte sich so manches an ihr noch haargenau vorstellen: die beiden ausgeprägten Spitzen ihrer Oberlippe, die kleinen Wimpernbüschel in den Augenwinkeln, wo bei den meisten Menschen keine Wimpern wachsen, ihre Augen, so blau wie Stiefmütterchen, treu und erwartungsvoll. Er wusste, dass sie alle beide unglücklich gewesen waren, aber er erinnerte sich nicht mehr, warum. Worüber hatten sie gestritten? Ihm fiel kein Grund mehr ein. Er erinnerte sich an die kalte, hasserfüllte Wut, die sie in ihm wecken konnte, die Nächte auf dem Sofa, das schneidende Schweigen, das zerrissene Gefühl in seiner Brust, aber *warum* eigentlich?

»Du warst Eis, und sie war Glas«, hatte ihn Lindy vor Kurzem bei einer ihrer verbalen Karambolagen vor den Kopf gestoßen. »Zwei eigentümlich ähnliche Substanzen, wenn man's so nimmt – und beide die Hölle für ihre Kinder.«

Er sagte: »Lindy, hab doch Erbarmen. Wir haben unser Bestes getan. Verdammt noch mal, unser Allerbestes. Wir waren bloß ... unfähig; wir haben nie den Dreh rausgekriegt. Wir haben uns durchaus Mühe gegeben.«

Ich DENKE schon, aber ich WEISS nicht. Er überquerte den Beverly Drive, um in den Winding Way einzubiegen; mit einer Hand hielt er seine Hüfte, die nun stechend schmerzte. Die Eiche an der Ecke, damals der einzige wirkliche Baum in Elmview Acres, war gefällt worden. Übrig blieb nur der Stumpf.

Vielleicht war es der Anblick von Paulines Straße, oder weil die eine Erinnerung eine andere auslöste; er musste plötzlich an eine Party denken, die sie in den Siebzigerjahren gegeben hatten, eine Cocktailparty für die Nachbarn, bei der Pauline ihn beiseitegenommen und ihm zugeflüstert hatte: »Rate mal, was Dr. Brook gerade getan hat? Er hat in die Schüssel mit dem Potpourri gegriffen und eine Handvoll davon in den Mund gesteckt.«

»*Was* hat er?«, fragte Michael, und sie nickte, ganz rosig im Gesicht, weil sie sich das Lachen kaum verkneifen konnte.

»Diese Schüssel mit den parfümierten Trockenblumen auf dem Buffet«, sagte sie. »Und das Schlimmste kommt noch: Ich habe es gemerkt und hätte ihn davon abhalten können, aber ich habs gelassen. Ich habe zugeschaut, wie er im Gespräch mit den Derbys in die Schüssel griff, und dann bin ich einfach weggegangen! Ich bin einfach weggegangen! Ich habe auf dem Absatz kehrtgemacht und bin auf und davon!«

Und beide mussten lachen, endlich – und sie schlug beide Hände vor den Mund wie ein Kind, und ihre Augen blitzten übermütig.

Oder damals, als sie zusammen in New York waren, kurz bevor Pagan zu ihnen kam. Sie gingen die Treppe zur U-Bahn hinunter, und sie fragte ihn nach einer Münze für den Einlass. »Ich habe dir doch eine Münze gegeben«, sagte er zu ihr.

»Ja, aber ich brauche noch eine«, sagte sie.

»Was hast du mit der einen denn gemacht?«

»Runtergeschluckt«, sagte sie.

»Was?«

»Ich habe sie in den Mund gesteckt und dabei … habe ich sie runtergeschluckt, na und? Ich hab sie einfach runterge-schluckt. Mach doch deshalb nicht so ein Theater!«

Er lächelte, auch wenn er damals nicht gelächelt hatte.

Er konnte sich fast einbilden, dass Pauline noch immer am Leben war, die ganze Zeit, als wäre sie in ihrem eigenen kleinen Winkel der Welt beschäftigt gewesen. Er konnte sie sich vor dem Haus vorstellen, das gleich um die Ecke stand. Sie füllte den Futterautomaten für die Vögel oder sammelte heruntergefallene Zweige auf. Dabei schien die Sonne un-erklärlicherweise wie im August, golden wie Forsythien, warm und rein. Wenn sich seine Schritte näherten – der ver-traute, ungleiche Rhythmus –, würde sie innehalten und horchen, und wenn er in Sichtweite kam, würde sie sich aufrichten und mit der Hand die Augen abschirmen, um besser zu sehen. »Bist du's?«, würde sie fragen. »Du bist das! Wirklich und wahrhaftig, du!«, würde sie rufen und vor Freude über ihr ganzes Gesicht strahlen.

Er begann, schneller zu gehen, eilig, zur Ecke.

KEIN & ABER POCKET

Anne Tyler
Der leuchtend blaue Faden
Aus dem Amerikanischen von Ursula-Maria Mössner
Roman | ISBN 978-3-0369-5939-9

Anne Tyler
Atemübungen
Aus dem Amerikanischen von Reinhard Kaiser
Roman | ISBN 978-3-0369-5945-0

Anne Tyler
Kleine Abschiede
Aus dem Amerikanischen von Christine Frick-Gerke
Roman | ISBN 978-3-0369-5944-3

Alle Pockets sind auch als eBook erhältlich.